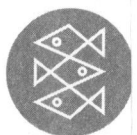

Im Hamburger Marschland lebt ums Jahr 1580 Abelke Bleken. Sie führt allein einen Hof, trotzt Jahreszeiten und Gezeiten. Und sie versucht, sich gegen ihre Nachbarn zu behaupten, in einer Zeit, die für unabhängige Frauen lebensgefährlich ist. Fast fünfhundert Jahre später zieht Britta Stoever mit ihrem Mann und ihren Kindern in die Marschlandschaft. Ihre Arbeit als Geografin hat sie für die Familie aufgegeben, das neue Zuhause ist ihr noch fremd. Sie unternimmt lange Spaziergänge durch die karge Landschaft, beobachtet die Natur und lernt, in Bracks und Deichlinien die Spuren der Vergangenheit zu lesen. Dabei stößt Britta auf das Leben der Abelke, auf Ausgrenzungen und Ungerechtigkeiten, die beängstigend aktuell sind. Fasziniert taucht sie tiefer und tiefer ein – und merkt, wie viel sie im Leben der anderen Frau über sich selbst erfährt.

Jarka Kubsova wurde 1977 in Tschechien geboren, seit 1987 lebt sie in Deutschland. Sie arbeitete als Journalistin bei Financial Times Deutschland, Stern und ZEIT sowie als Co-Autorin mehrerer erfolgreicher Sachbücher. 2021 erschien ihr Debütroman »Bergland«, der viele Wochen auf der Bestseller-Liste stand. Jarka Kubsova lebt in Hamburg. Für ihren neuen Roman »Marschlande« tauchte sie tief in die Geschichte der Stadt und der Vier- und Marschlande ein und forschte in Archiven und zahlreichen Urkunden über Abelke Bleken und ihre Zeit.

Weitere Informationen finden Sie auf *www.fischerverlage.de.*

JARKA KUBSOVA

MARSCH-LANDE

ROMAN

FISCHER
TASCHENBUCH

Andrew Wyeth, Frostbitten © Wyeth Foundation for American Art /
Verwertungsgesellschaft Bild-Kunst, Bonn, 2025

Erschienen bei FISCHER Taschenbuch
Frankfurt am Main, 2025

Für diese Ausgabe:
© 2023 S. Fischer Verlag GmbH,
Hedderichstr. 114, 60596 Frankfurt am Main
Die Nutzung unserer Werke für Text- und Data-Mining
im Sinne von § 44b UrhG behalten wir uns explizit vor.
Satz: Dörlemann Satz, Lemförde
Druck und Bindung: CPI books GmbH, Leck
ISBN 978-3-596-70849-9

Kontaktadresse nach EU-Produktsicherheitsverordnung:
produktsicherheit@fischerverlage.de

Dies ist ein weiblicher Text, geschrieben im einundzwanzigsten Jahrhundert.
Wie spät es ist.
Wie viel sich verändert hat.
Wie wenig.

Doireann Ní Ghríofa, *Ein Geist in der Kehle*

Dieses Buch ist eine fiktionale Erzählung,
inspiriert von realen Ereignissen.

DEN SCHEITERHAUFEN ZU errichten, dauerte länger als gewöhnlich. Ganze zwei Tage hatten die Männer daran gearbeitet. Er sollte vor den Toren der Stadt stehen, im Süden, auf einer der Wiesen zwischen den Elbströmen. Dort in den Marschlanden lag das Dorf, aus dem die Hexe kam.

Der Büttel schnaubte und fluchte, da der Brennbalken in der feuchten, lehmigen Erde keinen rechten Halt fand. Er wies seinen Gehilfen an, unten tiefer zu graben und oben fester einzuschlagen, bis der Pfosten halbwegs gerade stand. Schwer war es auch, die notwendigen acht Klafter Holz aufzutreiben. Sie mussten sie von weitem herankarren, denn Wälder waren rar in dieser Gegend, die meisten Bäume hatten die Menschen schon bis zum Wurzelstock abgeschlagen und als Brennholz verwendet. Die letzten Winter waren lang gewesen, in manchen Jahren schien es gar keinen Frühling mehr zu geben. Nun war es März, noch immer eisig, aber etwas Erwachen lag doch schon in der Luft. Trotz aller Umstände löste das bei den Männern eine unwillkürliche Freude an der Arbeit aus, sie pfiffen leise vor sich hin; absichtslose, spontan entworfene Melodien. Als sie ausreichend armdicke Stämme beisammenhatten, schlugen sie die Äste ab und legten sie beiseite. Sie schleppten Reisig heran, und bei den Bauern verlangten sie nach Stroh. Die gaben es nicht gerne her, nicht einmal, als sie hörten, wofür es sein sollte, denn auch das Stroh war knapp.

Am Morgen der Hinrichtung kamen der Büttel und sein Gehilfe in aller Frühe, um die Arbeit wieder aufzunehmen. Von den Wiesen und Elbarmen dunstete der Nebel aus, am Himmel traf er auf den Rauch, der von den reetgedeckten Bauernhäusern und Katen aufstieg, die sich hinter die Deiche duckten, Schutz suchend, oft vergeblich. Die Flut raste hier durch, wann immer ihr danach war. Die Männer rieben sich die Augen, aber das Bild blieb unscharf. Ab und an hallte der Ruf eines ungewöhnlich frühen Kuckucks über die leeren Felder. Das künde vom Teufel, sagten manche neuerdings. Jetzt sehen die den Teufel schon im Kuckuck, machten sich andere darüber lustig, aber nur heimlich. Wenn einer den Teufel leugnete, war das verdächtig. Denn die Menschen zu überzeugen, dass es ihn gar nicht gibt, das galt ja als des Teufels größte List.

In den Fensternischen der Bauernhäuser und Katen flammten Kerzen und Kienhölzer auf, in den Kesseln köchelte grobe Hafergrütze für die Frühkost, man sah die ersten Menschen aus den Türen treten. Milchmägde schleppten Eimer, Knechte schöpften Wasser aus den Brunnen, Bauern und ihre Gehilfen bückten sich über die Ackerflächen. Auch sie spürten den März im Leib, spürten ihn auch in der kalten Erde, wie ein langes Ausatmen. Sie richteten den Blick auf ihre Parzellen, sie planten, wohin sie dieses Jahr den Kohl setzen würden und wohin die Bohnen. Auf einer der Wiesen unweit ihrer Häuser wuchs ein Scheiterhaufen, dorthin blickten sie nicht.

Der Büttel und sein Helfer mussten die Stämme nun aufstapeln, abwechselnd längs und quer, in Form eines Hufeisens um den Brennbalken herum. Die Zwischenräume füllten sie mit dünnen Ästen, dem Reisig und dem Stroh. Die offene Seite des Hufeisens würden sie mit Holzscheiten schließen, wenn die Hexe an den Pfosten in der Mitte gebunden war. Das Holz sollte ihr von allen Seiten bis zur Hüfte reichen. Aber der Gehilfe hatte das Podest zu niedrig gebaut, der Alte schimpfte mit ihm und ließ es ihn korrigieren. »Die Leute wollen sie ja sehen«, murrte er. *Die da sündigen, die strafe im Angesichte aller, auf dass sich auch die Übrigen fürchten.* Die Leute rümpften die Nase über seinen Beruf, man traute einem Büttel nicht viel mehr als Handlangerarbeit zu, aber er wusste, was auf der Bildtafel des Hamburger Stadtrechts geschrieben stand, und das war mehr, als die meisten Leute wussten.

Er kniff die Augen zusammen und musterte den Himmel, auf dem dunkle Wolken quollen. Sollte es wirklich noch regnen, müsste er Pech besorgen, um das Holz damit anzustreichen, damit es zündete. »Für sie wäre es ja gut«, sagte der Junge, »wenn das Holz feucht ist, qualmt es mehr, und sie ist recht bald erstickt.« Aber der Niederschlag kam nicht, und das Brandgut blieb trocken.

Am Vormittag hatte sich eine milchige Sonne gegen die Wolken durchgesetzt, die Wiese begann sich zu füllen. Kinder mit dünnem Haar und bleicher Haut kamen als Erste angelaufen, sie schlichen um den Gehilfen herum, der seinen Blasebalg und die Pechfackeln gut im Auge behalten musste. Ab und zu stampfte er mit dem Fuß vor ihnen auf, dann schossen sie kreischend davon. Bald standen auch die ersten Erwachsenen zusammen. Die meisten kamen von hier, einige waren von weiter weg gekommen. Manche waren gelöst, sie meinten schon den Triumph zu spüren, denn endlich wurde die Gemeinde von Hexen gesäubert, der Plan des Teufels durchkreuzt und das Böse ausgelöscht. Andere waren nicht so sicher, ob das hier wirklich der richtige Weg war, aber das sagten sie nicht.

Bald begannen alle, unruhig die Hälse zu recken, traten von einem Bein auf das andere, dicke Klumpen der zähen, bläulich-dunklen Erde blieben an ihren Schuhen hängen, die Fußspuren füllten sich mit Wasser. Ein beißender Wind fuhr in Stößen über die Felder, er zerzauste Schöpfe, blähte die Kleider, allmählich kroch ihnen allen die Kälte in die Knochen. Sie kannten das, sie nahmen es hin, der Wind hier ließ sich nicht aufhalten. Da tauchten hinter der Feldmark endlich die Pferde auf, die den Schinderkarren zogen.

Mit einem Mal herrschte Stille, selbst der Wind gab kurz Ruhe. Alle spähten zu dem Gespann, das sich langsam näherte. Nun konnten sie etwas erkennen. Da schlug ein Erster sich die Hände vors Gesicht, dann der Nächste, ein Aufschrei war zu hören, ein erschrockenes Ächzen, ein erstes Gebet, und dann packte das gleiche Entsetzen einen jeden, der da stand und mit eigenen Augen sah, was dort auf dem Wagen war.

VOR DEM STURM

AUF DER FELDMARK hinter den Häusern war etwas, eine Gestalt, die sich bewegte, vielleicht auch mehrere, genauer konnte Britta es nicht erkennen. Es war früher Morgen, Ende Oktober, die Landschaft trat gerade erst aus dem Nebel und der Dunkelheit hervor; weite, flache Marschwiesen, vereinzelte Gruppen winterkahler Baumkronen, hier und dort Pappeln, die schmal und hoch wie Säulen herausragten. Seit es Herbst war, stieg der Dunst beinahe jeden Morgen von den Feldern und Flussarmen auf, wie um daran zu erinnern, dass man hier im Niederungsgebiet der Elbe war. Sie stand allein am Rande der Straße und hatte dem Schulbus hinterhergesehen, in den ihre Kinder gerade gestiegen waren. Sie hatte gewunken, bis der Bus nicht mehr zu sehen war, auch wenn sie wusste, dass die beiden sich nicht mal nach ihr umgedreht hatten. Vor mehr als drei Monaten waren sie nach Ochsenwerder gezogen, Mascha und Ben machten noch immer bei jeder Gelegenheit deutlich, dass es für sie das Ende der Welt bedeutete. »Wir werden uns bald an alles gewöhnen«, beschwor Britta die beiden ständig. Beim letzten Mal hatte Mascha genervt die Augen verdreht. »Ja klar, Mama. Glaubst du dir das eigentlich selbst?«, hatte sie gesagt und war mit wehenden Haaren davongestampft. Britta hatte in dem Moment nicht gewusst, was sie mehr vor den Kopf stieß: der Ton, den die 13-Jährige neuerdings immer öfter anschlug. Oder dass sie sich von ihr durchschaut fühlte.

Philipp war der Einzige, der hier aufzublühen schien. Am Wochenende, manchmal schon an Tagen, wenn er früher von der Arbeit kam, schlüpfte er in seine Arbeitshose mit Werkzeuggürtel, trimmte den Rasen, kärcherte die Pflastersteine, reinigte die Regenrinnen. Manchmal hielt er inne, stemmte die Hände in die Seiten, blickte über Haus und Garten. Er sah dann so zufrieden aus wie lange nicht mehr.

Der Bus glitt in den Nebel, nur die Rücklichter waren noch zu sehen, zwei rot glühende Punkte, und auf der Höhe, auf der sie aus ihrem Blick verschwanden, bemerkte Britta die Regung auf dem Feld. Dunkle, stakende Schatten, nah am Boden und noch tief im milchigen Dunst. Sie zögerte kurz, dann zog sie ihren Mantel fester und folgte der Straße, die aus der Siedlung herausführte. Sie wollte jetzt wissen, was dort war. Die Straße war eigentlich ein Deich, oben asphaltiert, so war das fast bei allen Wegen hier, sie lagen auf den Deichkronen und ähnelten Bahndämmen, weshalb man oft das Gefühl hatte, wie aus einem Zug heraus auf die Landschaft und die Häuser herabzuschauen. Von manchen ragten gerade der First und zwei Fenster über den Deich, wie Stirn und Augen, als wollten sie schauen, was dahinter war oder wer dort ging.

Eine Frau, Mitte vierzig, halblanges dunkles Haar, eigentlich glatt, von der Feuchtigkeit hier neuerdings ständig lockig, fröstelnd, angespanntes Gesicht, darauf gucken sie jetzt, dachte Britta. Ohne offensichtlichen Grund herumzulaufen, reichte hier schon, um Aufmerksamkeit zu erregen. Die meisten nahmen das Auto, in seltenen Fällen das Fahrrad, und wenn mal jemand zu Fuß unterwegs war, dann weil er einen Hund hatte. Sie war froh, als sie die letzten Häuser hinter sich gelassen hatte und das Gefühl, beobachtet zu werden, nachließ. Links und rechts lagen jetzt nur noch Felder, die meisten waren frisch umbrochen, das dunkle Innere nach außen gedreht, wie aufgeschürft. Es roch nach Erde und feuchtem Laub. Je näher sie dem Feld mit den Gestalten kam, desto deutlicher zeichneten sie sich ab, groß und grau, dicht aneinandergedrängt. Der Dunst wurde klarer, das Bild schärfer. Kraniche. Dutzende, langsam und schreitend bewegten sie sich über den Boden, wie geisterhafte Wesen, kein Ruf, kein Schrei war zu hören, sie waren vollkommen still. Einzelne hatte sie hier schon gesehen, auf den Marschwiesen oder den Elbufern, bewegungslos lauernd, wie Statuen. Aber jetzt hier so viele, wie eine Versammlung. Dann dämmerte es ihr, es musste ein Zug sein, auf dem Weg in den Süden, der hier eine Rast machte. Sie blieb in einiger Entfernung stehen und wagte kaum zu atmen. Einer der Vögel sah sie jetzt direkt an, streng, beinahe böse, aus tiefgelben Augen und nur einen Moment lang. Dann warf er den Kopf nach hinten, streckte den Hals, machte sich groß und stieß einen langen, kehligen Laut aus, der wie ein Schrei klang, so laut, dass sie zusammenfuhr. Sofort ging der gleiche Schrei von Kehle zu Kehle, dann ein Ruck, noch einer, bis alle Vögel sich erhoben hatten und in den Himmel stießen. Eine Weile hingen die Rufe und die Flügelschläge in der Luft. Dann war der letzte Laut verklungen, und mit einem Mal war es wieder so still, dass ihr alles wie eine Täuschung vorkam. Sie stand sinnlos und wie verloren da, und weil sie nicht wusste, was sie sonst tun sollte, lief sie weiter, immer tiefer in die Landschaft hinein. Wenn sie später daran zurückdachte, kam es ihr so vor, als hätte etwas sie dort hineingezogen.

Mehr als drei Monate waren sie hier und hatten Ochsenwerder und die Gegend drum herum noch immer nicht richtig erkundet. Philipp war an den Wochenenden nicht vom Haus wegzubekommen, die Kinder konnte sie erst recht nicht zu einem Spaziergang überreden, vor allem seit es kühler war, der Wind einem hier von jeder Seite um die Ohren pfiff oder Regen ins Gesicht schleuderte.

Wie anders alles ausgesehen hatte, als sie das erste Mal zur

Besichtigung hier waren. Es war Sommer gewesen, und das Land hatte vor Fülle gestrotzt. »Willkommen in den Vier- und Marschlanden, dem Gemüsegarten Hamburgs«, hatte die Maklerin damals gesagt. Ohne einen Funken Enthusiasmus. Sie hatte es heruntergerattert wie die Daten zur Ausstattung und zum Energieausweis. Man musste Kaufinteressenten nichts andrehen oder schönreden, die Leute nahmen alles, was auf den Markt kam, egal welcher Zustand, egal welcher Preis. Nur Philipp blieb unbeeindruckt und wählerisch. Außer bei diesem Haus. »Wir nehmen es!«, hatte er gerufen, da waren sie noch nicht einmal im oberen Stockwerk angekommen.

Perplex hatte Britta ihm die Hand auf den Arm gelegt. »Können wir da vielleicht noch mal drüber reden?« Aber er eilte schon weiter. »Das ist es, Britta! Das ist es!«, hallte seine Stimme durch die leeren Räume. So begeistert hatte sie ihn schon lange nicht mehr erlebt. Und auf einmal wurde ihr klar, dass sie jetzt vielleicht am Ziel waren. Sie suchten schon so lange, dass es ein Ritual geworden war: Anzeigen durchforsten, Besichtigungstermine ausmachen, alle Fakten checken, eine Abfuhr kassieren oder selbst lieber die Finger davon lassen. Dann wieder von vorn anfangen, dem Traum nachjagen: vom Haus mit Garten, wo eine Schaukel für die Kinder hing; von etwas, das einem ganz alleine gehörte. Es würde dieses Haus werden, hatte sie auf einmal geahnt, und statt Freude spürte sie einen Stein auf der Brust.

»Ebenerdige Dusche, fugenlos verfliest!«, Philipp hatte offensichtlich das Bad entdeckt. »Es ist perfekt, Britta! Komm doch mal, das musst du sehen!« Sie ging seiner Stimme nach, musterte die kahlen weißen Wände, den offenen Grundriss. Ihr kam alles zu groß vor, zu kalt, zu leer. Aber gut, das war es ja auch. Wenn erst einmal die Sachen drin wären. Viel Platz hatten sie sich ja gewünscht, für jedes Kind ein eigenes Zimmer. Hier gab es sogar noch ein Gäste- und Arbeitszimmer. Wer träumte nicht davon? Und dann das Licht! Es fiel durch riesige Scheiben von allen Seiten herein. Sie schaute in den Garten. Eine mächtige Rotbuche voll dunklem Laub stand dort. Eine Schaukel würde die tragen. Aber eigentlich waren die Kinder schon zu groß dafür. Sie hielt inne. Etwas war seltsam an diesem Baum. Es war der Stamm. Der Baum schien aus vielen einzelnen Stämmen aus dem Boden zu wachsen.

»Stockausschlag.« Sie fuhr herum. Es war die Maklerin. Britta schaute sie irritiert an. »Eine alte Methode der Brennholzgewinnung. Holz war hier immer rar. Man schlug den Haupttrieb ab, neue wuchsen heraus, bis auch die wieder abgeschlagen wurden und so weiter. Solchen alten Baumbestand hat man selten bei neuen Häusern.« Britta nickte beeindruckt, während die Maklerin sie weiterhin ungerührt musterte. Sie würden den Zuschlag vermutlich sowieso nicht bekommen, die Frau schien keine großen Sympathien für sie zu haben, und draußen warteten schon die Nächsten.

»Falls Sie noch an die Elbe wollen: immer der Nase nach. Ist nur ein Katzensprung«, hatte die Maklerin am Ende des Termins gesagt und vom Haus nach links gedeutet. Aber Philipp hatte immer noch Fragen, es nahm kein Ende. Nachdem er sich losgerissen hatte, gingen sie ein Stück, um sich umzusehen. Britta ließ den Blick schweifen, und ob sie wollte oder nicht, ihre Skepsis löste sich auf. Auf den Feldern, die hinter den Häusern lagen, streckten sich lange Reihen von Gemüse, Kräutern und Blumen; Primeln, Bellis, Fleißige Lieschen. Dächer von unzähligen Gewächshäusern blitzten in der Sonne. Und dann der Fluss. Das Wasser leuchtete tiefblau, am Ufer kreischten planschende Kinder. Hohes Schilf stand an den Rändern, Kiebitze und Sumpfhühner quakten darin. Philipp und sie staunten und konnten es nicht fassen: das alles nur eine halbe Stunde Autofahrt vom Hamburger Zentrum entfernt. Beim Haus war sie sich noch immer nicht so sicher wie Philipp, aber in der Landschaft spürte sie etwas. Schön war sie, aber das war es nicht allein, da war noch etwas anderes.

Und jetzt war alles im Schwinden begriffen. Ihr war, als wäre sie auf etwas hereingefallen, einen Taschenspielertrick der Natur, die ihr jetzt grinsend präsentierte, wie es hier wirklich war: die Felder leer und dunkel, die meisten Lebewesen irgendwo verborgen, Zugvögel davongeflogen, das Reet trocken, fahl und totenstill. In den Bäumen hielten sich die letzten zittrigen Blätter, aber bald würde der Wind sie auch noch herunterzerren, und alles hier würde aufs Skelett entblößt sein. Ihr machte das eine seltsame Angst. Als könnte etwas zum Vorschein kommen, was sie gar nicht sehen wollte. Trotzdem lief sie weiter, bog auf einen Weg ab, den sie noch nicht kannte. Ein paar verstreute Häuser rechts und links vom Deich, verwelkende Gärten, das *Landhaus Vogt* warb auf einer verblassten Tafel für den Schnitzeltag, sah aber verlassen aus. Sie kam an vielen gelben Warnschildern vorbei, auf denen die Worte *Privat* oder *Durchgang verboten* prangten. Sie standen an fast jeder Auffahrt, vor beinahe jedem abzweigenden Feldweg oder Trampelpfad. Anders als die Landschaft hatten die Menschen hier offensichtlich sehr wohl etwas zu verbergen.

Ein Auto schoss um die Kurve, sie hatte es gar nicht kommen hören. Der Fahrer bemerkte sie, wich im letzten Moment aus und fuhr nur haarscharf an der Fassade eines der Häuser vorbei. Viel brauchte es dafür nicht, die meisten standen direkt hinter dem asphaltierten Deich, manche obendrauf, als wären sie aus ihm herausgewachsen. Reihendörfer nannte man die Ortschaften hier, weil sie sich entlang der Deiche streckten. Die meisten hatten keinen Kern oder Mittelpunkt. Bauernhäuser standen neben Siedlungshäusern und alten, oft bis zur Unkenntlichkeit sanierten Katen. An manchen Stellen ballten die Häuser sich, dann kam oft wieder lange nichts.

Neu dazugekommen waren ein paar Häuser von der Art, wie Philipp und sie nun eins hatten: kubischer Baukörper, glatt verputzt, zum Garten hin großzügige Fensterfassaden, Staffelgeschoss, Flachdach. Sie ragten wie Fremdkörper aus der Landschaft. Vor allem im Kontrast zu den alten Bauernhäusern, die hier und da standen, manche hatten es fast unversehrt durch die Jahrhunderte geschafft. Die meisten waren ausladend und lang, mit Ornamenten in den Backsteinfassaden und Reet, das tief herunterragte, grau und organisch; sie fügten sich ein, wie etwas, das hier schon immer gewachsen war. Hufnerhäuser nannte man sie, hatte sie gelesen. Weil das Land hier einst aufgeteilt worden war wie Blechkuchen, und die einzelnen Stücke nannte man Hufe. An diesen Häusern ging sie immer etwas langsamer vorbei, versuchte zu schauen, ohne zu starren. Aber am liebsten wäre sie stehen geblieben, hätte die Hand auf den narbigen blassroten Backstein gelegt, hätte Fragen gestellt: Was weißt du? Was alles hast du schon gesehen? Wen hast du beschützt? Und wovor?

So eines, das wäre ihr Traum gewesen. Renovieren, aber so, dass der ursprüngliche Charakter erkennbar geblieben wäre. Sie mochte Altes, die Sachen mit Macken, Rissen oder geklebten Stellen, die mit den Zeugnissen einer Rettung. Wo andere Schrott sahen, sah sie Schönheit und Möglichkeiten. Sie spürte die Geschichten dieser Dinge. Provenienz, hatte sie mal aufgeschnappt, war etwas, das zwischen den Dachsparren hing, unsichtbar und trotzdem anwesend. Sie hatte Philipp immer mal wieder Anzeigen vor die Nase gehalten oder weitergeleitet: Reetdach, Sprossenfenster, Renovierungsstau. »Du mit deinen modrigen Scheunen«, hatte er jedes Mal abgewunken. Er nahm es stöhnend hin, wenn sie Flohmarktfunde anschleppte, verschrammte Kommoden, altmodische Keramikbecher und Vasen – und wie sie über deren Ursprung sinnierte. Er hatte es lieber klar und funktional. Besuchern verkaufte er ihren gemeinsamen Einrichtungsmix in der Altbauwohnung als eklektisch. Aber bei einem alten Haus winkte er ab. Unberechenbar und unendlich, mit so was hätte man bloß Ärger. Sie fand das, was sie jetzt hatten, nicht weniger unkalkulierbar. Trotz Eigenanteils hatten sie eine enorme Summe an Schulden aufnehmen müssen. Sie fand es erdrückend und konnte viele Nächte nicht gut schlafen deswegen. »Komm, wir bleiben hier wohnen, und von dem gesparten Geld lassen wir es uns gut gehen«, hatte sie halb im Scherz am Abend vor dem endgültigen Notartermin zu ihm gesagt. Aber er rechnete ihr ein ums andere Mal vor, warum sich ein Hauskauf selbst bei diesen Preisen noch rechnen würde, vor allem im Hinblick aufs Alter. Damit hatte er sie. Wenn sie nach zwölf Jahren Teilzeit an ihre Rentenbescheide dachte, wurde ihr jedes Mal ganz flau.

Vor ihr lag jetzt die Gose Elbe in ihrem Bett, still und leblos. Kaum zu glauben, dass es der gleiche Fluss war wie im Sommer. Wenn der Himmel so trüb war wie jetzt, war der Fluss es auch, er sah schlammfarben und traurig aus. Vielleicht dachte sie das aber nur, weil sie erfahren hatte, was mit ihm geschehen war. Einst war er einer der Ströme der Ur-Elbe gewesen, aber man hatte ihn schon vor Ewigkeiten durch einen Damm abgetrennt, um ihm den Anschluss an die Strömung und die Gezeiten zu nehmen. So ging man hier mit wilden Dingen um, sie konnten sonst schnell gefährlich werden. Das ganze Gebiet war gezähmt, planmäßig kultiviert, kontrolliert und an die Kandare genommen. Sobald man die Häuser hinter sich ließ, sah es überall ähnlich aus, parzellierte Felder, schnurgerade Straßen, platte Marschwiesen, begradigte Flussufer.

An einer Weggabelung blieb Britta stehen und blickte sich

verwundert um. Plötzlich wusste sie nicht mehr genau, wo sie war. Verlaufen. Hier, in diesem übersichtlichen, flachen Land, sie musste fast lachen. Sie drehte sich um die eigene Achse, suchte nach etwas, das ihr bekannt vorkam, fand aber nichts.

Da entdeckte sie in einiger Entfernung das Dach einer kleinen Kate. Der Weg dorthin lag vor ihr wie ein Pfeil in der Landschaft. Sie entschied sich, ihn zu nehmen. Bald kamen Gartenflächen in Sicht, die zu der Kate gehören mussten. Auf manchen standen noch verdorrte Pflanzenstängel, riesige Blätter hingen herab, schwarz und ledrig, wie Flügel von Fledermäusen. Wie alle Felder hier waren auch diese von Wassergräben durchzogen, sie hatte irgendwo gelesen, dass sie fast alle miteinander verbunden waren, wie ein Netz oder ein Organismus. Manche Gräben waren etwas breiter und gut zu sehen, andere erkannte man nur, weil Schilfspitzen in langen Reihen herausschauten. Hier und da standen Kopfweiden am Wegrand beieinander, oft bis auf den buckligen Stamm zurückgeschnitten. Wenn sie ihre Zweige noch hatten, sahen sie aus wie Menschen, die ihre Arme hoben.

Als Britta dem alten Haus näher kam, fiel ihr auf, dass etwas anders war als sonst. Kein Wind. Das war außergewöhnlich. Irgendwann im September war er aufgekommen, meistens fiel er aus allen Richtungen ein, fegte ungehindert über die leeren Felder, zerrte und schubste, zog an Kleidern und zwiebelte in den Ohren. Aber heute war es ungewohnt still. Auch der Himmel war seltsam, bemerkte sie jetzt, Wolke in Wolke, jede grau, aber manche leuchtete grellgelb am Rand, beinahe grün. So einen Himmel hatte sie noch nie gesehen. Es war ein Himmel, der einem sagte, dass man jetzt lieber schnell nach Hause sollte. Nur wusste sie gerade nicht, wo ihr Zuhause war.

Jetzt hatte sie die Kate erreicht. An der Wetterseite war das Reet grün vor Moos, der vordere Giebel war verwittert, die Fenster saßen auf unterschiedlicher Höhe, alles war krumm und schief. In den Giebelbalken war eine lange Inschrift geschnitzt, die sie vom Weg aus nicht entziffern konnte, so sehr sie auch den Hals streckte. Im Garten standen Obstbäume, die uralt sein mussten. Die knorpeligen schwarzen Zweige ragten seltsam verrenkt auf, sie waren mit schuppigen grünen Flechten überwuchert. Das Haus war dunkel und wirkte unbewohnt. Sie tippte darauf, dass es leer stand, bald würde es sicher jemand kaufen und sanieren; Glückspilz, dachte sie. Da bemerkte sie, dass aus dem Schornstein Rauch aufstieg. Sie war schon am Haus vorbei, als sie doch noch einen Blick über die Schulter warf. Sie erschrak kurz, weil etwas am Haus entlanghuschte. Dann sah sie aber noch rechtzeitig, dass es bloß eine große Katze war, die um die Ecke verschwand.

Als Britta wieder nach vorne sah, erkannte sie am Horizont erleichtert die Kirchturmspitze von Ochsenwerder. Von dort wusste sie, wie sie wieder zurückfinden würde, mit Glück, bevor das Unwetter losging. Sie sah auf die Uhr, heute hatte sie frei und sich fest vorgenommen, endlich das restliche Umzugschaos zu lichten. Im Haus standen noch überall Kartons herum, manche aufgerissen und durchwühlt, weil jemand irgendwas nicht finden konnte und sie fluchend durchsuchte. Sie wusste nicht, was es war, das sie vom Auspacken abhielt. Irgendwas kam eben immer dazwischen.

Vielleicht lag es daran, dass das Packen schon so eine Qual gewesen war. Nicht wegen der Arbeit an sich, sondern wegen dem, was dabei hochgekommen war. Sie hatte die Gelegenheit nutzen wollen, um richtig auszumisten. Sie hatte sich mit Kisten und Müllsäcken eingedeckt. Voller Elan hatte sie angefangen und stand dann plötzlich ratlos vor zu klein gewordenen Jeans, die wohl nie wieder passen würden. Vor CDs, die sie geliebt, aber ewig nicht gehört hatte. Da waren die winzigen Babysachen der Kinder. Die Vorstellung, sie wegzutun, trieb ihr Tränen in die Augen. Da waren stapelweise ihre alten Visitenkarten:

Dr. Britta Stoever

Wissenschaftliche Mitarbeiterin

Institut für Geographie, Universität Hamburg

Da war der längst ungültige Zutrittsausweis zum Geomatikum. Da waren vier Regalmeter Aktenordner mit Material, das sie für ihre Dissertation gesammelt hatte: *Über die Auswirkungen anthropogener Landschaftsveränderungen auf das Mikroklima degradierter Niedermoore am Beispiel der Region Schneverdingen.* Staub lag darauf. Was sollte sie noch damit?

Ihr war gar nicht klar gewesen, wie viel von ihr schon unnütz geworden war. Je mehr sie auseinandernahm, entleerte, beiseiterückte, desto mehr Staub rieselte herab, wirbelte herum. Als sie das Nachtschränkchen anhob, rannte eine große schwarze Spinne los und verkroch sich unter der Fußleiste. Sie war aufgesprungen und hatte mitten im Umzugschaos angefangen, wie manisch sauber zu machen, den Dreck wegzusaugen, alles abzuwischen. Es war wie eine letzte Berührung, es war ein Abschiednehmen, bald würde nicht einmal mehr diese Wohnung zu ihrem Leben gehören. Es tat weh.

Irgendwann war Philipp nach Hause gekommen, hatte sie in diesem Zustand gefunden, schluchzend, scheuernd, wie in Panik. Erschrocken hatte er sie in den Arm genommen. »Was ist denn los?«

»Ich kann einfach nicht glauben, dass unser Leben hier bald nur noch eine Erinnerung ist«, versuchte sie, ihm zu erklären. »Weißt du noch, wie du Mascha im Maxi Cosi reingetragen hast und später dann Ben? Da drüben hat er seine ersten Schritte gemacht.« Ihr war, als würden sie etwas von sich zurücklassen. Und dann war da noch etwas, von dem ihr flau war, wie von einer Vorahnung. Aber das sagte sie ihm lieber nicht.

»Wir werden neue Erinnerungen sammeln«, versuchte er, sie zu trösten. »In einem riesigen Haus mit riesig viel Platz dafür. Und wir sind doch noch immer wir, nur woanders.«

Sie hatte es versucht, sie hatte ein paar Bücherregale einsortiert, Kleidung in die Schränke geräumt. Sie hatte das String-Regal aufgehängt und die gerahmten Bilder, sie zu zweit, zu dritt, zu viert. Urlaub auf Malta, Mascha mit Zahnlücke, Ben auf dem Laufrad. Sie hatte die alte Kommode aus Eichenholz an die Wand gerückt, ihre liebsten Keramikteile einsortiert, aber es passte alles nicht. In der Altbauwohnung unter dem Stuck hatte es gut ausgesehen, hier wirkte das meiste deplatziert; als ob ihr altes Leben in dieses einfach nicht hineinpassen wollte.

»Willst du hier denn gar nicht ankommen?«, hatte ihre Freundin Judith neulich entsetzt gefragt, als sie zum ersten Mal zu Besuch war. Britta zählte eine Reihe von Ausreden auf, an so einem Umzug hing so viel mehr, als nur die Kisten auszupacken. Heute würde sie ja endlich loslegen.

Aufgebrachte, spitze Schreie rissen sie aus den Gedanken. Unweit vom Straßenrand stritten ein paar Krähen um etwas. Sie flogen auf, stürzten sich wütend wieder hinunter, den spitzen Schnabel voran. Sie sah lieber schnell weg, richtete den Blick auf die Häuser, denen sie jetzt näher kam. Eine Neubausiedlung, rot verklinkerte Reihenhäuser, graue Walmdächer, quadratische Gartenparzellen, ein Straßenschild. Sie war hier bisher immer nur mit dem Auto vorbeigefahren, vermutlich war ihr das Schild deshalb nie wirklich aufgefallen, aber jetzt sprang ihr der Name direkt ins Auge.

Abelke-Bleken-Ring

Das sagte ihr nichts. Aber ihr Kopf wiederholte den Namen, wie etwas, das sie sich einprägen sollte. »Abelke«, sprach sie leise für sich nach. Es klang so ungewöhnlich und schön. Sie hätte gerne ein Gesicht zu diesem Namen gesehen. Sie machte sich einen Knoten in die Handykette, zu Hause würde sie es googeln. An einem Fenster erschien der Kopf eines blonden Mädchens, lange Zöpfe rechts und links. Britta lächelte und wollte den Arm heben, um ihr zu winken, dann kam es ihr albern vor, und die Kleine schaute ohnehin unverwandt geradeaus, als würde sie durch sie hindurchsehen. Britta ging schneller, zum Haus war es noch ein ganzes Stück, und der Himmel wurde nicht freundlicher.

Sie schloss die Tür auf. Chemischer Geruch schlug ihr entgegen, das Gemisch neu verbauter Materialien. Nach der langen Zeit an der frischen Luft nahm sie ihn besonders wahr. Vielleicht würde es hier vertrauter werden, wenn das Haus irgendwann endlich nach Zuhause roch. Sie schaltete schnell das Radio an, bloß keine Stille. Seit sie hier lebten, musste immer irgendwas an sein, wenn sie allein war.

Sie sah sich um. Wie an jedem Morgen wartete das Chaos vom Aufbruch auf sie. Der vollgekrümelte Frühstückstisch, Philipps Kaffeetassen. Er trank immer zwei Espresso, bevor er das Haus verließ. Für jeden nahm er eine neue Tasse und ließ sie an unterschiedlichen Plätzen stehen. Der Flur war voll vom getrockneten Matsch und Sand, der jeden Morgen aus den Schuhen der Kinder fiel. Sie räumte das Geschirr weg, wischte die Flächen ab, saugte grob durch. Sie stellte eine Waschmaschine an und checkte den Kühlschrank. Darin herrschte Leere. Sie musste später auf jeden Fall noch einkaufen fahren. Sie sah zu den Kartons, erinnerte sich an ihr Vorhaben, redete sich Entschlossenheit ein: einfach einen schnappen und ausräumen, wenigstens einen. Dann fiel ihr Blick auf das Handy. Der Knoten. Sie ließ die Kisten stehen und schaltete ihren Laptop ein.

Abelke Bleken. 9200 Ergebnisse in 0,52 Sekunden. Die ersten waren Meldungen der hiesigen Regionalnachrichten und noch gar nicht lange her.

> *Hamburger Abendblatt:* Straßenname erinnert an tragisches Frauenschicksal
> *Bergedorfer Zeitung:* Abelke ist wieder zu Hause
> *NDR:* Rehabilitierung für eine Hexe?

Hexe? Britta fühlte einen seltsamen Aufruhr. Sie rief jetzt den Wikipedia-Eintrag auf, überflog die knappen Absätze. Bei den Quellen war ein Link, der auf eine Hamburger Chronik verwies. Sie klickte auch den an, er führte zu einer Sage über Abelke Bleken, mehrere Seiten lang, in altertümlicher Sprache verfasst. Sie las den ersten Absatz:

In ganz Ochsenwärder gab's um 1530 kein schöneres Mädchen als Abelke Bleken, des reichen Bauern einziges Kind. Wer ihr rosig Antlitz sah, dem wurde auch mitten im Winter ganz frühlingslustig zumute. Sie war ihrer Eltern Freude und Glück, jedermann hatte sie lieb, die jungen Burschen mochten nur mit ihr zum Tanz gehen. Freien aber wollte sie nicht. – Darüber vergingen Jahre. Die Eltern waren gestorben, Abelke hatte das Gehöfte geerbt und waltete darin wie eine verständige Bäuerin ...

Sie las hastig bis zum Ende, danach auch weitere Einträge, die sie auf die Schnelle finden konnte, manches las sie quer, um voranzukommen. Schließlich klappte sie den Laptop zu, ließ sich gegen die Stuhllehne fallen und starrte aus dem Fenster. Bilder stürzten auf sie ein, von Verfolgung und Folter, vom Verleumden und Verbrennen, aufgeschnappt in Büchern, Filmen, Dokumentationen, die sie immer schnell weggeschaltet hatte, weil es sie krank machte, die bloße Vorstellung davon. Aber jetzt konnte sie es nicht wegschieben, auf einmal war alles so eigenartig nah. Sie merkte, dass der Wind draußen wieder Fahrt aufgenommen hatte. Zu hören war nichts, sie sah es daran, dass die Rotbuche vor dem Fenster sich wie wild schüttelte. Philipps Triumph: Effizienzhaus mit Pluspaket, Dreifachglasisolierung, Wärmedämmverbundsystem. »Hier zieht nichts«, sagte er gerne mal stolz. Dieses Haus brachte Sachen zum Schweigen, so kam es ihr vor.

In dem Moment knallte es. Die Haustür. Britta schrie vor Schreck kurz auf. »Sorry, Mama. Der blöde Wind!«, hörte sie Mascha aus dem Flur rufen. Völlig irritiert schaute sie auf die Uhr. Tatsächlich, die Kinder hatten schon Schulschluss, ihr war überhaupt nicht bewusst, dass es schon so spät war. Es kam ihr vor, als wäre ein Stück vom Tag einfach verschwunden. Sie eilte in die Küche, um etwas zu essen zu machen mit dem, was noch da war, denn das Einkaufen hatte sie natürlich vergessen. Sie warf schnell ein paar Sachen zusammen. Während sie darin rührte, fiel ihr eine Strophe aus einem alten Kinderreim ein.

Fröschebein und Krebs und Fisch, hurtig, Kinder, kommt zu Tisch.

»Iiih, Mama, das schmeckt total eklig«, klagte Mascha. Ben schob seinen Teller auch weg.

Britta atmete in den unteren Brustkorb, tief ein, kurz halten, langsam aus. Das hatte sie sich in Essenssituationen so angewöhnt. Die Kommentare wären nicht anders ausgefallen, wenn sie besser vorbereitet gewesen wäre. Sie hasste Kochen. Ihr selbst reichte es, irgendwas herunterzuschlingen, und man war satt.

Seit sie eine Familie hatte, war das nicht genug. Seitdem musste sie richtig kochen. Meistens hielt sie sich streng an Rezepte aus Kochbüchern, die sie extra angeschafft hatte, weil es sonst nichts wurde. Für Mascha und Ben suchte sie außerdem oft Gerichte im Internet raus, die als kindersicher galten. Einer von ihnen rümpfte meistens trotzdem die Nase, meckerte oder pulte Sachen heraus. Sie atmete dann tief, suchte später nach neuen Rezepten, nahm sich vor, strenger bei den Süßigkeiten zu sein, gab regelmäßig auf. So wie jetzt. »Können wir was zu naschen?«, quengelte Ben. Mascha stimmte mit ein. War das Make-up in ihrem Gesicht, fragte Britta sich irritiert, aber mit den Gedanken gleichzeitig woanders, irgendwo auf dem Hof einer Frau, vor langer, langer Zeit. Sie gab den beiden etwas, dann verschwanden sie in ihre Zimmer. »Später machen wir aber noch zusammen Hausaufgaben, okay?«, rief sie ihnen hinterher und setzte sich noch mal an den Rechner.

Als Philipp kam, war es noch gar nicht so spät, aber draußen trotzdem schon schwarz wie die Nacht. Die Dunkelheit kam hier so plötzlich, als hätte jemand einen Sack über das Haus gestülpt. Sie wärmte ihm schnell das Essen auf, es war dadurch nicht besser geworden.

»Ich mach mir ein Brot«, sagte er, ging zum Kühlschrank und sah ihn lange durch. »Sag mal, haben wir keinen Felsenkeller mehr?« Philipp liebte diesen österreichischen Rohmilchkäse, den es nur an der Theke gab und auch nicht an jeder. Sie hasste, wie er roch, brachte ihn Philipp aber trotzdem immer mit.

»Oh, sorry, ich hab es heute gar nicht mehr zum Einkaufen geschafft«, sagte sie. Er nahm wortlos das restliche Stück Gouda, das er noch gefunden hatte.

Sie setzte sich zu ihm an den Tisch. »Stell dir vor, ich habe heute zufällig herausgefunden, dass hier in der Gegend eine Hexe gelebt hat.«

»Ah ja?«, sagte er und schaute kurz zu ihr auf. Dann klappte er seine Brote zusammen und stand vom Tisch auf. »Du, das klingt spannend, aber ich bin echt erledigt, den ganzen Tag nur Konferenzen. Ich brauch mal 'ne Pause, wir unterhalten uns später, okay?« Er nahm seinen Teller und trug ihn in den Wohnbereich rüber. Sie sah ihm nach, wie er sich ohne ein weiteres Wort abgewandt hatte, sich auf das Sofa fallen ließ, sich noch mal aufsetzte, um sich nach der Fernbedienung zu strecken. Sie wartete stumm, ob er sich vielleicht noch einmal nach ihr umdrehen oder zu ihr hinüberblicken würde. Aber nein, da kam nichts mehr. So war das jetzt öfter. Vielleicht kam es ihr aber auch nur so vor, weil sie hier manchmal den ganzen Tag mit niemandem außer den Kindern sprach und es herbeisehnte, dass er endlich nach Hause kam, damit sie sich mit einem anderen Erwachsenen unterhalten konnte.

Sie versuchte, die Enttäuschung zu verdrängen. Er war erledigt von der Arbeit, das musste man verstehen. Sie räumte das Geschirr in den Spüler, schrieb »Felsenkeller!« auf einen Abreißzettel und klebte ihn an die Kühlschranktür. Dann bereitete sie den Tisch für den nächsten Morgen vor. Die Stimme des Nachrichtensprechers drang zu ihr herüber. Mit Herbststürmen sei zu rechnen, hörte sie, wir sehen uns morgen wieder, an Allerheiligen. Sie wischte noch alle Flächen sauber. Dann stellte sie sich an das Fenster, das zum Deich gerichtet war. Irgendwo in diesem vollkommen schwarzen Himmel tobte sich der Wind gerade heftig aus. Plötzlich klatschte eine Böe einen Schwall Regen gegen das Fenster, als hätte sie auf sie gezielt. Erschrocken wich Britta einen Schritt zurück und verschränkte die Arme. »Ich glaube, der Sturm wird heftiger als gedacht«, sagte sie. Vermutlich zu leise, denn Philipp hörte sie gar nicht, sondern starrte nur auf den

Fernseher. Sie sah weiter angestrengt in die Dunkelheit, als wäre darin etwas, das sie erkennen würde, wenn sie nur lang genug hineinschaute. Aber alles, was sie sehen konnte, war ein Zerrbild von sich selbst.

ALLERHEILIGEN

ABELKE BLEKEN STIEG auf den Deich, um den Himmel zu betrachten, der ihr nicht gefiel. Noch am frühen Morgen hatte der Nordwestwind schwere, dunkle Wolken vor sich hergejagt, aber nun war alles seltsam still, die Wolken waren stehen geblieben, rührten sich nicht mehr, der ganze Himmel dunkel, nur weit hinten am Horizont ein grelles Leuchten in Gelb und Grün. Der Fluss lag in seinem Graben, reglos und schlammfarben, wie man ihn jetzt im Oktober kaum anders sah. So stand Abelke da, den Blick auf den Himmel und das Land gerichtet.

Hinter ihr lag der Hof. Ein Hufnerhaus, lang und ausladend, am First zwei geschnitzte Pferdeköpfe, die einander ansahen. Das Reet am Dach war ohne Fehler, die Fassade aus blassrotem Backstein wurde von Eichenfachwerk getragen, so hell und gerade, dass es eine Zierde war. Prächtige Gänse und Hühner wanderten auf dem Hofplatz umher, Richtung Süden streckten sich Felder in geraden Bahnen. Das Haus betrat man durch eine hübsch gestrichene Tür und stand in einer lehmgestampften Diele, die weit und hoch wie eine Halle war. Zur linken Seite lag der Wohnbereich, zur rechten Seite ging es in den Stallteil, wo die Kühe und Pferde standen, allesamt gut gepflegt und gesund. In der Mitte der Diele befand sich das Flett, die gemauerte Feuerstelle. Im Rauchfang darüber hingen Speckseiten und Würste, von der Hille, dem Dachboden, duftete es nach frischem Stroh und aus der Vorratskammer nach Backobst und gedörrten Äpfeln. Wo man hinsah, herrschte Ordnung, alles stand an seinem Ort und war sauber.

Der Hof war einer der prächtigsten in der Gegend. Viel zu groß für eine Frau allein, sagten die Leute, die gerne tratschten, vor allem über Abelke. Aber im Griff hat sie den Hof, meinten die einen, wenn sie die geraden Flächen sahen, auf denen es nicht einen Maulwurfshügel gab. Wer weiß, wer ihr heimlich dabei helfe, meinten die anderen. Schön sei sie, sagten viele. Aber hochnäsig, das sagten sie auch. Und noch sehr viel mehr. Denn wie Abelke lebte sonst keine hier, eine Bäuerin allein auf einem Hof, der so gut ging. Die einen Mann liebte, der nicht von hier war, und alle anderen verschmäht hatte.

Hinter dem Haus streckte sich Abelkes Land bis zum Landscheidegraben, jetzt, kurz vor dem Winter, war es abgeerntet und kahl. Links daneben lag das Grundstück von Henneke Schwormstedt, der war ihr direkter Nachbar. Als er sie auf dem Deich stehen sah, kam er auch heran und schaute auch in den Himmel. »Ich denke, das Schlimmste haben wir hinter uns.« Seit Tagen hatte es gestürmt, in allen Gräben und Flussläufen stand das Wasser hoch. In Billwarder und Neuen Gamme waren angeblich Deiche gebrochen. Heute gab der Wind das erste Mal seit Tagen Ruhe, und überall herrschte die Erleichterung, einem größeren Unglück davongekommen zu sein. Abelke spürte davon nichts. »Ich glaube, das Schlimmste kommt erst noch«, sagte sie und sah den Nachbarn ernst an, was sie gut konnte, mit ihrem scharfen, wachen Blick aus ihren großen dunklen Augen. Der blickte sich um, in alle Richtungen, und kratzte sich gleichmütig im Bart, bis Hautschuppen von einer Flechte herabrieselten. Noch einer, der auf seinem Hof allein wirtschaftete. Die Frau war Henneke schon vor Jahren gestorben, seitdem gab er nicht gut acht auf sich. »Rührt sich doch kein Lüftchen«, stellte er schließlich fest und machte sich auf den Rückweg zu seinem Haus.

»Da kommt noch was, und das wird schlimmer als vorher«, sagte Abelke fest und stieg ebenfalls den Deich hinab. »Glaub mir mal und mach deine Sachen lieber wieder fest.«

Aber Henneke lachte nur und winkte ab. Seit der Wind nachgelassen hatte, ließen die Bauern ihr Vieh wieder heraus und gingen ihrer Arbeit nach. Abelke trug ihren Leuten das Gegenteil auf. Henneke lachte noch mehr, als er sah, wie Abelkes Mägde die Hühner und Gänse auf den Kornboden hochscheuchten, die Hasenkäfige schon wieder nach oben zerrten und der Knecht die Vorräte von neuem die Leiter zur Hille hochschleppte. Sie zurrten Geräte fest, die sie am Morgen erst locker gemacht hatten, und beschwerten sie mit Steinen. Der Knecht und die Mägde lachten nicht, sie machten die Zusatzarbeit, aber überzeugt waren sie nicht. Sogar die Schweine sollten mit ins Haus, das waren die einzigen Tiere, die draußen ihren eigenen Stall hatten. Mit Schweinen unter einem Dach hielt es keiner aus. Der Knecht hatte seine Mühe, sie einzufangen. Eine Sau war ihm ausgerissen, er hinterher, über einen Stein gestolpert, auf einen anderen draufgefallen, er hatte sich das Knie übel angeschlagen. Jetzt sollten die Viecher über die enge Steige nach oben, sie wollten nicht, also schlug er sie. Das traute er sich nur, weil Abelke nicht da war, sie duldete nicht, dass Vieh so behandelt wurde, aber nun war sie zu Leneke ins Spadenland unterwegs und sah das ja nicht.

Sie lief zwischen den Feldern und an den Wassergräben vorbei, und schon von weitem, als der Reymers Hof ins Blickfeld kam, rief sie laut: »Leneke! Leneke!«, und hoffte, dass die Freundin sie eher hörte als ihr Mann. Denn der würde ja doch nur sagen: »Die Leneke hat jetzt zu tun.« Und da kam er auch schon, Hein Reymers, einer von den Männern hier, die ihr nie direkt in die Augen sahen, sondern immer nur linkisch schief an ihr vorbei. »Die Leneke hat keine Zeit für dich«, rief er ihr rüber.

»Komisch ist ja, dass du immer Zeit hast«, sagte Abelke. »Vielleicht hat Leneke keine, weil sie deine Arbeit mitmacht?«

Er ballte die Faust und machte einen Schritt auf sie zu. Was anderes fällt den Männern oft nicht ein, dachte sie und seufzte.

»Schon gut, schon gut, Hein. Keiner rackert sich so ab wie du«, sagte sie. »Aber mach heut alles fest, der Sturm ist noch nicht vorbei. Das könnte ein richtiges Unglück geben.«

»Du bist das einzige Unglück, das ich grad sehe«, sagte Hein bloß und rotzte neben sich auf den Boden. Sie beachtete das gar nicht, sondern versuchte, hinter seinem Rücken vielleicht doch noch irgendwo Leneke auf dem Hof zu erblicken. Vergebens. »Wie du meinst«, sagte sie dann. »Aber sag der Leneke, dass ich da war. Bringt die Kinner und euern Kram auf den Boden rauf, ick segg di dar!«, rief sie ihm noch mal zu.

Dann wandte sie sich um, lief wieder zurück, kam auch am Hof von Dirick Kleater vorbei. Ein neues Haus wuchs neben seiner klatterigen Scheune. Sollte wohl jeder sehen, wie viel besser es ihm ging, seit er vom Hufner zum Vogt aufgestiegen war. Einer, der die Arbeit scheute, aber gelten wollte er immer viel; ein Windmacher, ein Aufschneider, der gerne soff und jedem Rock nachstieg, auch ihrem. Jeder Bauer wusste, was er für einer war, aber sie lachten das weg, sie kippten Kruuten zusammen, den trüben Kräuterschnaps, den man hier brannte, sie hielten zueinander. Sie umgaben sich gerne mit einem, der Sprüche riss und Runden ausgab. Sie hatten ihn erst zum Deichgeschworenen gemacht und im letzten Jahr zum Vogt.

Sie überlegte, ob sie ihn nicht auch warnen sollte, wenigstens seiner kränklichen Frau wegen, was konnte die denn schon für alles? Aber ein Deichvogt sollte schon allein in der Lage sein, die Zeichen zu lesen, wenn sie auf schweres Unwetter deuteten. Nicht sie sollte hier unterwegs sein, um die Leute zu warnen, sondern er mit seinen Leuten. Dem Unkraut schadet der Frost nicht, dachte sie sich schließlich, dann lief sie weiter.

Sie lief zu Carsten Dührkoop, dem alten Handwerker und Tagelöhner in seiner lütten Kate. Sie lief zu Willem Harder, dem grimmigen Hufner, dessen Land auf der Südseite an ihres grenzte. Sie lief zu Mette Köppke, der Frau von Hennekes Knecht, sie lebten unweit des Schwormstedt Hofes in einer Kate. Sie lief zum Fischer Hayn Boye und seiner Frau Elsche. Sie lief zu den Burmesters und redete auf Ilse ein, aber die hörte gar nicht zu. Eins ihrer Kinder war hingefallen und schrie fürchterlich. Ilse hob es auf und wiegte es. »Ilse«, sagte Abelke. »Macht alles fest und geht rechtzeitig nach oben, der Sturm kommt noch mal zurück.« »Aber der Sturm ist doch schon vorbei«, sagte Ilse. Dann lief sie den zwei anderen Kindern hinterher, die sich an den Haaren zogen und beide heulten.

Am Ende war Abelke bei allen in der Nachbarschaft gewesen. Aber es war der Abend vor Allerheiligen, der Sturm war vorbei, die Leute waren mit anderem beschäftigt, sie legten ihre Kleider für den Gottesdienst raus, sie bereiteten ein Feiertagsessen vor, sie befüllten die Krüsellampen und fütterten ihre Tiere. Keiner wollte was hören von Abelkes Warnungen.

Um sechs saß sie mit dem Gesinde zum Abendessen, das verdrießlich dreinschaute und kein Wort von sich gab. Über ihnen auf dem Kornboden trappelten die Tiere, bald tropfte die Scheiße durch die Dielenritzen, und draußen rührte sich immer noch kein Lüftchen. Der Knecht rieb sich maulend sein Knie, heimlich warf er sich mit den anderen Blicke zu, aber nicht so heimlich, als dass Abelke es nicht sehen konnte; und doch geschickt genug, dass sie nichts dagegen sagen konnte.

Aber kaum dass sie später in ihre mit Stroh ausgelegten Alkoven gestiegen waren, brauste es draußen von einem Augenblick auf den nächsten auf, als hätte jemand ein geheimes Zeichen gegeben. Der Wind fuhr von allen Seiten ums Haus, riss am Dach, kreischte wie ein krankes Tier und warf mit Ästen. Dann prasselte Hagel herunter, als würde es Steine regnen. Im Stall brüllten die Rinder und rissen an den Ketten. Die Ziegen und Schafe schrien wie verlassene Kinder, keiner wusste bis dahin, dass sie das konnten. Alle waren nun aus den Betten gesprungen, stiegen hastig in ihre Kleider. Knieten auf dem Boden, die Hände ineinandergekrallt, und begannen zu beten, vergaßen schon bald vor Angst die Strophen, dann hörte Abelke einen nach dem anderen bloß noch »Gott sei uns gnädig!« schreien. Aber das war er offensichtlich nicht. Draußen plötzlich ein Donnerkrachen, das ganze Haus schien zu zittern, das Kupfer klapperte in den Schränken. »Die Welt geht unter!«, schrie die eine Magd. Sie beteten nicht mehr, sondern kniffen die Augen zu, hielten sich die Hände über den Kopf. »Es ist vorbei mit uns!«, schrie die andere Magd.

Auch Abelke war ganz matt vor Angst, sie lief in der Diele umher, hörte dem Ächzen und Knarren des Hauses zu, dem heulenden Wind, einem fernen Rauschen, das näher kam. Dann hielt sie es nicht mehr aus, nahm die Laterne, und wissend, dass es ein Fehler war, öffnete sie die Tür, die der Wind ihr gleich aus der Hand reißen wollte. Dann trat sie hinaus. Weit war sie nicht gekommen, da war das Licht in der Laterne schon aus. Aber was ihr huschend über den Boden vom Deich entgegenkam und über ihre Füße stürzte, sah sie noch: eine pelzige, wimmelnde Wolke aus Ratten, Maulwürfen und Mäusen. Sie flohen aus dem Deich, in dem sie ihre Bauten hatten.

Abelke kämpfte sich gegen den Wind weiter nach vorne, die Wolken rasten in Fetzen am Mond vorbei. Er war riesig und voll, da wusste sie, dass es eine Springflut war, die da kam. Im Flussgraben sah sie das Wasser toben und brodeln, wie wenn es im

Kessel kochte, nur war dieses Wasser kalt wie Eis. Es schlug in Wellen den Deich hoch, wie gierige Zungen saugten und leckten sie am Wall. Gerade riss die erste Stelle, Wasser zwang sich hindurch, erst mühsam, dann triumphierend und rasend, der Deich brach weiter, stürzte ein, löste sich auf, raste als Schlamm mit dem Wasser Richtung Land.

Abelke rannte ins Haus, schlug die Tür zu, legte den Querbaum vor, warf sich dagegen, wusste, dass es Unsinn war. So blieb sie kurz dort stehen, die nassen Kleider klebten an ihr, das Haar aufgelöst in dunklen Strähnen, der ganze Körper ein Klappern vor Kälte. Da lief das erste Wasser schon über die Schwelle, erreichte die ersten Fenster, stürzte herein, mit Kraft, mit Gewalt, mit Heulen und Brausen, löschte das Feuer, hob die Möbel und Kästen hoch, trieb sie schaukelnd im Haus umher.

»Ropp mit euch!«, schreit Abelke und scheucht die anderen nach oben, wo die Schweine schrill quieken und die Hühner wild flattern. Der Knecht und die Mägde sind schon auf der Leiter, als die Tür mit einem Krachen in Stücke fliegt. Der Wind jagt herein, bläst die letzte Krüsellampe aus, und alles versinkt in kalter Dunkelheit. Abelke watet weiter durch das eisige Wasser, tastet, ruft, und dann hört sie eine leise Antwort, findet den Kater in einer Nische, nimmt ihn und trägt ihn hoch. Die anderen drücken sich gegen die Wand, der Kater ist ihnen noch verhasster als die Schweine. Irgendwann ist das Tier auf dem Hof aufgetaucht, groß und dreifarbig, keiner wusste, woher es kam. Niemand durfte ihm zu nahe kommen, außer Abelke. Katzen brächten Unglück, vor allem solche seltsamen, hatte die Magd gejammert. Höchstens tote Mäuse bringen die herein, hatte Abelke sie verspottet.

Wieder steigt sie hinunter, wieder geht sie in das Wasser rein, als ob sie die eisige Kälte gar nicht spürt. Diesmal holt sie den großen Kessel vom Flett, schleppt den auch noch nach oben.

Auf dem Kornboden späht sie dann durch die Eulenluke unter dem Deichgiebel, Fenster gibt es hier nicht, nur dieses immer offene Loch, durch das der Rauch abzieht und nachts die Eulen hineinschlüpfen, um die Mäuse zu jagen. Und jetzt sieht sie da draußen ein Bild in Grau und Silber, Wasser und Sturm, Tod und Untergang. Entsetzlich und schön zugleich ist es. Der Wind hat alle Wolken vom Himmel gefegt, der Mond strahlt hell und prächtig, als würde ihm gefallen, was er da ausleuchtet, die silbrigen Wellen überall, wie flüssiges Metall. Die Hühner vom Henneke treiben vorbei, manche schlagen noch wild mit den Flügeln, dann ist das Federkleid voll Wasser gesogen und zieht sie hinunter, Rübenköpfe sieht sie in den Wellen, eine ganze Ernte, genug für einen Winter. Ochsen und Kühe treiben umher, die Beine in der Luft. Ein Rindvieh steht noch, das Wasser geht ihm bis zum Hals, es brüllt, rollt mit den Augen. Ein Knecht, es ist der von Henneke, reißt am Strick und versucht, es herauszuziehen. Da stürzt hinter ihm ein Baum um und fällt den Knecht. Ein Balken, wahrscheinlich hat er gerade noch ein Haus gehalten, schlägt jetzt gegen die Mauer aus blassrotem Ziegel, noch einmal und noch einmal. Abelke weiß nicht, ob die Mauer hält. Sie sieht, dass Boyens auf das Dach geklettert sind und wie sie sich dort aneinanderklammern. Eine Wiege schwimmt vorbei, mit dem schreienden Kindchen noch darin, überschlägt sich, dann ist es stumm. Nur der Sturm verstummt nicht. Wenn man denkt, wenn man hofft, dass er nun endlich weniger wird, hat er nur kurz angehalten, hat nur Kraft geholt und fängt wieder von vorne an. Wasser rauscht, Wellen schlagen, der Wind tobt. Erst als das Licht des neuen Tages heraufdämmert, herrscht langsam Ruhe. Abelke will gar nicht hinausgehen, um alles zu sehen, und muss es doch.

In der Ferne der Hof von Burmesters, nur noch das halbe Haus steht da, wie abgebissen. Menschen liegen auf den Feldern, bleich und kalt, die Hände verkrampft, als würden sie etwas festhalten, aber es ist ihnen entglitten. Im Garten steht eine Truhe, liegt ein Schrank, ragt ein Schuh aus dem Morast, schaukeln Trümmer im Schlamm, flattert kraftlos Reet umher, das gestern noch auf den Dächern lag. Ilse Burmester steht vor ihrer Tür, die aus den Angeln hängt, wie wahnsinnig schreit sie nach ihren Kindern, rennt los, hebt Bretter an, schaut unter umgestürzte Zäune. Auch andere irren herum, taumelnd, die Gesichter bleich, die Augen aufgerissen. Abelke stakt durch die Trümmer, watet durch den Schlamm, Richtung Deich. Dann sieht sie etwas und will auf die Knie sinken. Zwischen ihrem und dem Land vom Schwormstedt Hof klafft ein Loch, randvoll mit Wasser, riesig wie ein See.

Am Rande des Sees, der gestern noch ein Acker war, steht Henneke und starrt ins Leere. Abelke atmet auf, will auf ihn zugehen. Da dreht er sich schnell weg von ihr.

UNTER WASSER

IN IHREN HALBTRÄUMEN sah sie Mauern fallen und hörte Wasser heranrauschen, aus allen Richtungen. »Und wenn der Deich bricht?«, hatte sie sich panisch gefragt und war hochgeschreckt. Sie tastete nach dem Handy. Kurz nach fünf. Matt zog sie sich die Decke über die Ohren. Sie hatte das Gefühl, die meiste Zeit gar nicht richtig geschlafen, sondern in einem traumähnlichen Zustand verbracht zu haben. Die Bilder waren so deutlich wie eine Erinnerung. Die ganze Nacht hatte der Wind an etwas geklappert und gerissen. Sie hatte keine Ahnung, was genau es gewesen war. Es war ihre erste Sturmnacht in diesem Haus, sie mussten dringend nachsehen, wo hier etwas locker war.

Sie drehte sich zu Philipp, der tief und ruhig schlief. Offensichtlich hatte er gar nichts gehört. Er und sein Talent fürs Schlafen. Es war ihr unbegreiflich, aber er konnte es in jeder Lebenslage. Als die Kinder kleiner waren und mehrmals pro Nacht weinend aufwachten, schlief er meistens tief und fest weiter. Selbst wenn sie einen Heidenkrach machten, döste er auf dem Sofa neben ihnen einfach ein. Wie oft hatte sie früher die Wochenenden herbeigesehnt, weil sie hoffte, dass er ihr die Kinder endlich abnehmen würde, damit sie mal Zeit für sich hatte oder für all die Dinge, die liegen geblieben waren. Am Ende musste sie doch alles selbst machen, weil er einfach eingeschlafen war, während die Kleinen sich neben ihm die Köpfe einschlugen. Oder er kümmerte sich so halbherzig, dass sie bald wieder nur nach ihr riefen.

Sie dagegen kam so oft nicht zur Ruhe. Erschöpft war sie

zwar, ihr Körper schwer wie Stein, aber ihr Kopf war hellwach und ratterte. Meistens ging es um To-do-Listen: Welche neue Kleidergröße sie für die Kinder besorgen musste, bloß nicht das Geschenk für den nächsten Geburtstag vergessen, morgen hatte Ben Fußball, Mascha war mit Ida verabredet, oder war es Lene? Das Waschpulver war alle, war nicht bald der Elternabend?

An schlafen war auch jetzt nicht mehr zu denken. Trotzdem blieb sie liegen und wartete, bis es endlich Zeit zum Aufstehen war. Dann ging sie die Kinder wecken. Bei jedem legte sie sich noch kurz mit ins Bett. Sie hätte das gerne festgehalten, ihre Bettwärme, die weiche Haut, den Geruch in den zerzausten Haaren, diesen kurzen Moment, wenn sie sich anschmiegten, bevor sie wach wurden und ihnen wieder einfiel, dass sie beleidigt waren, dass sie nervte oder an irgendetwas schuld war.

Später brachte sie sie wie immer zur Haltestelle und winkte, bis der Bus verschwunden war. Neugierig spähte sie zu dem Feld hinüber, das gestern die Kraniche belegt hatten. Aber dort war nichts, nicht einmal der übliche Nebel, als hätte der Wind letzte Nacht selbst ihn vertrieben. Sie überlegte kurz, dann schlug sie denselben Weg ein wie gestern. Etwas Zeit hatte sie noch. Der Deich war mit Zweigen und Blättern übersät, hier und da lagen auch größere Äste herum, schwarz und glänzend vom Regen. Eine Plane hatte sich im Gebüsch verfangen, blähte sich träge auf und sank wieder zusammen, wie die Seufzer eines schlafenden Tieres. In einem Garten rollten ein paar Plastikblumentöpfe umher, eine Strohpuppe mit Hut, die wohl Teil einer Herbstdekoration gewesen war, lag mit dem Gesicht nach unten im Gras. Mehr war anscheinend gar nicht passiert.

Ob es wohl noch steht, das Haus von Abelke, fragte sie sich.

Vorsichtig musterte sie die Häuser rechts und links vom Deich. Gardinen bewegten sich. Sollten die morgendlichen Spaziergänge

Gewohnheit werden, würde sie sich wohl einen Hund anschaffen müssen. Das würde die Leute sicher beruhigen. Sie konnte es förmlich spüren, wie sie sich fragten: Wer ist die, und was macht sie da? Sie wusste aber auch, dass es nicht nur Neugierde war, es war auch ein Reflex. Sie hatte ihn selbst schon. Es passierte so wenig hier, dass man automatisch den Kopf hob, wenn jemand am Haus vorbeiging, eine fremde Stimme zu hören war, ein Auto zu schnell oder zu langsam fuhr. Sie konnte mittlerweile den Postwagen am Motorengeräusch erkennen, kannte die Zeiten vom mobilen Krankenpflegedienst und vom Bofrost-Mann.

Heute fand sie mühelos den Weg zu der alten Kate, die gestern wie aus dem Nichts aufgetaucht war. Zu ihrer Verwunderung stand dort heute nah an der Straße ein Mann und fegte Blätter und Zweige zusammen. Er war älter, trug einen zerschlissenen Blaumann und auf dem Kopf eine Schiebermütze. Sie war schon fast auf seiner Höhe, aber er schien sie nicht zu bemerken. »Ordentlicher Sturm letzte Nacht, oder?«, rief sie zu ihm rüber. Sofort war es ihr unangenehm. Normalerweise sprach sie fremde Menschen nicht einfach so an. Hier in der Gegend hielt Britta sich noch aus anderen Gründen zurück. Ihr Gefühl war, dass die meisten Einheimischen all die Zugezogenen aus der Stadt mit Skepsis beäugten. Man hielt lieber Abstand, auf beiden Seiten. Nur ein paar wenige nahmen es sehr ernst mit der Anpassung. Wie das Pärchen, das sie auf dem Erntedankfest kennengelernt hatten. Das Fest hatte in den benachbarten Vierlanden stattgefunden. Die grenzten zwar an Ochsenwerder, allerdings ging es dort sehr viel traditioneller zu. Es hatte einen Umzug mit blumen- und strohgeschmückten Traktoren gegeben, dann großes Bühnenprogramm auf der Schafwiese. Sie und Philipp hatten etwas hilflos auf einer Bierbank gesessen, die Kinder waren in ihre Handys versunken, und dann ließen sich plötzlich diese zwei neben ihnen nieder. »Hey, ihr seid noch neu hier in der Gegend, oder?«, sagte sie. »Hab ich gleich erkannt.« Sie stellten sich als Meli und Michael vor. Umgekehrt wäre Britta nicht so leicht draufgekommen, sie als ehemalige Stadtmenschen zu erkennen, denn beide steckten in Vierländer Trachten. »Seid ihr denn schon in einem Verein?«, wollte Meli wissen und gab sich entrüstet, als sie verneinten. »Also wenn ihr in den Vier- und Marschlanden Anschluss bekommen wollt, dann geht es nur über einen Verein«, sagte sie. »Wusstet ihr, dass wir hier eine besonders hohe Vereinsdichte haben? Es gibt Schützenvereine, die Landfrauengruppe, diverse Sängerkreise, Tanzvereine, all die Ruderer natürlich ...«, zählte Meli auf. »Micha und ich haben uns für den Heimat- und Regionalverein entschieden und sind da sehr aktiv.«

Offensichtlich hatte Meli Brittas irritiertes Gesicht bemerkt. »Ich weiß, wenn man neu hergezogen ist, klingt das erst mal befremdlich«, sagte sie. »Aber die Leute hier sind wirklich sehr offen und nett, wenn man einen Schritt auf sie zumacht.«

»Gibt es vielleicht auch etwas für Jugendliche?«, wollte Britta wissen und deutete in Richtung der Kinder. Mascha schaute entsetzt auf. »Niemals, Mama!«, zischte sie. »Das kannst du vergessen!«

»Ich dachte ja nur an Reiten oder so was in der Art.« Aber Mascha sah sie nicht mal mehr an.

»Ich werde mal die Augen offen halten, ob ich etwas Passendes für uns finde«, sagte Britta.

»Anschluss ist so wichtig«, ermunterte Meli sie. »Weißt du, man muss sich entscheiden, ob man hier bloß wohnen oder ob man hier leben will!«

Britta dachte noch über den Unterschied nach und was davon sie wollte, da legte auf einmal die Kapelle los. »Der Zwei-Schritt-

Dreher«, riefen Meli und Micha gleichzeitig aus und eilten vor die Bühne, wo sie zusammen mit anderen einen Volkstanz aufführten. Britta und Philipp hatten ihnen hinterhergesehen und vielsagende Blicke ausgetauscht. »Also unter den Umständen will ich hier eher nur wohnen«, flüsterte Philipp.

Der Mann mit dem Besen hielt an, es war plötzlich sehr still, und er sah sie so durchdringend an, dass sie sich unwohl fühlte. Hätte sie bloß nichts gesagt.

»Ha, das war doch gar nichts!«, sagte er.

»Haben Sie denn nie Angst, dass der Deich bricht?«, fragte sie. Jetzt musste sie das angefangene Gespräch auch weiterführen.

»Wenn du davor Angst hast, solltest du hier nicht leben, Mädchen.« Mädchen. Sie war jetzt fast 46. Und so was konnte sie immer noch verunsichern. Warum sagte er das? Sie fand das unangebracht. Oder war es einfach nett gemeint, väterlich, und sie verstand es falsch? »Haben Sie das denn schon mal erlebt?«, fragte sie trotzdem weiter und überlegte kurz, »Jungchen« dranzuhängen. Aber das traute sie sich nicht.

»1962 war die letzte schlimme Flut, da saß ich die ganze Nacht mit Muttern und Vattern auf dem Dachboden. War schlimm, aber hier in Ochsenwerder haben die Deiche gehalten«, sagte er und deutete mit dem Kinn Richtung Deich. Er kam ein paar Schritte näher. Ihr Blick fiel auf seine Hände, groß wie Schaufeln.

»Ist jetzt schon lange eine Glückssträhne. Davor war es andersherum. Viel Pech, viel Unglück. Kannst du alles noch in der Landschaft sehen.«

Britta verstand nicht.

»Na, all die Bracks bei uns«, sagte er und zeigte zu einem Tümpel in etwas Entfernung von ihnen. »Jeder davon stammt von einem Deichbruch.« Diese kleinen Seen hier entlang der Deiche waren ihr schon aufgefallen. Hübsch anzusehen, fand sie, aber ihren Ursprung kannte sie nicht.

»Der Deich bricht, das Wasser stürzt mit einer gewaltigen Kraft ins Land und kolkt den Boden aus, wie wir hier sagen. Schneller als du gucken kannst, hast du da ein Loch klaffen, manche 15 Meter tief und mehr, randvoll mit Wasser. So een Brack, dat geiht nich weg.« Auf einmal war der Mann in Fahrt, deutete mit dem Arm hierhin und dorthin, während er weitersprach. »Jedes Loch steht für eine Katastrophe. Das Pastorenbrack bei der Kirche ist von der Fastelabendflut 1602. Richtung Tatenberg hast du eins von der zweiten großen Mandränke 1634, und das Brack paar hundert Meter von hier die Deichlinie runter, das soll von der Allerheiligenflut 1570 sein.«

»Und ich dachte, das sind einfach hübsche kleine Teiche.«

»Von wegen, da sind die Leute drin ersoffen, jämmerlich. Kinder, Vieh, ganze Häuser sind in diese Löcher gestürzt ... «

»Schrecklich«, sagte Britta. »Kann man sich gar nicht vorstellen.«

»Also ich kann mir das schon vorstellen«, antwortete er trocken. Holte tief Luft und sagte auf einmal mit getragener Stimme:

Ein einziger Schrei – die Stadt ist versunken,
Und Hunderttausende sind ertrunken.
Wo gestern noch Lärm und lustiger Tisch,
Schwamm andern Tags der stumme Fisch.

Britta schauderte. Das schien ihm zu gefallen, denn er lachte. »Gruselig oder wat? Ist aber nicht von mir. Ist von Detlev von Liliencron. »Trutz, Blanke Hans«, das kann hier jeder aufsagen. Na ja, die Leute früher jedenfalls.« Er musterte sie noch einmal kurz, dann schnappte er sich seinen Besen und fegte weiter, ohne auch nur noch einmal aufzuschauen. Kein Abschied, keine Höflichkeitsfloskel. Als stünde sie dort gar nicht. Er war offensichtlich fertig mit Reden. Britta murmelte irritiert ein »Tschüs dann« und setzte ihren Weg fort. Nach einer Weile drehte sie sich noch einmal um. Aber von dem Mann war keine Spur mehr zu sehen, er war einfach verschwunden.

Verwundert lief sie weiter. Bracks also, wie hatte ihr das nur entgehen können. Normalerweise las sie in einer Landschaft wie in einem Buch. »Als Geographin sieht man nicht nur in den Raum, man sieht auch in die Zeit«, hatte sie früher gerne geantwortet, wenn jemand fragte, was genau man mit diesem Fach eigentlich konnte. Viele hielten Geographie fälschlicherweise für Länderkunde und dachten, sie könne auf Anhieb alle möglichen Staaten und Städte der Welt aufzählen und richtig verorten. Aber für sie ging es vor allem um einen Code, der ihr half, eine Gegend zu enträtseln. Es gab Orte und Landschaften, die in ihr so viele Fragen aufwarfen, dass sie wie manisch Informationen sammeln musste. Sie schleppte Bücher heran, setzte Informationsschnipsel zusammen, bis die Vergangenheit vor ihr ablief wie im Zeitraffer. Die Arbeit, die Freude, die Opfer, das Leid, die Zähigkeit von denen, die vor einem hier gewesen waren, das Land geformt, zu dem gemacht hatten, was jetzt vor ihr lag. Sie war der Meinung, dass man etwas nur dann vollständig begreifen konnte, wenn man seinen Anfang kannte. Es ging ihr mit Orten und Landschaften wie mit Menschen, in die man sich verliebte und von denen man einfach alles wissen wollte.

Philipp nervte es oft. Weil sie im Urlaub auf Wanderwegen alle naslang stehen blieb, um eine Schautafel zu lesen, oder kurz etwas im Internet nachsehen musste. Lehrpfade, auf die er eigentlich gerne die Kinder mitgenommen hätte, mied er inzwischen. Weil das mit ihr ewig dauerte, sie las jeden Infoaufsteller bis zum letzten Satz und bummelte dann gedankenversunken hinter ihnen her.

Britta hob den Kopf, musterte die Landschaft um sich herum, die Strukturen, die Entwässerungsgräben, die Vegetation, die Deiche. Ausgerechnet hier hatte sie bisher nicht genau hingesehen. Ein paar Dinge hatte sie sich angelesen, aber für mehr hatte sie bisher keine Zeit gefunden. Dabei war es faszinierend: Sie stand mitten im Urstromtal der Elbe. Einst hatte sich genau hier ein gigantischer Fluss hindurchgewälzt. Irgendwann war er schmaler und niedriger geworden. Nicht plötzlich, sondern binnen Tausender Jahre. Gab allmählich an den Rändern Sumpf und Geestrücken frei, Inseln wuchsen heraus, die ersten Marschen entstanden. Dann kamen die Menschen, ließen sich nieder, dämmten und deichten, gruben und entwässerten, um mehr von diesem Boden zu gewinnen. Der reinste Schatz: uralte Erde aus Geschiebemergel, mineralisch und fett, auf der es gut gedieh.

Plötzlich war sie aufgeregt. Ihr war, als ob etwas aufgeflammt wäre. Eine alte Begeisterung, von der sie früher so viel gehabt hatte und die dann nach und nach erloschen war. Vier Regalmeter Dissertationsmaterial, eine legendäre Promotionsfeier, so viel Stolz, ihr eigener, der ihrer Eltern. »Du hast es geschafft, die Welt steht dir offen«, hatte ihre Mutter gesagt, als sie sie umarmte. Das hatte sie damals überrascht. Zum ersten Mal kam ihr der Gedanke, dass ihre Mutter vielleicht gar nicht so zufrieden mit einem Einfamilienhaus in Norderstedt war, wie es immer den Anschein hatte.

Es folgten die ersten vier Monate auf einer Postdocstelle, für die sie selbst die Drittmittel eingeworben hatte, Schwerpunkt Angewandte Landschaftsökologie, genau ihr Ding, sie hatte sich hineingestürzt. Und dann ein positiver Schwangerschaftstest. Sie wollten es ja, sie waren unvorsichtig geworden. Irgendwie hatte sie nicht damit gerechnet, dass es so schnell gehen würde, sie war ja nicht mehr die Jüngste. »Herzlichen Glückwunsch«, sagte ihr Professor. »Aber für uns ist das enttäuschend. Dafür habe ich Sie nicht so unterstützt.«

Sie hatte erst gar nicht verstanden, warum er es so ausdrückte, als wäre es jetzt vorbei. Sie würde nur eine möglichst kurze Auszeit nehmen. Das hatte sie wirklich gedacht. Natürlich kannte sie die Geschichten von anderen Frauen, für die die wissenschaftliche Karriere nach dem ersten Kind gelaufen war. Aber die gaben sich dem Muttersein vermutlich einfach zu sehr hin. Bei ihr würde das anders sein, sie würde beides hinbekommen. Und dann war schon die Schwangerschaft so schwer. Sie schleppte sich zur Arbeit, kämpfte gegen die bleierne Müdigkeit, konnte irgendwann kaum noch sitzen, wurde krankgeschrieben, weil eine vorzeitige Plazentaablösung drohte. Und als Mascha dann da war, rückte die Uni weit weg, wurde ihr fast egal, war sie dann doch auch so eine Mama geworden, mit Haut und Haaren. Sie hätte noch viel mehr aufgegeben für dieses winzige Mädchen, dessen Atemzügen sie in der Nacht stundenlang lauschte, über das sie wachte, es nährte und beschützte, egal, wie bleiern, zäh und unendlich die Tage und Nächte mit Baby sich oft anfühlten. Aber als Mascha größer wurde, sich immer weiter von ihrem Schoß entfernte, ins Krippenalter kam, da packte Britta es allmählich wieder, sie vermisste es, im Boden zu wühlen, Proben zu nehmen, die stillen Stunden im Labor und dann alles auswerten, in ihrem kleinen Büro am Geomatikum, mit dem Blick über die Stadt. Ein halbes Jahr galt der befristete Vertrag noch. Sie hängte sich so rein, sie hatte das Gefühl, mehr beweisen zu müssen als vorher. Aber gegen die Kita-Viren kam sie nicht an. Entweder kotzte oder fieberte das Kind, dann sie, dann bald wieder von vorn. Philipp war kurz davor, Leiter der Internen Revision zu werden, der konnte ihr kaum mal was abnehmen, bettelte um Verständnis. Und als ihr Professor sagte, dass er nach dem Vertragsende leider keine Möglichkeit für eine Verlängerung sehe, hatte sie ohnehin nichts anderes erwartet. Sie wusste längst, dass sie abgeschrieben war. Die Welt hatte ihr offen gestanden, und sie hatte es gerade mal in den Süden von Hamburg geschafft.

Rechts am Weg stand eine Reihe riesiger Zitterpappeln. Als sie an ihnen vorbeilief, fuhr gerade der Wind in ihre Kronen. Es rauschte wie Wasser, von überallher. Wie letzte Nacht.

Es ist nur der Wind, das himmlische Kind.

Wenn der Wind sich legte, hörte man ein anderes Rauschen, es war das der nahen Autobahn. Besonders jetzt, am frühen Morgen, war es deutlich zu hören. Alle irgendwohin unterwegs. Alle außer ihr. Der Job ist ein Glücksfall, hatte Philipp gesagt, als sie damals ihre jetzige Stelle bekommen hatte. Regionalplanerin für das Amt Niedersachsen. Infrastrukturprojekte, Grünflächenplanung, Raumnutzungskonzepte erstellen, 25 Stunden die Woche, gerne aus dem Homeoffice, und gut bezahlt war es auch. Sie machte das, seit Ben drei und mit den schlimmsten Krankheiten durch war. Es passte. Zwischendurch mal die Wäsche anstellen oder schnell den Einkauf erledigen, und wenn eins der Kinder doch mal zu Hause blieb, weil es krank war oder das Kita-Personal ausfiel, was oft vorkam, musste sie sich nicht gleich schon wieder verschämt krankmelden, sie konnte dann auch mal abends oder am Wochenende etwas nachholen. Sie wusste, dass sie der Vereinbarkeit damit näher war als viele andere. Nur war es eben nicht das, was sie mal erreichen wollte. Das Anspruchsvollste, das sie in letzter Zeit gemacht hatte, war, 20 Kilometer Radweg zu planen.

Sie trat einen Stein beiseite, der auf der Straße lag, hörte dem Poltern nach, bis es wieder ganz still war. Auf einmal wurde ihr klar, was an der kahler werdenden Landschaft dieses Unwohlsein in ihr auslöste: Es war, als ob nicht nur in der Natur Dinge freigelegt würden, sondern auch in ihr. Durch die Stille und Leere kam so vieles hoch, was sie in den letzten Jahren immer wieder verdrängt hatte. Sie war in Warteposition. Alles war auf später verschoben. Später, wenn die Kinder größer sind, dann könnte sie ja noch mal durchstarten, redete sie sich oft ein. Dabei war das Unsinn, sie war seit zwölf Jahren raus. Auf den Stellen, von denen sie träumte, saßen jetzt 28-Jährige mit unverschämt viel Zeit und Energie.

Als sie das letzte Mal wenigstens die Stunden aufstocken wollte, hatten sie lange Diskussionen geführt: »Lass uns doch noch ein Weilchen so durchhalten. Wenigstens, bis Ben die Grundschule hinter sich hat«, hatte Philipp sie überredet. »Auf ein Jahr kommt es doch jetzt auch nicht mehr an, oder?« Ben tat sich schwer mit dem Schulstoff. Ganze tränenreiche und gefrustete Nachmittage verbrachten sie zusammen über den Aufgaben. Das würde auf der weiterführenden Schule nicht besser werden, und es würde sowieso wieder sie sein, die das auffangen musste. Sie stöhnte, wenn sie nur daran dachte, was da noch auf sie zukommen würde.

Schon wieder so ein Brack.

Sie sah es sich genauer an. Der Deich krümmte sich um die Wasserstelle herum. Sie sah so malerisch aus. Am Ufer standen riesige Weiden, deren Ruten bis zum Wasser hinabhingen, sie bewegten sich sanft auf und ab, als würden sie die Wasseroberfläche streicheln. Britta blieb stehen und schaute eine Weile zu, bis ein Gedanke sie zusammenfahren ließ. Was hatte der Mann gesagt? Allerheiligenflut 1570? Heute war Allerheiligen. Und damals, wenn sie es richtig in Erinnerung hatte, musste Abelke um die vierzig Jahre alt gewesen sein. Von einer Flut hatte nirgendwo etwas gestanden. Nicht im Wikipedia-Eintrag, nicht in dieser Sage über Abelke, die sie gefunden hatte. Aber wenn diese Flut so verheerend gewesen war, wenn hier sogar Deiche gebrochen waren, dann musste es sie doch auch betroffen haben.

Sie stellte es sich vor, eisiges, eindringendes Wasser, in der Nacht, in der Dunkelheit. Was hatte es wohl alles angerichtet? Was mussten die Menschen durchgestanden haben? Wie ging das Leben danach weiter? Wie musste es überhaupt gewesen sein, hier allein einen Hof zu führen? Allein als Frau. Schutzlos und ausgeliefert, all die harte Arbeit immerzu. Aber vielleicht machte sie sich ein falsches Bild. Vielleicht war Abelke ja selbstbewusst, war sie mutig, vielleicht machte es ihr nichts aus, allein zu sein. Vielleicht war sie stolz auf den Hof, der ihr ganz allein gehörte. Während Britta sich in ihrem Haus immer nur wie ein Gast vorkam.

Unweit von dem Brack stand eins der alten Bauernhäuser. Es sah trist aus, eins von denen, die zuletzt in den sechziger Jahren umfangreich saniert worden waren, eher lieblos und nach den damaligen Standards. Das Reetdach war durch Eternit ersetzt worden, die Fensterrahmen aus braunem Plastik, die ursprüngliche Fassade war mit ockerfarbenem Stein überklinkert. Es tat fast weh, es anzusehen. Der Hofplatz machte den Anschein, als würde hier noch Landwirtschaft betrieben werden, aber die Zufahrten waren abgeschirmt, viel konnte sie nicht sehen. Auch die üblichen Betreten-verboten-Schilder standen überall. Sie fühlte sich nicht wohl, hier länger herumzustehen. Vielleicht lag es aber auch einfach an ihrer Stimmung. Sie zog die Mütze tiefer und lief weiter. Nach einer Weile bog sie in die Reit ab, so hieß das Naturschutzgebiet, ein Flecken, der anders als das übrige Marschland war. Wild und dicht, voller urwüchsiger Birken, Weißdorn und Ebereschen. Sie lief auf dem asphaltierten Hauptweg. Rechts und links zweigten an manchen Stellen kleine Trampelpfade ab. Man konnte nur die ersten paar Meter erkennen, dann verschwanden sie schon im Dickicht des Birkenbruchwaldes. Sie fragte sich, wo die schmalen Wege wohl hinführten, was sich da im Wald verstecken mochte, wer dort hinging. Früher hätte sie sich sofort auf so einen geheimnisvollen Weg gestürzt. Sollte sie vielleicht …?

Sie schaute auf die Uhr. Sie musste heute einiges für das Amt abarbeiten, und dann würden gleich schon die Kinder aufschlagen. Ben musste zum Sport gebracht werden, Mascha zum Kieferorthopäden. Sie ging weiter, ließ die Seitenpfade hinter sich, aber es tat ihr leid. Sie spürte, dass dort etwas war, das sie gerne entdecken wollte. Das nächste Mal, nahm sie sich vor, dann schlug sie den Weg Richtung Haus ein.

WALDGEHEIMNISSE

»BIST DU SICHER, dass es dieser Weg war?«, fragte Abelke. Aber Leneke bog schon auf einen der Trampelpfade ab, die tiefer in den Birkenbruchwald hineinführten. »Natürlich ist er es«, sagte Leneke und wischte sich mit dem Handrücken Schweiß von der Stirn, obwohl die Luft hier im Wald deutlich angenehmer war. Schon am Morgen hatte sich eine ungewöhnliche Hitze eingestellt. Es war Sonntag, und als nach dem Mittagessen jeder einen schattigen Platz suchte, war Leneke auf Abelkes Hof aufgetaucht. »Na los, komm mit«, rief sie. »Lass uns abkühlen gehen«, und Abelke wusste genau, wo sie mit ihr hinwollte. Sie brachen Richtung Reit auf, liefen noch eine Weile den Hauptweg entlang, an einer bestimmten Stelle blieben sie stehen, blickten sich noch einmal um, dann schlüpften sie auf einen der kleinen Trampelpfade. Sie durchquerten den urwüchsigen Wald, bis vor ihnen gar kein richtiger Pfad mehr erkennbar war, sie wussten trotzdem, wo sie lang mussten. Sie bogen einander die Zweige beiseite, stiegen über umgestürzte Stämme, die von Moos und Pilzen überwuchert waren, dann hatten sie die kleine Lichtung erreicht. In der Mitte lag ein kleiner See, rund und grün, von uralten Weiden und Schwarzerlen umstanden, zwischen den Blättern fiel das Licht in flirrenden, langen Strahlen herunter. Der Waldboden war mit Moos und Gras bedeckt, dazwischen helle Tupfer von Sumpf-Veilchen und Siebenstern.

Sie legten sich in das Moos nahe am Ufer, ihre liebste Stelle. Schon als Kinder waren sie hierher ausgebüxt. Im Winter stocherten sie mit Stöcken in der gläsernen Eishaut, im Sommer kühlten sie ihre Füße in dem See. Tiefer ins Wasser gingen sie aber nie. Jedes Kind in der Gegend kannte die Geschichte vom Radunt, dem Wassergeist mit dem Fischmaul, der jeden griff, der sich ins Wasser wagte, und dann zu sich in die Tiefe zog.

Normalerweise vibrierte hier an den Sommertagen die Natur. Libellen, groß wie Vögel, seidig schimmernd in Grün und Blau, brummten durch die Luft, Frösche knarzten am Ufer, Eichelhäher spähten von den Ästen. Aber jetzt schienen selbst sie alle müde von der ungewöhnlichen Hitze des Tages, und es war, als ob jedes Lebewesen gerade döste. Nur die Trommelwirbel eines beflissenen Spechts hallten immer mal zwischen den Bäumen hindurch.

Leneke ließ sich rückwärts ins Gras fallen. Kurz darauf richtete sie sich wieder auf, löste etwas unwirsch die Kordel, die ihr Obergewand zusammenhielt, und zerrte sich den groben braunen Stoff über den Kopf. »So ist es besser«, seufzte sie zufrieden und legte sich wieder hin. Sie trug jetzt nur noch ihr Unterkleid aus hellem Leinen, zwischen all dem Grün schien sie zu leuchten.

»Nur noch ein paar Wochen, dann ist Erntedank«, sagte sie und bereute es gleich wieder. Sie schaute zu Abelke, die mit angezogenen Knien im Gras saß und auf das Wasser starrte.

»Du denkst immer noch an den Fähnrich«, sagte Leneke und seufzte. »Ich finde, du solltest ihn vergessen.«

»Diesmal wird er kommen«, sagte Abelke trotzig.

»Was macht dich da so sicher?«, sagte Leneke und betrachtete das Blättermosaik über sich. »Du wartest schon so lang auf ihn. Wie alt bist du jetzt, 26? Nicht dass du am Ende umsonst wartest.« Sie überprüfte, ob Abelke es ihr übelnahm, dass sie so direkt wurde. Aber die versuchte, sich jetzt bloß ebenfalls aus den Kleidern zu befreien. Als sie das schwere Gewand über den Kopf zog, löste sich der Knoten, und ihr dunkelbraunes Haar fiel ihr lang und schwer über die Schultern. Blasse Haut erschien, so viel heller als ihre Unterarme und Hände, weil sie sie sonst stets zu bedecken hatten. Die Wiesen haben Augen, die Felder haben Ohren, sagten die Menschen hier. In einem Marschhufendorf war es schwer, unbeobachtet zu sein. Auch deswegen kamen sie so gerne her. Hier konnten sie sich für eine kurze Zeit frei bewegen, spüren, wie Luft über Haut strich, wie Sonne sich darauf anfühlte.

»Du musst an Erntedank nicht schon wieder alleine sein«, redete Leneke auf ihre Freundin ein. »Jeder Marschländer Junggeselle will dich, Abelke.«

»Und wenn er nicht mich will, dann will er meinen Hof«, Abelke lachte bitter auf. Sie kannte ihren Wert, sie verstand die Blicke, die auf ihr ruhten. Sie galten nicht nur ihrem Aussehen. Schönheit war nicht von Dauer, ein Hufnerhof schon. Vielleicht wollte sie deshalb keinen Bauern, wollte sie lieber einen, der umherzog, dem ein Stück Land nichts bedeutete, den das gar nicht interessierte, sondern nur sie. Das Problem an einem Herumziehenden war nur, dass er ebendas tat: Er zog herum, tauchte manchmal auf, sagte, morgen müsse er hierhin und dorthin, es sei ein Befehl. Er versprach wiederzukommen, küsste, als wär's das letzte Mal, und von da an war man zum Warten verurteilt.

»An Erntedank will ich mit dir tanzen«, sagte er. Aber dann war er zu spät gekommen. Es tat ihm so leid. »Aber das nächste Mal«, versprach er. Das war bald, sie wartete.

Leneke drehte sich jetzt auf die Seite, stützte sich auf den Unterarm und schaute Abelke herausfordernd an. »Was hältst du denn von Hinrich Slatermund? Der sieht aus, als ob er ordentlich anpacken könnte. Oder Volkmer, vom Mertens Hof? Ich habe während des Gottesdienstes genau gesehen, dass der dich anschaut.«

Abelke richtete sich entrüstet auf. »Zunächst einmal zu Slatermund. Du hast recht, so ein gut gebauter Kerl. Aber ich kann keinen ernst nehmen, der so mickrige Kohlköpfe zustande bringt, hast du mal in seine Körbe für den Markt geschaut? Und ja, der Volkmer guckt mich an. Aber so unheimlich.« Abelke schüttelte sich. »Mit diesem starren Blick unter den zusammengewachsenen Augenbrauen. Und wenn es beim Gucken bliebe. Aber der taucht auch mal plötzlich irgendwo auf, wie ein Schatten. Steht dann einfach da und stiert finster vor sich hin. Manchmal drehe ich mich bei der Feldarbeit schon ständig um und denk, da war doch was, als ob der mir heimlich folgt. Ich trau mich wegen dem schon nicht mal mehr, nach der Kirche die Abkürzung zwischen den Feldern zu nehmen.«

»Siehst du. Hättest du einen Mann, dann hättest du Schutz, dann traut der Volkmer sich solche Sachen nicht mehr.«

Leneke wurde ernster: »Es ist nur so, Abelke. Die Leute reden schon. Die würden dich gerne mit einem Marschländer sehen. Du weißt ja, was man sagt: Unsere Hühner treten wir selbst.«

»Jaja«, sagte sie. »Und Geld mutt to Geld.« Als Hufnerin durfte man nur Hufner heiraten, eine Vermischung mit anderen Ständen war nicht erwünscht. Oder mit einem, der nicht in den Marschlanden lebte. Jemanden aus den benachbarten Vierlanden anzuschmachten, galt als Landesverrat. Eine Liebschaft auf der anderen Seite der Elbe kam einer Kriegserklärung gleich.

»Außerdem bin ich kein Huhn. Dieses Jahr zu Erntedank kommt mein Fähnrich, und was die Leute reden, ist mir egal«, sagte Abelke trotzig, dann schloss sie die Augen, die Stirn zum Himmel gerichtet. Manchmal konnte sie es noch heraufbeschwören, ein Bild von diesem schönen Soldaten, auch wenn es langsam undeutlicher wurde. Für ein paar Tage war er mit seiner Kompanie in der Gegend einquartiert. Ausgerechnet an ihrem Hof hatten sie nach Wasser gefragt, später war er unter einem anderen Vorwand noch mal zurückgekommen. Und war dann länger geblieben. Bis einer wie er dann eben wieder losmusste.

Sie öffnete die Augen, alles stand fest an seinem Platz, nur manche Zweige nickten sanft, der Fähnrich war verschwunden.

Leneke verkniff sich alles Weitere, sie klatschte sich eine Mücke vom Oberschenkel und rieb die rote Stelle.

»Leneke«, rief Abelke plötzlich. »Du musst es mir beibringen! Wenn er wirklich kommt, ich kann ja nicht mal richtig tanzen. Los, bring es mir bei, bitte. Jetzt!«

»Ach, hör auf, es ist viel zu heiß heute. Und weißt du, wie ich mich die letzten Tage auf dem Hof geschunden habe? Jetzt will ich mal meine Ruhe.«

Aber Abelke ließ nicht locker und war schon aufgesprungen. »Los, los, zeig es mir«, bettelte sie und versuchte, die Freundin am Arm hochzuziehen. Die sträubte sich immer noch, stellte sich schließlich doch murrend auf die Beine. »Also, pass auf«, sagte sie streng: »Ich bin der Mann. Ein umwerfend schöner, prächtiger Mann, wie du siehst.«

»Jaja, bei dir vergesse ich gleich noch den Soldaten«, lachte Abelke.

»Das will ich hoffen«, sagte Leneke. »Aber jetzt schau genau. Hier kommt dein linker Arm hin und hier der rechte.« Sie nahm Abelkes Hand, winkelte den Arm an, ihren ebenfalls und brachte sie auf der Ellenbogeninnenseite zusammen. »Jetzt führe ich dich auf die Tanzfläche, die Hände nicht loslassen, jetzt drehen wir uns gemeinsam, jetzt die andere Hand auf die Schulter, unsere Arme verschlungen, jetzt loslassen, dreimal in die Hände klatschen, jetzt ein paar Schritte auseinanderweichen, jetzt wieder aufeinander zugehen...«

Abelke folgte aufmerksam, aber legte dort die Hand falsch hin, setzte da den Schritt in die falsche Richtung.

Leneke hielt an, ein schelmisches Flackern in den Augen. »Weißt du, mir sind diese Tänze eigentlich immer viel zu lahm und umständlich. Wenn du mich fragst, sollte man viel mehr so tanzen.« Sie fasste Abelke bei der Hüfte, hopste mit ihr seitwärts über den Moosboden, erst in die eine, dann in die andere Richtung. Die konnte gar nicht anders, als mitzugehen und sich ebenfalls bei ihr an der Hüfte zu halten. Dann hielt Leneke an, wirbelte Abelke herum, die lachend aufschrie und anschließend das Gleiche mit Leneke machte. Alles ging jetzt ganz einfach und frei, hopsen und wirbeln, wie man wollte. Der Wald, das Grün, der See rasten verschwommen um sie herum. Abelke hatte das Gefühl, als ob ihre Beine vom Boden abheben würden, ganz leicht kam sie sich vor, mit einem aufgeregten Flattern in der Magengrube. Der Specht war verstummt, jetzt hallte nur noch ihr helles Lachen und Kreischen zwischen den Bäumen hindurch, bis in die entlegenen Ecken, dort, wo nur noch Schatten war und man sich leicht verstecken konnte.

»Halt, halt, aufhören, ich kann nicht mehr!«, rief Abelke, hielt sich mit einer Hand an einem Stamm fest und rang nach Luft. Der Schweiß lief ihnen herunter, Haarsträhnen klebten an der Stirn, die Wangen erhitzt, glänzende Haut.

»Hast du jetzt endlich genug?«, fragte Leneke und fächerte sich mit den Händen Luft zu. Dann ließ sie das bleiben und zog sich auch das knielange Untergewand vom Körper. »Also, ich brauch jetzt eine richtige Erfrischung.« Das Leibhemd fiel zu Boden, und ohne ein Zögern lief Leneke in das Wasser hinein.

»Aber was ist mit dem Radunt?«, rief Abelke erschrocken.

Aber Leneke lachte bloß. »Glaubst du etwa immer noch diese albernen Geschichten? Damit will man uns doch nur Bange machen, Abelke! Los, komm«, rief sie und winkte sie ins Wasser. »Es ist gar nicht so tief, wie wir immer dachten. Ich schwöre, es geht nur bis zur Hüfte, und es ist herrlich!« Abelke zögerte, aber dann machte sie es Leneke nach, war bald bei ihr. Das kühle Wasser tat gut und kribbelte auf der Haut. Leneke begann, sich im Kreis zu drehen, zog dabei den ausgestreckten Arm mit flacher Hand durch das Wasser, so dass es um sie herum aufspritzte und auch Abelke traf. Die wiederum schaufelte das Wasser jetzt mit vollen Händen in Lenekes Richtung. Wassertropfen zerstoben, flogen silbrig durch die Luft. Ein paar Enten flohen beleidigt ans Ufer und versteckten sich, bis die beiden Frauen irgendwann herausstiegen und nebeneinander ins Moos fielen. Sie sagten lange nichts, atmeten die Waldluft ein, die erdig, nach Moos und sonnenbeschienener Rinde roch. Irgendwann drehte Abelke sich zu Leneke und betrachtete die Wassertropfen auf ihrer Haut.

»Weiß Hein, wie schön du bist?«

Leneke fing an zu kichern. »Du solltest vielleicht lieber mal fragen, warum ich weiß, dass das Wasser nur bis zur Hüfte geht.«

Abelke fuhr auf. »Nein!«, rief sie ungläubig aus. »Hast du ihn etwa ... Warst du hier mit ihm?«

»Na ja, viele Orte, an denen man allein sein kann, gibt es ja nicht gerade, das weißt du. Sei bitte nicht böse mit mir.« Leneke sah sie mit Unschuldsmiene an.

Abelke rang mit sich. Sie spürte einen Stich. Es stimmte ja, was Leneke sagte. Aber das hier war doch ihr gemeinsamer Ort, ihr Geheimnis. Es fühlte sich nicht richtig an, dass Leneke einen Mann hergebracht hatte. Abelke hob kleine Steinchen vom Boden auf und schleuderte einen nach dem anderen ins Wasser, bis sie keinen mehr fand. »Gut, ich verzeihe dir«, sagte sie schließlich, betont gnädig. »Aber nur, wenn du mir alles erzählst, was ihr hier gemacht habt, und zwar wirklich alles!«

Leneke erzählte es ihr. Und obwohl Abelke ganz still dalag, um nichts zu verpassen, und obwohl der Tag allmählich abkühlte, stieg ihr die Röte wieder in die Wangen und strömte Hitze überallhin. Sie legte sich einen Arm übers Gesicht, um die Aufregung vor ihrer Freundin verbergen zu können. »Am liebsten würde er noch ganz andere Sachen machen«, schloss Leneke. »Aber das traut nicht mal Hein sich vor der Hochzeit. Deswegen hat er es auch so eilig damit.«

Leneke zog ihre Knie heran und umschlang sie. Sie entdeckte einen Eisvogel, der sich auf einem Zweig über dem See niedergelassen hatte, und beobachtete ihn. Sie hatten wohl den ganzen Wald geweckt, allmählich war die Lebendigkeit wieder zu spüren.

»Wirklich schon im September?«, fragte Abelke.

»Ja, am ersten Sonntag nach Ägidi.«

Der Eisvogel stürzte blitzschnell ins Wasser, tauchte ebenso schnell wieder auf, einen silbernen Fisch im Schnabel, der viel zu groß für ihn erschien. Mehrmals schlug er ihn rechts und links neben sich gegen den Ast, bis der Fisch leblos herabhing. Dann würgte der Vogel ihn hinunter. Es sah mühevoll aus, qualvoll sogar, aber schließlich hatte er es geschafft. Der ganze Vogelkörper zuckte noch ein paarmal von einem schweren Aufstoßen.

Leneke wandte sich angewidert ab, sie sah jetzt ernst aus. »Aber wir zwei kommen dann trotzdem noch hierher, sooft es geht, das musst du mir versprechen«, sagte sie.

»Ich verspreche es«, antwortete Abelke, ohne zu zögern.

»Kann natürlich aber auch sein, dass du Pech hast und ich schon mit dem Fähnrich hier bin«, setzte sie spöttisch nach.

Leneke warf einen Tannenzapfen nach ihr.

Als Abelke am frühen Abend am Hof ankam, war es schon viel kühler. Trotzdem fühlte sie immer noch eine Hitze, die ihr keine Ruhe ließ.

Sie horchte in das riesige Haus hinein, hörte die Tiere im Stallbereich dumpf kauen, hin und wieder träge mit den Hufen stampfen. Sie vernahm keinen Hinweis auf das Gesinde, sie rief ihre Namen, bekam keine Antwort. Sonntags waren sie oft außerhalb vom Hof unterwegs. Sie legte sich in den Alkoven, was sie sonst niemals tat am Tag. Wie von selbst fanden ihre Hände die Stelle. So oft hatten sie dort schon hingewollt, aber davon fielen sie ja ab, dafür wurden sie abgehackt. Und wenn schon, es war ihr gerade ganz egal, was mit ihnen würde. Hauptsache, sie waren jetzt dort. Sie konnte ohnehin nichts dagegen tun, konnte es nicht aufhalten, wollte es nicht, und plötzlich löste sie sich auf in dieser Hitze, war kurz gar nicht mehr auf dieser Welt, war nur noch ein in der Dunkelheit pochendes Herz, im ganzen Körper fühlte sie es, in jeder Zelle schlug und rauschte es. So laut, dass sie es gar nicht mitkriegte, wie die Magd hereingekommen war, von befremdlichen Geräuschen aufgeschreckt an der Tür stehen blieb und mit aufgerissenen Augen durch den Spalt in Abelkes Alkoven starrte.

Ein paar Tage später schritt sie ihre entlegenen Felder ab. Die Sonne der letzten Tage hatte das Angebaute förmlich aus der Erde gezogen, die Bauern hatten gebangt, dass bald alles verbrennen würde, aber dann war es genau zur richtigen Zeit abgekühlt, und in den Nächten war Regen gefallen. Abelke lief mit prüfendem Blick durch lange Reihen von Bohnen und Erbsen, von Rüben und Kohl. Die Reihen waren gerade, wie an einer Schnur entlanggezogen, kein Unkraut war dazwischen. Die Gerste sah gut aus, der Roggen stand hoch, Abelke konnte zufrieden sein. Als Pferdehufe zu hören waren, nahm sie den Kopf von der Erde. An der Landscheide kam ihr Dirick Kleater auf seinem Pferd entgegen. Erst durch die Art, wie er sie ansah, wurde ihr bewusst, in welchem Zustand sie war. Sie trug das, was am bequemsten für sie war, und nicht unbedingt, was sich schickte; schließlich war es ihr Hof. Am liebsten schritt sie barfuß über ihre Felder, sie spürte gerne die Erde unter den Füßen. Ihr Gewand band sie hoch, manchmal bis über das Knie, so wurde der Saum nicht schmutzig. Sie konnte sich freier bewegen, und wenn es heiß war wie zuletzt, war es so besser zu ertragen. Aber durch Kleaters Anwesenheit hatte sie sofort das Gefühl, beschämt sein zu müssen. Er nickte ihr zu, dann musterte er sie vom Pferd herab.

»Es wächst gut bei dir, Abelke«, sagte er und grinste schief. Sie merkte, wie eine Wut in ihr aufstieg.

»Wenn du etwas fleißiger wärst, könnte es auf deinem Hof genauso gut wachsen.« Es war ihr ein Rätsel, wovon er so gut lebte. Von dem, was der Hof abwarf, konnte es nicht kommen.

»Bist du immer noch fünsch mit mi, Abelke?«

Ja, doch, das war sie. Sie hatte Deichgeschworene werden wollen im letzten Jahr. Die Hufner wählten sich gegenseitig in dieses Amt, bei dem man über die Deiche wachte, regelmäßig prüfte, in welchem Zustand sie waren, den Vogt beriet, der ihnen vorstand. Wenn es zu Deichbrüchen kam, führten sie die Aufsicht darüber, dass sie schnell wiederhergestellt waren. Man musste Hufner sein für dieses Amt. So gut wie jeder Großbauer hatte es eine Weile inne. Nur Abelke wurde abgelehnt. »Dat is nix för Froonslüüd«, hieß es. Sie hatte hinterher gehört, dass vor allem Kleater es war, der das den anderen einredete.

»Vielleicht wird es beim nächsten Mal was«, sagte er und stieg vom Pferd ab, »vielleicht, wenn du ein bisschen freundlicher bist.« Er trat so nah an sie heran, dass ein herber Geruch sie streifte. Sie wich zurück. Aus den Augenwinkeln versuchte sie zu erspähen, ob jemand auftauchte; der Knecht oder eine der Mägde, die etwas auf dem Grundstück zu tun hatten. Aber sie konnte niemanden entdecken und wusste jetzt – wie Kleater vermutlich auch: Sie waren hier vollkommen allein.

Ein träger, warmer Wind strich herum und ließ die Blätter in den Ebereschen und Zitterpappeln rauschen, die die Landscheide säumten. Zwischen den Bäumen wuchsen Büsche, davor war ein Graben. Sie fragte sich, ob es ihn Mühe kosten würde, sie zu packen, sie in den Graben zu stoßen oder zwischen die Bäume zu zerren. Ob es etwas nützen würde, wenn sie einen Stein greifen und gegen seinen Schädel hauen könnte. Sie sah auf seine Hände, groß und breit waren die, Bauernhände. Er selbst war nicht gerade hochgewachsen, aber stärker als sie war er vermutlich trotzdem. Wie ungerecht das war, es machte sie wütend.

»Ich glaub nicht, dass freundlich sein etwas nützt, sonst wärst du es wohl kaum geworden.« Dann ließ sie ihn einfach stehen, ging zum Haus mit schnellen Schritten, wie man es sie bei Hunden gelehrt hatte. Bloß keine Angst zeigen. Aber er war kein Hund, er war ein Mann, und das war schlimmer. Sie spürte, dass er ihr folgte, gleich würde er nach ihr greifen, vor Furcht war ihr zugleich kalt und heiß. Sie würde jetzt rennen, drehte sich um, um zu prüfen, wie viel Vorsprung sie noch hatte. Da sah sie, dass er stehen geblieben war. Sie folgte seinem Blick. Auf dem Nachbargrundstück war Henneke aufgetaucht. Einige Augenblicke schaute er irritiert, dann drückte er den Rücken durch, stand gerade wie ein Baum im Feld, die Augen scharf auf Kleater gerichtet, die Hände zu Fäusten geballt.

Kleater tat so, als wollte er ohnehin gerade zu seinem Pferd zurück. Er stieg auf, trat ihm in die Flanke, lenkte es quer durch die Reihen mit Kohl und Rüben, so dass er einige davon niedertrampelte.

Als er weg war, ließ Abelke sich am Feldrand ins Gras fallen. Sie zog die zittrigen Knie heran und legte ihren Kopf darauf. Nichts passiert, sagte sie sich. Das machte es aber auch nicht besser, denn sie wusste ja, dass es jederzeit passieren könnte.

Zu Laurentius hatten sie am Bleken Hof alles Getreide gemäht, zum Bartholomäustag war es eingebracht. Bald war die meiste Arbeit vor dem Herbst getan, aber ein Soldat war bis Erntedank nicht aufgetaucht. Sie flocht sich an dem Tag das Haar und legte es wie einen Kranz um den Kopf herum. Sie zog das einzige Festtagsgewand an, das sie hatte. Es lag am Oberkörper enger an als die anderen Kleider und war nicht so verbraucht. Die Taille wurde mit einem breiten Band gebunden statt mit der Kordel. Doch als es Zeit wurde zu gehen, blieb sie am Tisch sitzen und konnte sich nicht rühren vor Schmerz und Traurigkeit. So blieb sie, bis die Dunkelheit sich senkte und das Fest zu Ende war. Er würde nicht wiederkommen, sie wusste das jetzt.

Der Herbst kam, machte bald Platz für den Winter. Der Winter krallte sich fest und wollte lange nicht vorübergehen. Die langen, schwarzen Nächte waren voller trauriger Erinnerung an die Eltern, waren voller Herzweh über einen vermissten Fähnrich, waren voller Wehmut über unerfüllte Wünsche. Sie fühlte sich oft wie erstarrt, als ob der Frost sie überzogen hätte, wie die Landschaft. Sie war nun auch verstummt, hart und kalt.

Als schon fast keiner mehr damit gerechnet hatte, kam das Frühjahr doch, und mit dem Frühjahr kam die Geschäftigkeit: das Misten, Pflügen, Eggen, Säen. Auf einmal war Juni, das neue Getreide stand ihr schon fast zur Hüfte, und vor Stolz machte sie ihren Rücken gerade. Der Juli wurde heiß, und an einem Sonntag, an dem man es kaum noch aushielt, lief sie zu Leneke, voller Vorfreude, dass sie gleich zusammen durch den Bruchwald zu dem kleinen See laufen würden.

Leneke lebte jetzt im Spadenland, bei Hein auf dem Hof. Sie

hatten wie geplant im letzten Herbst geheiratet. Je mehr Strophen für das Brautpaar aufgesagt wurden, desto besser die Hochzeit, sagte man hier. Es wurden nicht viele vorgetragen. Aber Leneke hatte den Kopf hochgehalten und sich nichts anmerken lassen, nicht einmal, als Hein später besoffen über die eigenen Füße stolperte, liegen blieb und bald eingeschlafen war.

Als Abelke nun die Freundin endlich nach so langer Zeit wiedersah, entfuhr ihr ein überraschter und freudiger Schrei, denn Lenekes Bauch wölbte sich schon so sehr, dass er vorne den Rock anhob und den Blick auf ihre geschwollenen Knöchel freigab. Leneke lächelte nicht. Verstohlen sah sie sich um. »Es tut mir so leid«, sagte sie. »Aber der Hein lässt mich nicht alleine vom Hof weggehen.«

»Aber du sollst ja nicht alleine gehen«, sagte Abelke. »Du gehst ja mit mir.«

Sie sah, wie Leneke schluckte, und etwas Schmerzvolles huschte durch ihren Blick. »Er lässt mich überhaupt nicht mehr vom Hof weggehen, am allerwenigsten mit dir«, sagte sie.

Abelke hätte gerne einen Aufruhr veranstaltet oder Leneke mindestens zu Widerstand angestiftet. Aber sie spürte, dass ihrer Freundin nichts davon helfen würde. Mit hängenden Schultern machte sie sich auf den Weg. Erst wollte sie zurück zum Hof, aber die Sonne brannte so und sie überlegte es sich anders. Sie schlug den Weg in die Reit ein und ging allein zu dem See im Wald. Sie würde es sich von einem Kleater oder einem Volkmer nicht nehmen lassen, die verborgenen Wege zu gehen. Sie würde sich nicht die Freundin und die Freude nehmen lassen wegen einem Hein. Leneke konnte jetzt nicht hier sein, aber ihr Band würde halten. Sie legte sich ins Moos, dorthin, wo sie das letzte Mal zusammen gelegen hatten, lauschte dem dösenden Wald. Wie gern sie ihn jetzt mit ihrer Freundin aufgeweckt hätte. Schließlich stieg sie ins

Wasser, vor dem sie auch keine Angst mehr hatte, drehte Kreise, warf Tropfen in die Höhe. Später pflückte sie einen Strauß Gräser und Siebenstern und legte ihn vor Lenekes Schwelle. Auf dem Rückweg, als sie ihrem Hof entgegenkam, betrachtete sie ihn genau, wie groß der war, wie schön er sich aus der Landschaft erhob, wie gut dort gerade alles um ihn herumstand, ordentlich, in geraden, üppigen Reihen. Sie hatte ihn immer als den Hof der Eltern betrachtet, dabei wurde nun schon seit Jahren alles nach ihren Plänen gestaltet. Ja, sie hatte ihn von den Eltern bekommen, aber sie hatte ihn fortgeführt, etwas erschaffen, ihn zu dem gemacht, was er heute war. Zum ersten Mal wurde ihr das auf diese Weise deutlich. Und auf einmal, als hätte es genau diesen einen Gedanken gebraucht, fühlte sie eine große Kraft in sich wachsen, sich ausdehnen, bis sie ganz und gar erfüllt davon war. Während etwas anderes fehlte, sie hatte nicht einmal bemerkt, wie es gegangen war, aber jetzt spürte sie die Abwesenheit. Sie wartete nicht mehr. Das war es. Alles, was sie brauchte, war schon da.

DAS WOCHENENDE

NOCH ZWEI STUNDEN, bis Judith endlich da wäre. Ihr gemeinsames Wochenende stand an, und vielleicht hatte sie es noch nie so herbeigesehnt wie dieses Mal. Die Gelegenheiten, sich zu sehen, waren rar geworden, aber einmal im Jahr fuhren sie zusammen weg, der Termin war unantastbar. Britta schnappte sich einen Stapel frischer Wäsche und ging damit in das obere Stockwerk, um das Bett für ihre Schwiegermutter im Gästezimmer zu beziehen. Philipp hatte sie vor ein paar Tagen mit der Nachricht überrascht, dass Christel genau an diesem Wochenende aus Bonn angereist käme, um endlich auch mal das Haus zu sehen.

Britta vermutete, dass das kein Zufall war. Ihrer Schwiegermutter kam es vermutlich recht, dass sie sich verpassen würden. Nach all den Jahren wusste Britta immer noch nicht, was genau Christels Problem mit ihr war, denn es war nicht so, dass sie es direkt aussprach. Sie zeigte es auf die subtile Art, durch Sticheleien und Andeutungen, immer vage, immer so, dass Britta da vielleicht gerade einfach nur etwas missverstand. »Also, bei mir essen die Kinder immer gut«, war der Klassiker. Wenn sie zu Besuch war, stellte sie sich ungefragt in die Küche, kochte riesige Mengen Essen und hinterließ bei Abreise stapelweise gefüllte Tupperdosen im Kühlschrank. »Damit ihr erst mal was habt.« Als ob sie sonst nichts hätten. »Sie meint es nur gut«, sagte Philipp, wenn Britta sich darüber ärgerte.

Sie verstand nicht, warum Christel nicht solidarischer sein konnte. Sie hatte doch selbst Kinder großgezogen, und trotzdem war da nie etwas Schwesterliches, kein warmes Wort, keine Ermunterung, dass Britta es gut machte als Mutter. Aber warum sollte ihre Schwiegermutter auch mehr Takt haben als andere? Verwöhn das Kind nicht so, lass es auch mal weinen. Versuch doch lieber mal dies oder jenes, das hatte sie selbst von Fremden mehr als genug gehört. Es hatte gedauert, aber sie hatte sich da ein halbwegs dickes Fell zugelegt, und zwischen ihr und Christel lag rettend die große Entfernung. Die Begegnungen waren selten, aber reichten oft, um sie zu verunsichern.

Sie lief noch mal durch jedes Zimmer im Haus und versuchte, es mit dem Blick einer kritischen Besucherin zu betrachten. Zwei Stunden lang hatte sie nur geputzt. Mal wieder. Sie hatte vollkommen unterschätzt, wie viel mehr Arbeit es machte, ein ganzes Haus statt einer Wohnung sauber zu halten. Es bedeutete noch mehr Wischen, noch mehr Saugen, noch mehr Wegräumen – und trotzdem hatte sie das Gefühl, immer nur hinterherzuhecheln, richtig sauber wurde es nie. Sie hatte mit Philipp über eine Haushaltshilfe gesprochen. Das wäre jetzt echt schwierig mit den monatlichen Kreditraten für das Haus, meinte er. Mehr Mithilfe drängte er aber auch nicht auf. Sie sah hoch, die riesigen Fenster waren vom Regen der letzten Tage schon wieder schlierig. Damit musste Christel jetzt leben. Britta breitete die Tagesdecke aus, setzte ein Kissen auf die Kopfseite und schlug kurz und präzise in die Mitte, um einen schönen Knick zu erzeugen. »Für dich, Christel.«

Dann ging sie ins Schlafzimmer und machte auch gleich das Ehebett neu. Das war sogar gerade notwendig. Hastig zog sie die Laken ab und musste an den eigenartigen letzten Abend denken. Sie hatte sich vor dem Schlafengehen schon mal schnell die Sachen für das Wochenende mit Judith herausgelegt. Da war ihr Blick auf das dunkelblaue Etuikleid gefallen. Durch den Umzug musste es nach vorne geraten sein, sie hatte es schon ewig nicht mehr getragen. Es war knielang, hatte keinen Schlitz und keinen Ausschnitt, aber sie fühlte sich trotzdem immer sexy darin. Sie hielt es sich vor den Körper, der Kleiderbügel steckte noch darin, so betrachtete sie sich im Spiegel. »Das willst du mitnehmen? Was habt ihr denn vor?«, hörte sie Philipp an der Schlafzimmertür.

»Ach, nichts weiter«, sagte sie, »das Übliche, Sauna vor allem. Aber ich dachte, falls wir abends im Hotel essen gehen.« Er war hinter sie getreten und hatte die Hände um ihre Hüfte gelegt. »Aber keinen Unsinn darin machen, verstanden?« Sie war irritiert, wie er das jetzt meinte, aber es blieb nicht viel Zeit, darüber nachzudenken, weil er sie fester an sich drückte. Sie ließ sich gerne darauf ein, sie war froh um alles, was von ihrer üblichen, vorhersehbaren Dramaturgie abwich. Elternsex eben. Nicht gerade ausufernd, eher selten und möglichst lautlos. Eine Gewohnheit aus der hellhörigen Altbauwohnung und viel zu kurzen Nächten mit zwei kleinen Kindern. Danach noch jeder schnell ins Bad, und man war noch rechtzeitig im Bett, um genug Schlaf für den nächsten Tag zu bekommen.

Sie zog das saubere Laken straff. Es war gut gewesen gestern, ein Aufglühen von dem, was mal war, als sie noch richtig guten Sex hatten, als er »Ich begehre dich so« in ihr Ohr flüsterte und sie genau das spürte. Aber gestern hatte ihn etwas anderes angetrieben, so hatte es sich jedenfalls angefühlt; etwas Besitzergreifendes, das war es.

Britta stopfte schnell die Bezüge in den Wäschekorb. Sie schaute aus dem Fenster auf die Straße, zupfte ein paar welke Blätter von der Zimmerpflanze, die auf der Fensterbank stand. Als es draußen endlich hupte, schnappte sie sich ihre Tasche und stürzte aus dem Haus. Judith fuhr die Autoscheibe herunter. »Oh, du hast es ja eilig«, rief sie ihr amüsiert entgegen. Britta ließ sich auf den Beifahrersitz fallen. »Und wie!«, sagte sie, dann drückte sie Judith fest. »Ich muss dringend mal woandershin.«

Judith ließ den Motor an. »Und du warst wirklich noch nie in Zingst?«, wollte sie wissen. »Du wirst es lieben!«

Britta legte sich den Gurt um, schaute noch einmal durch das Seitenfenster zum Haus. Aus dieser Perspektive wirkte es noch massiver. In den großen Scheiben spiegelten sich die vorbeiziehenden Wolken, sie erschienen dunkler, als sie in Wirklichkeit waren. Judith fuhr los, das Haus im Rückspiegel wurde immer kleiner, und Britta hatte das Gefühl, dass sich etwas in ihr löste.

Im Hotel angekommen, ließ sie sich auf das riesige Doppelbett fallen. Es war beige, die Wände waren beige, der Teppich auch. Es erinnerte sie an die Pinterest-Kacheln und Einrichtungsmagazine, die sie für das Haus angeschaut hatte. Es war ihr ein Rätsel, warum die Menschen neuerdings gerne in Räumen lebten, die die Farbe von Rentnerhosen hatten. Sie wollte Judith danach fragen, die war schließlich Graphikdesignerin. Aber die zerrte sich gerade schon die Kleider herunter und schlüpfte in den Bademantel. »Los, los«, scheuchte sie Britta auf. »Wir gehen jetzt sofort in die Sauna, die ist bestimmt noch leer.«

Tatsächlich hatten sie die Kabine für sich. Eine dezente Deckenlampe tauchte alles in ein rotgoldenes Licht, in einer Ecke kippte eine automatische Kelle in regelmäßigen Abständen Aufguss auf die glühenden Steine, es zischte und dampfte und roch nach Moos, Baumrinde und Fichtennadeln. Manchmal knackte einer der Holzbalken, ansonsten war es still.

Matt lagen sie auf den Bänken. Britta sah zu Judith rüber. Es kam ihr vor, als könnte sie an ihren Körpern die Jahre vorbeiziehen sehen. Sie kannte sie in jünger, sie kannte sie heruntergehungert und dann so, wie sie waren, als sie endlich nachließen mit diesem Kampf gegen sich selbst. Sie kannte sie in gebräunt und in winterblass, sie kannte ihre Gesichter mit Make-up und ohne, in glücklich und von Tränen verquollen. Was sie alles schon hinter sich hatten: Verliebtheit und Zurückweisung, Erfolge und Rückschläge. Sie hatten einander die Hand gehalten, um etwas auszuhalten, oder die Haare, um sich auszukotzen. Sie hatten über die schwierigsten Fragen ihres Lebens miteinander verhandelt, sich Dinge anvertraut, sie hatten manchmal geweint, aber ganz oft gelacht, so ein Lachen, bei dem man fast in die Knie ging.

Judiths Körper war weicher geworden, stellte sie fest, so wie ihr eigener auch. Wie viele Jahre waren sie inzwischen befreundet? Es mussten mehr als zwanzig sein. Der Gedanke erschreckte sie. Nicht weil so viel Zeit vergangen war, sondern wie. Vor allem die letzten Jahre erschienen ihr wie zusammengeschnurrt, manche wie ausradiert. Es machte ihr Angst, es ging zu schnell. Sie waren doch neulich erst in den Semesterferien mit dem Rucksack nach Lissabon unterwegs, und nun lagen sie hier und waren Mitte vierzig.

Sie war froh, dass sie jemanden hatte, der sie noch vor den Kindern kannte, mit dem sie ein gemeinsames Erinnerungsarchiv besaß, in dem sie cool und wild waren, sich vielleicht gerne auch etwas cooler und wilder machten. Sie war zuletzt so oft nur noch die Mutter von Mascha und Ben oder die Frau von Philipp. Aber wenn Judith sie ansah, dann wusste sie, sie sah Britta Stoever an.

Es war nicht selbstverständlich, dass sie noch da war. So viele andere waren ihr abhandengekommen, zogen weg oder zogen sich in ihre eigenen Leben zurück, es passte nicht mehr. Auch bei ihr und Judith hatte es eine Zeit gegeben, in der sie auseinandergedriftet waren. Judith wollte keine Kinder. Britta kannte keine andere Frau, die schon immer so klar darin gewesen war. Und trotzdem wurde es schwierig, als Britta ihre bekam. Sie hatten zunächst noch versucht, so weiterzumachen wie vorher. Sie bemühten sich, einander weiter zu treffen, am Leben der anderen dranzubleiben. Aber es war kaum mehr ein normales Gespräch möglich. Britta konnte Judiths Geschichten von Liebschaften, Fernreisen oder Karriereschritten schlecht folgen. Früher hätte sie jedes Detail wissen wollen, jetzt waren es Erzählungen aus einer Welt, an der sie nicht mehr teilnahm. Außerdem war sie abgelenkt, die ganze Zeit damit beschäftigt, eines der Kinder zu stillen, zu wickeln, zu beruhigen, ihnen etwas abzuwischen oder sie davon abzuhalten, etwas kaputt zu machen. Judith war genervt, blieb aber geduldig. Trotzdem sahen sie sich seltener, irgendwann fast gar nicht mehr. Doch dann hatten sie diesen Entschluss gefasst: Wenn es nicht öfter geht, dann wenigstens einmal im Jahr, und dann richtig. Sie hatten sich in den Fliehkräften dieser sich so schnell drehenden Jahre gerade noch rechtzeitig an den Händen gefasst.

Britta schaute zu dem Ofen mit den Saunasteinen, die glimmten und glühten. Wieder tropfte es, und ein heißer Luftzug traf sie am ganzen Körper, es fühlte sich an, als ob ihre Haut brennen würde. Ihr Herz hämmerte, und ein Unwohlsein stieg in ihr auf. Sie setzte sich auf, atmete tief, bis sie das Gefühl hatte, dass ihr Kreislauf funktionierte. »Du, ich muss raus«, sagte sie.

»Ich kann auch nicht mehr«, sagte Judith und richtete sich auf.

Draußen suchten sie nach den Abkühlmöglichkeiten. »Ich will das da«, rief Judith und zeigte auf einen großen Holzkübel, der im Nassbereich angebracht war. Sie stellte sich drunter und kniff die Augen zu. »Du musst das machen, bitte, bitte«, bettelte sie Britta an. »Ich kann mich nicht überwinden.«

Britta zählte bis drei, dann zog sie an der dazugehörigen Leine, und das eiskalte Wasser kippte über Judith, die nicht anders konnte, als laut aufzukreischen.

Aus der Ecke ertönte ein aufgesetztes Räuspern. Erst da bemerkten sie, dass dort ein älterer Herr mit angesäuertem Gesicht saß. »Oh, Entschuldigung«, sagte Britta. Judith dagegen konnte das Lachen kaum unterdrücken.

Später, wieder auf dem Zimmer, stellte Britta sich ans Fenster und sah dem letzten Licht nach. In einiger Entfernung standen beeindruckend hohe Kiefern, deren Äste gemächlich wippten. Dazwischen hatte man Blick auf das Meer, das wie ein grüngraues Tuch dalag. Vielleicht war es dieser Ausblick, vielleicht war es die Entspannung vom Spa, dass sie sich so gut fühlte. So gut jedenfalls, wie schon lange nicht mehr. Sie atmete tief ein und wollte das Gefühl am liebsten konservieren. War es nicht seltsam, dass sie an einem fremden Ort sein musste, um sich so wohl zu fühlen? Da riss ein Knall sie aus den Gedanken. Als sie herumfuhr, stand dort Judith grinsend mit einer Flasche Sekt in der einen Hand und den beiden Zahnputzbechern aus dem Badezimmer in der anderen. »Wie immer, oder?«

Britta nahm ihr einen Becher ab und hielt ihn unter den Flaschenhals. Sie hatte schon ewig nichts mehr getrunken.

Das Handtuch noch um die Haare gewickelt, die Wangen rot von der Sauna, saßen sie auf dem großen Bett mit dem gepolsterten Rückenteil. »So, und jetzt erzähl endlich mal«, sagte Judith. »Wie geht es dir da draußen? Habt ihr euch eingelebt?«

Britta hatte befürchtet, dass diese Fragen kommen würden. Jeder stellte sie. Und sie hatte das Gefühl, eine Erfolgsstory präsentieren zu müssen. Glücklich sein zu müssen. Schließlich hatten sie es geschafft, ein Haus mit Garten im Speckgürtel. Sie wusste, wie händeringend andere danach suchten, wie es für viele immer unwahrscheinlicher wurde oder von vornherein war. Aber das hier war Judith, ihr musste sie nichts vormachen.

»Ich habe es mir anders vorgestellt«, sagte sie und nahm einen großen Schluck Sekt. »Natürlich braucht es Zeit, aber ich komme dort einfach nicht an. Wir sind ja gar nicht weit weggezogen. Und trotzdem ist alles so fremd und fühlt sich so anders an als früher. Und ich meine nicht nur die Umgebung. Die Kinder verschwinden in ihren Zimmern, als ob das Haus sie verschlucken würde, und ich hänge den ganzen Tag in dieser Ödnis herum und kann nicht anders als über alles Mögliche nachzudenken, weil es sonst keine Ablenkung gibt.«

Britta staunte selbst, was da auf einmal alles aus ihr herauskam. Sie leerte schnell ihren Becher, aber es ließ sich nicht wieder herunterspülen.

»Nicht falsch verstehen«, sagte sie. »Vieles ist toll. Keine Parkplatzsuche mehr, keine Nachbarn, die einem über dem Kopf trampeln, und das Haus ist so komfortabel. Aber es ist auch eine Last, es schnürt mir oft richtig die Kehle zu, das hatte ich so nicht erwartet. Manchmal denke ich, es war ein Fehler. Manchmal denke ich, es braucht einfach noch etwas Zeit.«

Judith legte ihr die Hand auf die Schulter. »Ganz ehrlich, das glaube ich auch. Du wirst dich eingewöhnen. Hab noch etwas Geduld.«

Britta musste lächeln, weil Judith jetzt so mit ihr sprach wie sie mit den Kindern.

»Der Winter ist einfach eine blöde Zeit«, sagte Judith. »Im Frühjahr sieht es bestimmt schon besser aus. Solange solltest du vielleicht ein paar Wände streichen oder so. Dass es sich mehr nach dir anfühlt. Wie sieht Philipp das denn alles?«

Brittas Becher war schon wieder leer. Sie spürte schon, dass es zu viel war.

»Der ist total gerne dort und mit allem zufrieden. Deswegen will ich ihm auch nicht ständig in den Ohren liegen. Ich werde mich schon auch noch damit arrangieren.«

Judith schenkte ihnen noch mal nach. »Verrückt, ich hätte Philipp gar nicht für so ein Landei gehalten.«

»Ach, das Land interessiert ihn gar nicht. Ich glaube, bei ihm ist das vor allem mehr so ein Hausbesitzerstolz.« Sie dachte nach. »Komisch, und genau das fühle ich gar nicht. Na ja, es wird schon.« Sie sah sich im Zimmer um. »Sag mal, ist Beige eine gute Wandfarbe?«, fragte sie und klang schon etwas verwaschen.

»Beige ist für Langweiler, denen nichts anderes einfällt. Also nichts für dich. Wenn du dort irgendwas in Beige streichst, komme ich dich nie wieder besuchen.«

»Okay, kein Beige. Versprochen«, kicherte Britta.

Sie hörte, wie draußen auf einmal Wind aufgekommen war, ihr wurde kalt. Sie rutschte tief unter die Decke, wurde auf einmal schrecklich schläfrig. Der Wind streifte jetzt pfeifend um das Gebäude. Als ob der hinter mir her ist, dachte sie noch, bevor sie einschlief.

Der nächste Tag verging mit einem langen Spaziergang am Meer, mit Lesen und Kaffeetrinken. Abends lag Britta auf dem Bett, zappte gelangweilt durch das Fernsehprogramm und schaltete das Gerät schließlich aus.

»Wollen wir uns nicht einfach was zu essen aufs Zimmer bestellen? Ich bin total platt irgendwie ... Wo bist du denn eigentlich?«, rief sie nach Judith.

»Du hast das Kleid mit!«, hörte sie aus der begehbaren Kleidernische. Dann trat Judith heraus, in der Hand das blaue Etuikleid. »Darin siehst du immer scharf aus. Was hast du denn damit vor?«

»Ich denke, nichts.«

»Ich denke, aber doch«, sagte Judith entschlossen. »Weißt du was? Meinetwegen essen wir auf dem Zimmer. Aber danach gehen wir was trinken. Dieses Kleid will dringend ausgeführt werden.«

»Wo willst du denn hier bitte was trinken gehen? Es ist Winter, alles hat zu.«

»Wir gehen nur runter, an die Bar. Ein, zwei Drinks und einfach mal schauen, was passiert.«

Britta hätte gewarnt sein müssen. Abende, die Judith mit solchen Worten einleitete, endeten in der Regel legendär. Aber das war lange her. Heute konnten sie sich zügeln. Dachte sie jedenfalls.

Etwas hämmerte; mitten in ihrem Kopf, es tat weh. Dann begriff sie, dass es an der Tür war. Sie schreckte hoch, helles Licht fiel herein, es musste schon spät am Tag sein. Ihr Handy bestätigte es, als sie es fand. Langsam begriff sie. Das Klopfen war sicher der Zimmerservice, sie hätten längst auschecken müssen. Sie quälte sich zur Tür, öffnete einen kleinen Spalt. Wir beeilen uns, versprach sie. Dann weckte sie Judith, die tief vergraben in den Kissen lag.

Sie warfen eilig ihre Sachen in die Koffer, stöhnten über das Kopfweh. Zum Glück fand Judith Schmerzmittel. Sie beluden das Auto, dann liefen sie noch ein Stück über die Promenade, um klarer zu werden. Außerdem versuchten sie, die Nacht zu rekonstruieren. Mehr als ein paar Erinnerungsfetzen hatte Britta nicht. Die Drinks waren gut gewesen, sie hatte sich großartig gefühlt, übermütig, nach Unsinn. So viel wusste sie noch.

»Irgendwann hast du dann aufgelegt«, kicherte Judith.

»Bitte was?«

»Du hast irgendwann hinterm Tresen gestanden und die Musikanlage übernommen.«

»Und die haben uns nicht rausgeschmissen?«

»Es war ja nur noch das Personal da. Aber die waren gut drauf, die fanden das offensichtlich ganz lustig. Es wurde sogar getanzt. Ich wollte noch rechtzeitig die Reißleine ziehen, aber du konntest dich nicht lösen.«

»O Schreck«, sagte Britta und musste lachen. »Ich bin einfach keinen Alkohol mehr gewöhnt.« Dann fragte sie lieber noch: »Es ist aber nichts Schlimmes passiert, oder?«

»Nein, gar nicht. Es war total lustig. Aber ich sag mal so: nächstes Mal in Zingst dann lieber ein anderes Hotel.« Britta zog sich die Mütze tiefer ins Gesicht.

Im Auto wurde ihr übel, die Kopfschmerzen kamen zurück. »Fahr bitte nicht so schnell, Judith«, stöhnte sie vom Beifahrersitz.

»Weil es dir nicht gut geht oder weil du nicht zurückwillst?« Britta antwortete nicht. Sie legte die Wange gegen die kühle Autoscheibe.

Irgendwann tauchten die ersten Deiche vor ihnen auf, es war schon fast dunkel. Britta schaute zu, wie die Landschaft an ihr vorüberzog. Dieses seltsame Stück Land, weit und begrenzend zugleich, es ließ sich in die Karten schauen, und gleichzeitig verbarg es etwas. Was war es nur? Unerwartet erkannte sie auf einmal das Haus, vor dem sie den Mann mit den Schaufelhänden getroffen hatte. Alle Fenster waren dunkel, nur in einem einzigen Zimmer unter dem Dach leuchtete ein gelbes Licht. Sonst war alles in ein Nachtblau getaucht, die Bäume mit den krummen, kantigen Zweigen, wie Finger, die nach etwas griffen. Seltsam, dass Judith genau den Weg genommen hatte, es war nicht der direkte.

Als sie auf ihr Haus zufuhren, betrachtete sie es aufmerksam. Es fühlte sich noch immer nicht vertraut an. Dann fiel ihr noch etwas auf. »O nein!«, rief sie aus. Christels Wagen stand noch in der Einfahrt. Sie war sicher gewesen, dass sie längst abgereist wäre. Schlagartig wurde ihr bewusst, in welchem Zustand sie war. Sie hatte nicht geduscht, die Make-up-Reste krümelten ihr unangenehm um die Augen, sie hatte sie mehrmals unachtsam weggewischt. Ganz sicher roch sie noch nach Alkohol. »Gibt bestimmt was Leckeres zu essen«, sagte Judith und zwinkerte ihr zu. »Na komm, bring es hinter dich.« Sie umarmte Britta fest zum Abschied, stieg wieder ins Auto und fuhr davon.

Philipp und Christel kamen ihr im Flur entgegen, um sie zu begrüßen, und als ihre Schwiegermutter rasch wieder ein Stück von ihr zurückwich, wusste sie, dass ihre Vermutung, was den Alkohol anging, stimmte. Philipp musterte sie.

»Na, du scheinst ja viel Spaß gehabt zu haben …«, sagte Christel trocken. »Also, ich muss jetzt endlich los, ich bin spät dran, aber ich habe noch die Fenster geputzt. Das konnte man ja nicht ansehen.« Britta versuchte, sich wenigstens die Haare zurechtzustreichen. »So ein schönes Haus. Um so was muss man sich kümmern und es pflegen, Britta. Aber na ja«, Christel guckte noch mal rauf und runter an ihr, »jeder hat seine eigenen Ansprüche an Reinlichkeit.«

Britta öffnete den Mund, weil sie etwas erwidern wollte. Stattdessen stieg etwas anderes in ihr hoch, ätzend, giftig, schon viel zu lange in ihr drin. Gleichzeitig war ihr, als ob der Boden unter ihren Füßen weich wäre, als stünde sie in Lehm. Sie griff nach dem Türrahmen, aber es reichte nicht. Es ließ sich nicht mehr aufhalten. Das Einzige, das sie noch tun konnte, war, sich ein wenig zur Seite zu drehen, um Philipp und seiner Mutter nicht direkt vor die Füße zu kotzen.

NACH DEM STURM

DEN DRECK ZU beseitigen, war noch das Einfachste, aber man musste schnell sein. Das Wasser lief ab, versickerte, man konnte zusehen, wie es verschwand, es war fast höhnisch, wie schnell das ging. Aber es hinterließ überall einen zähen braunen Schlamm. Abelke kehrte und schaufelte ihn aus dem Haus, bevor er trocken und hart wurde. Auch die anderen Frauen kehrten und schaufelten, in ihren Häusern und Ställen, dem, was davon übrig war. Die Augen auf den Boden geheftet, wischen, kehren, schaufeln, nicht hinsehen, was die Männer taten. Wie sie draußen das tote Vieh zusammentrugen, Kadaver mit aufgedunsenen Bäuchen durch den Schlamm schleiften, zu Haufen türmten, Holztrümmer dazulegten und dann alles anzündeten.

Man konnte wegsehen, aber der Geruch stieg einem trotzdem in die Nase. Rauch und Verwesung. Abelke waren zwei Pferde geblieben, ein Ochse und zwei Kühe waren noch da. Die Kälber waren ersoffen oder fort, vermutlich hatte das Wasser sie mitgerissen, durch die Grot Dör, das große Scheunentor. Die Flut hatte es eingedrückt, jetzt klaffte hinten am Haus ein riesiges Loch, wie ein aufgerissener Mund, der schrie. Das Haus ist erschrocken, dachte Abelke. Sie musste an einen Tag denken, als sie noch ein Mädchen war, mit langen Zöpfen rechts und links. Sie hatten die Ernte eingeholt, der Himmel war hoch und blau, der Wagen beladen, mit einem riesigen Berg aus gemähtem Getreide. Der Vater hatte sie obendrauf gehoben, die Ladung war noch warm von der Sonne, ein frischer, würziger Duft stieg davon auf. Dann trieb einer die Pferde an, und der Wagen fuhr durch die Grot Dör in das Haus hinein. Sie wusste noch genau, wie die Hufe der Pferde klangen und wie dann das Gesinde, die Eltern, alle, die da waren, ein Lied anstimmten; ein uraltes, demütiges Lied, vom Kampf, den man hier mit dem Land führte und nicht immer gewann. Von der Freude und dem Unglück, die kamen und gingen, wie die Gezeiten in den Flüssen. Ihr war in diesem Augenblick, als würde sie emporgehoben, bis unter die Deckenbalken, und dort würde sie schweben. Dieser Moment war ehrlicher und feierlicher als alles, was sie jemals in der Kirche gehört oder empfunden hatte.

Abelke schaute zu dem zerborstenen Tor hinüber. Sie würde es wieder aufbauen, schwor sie sich, sie würde wieder eine Ernte hindurchfahren, und dann würde sie ein Lied anstimmen.

Ein Huhn flatterte durch das Loch hinein. Zwei andere waren vor Schreck noch in der Sturmnacht auf dem Kornboden gestorben, sonst hatte sie noch alle. Auf der Hille lagen außerdem unversehrt Säcke voll Roggen, die sie von der letzten Ernte zurückgehalten hatte, wie der Vater es sie gelehrt hatte: Man muss mahlen, wenn Wind ist, aber verkaufen erst später, wenn Getreide schon wieder rar ist. Das mache den Preis besser. Jetzt waren diese Säcke das Wertvollste, das sie noch hatte. Auch die Gänse und Schweine waren ihr geblieben, weil sie sie nach oben verfrachtet hatte. Aber sie waren irre seit der Sturmnacht. Die meiste Zeit standen sie herum, mit weggetretenem Blick, aber bei jedem Geräusch rannten sie in Panik umher. Immerhin hatte sie noch Vieh, und sie sah die Blicke der anderen, die keins mehr hatten. Harder von der Süderseite und Henneke nebenan hatten fast alle Tiere verloren, und für die, die überlebt hatten, war es nun schwierig, etwas zu fressen zu finden. Alles Stroh und Heu war nass geworden und begann zu schimmeln. Die Kinder wurden in die Wälder geschickt, um Blätter von den Bäumen zu sammeln und Tannenzweige abzurupfen, aber die meisten Bäume waren vom Wasser umgeknickt, und die, die noch standen, waren kahl.

Wischen, kehren, schaufeln, nicht hinsehen. Auch die Leichen der Menschen wurden aufgelesen. Dann wurden sie auf einen Leiterwagen gehoben und zum Friedhof gebracht. Später kam der Wagen noch mal, um die zu holen, die nicht die Flut hingerafft hatte, sondern das Fieber, das sie nach der eisigen Flutnacht bekamen. Und noch später fuhren die Leiterwagen mit denen davon, die genug von diesem Land hatten. Die ein paar Sachen gepackt hatten und anderswo hinzogen, sich kein einziges Mal mehr umsahen. Sie ließen die Häuser stehen, die Balken und Trümmer liegen, dort, wo der Wind sie hingeworfen, das Wasser sie abgelegt hatte; auf dem Feld, vor dem Deich, dem, was davon übrig war. Eine davon war Mette Köppke.

An einem frühen Morgen im November sah Abelke etwas im Nebel, schreitende, dunkle Gestalten, eine ganze Gruppe davon. Als das Licht heller und der Dunst durchsichtiger wurden, erkannte sie die Deichgeschworenen. Ein halbes Dutzend Männer in langen schwarzen Mänteln, angeführt von Dirick Kleater. Zweimal im Jahr fand ihre Begehung regelhaft statt, oder, wie jetzt, außerordentlich, nach einem Sturm, um die Schäden zu erfassen, um zu erwägen, was notwendig für den Wiederaufbau war. Sie bewegten sich bedächtig über den Deich, stocherten mit Stöcken hier und dort, stampften mit den Füßen dann und wann auf den Boden, schauten, prüften, berieten sich und kamen näher. An der gebrochenen Stelle zwischen Abelkes und Hennekes Grundstück hielten sie an, machten ernste und strenge Gesichter. Abelke stellte sich zu ihnen. Einer wurde losgeschickt, um Henneke zu holen, das Ganze ging ja auch ihn etwas an. Als er dann da war, steckten die Deichgeschworenen die Köpfe zusammen, sie musterten und tuschelten. Abelke wurde schon ganz ungeduldig von all dem Getue. Da drückte Kleater den Rücken durch, verschränkte die Arme hinter dem Rücken, holte Luft und verkündete die Anweisung, die sie beschlossen hatten: »Hiermit ordne ich an, dass die Deichhalter diesen gravierenden Schaden binnen einer Frist von vier Monaten beheben müssen, um unser Land wohlanständig vor den nächsten Stürmen zu schützen.«

Dann nickte er der Runde zu, und alle sprachen gemeinsam im Chor die Losung der Marschländer: »Kein Land ohne Deich, kein Deich ohne Land!«

Einen Moment herrschte Stille, bis Abelke, irritiert und entrüstet, fragte: »Aber du wirst uns schon auch Hilfe stellen, oder?« Sie kannte das Deichrecht. Jeder hier kannte es, es war das Bleiberecht der Bauern. *Wer nicht will deichen, der muss weichen.* Jeder Hofbesitzer hatte für den Deichabschnitt, der zu seinem Grundstück gehörte, zu sorgen. Er hatte ihn zu pflegen, ihn zu erhalten, ihn zu schützen, ihn wiederherzustellen, wenn er schadhaft war. Aber wenn es zu größeren Unglücken kam, einer Flut wie dieser, mit Schäden, die selbst eine große Bauernfamilie kaum alleine bewältigen konnte, dann konnte der Vogt auch andere Helfer zum Gemeindedienst heranziehen, um den Deichhalter zu unterstützen. Ein intakter Deich war schließlich überlebenswichtig für alle. Eine nächste Flut konnte schon bald kommen, ein löchriger Deich war eine Gefahr für das ganze Land.

»Kleater, du musst für Hilfe sorgen! Henneke und ich, wir sind allein. So einen großen Schaden zu richten, das schaffen wir nicht in dieser Zeit, mit dem Winter dazwischen. Nicht mehr lang, dann friert die Erde ein«, beschwor sie den Vogt, aber der schwieg.

»Na, dann beeilt ihr euch wohl besser«, sagte er schließlich. »Ich schaue, ob ich jemanden auftreiben kann, aber viel Hoffnung müsst ihr euch nicht machen. Ihr seid nicht die Einzigen, die Hilfe brauchen, und die Arbeitskräfte sind rar. Solange seid ihr in der Pflicht.«

Abelke konnte nicht glauben, wie fahrlässig Kleater als Deichvogt handelte. Sie sah zu Henneke, aber der starrte bloß auf die Lederschuhe der Geschworenen, als ob dort etwas war, das nur er sehen konnte. Sie wollte ihn anflehen, dass er doch auch etwas dazu sagen sollte, sah aber schon, dass es zwecklos war. Wie weggetreten war er seit der Flut, den Blick so entrückt wie eines ihrer verrückt gewordenen Schweine. Die Deichgeschworenen standen da, mit unverändert gleichgültigen Gesichtern. Nur Kleater sah rauf und runter an ihr. Aber ganz anders als an einem Sommertag vor vielen Jahren. »Komm«, sagte sie zu Henneke und bugsierte ihn in Richtung Haus. Er war noch schlechter dran. Sein einziger Knecht war tot; sie hatte wenigstens noch ihr Gesinde.

Früh am nächsten Tag saß sie mit ihnen auf dem Flett, wies allen wie jeden Morgen die Aufgaben zu. Die Magd sollte zum Essen Rüben und Kraut zubereiten, wenn sie sparsam damit umgingen, würde es noch lange reichen. Der Knecht sollte die Reparatur der Weidezäune aufschieben, sie würden noch heute mit der Arbeit am Deich beginnen. Aus den Augenwinkeln sah einer zu dem anderen, die eine Magd schob nervös die Füße über den Boden, im Feuer platzte ein Scheit. Dann sagte die Magd, einen Deich aufzubauen, gehöre ja eigentlich nicht zu ihren Aufgaben, und der Knecht wollte wissen, ob sie denn überhaupt zahlen könne, wenn am Georgitag ihr Lohn fällig wäre.

Abelke schaute einen nach dem nächsten an: »Habt ihr es etwa schlecht bei mir?«, fragte sie streng. »Ich hab eure Seelen vor der Flut gerettet, zu essen ist auch noch reichlich da. Habt ihr gesehen, welche Not andere jetzt leiden? Ihr werdet euren Lohn schon kriegen, dafür bürge ich.«

»Mit Versprechungen kann man aber nicht bezahlen«, maulte die Magd. Abelke wurde wütend. Dass sie es wagten, so frech zu sein. Das trauten sie sich nur, weil Arbeitsleute nun knapp waren. Sie konnten gehen, wenn es ihnen hier nicht passte, eine neue Anstellung zu finden, würde nicht schwer werden. Und es war etwas dran an ihren Fragen, es waren dieselben Fragen, die sie in der Nacht wach gehalten hatten. Sie drehte und wendete alles, aber es schien ausweglos: Der Deich musste genau zu der Zeit fertig sein, wenn die Felder für die neue Aussaat vorbereitet wurden. Würde sie schlecht anbauen, weil sie sich dem Deich widmete, könnte das die Ernte schmälern und damit ihre Einnahmen. Würde sie den Deich vernachlässigen, um sich dem Hof zu widmen, könnte sie ihn am Ende verlieren.

Sie sprang auf, sie hielt es kaum aus neben dieser behäbigen Bande, und machte sich an die Arbeit, zuerst in den Ställen. Als sie später die Tiere zum Sood führte, um sie zu tränken, sah sie ihre drei Leute davongehen, schnellen Schrittes, mit ihren Bündeln über der Schulter. Wütend hob sie einen Stein auf und warf ihn nach ihnen, aber da waren sie schon nur noch kleine dunkle Schatten, die Richtung Horizont verschwanden.

Wenige Tage später erwachte sie zitternd in den frühen, noch vollkommen dunklen Morgenstunden. Da wusste sie, dass der Frost gekommen war. Er kroch durch die Wände und stieg vom Boden herauf, er fuhr einem in die Knochen und setzte sich dort fest.

Später nahm sie draußen einen Spaten und versuchte, ihn mit Kraft in die Erde zu stoßen, nur um zu überprüfen, was sie schon wusste. Der Boden war hart wie Stein. Der Spaten prallte ab und sprang ihr beinahe aus der Hand. Nicht einen Zoll Erde würde sie hier die nächsten Wochen bewegen können. Taub vor Wut und

Ohnmacht lief sie los, nur um irgendwas zu tun, nur um der Versuchung zu widerstehen, sich einfach hinzusetzen und zu warten, bis das Zittern nachließ und die Mattigkeit kam, alle Gefühle wichen und dann das Leben. Bis auch sie erfroren war.

Sie lief schneller, kopflos, über die Feldmark, die gestern noch schorfig schwarz dagelegen hatte. Jetzt hatte der Frost alles mit einer feinen weißen Schicht überzogen. Jeder Zweig am Baum glänzte silbrig weiß, bis in die feinste Verästelung. Das Gras ragte starr und gläsern aus der Erde, es barst und brach, wenn sie darüberlief, in ihrem Inneren hallte das Geräusch seltsam nach. Erst am Kreuz bei der Landscheide blieb sie stehen. Wo sie hinsah, war sie von weißem, hartem Land umgeben. Schon begann die Dämmerung herabzusinken, es war, als ob der Tag gerade mal kurz aufgeflackert wäre. Aber bevor er verging, färbte der Himmel sich tiefblau, leuchteten noch glühende Streifen darin auf, spiegelten sich in dem weiß bedeckten Boden, sanft und rosa, alles Unglück ignorierend. Da fing sie an zu schreien und zu klagen, die Fäuste zu erheben, gegen dieses Land, das sie so liebte und das jetzt so grausam zu ihr war.

Am Landscheideweg trottete zu dieser Zeit schlingernd Ludwig Witten zu seinem Hof zurück. Er kam aus einer Winkelwirtschaft, einer der heimlich und provisorisch hergerichteten Schänken, die mal der eine, mal der andere Bauer kurzfristig in seiner Diele einrichtete, um gerade einen Abend lang Bier, Branntwein oder grünen Bitteren auszuschenken und hernach alles wieder verschwinden zu lassen, da der Alkoholausschank hier verboten war. Man musste nur schnell genug sein.

Abelkes Klagen ging Witten durch Mark und Bein. Er verstand nicht, was sie rief, aber in seiner verzerrten Wahrnehmung klang es schauderhaft. Er beeilte sich lieber voranzukommen, und sie merkte gar nicht, dass noch jemand dort draußen war.

Solange die Erde gefroren war, hatte sie in der Scheune am Deichkern gearbeitet. Sie wusste nur, wie er aussehen musste, selbst gebaut hatte sie noch nie einen. Es brauchte ein Stützgerüst aus Holzbalken, zwischen die ein Geflecht aus Heideplaggen und Torfsoden kam. Über dieses Dreieck würde man später die Erde schaufeln. Mehrmals war es ihr zusammengebrochen, man brauchte eigentlich mehrere Personen, um es zu bauen. Aber irgendwie hatte sie es am Ende doch geschafft, und als sie es betrachtete, war sie von Stolz erfüllt.

Es war einsam und still geworden ohne jedes Gesinde auf dem Hof. Wenn sie abends auf dem Flett vor dem Feuer saß, spürte sie das oft schmerzlich, aber oft kam genau dann der Kater, schmiegte sich in ihren Schoß, und sie blieb lange so sitzen, mit der Hand in seinem Fell, die sich mit seinen langen, ruhigen Atemzügen hob und senkte.

Jeden Tag prüfte sie den Boden, aber es wurde Februar, bis er allmählich nachgab und sie anfangen konnte, ihn abzutragen. Zum Deichbau brauchte man Kleierde, den schweren, bindigen Marschboden, der nicht überall lag. Als ihr Vorland keine Kleierde mehr hergab, musste sie welche vom hintersten Ende ihres Flurstücks mit Pferd und Karren heranholen. Tagelang schindete sie sich so, dann ging sie nochmals zu Henneke, der noch keinen Finger gerührt hatte für den Deich. »Henneke«, beschwor sie ihn. »Raff dich auf! Wir helfen uns gegenseitig. Du musst auch was tun, du wirst sonst bald noch deinen Hof verlieren!«

Aber Henneke saß nur da, den lausigen Kopf in den Händen. Das Feuer auf seinem Flett war aus, drinnen war es so kalt wie draußen. Sie entzündete es wieder, schalt ihn, dass man doch niemals das Feuer ausgehen lassen durfte. Sie brachte ihm Essen, redete auf ihn ein. Das Essen nahm er, aber aus dem Haus bewegte er sich nicht. Sie war froh, als irgendwann seine Schwester

Geseke bei ihm einzog und sich um das Feuer und das Kochen kümmerte. Sie war älter als Abelke und Henneke, seit vielen Jahren lebte sie schon auf dem Hof ihres Mannes in Tatenberg. Aber den Hof und den Mann gab es nun nicht mehr, beides hatte die Flut fortgespült. Nachbarn hatten Geseke zunächst bei sich aufgenommen. Sie war tagelang an die Stelle gelaufen, wo vorher ihr Haus gestanden hatte, der Stall, die Tiere, ein Backhaus. Sie hatte im Schlamm gegraben, ob sie nicht noch etwas finden konnte von ihrem früheren Leben, aber da war nichts mehr, außer ein paar Trümmern auf einem Stück leerem Land. Irgendwann begriff sie, dass das Einzige, was sie noch hatte, ihr Bruder war, der noch auf dem elterlichen Hof lebte. Als junges Mädchen war sie von hier weggegangen, jetzt kehrte sie zurück, mit einem krumm gewordenen Rücken und knotigen Händen. Die Arbeit fiel ihr schwer, aber kochen und etwas Land bestellen konnte sie noch, und Henneke hatte etwas Gesellschaft.

Nur wenn er bei seinen Bienen war, kehrte kurz ein bisschen Leben in ihn zurück. Seine Bienenstöcke waren das Einzige, das er nach der Flut wiederhergerichtet hatte. Manchmal blieb Abelke stehen, wenn er vor ihnen stand, die Hände erhoben. Sie sah die Bienenschwärme auffliegen, wie eine dunkle, sich schnell verändernde Wolke, wie ein Wesen. »Sizi, sizi, Bina«, rief Henneke dann, was in einer uralten Sprache so viel wie »Sitzt, sitzt, ihr Bienen« hieß. Und die Bienen setzten sich.

Zwischen den Körben stand neuerdings einer, der anders als die anderen war. Er war zwar auch aus Weide geflochten, aber hatte in der Mitte ein holzgeschnitztes Gesicht, eine kantige Nase, einen finsteren, strengen Blick. Ein Wächterkorb sei das, hatte Geseke ihr erzählt. Der solle vor Diebstahl schützen. Vor Schadenszauber und vor bösen Blicken.

Mit dem beginnenden Frühjahr strichen endlich auch wieder Tagelöhner umher. Solche, die den Namen kaum verdienten. Schlechte Leute, schwach, kränklich, sogar einen ohne Arm hatte Abelke gesehen. Aber die Not der Menschen in den Marschlanden hatte sich herumgesprochen, sie würden hier jeden nehmen, eine Hand war besser als keine. Zwei Mann konnte sie eine Weile bezahlen, dann wäre ihr Geld aufgebraucht. Argwöhnische, verschlossene Typen waren es, die sie anheuern konnte. Denen es nicht passte, dass sie ihnen Schlafplätze im Stallbereich zuwies, denen das Essen stets zu wenig war und die sich nicht gerne von einer Frau antreiben und herumkommandieren ließen. Sie stöhnten über die Schwierigkeiten, die das Brack ihnen beim Bau bereitete. Es war unmöglich, den Deich an der alten Deichlinie einfach wieder zu schließen. Sie mussten um das ausgekolkte Loch herumdeichen, mehr als ein Dutzend Ruten Erdwall neu errichten, und das auch noch in einem Bogen.

Als Abelke an einem Morgen zum Deich ging, um zu sehen, wie die Männer vorankamen, standen sie gerade am Rand der neu aufgeschütteten Deichseite, die schon eine gute Höhe hatte. Einer hielt einen Sack in der Hand, und der Sack zappelte.

»Was ist in dem Büddel?«, rief sie, denn sie hatte einen Verdacht.

Die zwei verzogen bloß die Gesichter, schauten auf den Boden, sagten aber nichts.

»Was in dem Büddel ist, will ich wissen!«, schrie Abelke jetzt wütend.

»Wenn du willst, dass der Deich hält, muss was Lebendiges rein. So sagt man es«, gab der eine schließlich trotzig von sich.

Sie hatte es schon geahnt, kannte all die Geschichten von Deichopfern, von armseligen Hunden und Hühnern, die man hineingeworfen hatte, sogar Kinder hätte man schon lebendig eingegraben, erzählten die Leute sich. Jeder kannte die Geschichte über Ilsabe Rathmanns jüngstes Kind, das eines Abends nicht vom Spielen am Deich heimgekommen war. Tag um Tag soll Ilsabe am Deich entlanggeirrt sein, suchend, horchend, und wenn eine Möwe kreischte, rief sie: »Da, ich kann es hören, da weint mein Kind!«

Abelke stand jetzt vor den Männern, streckte den Arm aus und sah sie mit einem Blick an, von dem sie Angst bekamen. Der eine reichte ihr den strampelnden Sack, und als sie ihn öffnete, sprang fauchend der Kater heraus und schoss davon. Wenn Abelke die zwei nicht so dringend gebraucht hätte, dann hätte sie sie jetzt davongejagt.

»Dusseliger Spökenkram«, sagte sie verächtlich. »Und jetzt seht zu, dass ihr vorankommt. Der Deich hält, wenn ihr eure Arbeit anständig macht, von nichts sonst.«

Fortan behielt sie sie im Auge, war ohnehin jeden Augenblick dabei, packte mit an, wo sie nur konnte.

Im März ragten ansehnliche Holzkonstrukte aus der Deichlinie heraus, und Abelke fühlte eine vage Hoffnung aufkommen. Es war schwer, keine zu haben, während sich mit dem beginnenden Frühjahr alles um sie herum erhob. Es kam ihr vor, als ob die Erde anschwoll, an jedem Morgen war mehr Grün herausgedrungen. In den Gräben murmelte das Wasser, Knospen platzten, Blätter entfalteten sich, erste Blüten richteten die Köpfe nach der Sonne aus, die mild und gnädig vom Himmel schien. Abelke bestellte die Erde, und wenn sie damit fertig war, stürzte sie sich in die Deicharbeit, oft bis zum Anbruch der Dunkelheit. Als vier Monate verstrichen waren, hätte sie mit der Wiedererrichtung des Deiches nicht weiter sein können, aber fertig war er nicht.

Die Geschworenen fanden sich pünktlich ein. Abelke stand sehr aufrecht vor der Reihe von Männern. Mehrmals hatte sie Kleater während der letzten Monate nach Helfern gefragt, hatte gefordert, gebettelt. Jedes Mal hatte er sie abgewiesen oder vertröstet, gekommen war nie jemand. Für alles, was bisher fertig war, war sie allein verantwortlich. Sie hatte mehr erreicht, als unter diesen Umständen möglich erschien. Sie war sicher, sie würden das erkennen. Die Geschworenen mit Kleater in der Mitte traten in einem Kreis zusammen. Abelke stand aufgeregt abseits von ihnen. Sie war dünn geworden, ihr Rücken runder von der Bückerei und Buckelei den ganzen Tag. Jeder Knochen im Leib schmerzte ihr, ihre Hände waren voller Risse, jeder Riss war schwarz von der Erde, die eingedrungen war. Die Stellen brannten und entzündeten sich oft, sie spürte es schon gar nicht mehr. Und da standen diese dunklen Gestalten, mit ihren unversehrten Händen, ihren weich fallenden Mänteln, und berieten sich lang und umständlich, ob all die Schufterei ihnen ausreichend erschien.

»Du hast große Anstrengungen unternommen, das soll anerkannt werden«, sagte Kleater schließlich. »Aber du hast deine Pflicht nicht vollständig erfüllt. Wir wollen dir noch eine Chance geben. Für die Versäumnisse hast du aber eine Strafgebühr zu zahlen.«

Abelke schaute fassungslos von einem zum anderen. »Eine Strafgebühr? Das kannst du nicht wirklich meinen, Kleater. Ich hab mein letztes Geld für Arbeitsleute ausgegeben. Hättest du Hilfe geschickt, wäre der Deich lange fertig. Ich werde weiterarbeiten«, rief sie. »Es fehlt ja nicht mehr viel.«

»Wenn du nicht zahlen kannst, müssen wir was pfänden«, sagte Kleater, und da sie sich nicht rührte, gab er den anderen ein Zeichen, und sie verteilten sich über den Hof. Schon bald kam einer mit ihrem Kessel heraus. Abelke sackten fast die Knie ein.

»Nicht den Kessel, Kleater! Bitte nicht den Kessel. Ich hab keinen anderen. Nimm ihn nicht.« Sie rang die Hände, flehte wieder und wieder, aber die Männer hatten sich schon abgewandt und schritten davon. Bis auf Kleater, der kam noch mal zurück, als die anderen außer Sichtweite waren. »Das ist alles zu viel für dich, Abelke«, raunte er ihr zu. »An deiner Stelle würd ich den Hof verkaufen. Ich kenn einen, der ihn nehmen würde, für eine gute Summe. Du kannst es gar nicht schaffen, den Deich wiederherzustellen. Dann verlierst du den Hof sowieso.« Abelke erstarrte. Sie stand noch an gleicher Stelle, als Kleater schon lange davongegangen war.

Der Sommer kam, und die Zuversicht kam auch wieder. Das Korn stand reif auf dem Feld, der Hafer neigte sich schon, bald würde sie einbringen können. Doch dann kühlte es plötzlich herunter, man konnte den Temperatursturz spüren, die Menschen suchten nach ihrer warmen Kleidung, traten vor die Häuser, weil der Himmel sich rasend verdunkelte. Sie hörten einen Wind, der verstörend klang, schrill, wie ein langer Schrei. Da sahen sie Wolken auf sich zurasen, die Wolken waren voller Hagel, der Hagel ging über dem Getreide runter und schlug alles nieder.

Sie warteten, beteten, hofften, dass es wieder wärmer würde, damit wenigstens alle anderen Pflanzen noch reiften. Aber es wurde nicht wärmer, es kam Frost. »Frost im Juli, Gott steh uns bei!«, schrie Maria Eickholt entsetzt und riss ungläubig die schadhaften Äpfel von den Bäumen. Kinder bekamen Fieber, drei starben. Die magere Kuh vom Hartmut Rathjen gab blutige Milch. Wenn die Mägde butterten, wurde die Butter nicht mehr hart. Auf dem Hof in Tatenberg fielen drei Schweine tot ins Stroh, alle drei auf einmal, als wären sie vom Schlag getroffen.

Das erzählten die Marschländer sich nach der Kirche, jeden

Sonntag nach dem Gottesdienst kam etwas Neues dazu, wenn dieses geschäftige Treiben losging, das Tratschen und die Tauschgeschäfte. Das, wofür die meisten herkamen. Der Gottesdienst war für sie vor allem etwas, das man überstand, erst danach kam der für sie interessante Teil. Die Leute kamen, um den Nachbarn an die geliehene Harke zu erinnern oder an den Sack Mehl, den er noch schuldete. Man sah sich um, wer wieder schwanger war, erkundigte sich nach den Getreidepreisen, fragte verstohlen, bei wem die nächste Winkelwirtschaft sein würde. Manchmal kam auch einer, um einem anderen eine zu verpassen, mit dem er noch eine Rechnung offen hatte. Pastor Samuel wusste schon gar nicht, wohin mit seinem Unmut über diese unfrommen Leute, die während seiner Gebete und Ausrufungen ganz ungeniert etwas Schlaf nachholten. Er hörte sie hüsteln und kichern, sie sappelten und zappelten, die Holzbänke knarrten unter ihren unruhigen Hintern, dass es ihm selbst hinter der Kanzel in den Ohren weh tat.

Es war nicht weit her mit der christlichen Moral der Marschländer. Sie wollten Taufen für ihre Kinder, sie wollten das Abendmahl, um auf Nummer sicher zu gehen. Sie sahen es nicht ein, dass sie sich ihr Seelenheil nicht mehr kaufen konnten wie früher und dass man ihnen stattdessen diesen Reformator Samuel vor die Nase gesetzt hatte. Sie verstanden nicht viel vom Kirchenstreit, sie hatten auch keine Zeit, sich damit zu befassen. Aber wie Luther zu den Bauern stand, das war bis zu ihnen durchgedrungen. Man solle sie zerschmeißen, würgen, stechen, wie man einen tollen Hund erschlagen muss, hatte er gesagt, als Bauernschaften in anderen Gegenden für bessere Bedingungen aufgestanden waren. Sie ließen Samuel dafür büßen, es war etwas Grundsätzliches.

Und der biss sich die Zähne aus an diesem sturen Bauernvolk, das lieber an Wasserwesen und Korngeister glaubte, das sich von angenagelten Hufeisen mehr Schutz versprach als vom allmächtigen Gott. Erst seit der Flut wurde es allmählich besser. Schon den Sonntag darauf hatten sie stockstarr auf den Bänken gesessen, falteten brav die Hände, schworen, die Finger vom Branntwein zu lassen. Versprachen, die Kinder nicht mehr zu schlagen, vielleicht nicht mal mehr die Frauen, und vieles mehr, nur damit so ein Unglück nicht noch einmal geschehe. Endlich war Ruhe auf den Bänken eingekehrt, und Pastor Samuel wusste genau, was er nun sagen musste.

»Ihr fragt euch, wo ist Gott in solchen Nächten?«, rief er. »Warum treibt er tobendes Wasser in eure Stuben? Warum lässt er sich von eisigen Wellen eure Kinder zu sich bringen? Ich weiß, dass ihr nicht glauben wollt an so einen Gott. Aber ich kann euch sagen: Gott war das nicht. Denn von Gott kommt das Gute. Es ist der Teufel, der hinter solchen Unwettern steckt. Es ist der Teufel, der das Schaffen unseres Herrn zurückdrängen will. Gott schickt euch solche grässlichen Fluten nicht, sie sind ein Zeichen, dass das Böse hier bei uns sein Wirken entfaltet. Sicher davor werden nur die sein, die sich gegen das finstere Treiben des Teufels vereinen. Denn wo gute Christen sind, kann der Teufel nichts ausrichten. Wenn Gott überhaupt einen Zorn hat, dann nur, weil ihr nicht genug unternehmt gegen diesen Teufel, weil ihr nicht rechtschaffen betet und fromme Leute seid.«

Auch die nächsten Sonntage war seine Kirche voll wie nie. Über den Sommer ließ die Moral dann wieder etwas nach. Da bot der plötzliche Kälteeinbruch eine gute Gelegenheit für eine Erneuerung. Diesmal wollte er sie wissenlassen, was er selbst gerade erst gelernt hatte, nämlich dass der Teufel die meisten Schäden gar nicht selbst verrichten konnte, sondern dass er Helfer brauchte. Zahlreiche Traktate hatten ihn zuletzt dazu erreicht. Warnungen vor Hexen, den Töverschen, wie man hier sagte, die mit dem Teufel einen Bund eingingen. Diesen in Ungnade gefallenen Seelen flüsterte der Teufel ein, welche giftigen Tränke sie zu brauen hatten und welche Beschwörungen zu rufen waren, um Unwetter auszulösen, um Schaden anzurichten, an Körpern und Seelen, an den Tieren und auf den Feldern. Samuel wusste, dass genau die richtige Zeit war, die Marschländer auf diese Gefahren hinzuweisen und zur Wachsamkeit zu rufen.

Bald waren sie alle im Bilde, wovor sie sich zu fürchten hatten. Nur Abelke war ahnungslos. Weil sie sonntags nicht mehr in die Kirche ging und schon lange mit keinem hier mehr ein Wort gewechselt hatte. Weil sie zu jeder Stunde am Deich war und alles versuchte, um ihn wieder aufzurichten.

DER VERDACHT

SIE HATTE ALLES Mögliche versucht, aber die Stimmung im Haus blieb eisig. Christel war davongerauscht, Britta hatte sich lange unter die Dusche gestellt, dann hatte sie sich zu Philipp auf das Sofa gesetzt und sich unter seinen Arm geschmiegt. Sie spürte, wie angespannt er war. »Mir war auf einmal so furchtbar übel«, sagte sie. »Ich vertrage einfach nichts mehr. Es ist echt unangenehm.«

»Ja, allerdings.« Er nahm seinen Arm von ihr und suchte sich eine andere Position.

»Ein wirklich gutes Bild hatte deine Mutter ja noch nie von mir.«

»Das ist ja jetzt nicht besser geworden.«

»Es tut mir wirklich leid, aber ich kann das jetzt nicht mehr rückgängig machen.«

»Es stinkt immer noch im Flur, und die Fugen sind angelaufen.«

Sie seufzte und ließ sich gegen die Sofalehne fallen. »Ich kümmere mich morgen drum, okay?«

Am nächsten Tag streifte sie lange durch den Drogeriemarkt, sie rieb die Fliesen mit Putzstein ab, die Fugen bearbeitete sie mit einer speziellen Bürste. Auf die Kommode stellte sie einen Flakon mit Raumduft. Er sagte nichts dazu, auch kaum zu anderen Themen, blieb kurz angebunden. Sie kannte das schon, wenn er wütend war. Am besten ließ man ihn, bis er sich beruhigte. Aber diesmal war er hartnäckig, es dauerte nun schon Tage.

Wenn er morgens das Haus verließ, war sie erleichtert. Sie aß in der Küche im Stehen, betrachtete die Tassen, die er stehen gelassen hatte, und ließ sie, wo sie waren. Sie sah, wie die Krümel auf den Fußboden fielen, und ließ sie liegen. Sie brachte die Kinder zum Bus, und sobald er weg war, lief sie ihre Runde durch die Landschaft. Sie machte das nun jeden Morgen, sie nahm sich die Zeit. Sie betrachtete das kahler werdende Land nun mit Neugierde. Es war leichter, darin zu lesen, wenn es so blank gefegt und offen vor ihr lag. Die begradigten Flussufer waren deutlicher sichtbar, selbst die feinsten Gräben traten hervor, wie Kapillaren. Sie konnte die einzelnen Parzellen erkennen, vor Hunderten Jahren jemandem zugeteilt, dessen Schicksal sie dann geworden waren. Frost kam und tauchte die Landschaft in eine Schönheit, von der sie kaum die Augen nehmen konnte. Die Felder waren von kristallinem Raureif überzogen, über ihnen ein zartblauer Himmel. Als sie die Landscheide überquerte, fielen ihr Zeilen aus der Sage ein:

Es hatten auch etliche Leute, die zu später Stunde heimkamen, erzählt: Sie hätten Abelke Bleken gegen Mitternacht am Kreuz im Felde bei der Landscheide stehen sehen, wie sie die Hände gerungen, geseufzet und gewehklagt habe.

Wie überstand man damals einen strengen Winter, fragte sie sich. Zu Abelkes Lebzeiten hatte eine kleine Eiszeit geherrscht, mit Frösten, die sich manchmal schon am Ende des Sommers einstellten, mit erbarmungslos kalten und langen Winterperioden. Was muss das mit den Menschen gemacht haben, die solchen Wettern ausgeliefert waren? Mit diesen Fragen im Kopf lief sie umher. Sie wollte Antworten. Sie wollte mehr über Abelke erfahren, darüber, was für ein Leben sie geführt hatte, was ihr zugestoßen war, was ihr *wirklich* zugestoßen war. Denn in der Sage stand nicht die ganze Geschichte, Britta war auf Lücken gestoßen, auf Ungereimtheiten. Also suchte sie weiter. Sie bestellte Bücher, wälzte Webseiten, las sich in die Geschichte der Marschlande ein. Sie staunte, was für eine herausragende Stellung die Marschbauern einst gehabt hatten. Während fast alle Bauern zu dieser Zeit lediglich Pächter waren, waren Marschbauern Besitzer. Höfe und Land gehörten ihnen. Sie hatten das Wasser gezähmt, das Land trockengelegt, die fruchtbaren Marschwiesen in Anbauflächen verwandelt, die Hamburg ernähren sollten. Für diese Mühe bekamen sie ihr Land als Eigentum, mit der Deichpflicht als Bedingung. Sie versorgten die Stadt mit Getreide und Fleisch, mit Gemüse und mit Hopfen für die Brauereien. Die Waren brachten sie über die Wasserwege zu den riesigen Märkten in die Stadt. Auf kleinen Frachtschiffen, die man Ewer nannte, gern in Fahrgemeinschaften, um Zeit und Geld zu sparen. Geschickte Verkäufer – die Grünhöker – verkauften die Waren dort. Es ging den Menschen gut in den Marschlanden – solange Wetter und Wasser gnädig mit ihnen waren.

Sie streifte oft um die kleine, schiefe Kate herum, sie hatte angefangen, sie das Knusperhaus zu nennen. Aber Abelkes Haus war das jedenfalls schon mal nicht gewesen, so viel war sicher. Denn Abelke hatte einen großen Hof geführt, sie war, was man hier eine Hufnerin nannte. Trotzdem war hier etwas, das spürte Britta. Sie schlich und spähte um die Kate herum, versuchte es auch mal zu einer anderen Uhrzeit, aber der Mann mit der Schiebermütze war nie mehr zu sehen. Dabei hätte sie ihn so gerne noch etwas gefragt. Sie hatte zwar immer noch Hemmungen, aber ihre Neugierde war stärker.

Irgendwann hatte sie keine Lust mehr, auf den Zufall zu setzen. Sie lief auf das Haus zu, fasste Mut, öffnete die Gartenpforte, erschrak über das unerwartet laute Quietschen, das wie ein Jaulen klang, und betrat den schmalen, gepflasterten Weg. Ihre innere Stimme sagte ihr, dass es falsch war, dass sie dort nichts verloren hatte. Aber einfach wieder umzudrehen, dafür war es zu spät.

Sie stand jetzt direkt vor der Eingangstür und las den Namen über dem Klingelknopf. *Gladiator*, stand dort. Soll das ein Scherz sein, dachte sie irritiert. Trotzdem streckte sie die Hand nach dem Knopf aus. Aber noch ehe sie ihn berührt hatte, öffnete sich die Tür, wie von allein, den Eindruck machte es, denn einen Moment lang sah sie nichts anderes als einen dunklen Spalt vor sich. Dann sprang eine funzelige Deckenleuchte an, und der Schiebermützenmann erschien. Nur trug er jetzt gar keine Mütze, sein Schädel war fast kahl, mit kurzen grauen Stoppeln darauf. Seine Gestalt kam ihr irgendwie geduckter vor als bei der letzten Begegnung. »Aaah, das Fräulein mit der Angst vor dem Deichbruch«, sagte er, und auf seinen Lippen erschien ein freundliches Lächeln, eine Spur zu freundlich. Jetzt also Fräulein, dachte sie gereizt.

»Kommen Sie doch gerne rein, kommen Sie«, sagte er und wies mit seiner großen Hand nach innen. Die schummrige Lampe leuchtete direkt über ihm, dahinter lag alles im Dunkeln, und heraus strömte ein Geruch nach gekochtem Kohl und muffigem Keller. Alles in ihr sträubte sich, auch nur einen Fuß in dieses Haus zu setzen. Sie fühlte sich unter Druck, es allein aus Höflichkeit trotzdem zu tun. »Vielen Dank, das ist sehr nett«, sagte sie schließlich, »aber eigentlich habe ich nur eine kurze Frage, weil Sie sich so gut auskennen, mit der Geschichte und den Fluten.«

Er musterte sie aufmerksam, sein Lächeln fror etwas ein, offensichtlich fand er es tatsächlich unhöflich, dass sie seine Einladung ausschlug. Sie fragte einfach weiter. »Es ist so, ich habe gehört, dass hier in Ochsenwerder, vermutlich sogar ganz in der Nähe, eine Bäuerin gelebt haben soll, Abelke Bleken, sagt Ihnen das vielleicht was?« Etwas huschte durch seinen Blick, aber er sagte nichts.

»Sie hatten diese Flut erwähnt, an Allerheiligen, 1570. Diese Katastrophe muss doch hier alle schwer getroffen haben, auch diese Frau, sie hat zu dieser Zeit einen Hof hier geführt.« Sie kam sich jetzt selbst sehr seltsam vor, Menschen nach Nachbarn auszufragen, die seit Hunderten von Jahren nicht mehr am Leben waren. »Man findet einige alte Aufzeichnungen über das Leben dieser Abelke, aber leider nichts über diese Flut ...«

Jetzt war es keine Einbildung, von seinem Lächeln war nichts mehr übrig. Obwohl sie draußen in der Kälte stand, schwitzte sie furchtbar unter ihrem gefütterten Mantel.

»Noch nie etwas von dieser Frau gehört«, sagte der Mann grimmig, wich weiter in die Dunkelheit zurück, der Türspalt wurde schmaler. Wieder staunte sie, wie einfach er Gespräche beenden konnte. Allerdings war sie diesmal erleichtert darüber. »Ja, entschuldigen Sie«, stammelte sie, »es war nur so eine Idee, weil ...« Aber da war die Tür schon vor ihrer Nase zugefallen.

Britta riss an den Knöpfen ihres Mantels, um sich Abkühlung zu verschaffen. Wie peinlich das jetzt war. Sie wollte nur noch weg von hier. Da fiel ihr etwas ein. Sie spähte nach oben, über die Tür. Eigentlich sollte sie jetzt gehen, das Verhalten des Mannes, oder vielmehr dieses Gladiators, war mehr als deutlich. Aber sie würde dem Haus vermutlich nie mehr so nahe kommen wie jetzt, also ergriff sie die Gelegenheit und versuchte, die Inschrift auf dem Sturzbalken zu entziffern. Sie war verwittert, in altdeutscher Schrift verfasst, das Schriftbild hakelig, aber mit etwas Konzentration konnte sie es lesen:

Hilf mir, Gott, denn das Wasser reicht mir bis zur Seele.
Ich bin erschöpft von meinen Rufen,
es brennt meine Kehle.
Mächtig sind die, die mich verderben,
meine verlogenen Feinde.

Britta schauderte. Verdammt, das ist doch kein Haussegen, das ist ein Hilferuf, dachte sie bestürzt. Jetzt hielt sie es hier keine Sekunde länger mehr aus. Sie drehte sich um und eilte zur Pforte. Nie wieder wollte sie einen Fuß auf dieses Grundstück setzen.

Später am Tag fuhr Britta vom Einkaufen nach Hause. Richtung Ortsausgang war die Ampel rot, schon eine Ewigkeit, sie sah gelangweilt vor sich hin, Nieselregen fiel auf die Autoscheibe. Aus der Einkaufstasche auf dem Beifahrersitz roch es unangenehm nach Felsenkeller. Rechts von ihr lag laut Straßenschild der Gernot-Hildebrant-Weg. Wer auch immer das war, dachte sie. Dann schoss ihr ein Gedanke durch den Kopf: Wer bestimmte eigentlich über die Namen auf den Schildern? Wieso hatte sie noch nie darüber nachgedacht? Hinter ihr genervtes Hupen, sie hatte das Grün übersehen und gab Gas. Zu Hause schaltete sie schnell den Rechner ein. Es musste doch jemanden geben, der es veranlasst hatte, die Straße in der Neubausiedlung nach Abelke zu benennen. Jemanden, dem das Thema offenbar wichtig war, der sich damit beschäftigt hatte. Sie brauchte gar nicht lange zu suchen, es stand sogar in einer der ersten Meldungen, die sie über die Einweihung der neuen Straße gelesen hatte, nur hatte sie damals gar nicht darauf geachtet. Ruth Grotjahn, eine Sozialhistorikerin, von hier, aus den Marschlanden. Einmal googeln, und schon hatte sie ihre Telefonnummer, sogar die Anschrift. Mühlenau Weg. Sie schaute nach, das war gar nicht so weit weg. Sie war wie elektrisiert. Doch das legte sich wieder. Was sollte sie denn tun? Wieder bei jemandem an der Tür klingeln und seltsame Fragen stellen? Wenn sie wenigstens einen Grund hätte, einen richtigen Anlass.

Sie starrte versunken vor sich hin, da fiel ihr Blick auf den Bildschirm, auf dem noch die Suchergebnisse angezeigt wurden. Ein Bild war darunter, ein Pärchen in der Vierländer Tracht. Sie fasste sich an die Stirn, plötzlich wusste sie, was sie tun konnte.

Sie kramte im Altpapier und fand die Regionalzeitung, die jeden Samstag mit einem Riesenstapel Prospekte im Briefkasten lag und meistens ungesehen im Müll landete. Sie blätterte sie hastig durch. Da war die Liste mit den Vereinen, Kontaktdaten und einem Veranstaltungskalender, nach der sie suchte. Sie überflog die Zeilen, Heimat- und Regionalverein, Mitgliedertreffen vierzehntägig am Dienstag, im Dezember lud der Verein außerdem an den Freitagen zum Adventszauber in die Bauerndeel ein. Also heute, stellte sie aufgeregt fest.

Sie ging zu den Kindern hoch, fand beide in Maschas Zimmer. Ben saß in der Ecke im Sitzsack und daddelte auf seinem Tablet herum, Mascha lag auf dem Bett und tippte in ihr Smartphone. Irgendwie waren die Regeln für die Mediennutzung aus dem Ruder gelaufen, das mussten sie dringend mal besprechen. »Sagt mal, habt ihr Lust auf einen Weihnachtsmarkt?«, fragte sie. »Hier ist einer um die Ecke. Heute wart ihr außerdem auch mal genug am Bildschirm.« Sie musste an früher denken, wie sie in ihren kleinen Schneeanzügen gesteckt hatten, aufgeregt zwischen den Karussells hin und her gelaufen waren, noch eine Runde hatten fahren wollen – und noch eine. Es versetzte ihr einen Stich, den sie in letzter Zeit öfter spürte, wenn ihr bewusst wurde, dass diese Zeit endgültig vorbei war. Es war so anstrengend gewesen, als sie klein waren. So oft hatte sie sich gewünscht, dass sie selbständiger wurden und sie etwas weniger Arbeit mit ihnen hatte – und jetzt würde sie wer weiß was geben, um noch mal einen Tag mit ihnen zu haben, an dem sie so klein waren und Britta ihr Universum. Ben guckte kurz auf und fragte: »Was gibt es denn da?«

»Weihnachtskram, denke ich. Was Leckeres zu essen. Waffeln oder Crêpes ...«

»Ach nee, keine Lust.«

»Ich auch nicht«, meinte Mascha. »Ist bestimmt voll kalt und langweilig.«

Britta seufzte. »Schade. Aber ich geh schnell alleine hin, okay? Ich muss da was besorgen. Dauert nicht lange«, sagte sie. »Ihr ruft mich an, wenn was ist, ja? Mascha, ich verlass mich auf dich. Es ist nur um die Ecke.«

»Alles klar!«, sagte Mascha und tippte weiter.

»Und legt mal die Geräte weg, sonst drehe ich das WLAN ab.«

Die Bauerndeel war schon von weitem nicht zu übersehen: Die Veranstaltungsscheune war rundherum von Lichterketten überzogen, bis hinauf zum Dachfirst. In den Bäumen baumelten riesige Weihnachtskugeln, in jedem Fenster leuchteten Sterne, überhaupt glitzerte und blinkte es aus jeder Ecke. Sie entdeckte Meli schnell, aber sie anzusprechen, war gar nicht so einfach. Sie flitzte aufgeregt zwischen den Besuchern hin und her, goss Kaffee ein, Glühwein, Kinderpunsch, balancierte mit Waffeln beladene Teller. Aber irgendwann, in einer ruhigen Minute, konnte Britta sie abpassen. »Oh, hi!«, rief Meli sehr laut. »Wie schön, dass du da bist.«

»Ja, ich habe es im Veranstaltungskalender gesehen und dachte, ich schau mal vorbei«, sagte sie. »Ich habe über unser Gespräch auf dem Erntedankfest nachgedacht. Ihr habt schon recht, man sollte sich wirklich mehr einbringen.«

»Oh, dann willst du auch dem Verein beitreten?«

»Ja, total gerne!«, sagte Britta und war froh, dass sie vom Glühwein ohnehin schon rote Wangen hatte.

»Das ist ja großartig, ich freue mich! Dann sehen wir uns ja jetzt öfter.«

Britta versuchte, genauso begeistert zu lächeln wie Meli. »Das ist vielleicht etwas zu eilig, aber ich habe sogar eine Idee für eine Aufgabe, die ich gerne übernehmen würde«, sagte sie. »Vielleicht gibt es das auch schon, aber ich denke an eine Art Ortschronik, in der man Geschichten über Land und Leute sammelt. Diese Gegend ist so spannend, und beruflich gibt es bei mir durchaus Überschneidungen. Man könnte es vielleicht als Broschüre herausgeben, aber das ist wirklich nur so ein erster Gedanke …«

Meli riss die Augen auf. »Das ist eine tolle Idee! Das habe ich sogar selbst schon mal überlegt, aber ich mache ja schon so viel, die ehrenamtlichen Vereinssachen, die Veranstaltungen, die da dranhängen. Hast du die Deko gesehen? Das waren alles Micha und ich! Na ja, und dann hab ich ja auch noch meine drei Kinder …« Sie lachte, es klang etwas spitz.

Britta fiel auf, wie überspannt und dünn sie war, vermutlich war sie ständig so auf hundertachtzig wie jetzt gerade. Man konnte sich gar nicht vorstellen, dass sie mal abschaltete. Warum lädt sie sich bloß dermaßen viel auf, fragte Britta sich.

»Kannst du Hilfe brauchen?«, sagte sie. Dann stand sie auf und half Meli beim Abräumen der Waffelteller und Kaffeebecher.

Später, zu Hause, wühlte sie in den Kisten rum. Wo war bloß die verdammte Weihnachtsdekoration? Schließlich fand sie immerhin einen Teil davon, hängte ein paar Lichterketten und Leuchtsterne auf, zwei fielen wieder runter und hinterließen Klebespuren an den von Christel blankgescheuerten Fenstern.

Sie zuckte mit den Schultern. Den leeren Karton brachte sie in den Keller. Immerhin eine Kiste fortgeschafft. Sie hielt vor dem Weinregal, nahm eine Flasche Roten mit rauf, schenkte sich ein Glas ein, schlug das Rezeptebuch auf und begann zu kochen.

Als sie den Schlüssel in der Tür hörte, fuhr sie zusammen. Wie jedes Mal. Sie hasste dieses Geräusch, es war das unangenehmste Türgeräusch, das sie kannte, knarzig und eindringend. Ob man das wohl austauschen konnte, fragte sie sich, aber das wäre vermutlich teuer. Philipp kam zu ihr in die Küche, gab ihr einen flüchtigen Kuss auf die Schläfe. Sein Blick fiel auf seine Kaffeetassen, die sie angefangen hatte auf dem Küchentresen zu einer Reihe zusammenzustellen, sie hatte eine ordentliche Länge erreicht. Bald würden ihm die Tassen ausgehen. Dann sah er ihr fast leeres Weinglas. »Na, schmeckt's schon wieder?«, sagte er.

»Ich brauchte den für die Lasagne.« Es provozierte sie, aber sie riss sich zusammen, sie wollte jetzt mal gute Stimmung haben. Dabei hatte sie es längst satt, noch weiter für etwas büßen zu müssen, das im Grunde lächerlich war.

Sie holte die Lasagne aus dem Ofen, wo sie sie warm gehalten hatte, jetzt war sie oben schon ganz angetrocknet.

»Was ist denn mit dir und den Kindern?«, wollte er wissen, als er vor seinem Teller saß und ihm auffiel, dass sie nur für ihn eingedeckt hatte.

»Die haben schon gegessen. Und ich hatte etwas auf dem Basar.«

»Aha«, sagte er. »Und ihr hättet nicht warten können?«

»Und du hättest nicht früher kommen können?«

Er sagte nichts weiter, fing an zu essen, vermied es aber, sie anzusehen.

Sie holte Luft und versuchte es so sanft wie möglich.

»Philipp, lass uns mal reden, bitte. Du bist so abweisend in letzter Zeit.« Sie korrigierte sich schnell, weil ihr einfiel, dass es besser war, Ich-Botschaften zu senden. »Also ich meine: Ich empfinde es so, dass irgendwas nicht in Ordnung ist.«

Er griff nach dem Salzstreuer und salzte kräftig nach. Demonstrativ, fand sie.

»Es ist nur gerade einfach viel los in der Firma.«

»Oh, was haben die Pfeffersäcke denn jetzt wieder angestellt?«, fragte sie neugierig und mit einem Lachen. Pfeffersäcke, das war vor Jahren ihr gemeinsamer Code gewesen. Als Philipp bei der HHLA angefangen hatte, damals noch als Werkstudent. Es war ihre Art gewesen, sich von einem allzu spießigen, etablierten Leben abzugrenzen. Er hatte das Wort damals erst von ihr gelernt und so treffend gefunden. Sie hatten oft ihre Witze darüber gerissen.

Aber jetzt lachte er nicht, er ging nicht einmal darauf ein.

»Ach, weißt du, das sind komplizierte Geschichten. Nichts, was man mal eben erzählen könnte.«

»Ach so.« Sie musterte ihn. Er saß am Tisch wie im Rampenlicht. Im Haus waren überall LED-Strahler verbaut. Sie vermisste die alte geflochtene Lampe, die in der früheren Wohnung tief über dem Esstisch gehangen und ein Muster an die Wände geworfen hatte. Man konnte sie antippen, dann schien der ganze Raum zu schwanken. Als wäre man in einer Riesenradgondel, hatte Philipp mal gesagt. Das war eine Ewigkeit her. Und plötzlich war ihr klar, warum er über Pfeffersäcke nicht mehr mit ihr lachen konnte. Er war selbst einer geworden. Die Abgrenzung war längst aufgehoben. Unbewusst hatte sie es sehr wohl bemerkt, Einzelheiten jedenfalls. Eine zunehmende Steifheit, bessere Anzüge, zuletzt sogar eine randlose Brille. Als sie das Haus gekauft hatten, war ihr der Gedanke durch den Kopf gehuscht, wie viele seiner Kollegen auf der gleichen Führungsebene wohl ein ähnliches Haus hatten, das gleiche Auto fuhren, mit Frauen verheiratet waren wie ihr, die Alibi-Halbtagsjobs hatten oder gar keine, weil sie die Familie managten und ihrem Mann den Rücken freihielten. Es war nicht von heute auf morgen passiert, eher schleichend, und schwer zu erkennen, wenn man Seite an Seite lebte. Aber jetzt fiel es ihr so plötzlich auf, als hätten sie sich Monate nicht gesehen. Dieses helle Licht. Natürlich passte es nicht, wenn die Frau des Revisionschefs halb besoffen nach Hause kam, in den Flur kotzte und die nagelneuen Schieferfliesen ruinierte. Früher hätten sie zusammen darüber gelacht.

»Was denn für ein Basar überhaupt?«, fragte er unerwartet und klang wieder etwas sanfter. Sie atmete erleichtert auf. Sie hatte sich das alles gerade nur eingebildet, oder es war der Wein gewesen. Das waren doch immer noch sie beide. Etwas älter geworden, etwas gesetzter, aber immer noch sie. Sie war vielleicht etwas durcheinander.

»In der Bauerndeel, so eine Veranstaltungshalle Richtung Kirchwerder«, sagte sie jetzt gelöst. »Und du glaubst nicht, wer das Ganze veranstaltet hat. Diese anderen Zugezogenen, die so auf Folklore machen, vom Erntedankfest. Weißt du noch?«

»Ach, diese Vereinsleute, ja. Wie könnte ich die vergessen.«

»Tja, sieht ganz so aus, als würde ich auch Vereinsmitglied werden.«

»Was? Warum? In welchem denn?«

»In dem gleichen wie diese Meli und der Michael.«

»Ich dachte, du fandest die unmöglich.«

»Na ja, so schlimm sind sie auch wieder nicht. Sie versuchen halt, hier Fuß zu fassen, auf ihre Art. Sie sind etwas drüber, aber im Grunde ist es nicht schlecht, ein paar Kontakte zu knüpfen. Uns könnte das auch nicht schaden, damit wir uns hier besser einleben.«

»Was willst du denn da machen?«, fragte er, setzte aber schon nach, bevor sie etwas sagen konnte. »Bastelt ihr Strohkränze oder so was? Hüpfst du auch bald in Tracht herum? Also, ich zieh mir so was nicht an, das ist dann deine Sache.«

»Ja, meine Sache. Ist total okay«, sagte sie. »Und nein, das wird nicht so lächerlich, wie du es gerade machst. Ich werde an einer Chronik arbeiten, über Land und Leute recherchieren, darüber schreiben ... « Sie staunte, wie sie die Sache auf einmal so viel größer darstellte.

»Über was denn genau?«

»Ach, weißt du. Das ist kompliziert. Nichts, was ich dir mal eben so erklären könnte.«

Philipp legte das Besteck beiseite und sah ihr direkt in die Augen, stellte die Ellenbogen auf den Tisch und legte seine Hände ineinander. Dieses Licht. Das Gefühl von vorhin schlich sich wieder ein. Sie kam sich vor wie in einem Verhörraum. Oder noch anders, wie in seinem Büro. So ging es dort vermutlich zu, wenn er jemanden zur Rede stellte, ein abweichendes Verhalten überprüfen musste. »Herr XY, uns ist da leider etwas aufgefallen, über das wir mit Ihnen reden müssen ... «

»Es geht um diese Hexe, oder? Du stocherst in dieser Geschichte herum.«

Sie war irritiert, störte ihn das Thema etwa? Aber dann fiel ihr ein, was es wohl wirklich war. Es war sein Problem mit ihren Obsessionen. Vermutlich hatte er die Bücher herumliegen sehen, war ihm schon aufgefallen, dass sie viel Zeit am Rechner verbrachte. Und es störte ihn. Vielleicht grundsätzlich, vielleicht wegen des Vorfalls vor vielen Jahren. Irgendwann, Mascha musste etwa vier gewesen sein, Ben erst ein paar Monate. Er zahnte, Mascha steckte in einer schlimmen Trotzphase, und Britta hatte das Gefühl, verrückt zu werden zwischen zwei schreienden Kindern. Als würde sie sich auflösen zwischen dem ständigen Stillen, der Fremdbestimmung, den endlosen Schleifen aus Wippen, Wischen, Windeln. Zur Beruhigung las sie manchmal Publikationen und Analysen zu ihrem früheren Forschungsschwerpunkt. Weil es sie interessierte und weil es sie daran erinnerte, wer sie mal gewesen war. Und dann war Ben vom Sofa gerollt. Sie hatte neben ihm gesessen, einen Ausdruck in der Hand, und er hatte sich das erste Mal gedreht. Der Arzt in der Ambulanz hatte versucht, sie zu beruhigen, Stürze aus dem Bett, von der Wickelkommode, vom Sofa würden sie leider jeden Tag mehrfach sehen, fast jedem passiere das. Ben war nichts Schlimmes geschehen. Aber Philipp hatte ihr riesige Vorwürfe gemacht. »Vielleicht solltest du dich nur auf eine Sache konzentrieren«, hatte er gesagt, mit dem Blick auf ihre Unterlagen. Sie hatte sich das damals wirklich angezogen und alles weggeräumt. Dabei hätte es beim Kochen, Duschen, Putzen genauso passieren können. Und jetzt war Ben neun.

»Ja, kann schon sein, dass es auch um diese Hexe gehen wird«, sagte sie gelassen. »Ich finde das total spannend. Ihr Grundstück muss hier ganz in der Nähe gewesen sein, vielleicht steht ihr Haus sogar noch und wir sind schon dutzendmal daran vorbeigefahren. Ich würde das gerne rausfinden. So was und noch andere Sachen ...«

»Und warum?«, unterbrach er sie. »Was hast du davon?«

Sie suchte nach einer Antwort. Er deutete zu dem Stapel Kartons im Wohnzimmer. »Mir sagst du immer, du findest nicht mal Zeit, die Umzugskisten auszupacken.«

»Was spricht denn eigentlich dagegen, dass du sie auspackst?«

Sie sah, wie seine Kieferknochen arbeiteten. »Und wann soll ich das machen, deiner Meinung nach? Weißt du, wie anstrengend das ist, was ich mache? Ich würde die Kisten mit links auspacken, wenn ich so viel Zeit hätte wie du. Aber ich habe nun mal einen Job, der mir viel abverlangt, mit dem ich uns allen das Leben und das Haus hier finanziere, falls du das schon vergessen hast.«

Britta bebte innerlich. Sie wusste, sie konnte das alles jetzt noch deeskalieren. Sie konnte das schlucken, sie konnte klein beigeben, sich im Stillen über diese unglaubliche Ungerechtigkeit und Überheblichkeit ärgern, es mit sich herumtragen und daran leiden, bis sie einigermaßen drüber hinweg war. Aber sie war gerade nicht bereit dazu.

»Ich habe dich nie darum gebeten«, sagte sie und sah ihm direkt in die Augen. »Nicht darum, dass du mir das Leben finanzierst, und erst recht nicht um dieses beknackte Haus. Falls *du* das schon vergessen hast: Wir sitzen hier hauptsächlich, weil du das wolltest.«

Etwas zuckte in ihm, stocksteif wurde er. »Halt doch den Mund«, sagte er. »Halt einfach deinen verdammten Mund«, dann stand er auf und verließ den Raum.

Sie saß da, das Blut schoss ihr in die Wangen, sie fühlte sie glühen und ihr Herz in der Brust hämmern. Am Fenster flackerte plötzlich der rote Weihnachtsstern, den sie vorhin aufgehängt hatte, der Trafo war wohl nicht mehr in Ordnung. Er schickte hektische rote Lichtzeichen durch den Raum, wie eine Alarmanlage. Britta ging hin und zog den Stecker. Sie war gewarnt genug.

Am nächsten Morgen räumte sie Philipps Tassen in den Geschirrspüler und später zurück an ihren Platz im Schrank. Sie konzentrierte sich auf ihre Arbeit, backte Plätzchen, las ein neues Buch, besorgte erste Weihnachtsgeschenke. Sie tat so, als hätte es den Streit nicht gegeben, und nahm bitter zur Kenntnis, dass er für Philipp offensichtlich auch keine Rolle mehr spielte.

Wenn sie zum Supermarkt fuhr, blickte sie jedes Mal zum Mühlenau Weg, in dem Ruth Grotjahn wohnte. Sie verbot sich, daran zu denken, und fuhr weiter. Es war besser, wenn sie mit dem Thema erst mal Ruhe gab. Der Weg führte am Hauptdeich entlang, eine lange, ereignislose Strecke, doch an einem Nachmittag spielte sich dort etwas Merkwürdiges ab: Sie sah dort Männer, etwa ein Dutzend, sie schritten den Deichrücken ab, prüfend, suchend. Sie stocherten mit Stöcken, blieben stehen, steckten die Köpfe zusammen. Konnte das eine Deichschau sein? Sie hatte gelesen, dass es das hier noch immer regelmäßig gab. Begegnet war ihr das Wort das erste Mal in der Sage über Abelke.

Dagegen hat Abelke einen Zorn gehabt, gegen Dirick Kleater, den Vogt zu Ochsenwärder, der ihr bei der Deichschau ihren letzten Kessel abgepfändet hatte.

Kessel hatte zunächst so banal geklungen, aber in den Geschichtsbüchern hatte sie gelesen, dass diese Kessel damals überlebenswichtig waren. Die Bauern bereiteten ihr Essen über dem offenen Feuer zu, Rüben, Zwiebeln, Bohnen waren nur gekocht verträglich, der Kessel war also essenziell. Könnte ich nur mehr erfahren, dachte sie wieder sehnsüchtig. Und diesmal beließ sie es nicht dabei. Sie bremste abrupt, setzte den Blinker, wendete und bog in den Mühlenau Weg ein. Nur einmal gucken. Langsam fuhr sie die Straße ab, auf der Suche nach der Nummer 23. Da war sie, ein weißer Klinkerbungalow aus den Siebzigern. So, jetzt weißt du es und nun fahr weiter, sagte sie sich. Es würde nicht lange dauern, bis ein Wagen mit laufendem Motor hier unangenehm auffiel. Gerade wollte sie drehen, als ihr die Skulpturen auf der obersten Stufe rechts und links vom Hauseingang auffielen. Sie hatte hier in der Gegend schon viel gesehen: steinerne Löwen, Gartenzwerge

mit heruntergelassener Hose, opulente Trockenblumen-Arrange-
ments. Aber das hier war so anders. Jeweils eine Frau, muskulös,
drahtig, sie lagen auf den Knien, als wären sie eben gestürzt. Aber
der Oberkörper war erhoben, voller Spannung, einen Bogen mit
angelegtem Pfeil haltend, das Gesicht anmutig, konzentriert, ein
Ziel im Visier. Es sollten wohl Kriegerinnen oder Amazonen sein.
Sie waren nur vielleicht gestürzt, vielleicht erhoben sie sich auch
gerade. Es machte sie verrückt, dass sie das nicht genauer einord-
nen konnte. Aber eins wusste sie in dem Moment: Sie würde das
Thema nicht ruhen lassen. Sie wollte mit der Frau sprechen, die
in diesem Haus wohnte.

Zu Hause wählte sie die Nummer, die sie im Internet gefunden
hatte. Als es anfing zu klingeln, machte sie sich wenig Hoffnung.
Wer ging denn heute schon ans Festnetz?

»Ruth Grotjahn.«

Britta stockte. Jetzt erst fiel ihr ein, dass es vielleicht besser
gewesen wäre, sich zurechtzulegen, was genau sie sagen wollte.
Stattdessen haspelte sie herum, von einer Ortschronik, an der sie
arbeite, für den Heimat- und Regionalverein, es gehe dabei insbesondere um Frauen aus Ochsenwerder.

»Und Sie sind hier vor Ort?«

»Ja, im Grunde nur ein paar Straßen entfernt.«

»Warum kommen Sie dann nicht einfach vorbei?«, sagte Ruth
Grotjahn beinahe verständnislos.

»Das würde ich furchtbar gerne. Sagen Sie mir einfach, wann
es Ihnen passt.«

Zwei Tage später stand sie zwischen zwei versteinerten Amazonen und drückte die Klingel. Sie war aufgeregt. Endlich würde
sie mehr über Abelke Bleken erfahren. Hinter dem Milchglasein-
satz bewegte sich ein Schatten, dann ging die Tür auf.

TIEFES WASSER

DER EWER KAM. In Sicht war das Boot noch nicht, aber das Rufhorn, mit dem der Schipper sein Kommen ankündigte, hallte schon tief und feierlich über Elbe und Marschen. Abelke und alle anderen, die zur Anlegestelle gekommen waren, richteten sich auf und reckten die Hälse. Bald sahen sie das hölzerne Frachtschiff herangleiten; das dreieckige Focksegel stramm im Wind, der Rumpf bauchig und breit, am Bug spitz zulaufend. Abelke stand an der abschüssigen Uferkante zuvorderst, eine Hand in die Hüfte gestemmt, die andere gegen die Sonne geschirmt. Neben ihr auf dem Boden stand ein Dutzend Säcke voll Roggen. Ihre letzte Rücklage, ihr Schatz, den sie vor der Flut bewahren konnte, weil sie diesen Vorrat rechtzeitig in Sicherheit gebracht hatte. Die meisten anderen hatten alles durch das Wasser verloren, und das neue Korn, auf das sie gehofft hatten, hatte der Hagel niedergeschlagen.

Im Morgengrauen hatte sie Sack für Sack auf den Karren geladen, mit dem Pferd ans Ufer gebracht und heruntergehievt. Bald darauf sah sie die Nächsten mit ihren Waren kommen. Die meisten hatten die Dracht im Nacken, ein Tragjoch, an dessen Enden rechts und links Weidenkörbe hingen. Geübte Leute konnten damit sechs bis acht Körbe voller Waren auf einmal tragen. Aber das war in anderen Zeiten gewesen. In diesen Zeiten hatten sie kaum etwas, das mit dem Ewer auf den Großmarkt in Hamburg gebracht werden konnte.

Die Fischersfrau Elsche Boye schleppte gerade mal zwei kleinere Bottiche heran, in denen sich ein paar dünne Aale wanden. Sicher hatte Hayn sie vorgeschickt, mit so einem mickrigen Fang traute der sich nicht unter die Leute. Hayns Spezialität waren Forellen. Er kannte die Stellen, wo er sie mit der Hand fangen konnte, selbst die großen Beester, lang und dick wie der Unterarm eines ausgewachsenen Mannes, schillernd wie ein Regenbogen. Mit so einem Fang ließ er sich gern in seine Eimer schauen. Aber seit die Flut durch das Land gerast war, konnte er noch so lange am Ufer stehen, konnte die Bachläufe noch so gründlich durchforsten, da war nichts mehr. Der reißende Strom hatte die Flussgräben ausgeputzt, Laichplätze und Futter fortgespült. Nur noch Aale hielten sich hier und dort, zwischen den unterspülten Gewässerkanten, im dichten Wurzelwerk des Schilfs, wo Hayn ihnen auf seinen krumm gewordenen Beinen in der Dämmerung auflauerte, den dreizinkigen Aalstecher in der erhobenen Hand, einem kümmerlichen Poseidon gleich. Und wenn er meinte, nun wäre es richtig, stach er wild hierhin und dorthin, zog die Gabel wieder heraus, sammelte ein, was als Ganzes hängen geblieben war. Die versehentlich zerhackten Körper warf er zurück. Etwas Schwund war immer.

Ilse Burmester kam, rechts und links hatte sie je einen großen Henkelkorb voll mit Stuuvkücken untergehakt. Selbst durch den geschlossenen Deckel konnte man das aufgeregt fiepende Gewimmel darin hören. Vor ein paar Wochen hatte sie damit begonnen, junge Hühner in der Stube großzuziehen, inzwischen liefen sie im ganzen Haus herum, vor allem hinter Ilse her, die sie wie Kinder bemutterte, sie zutraulich machte, und wenn keiner guckte, hielt sie sie an die Brust, um ihr schnell schlagendes Herz an ihrem zu spüren und ihre Weichheit zu fühlen. Ihr Mann Diedrich sperrte die Vögel in Kisten weg, wenn es ihm zu viel wurde mit dem Gewimmel und dem Hühnerdreck. Er werde noch wahnsinnig mit dem Federvieh überall, schimpfte er. Aber dann ließ er sie doch bald wieder heraus, weil Ilse stocksteif dasaß und auf die Tischplatte starrte, wenn sich nichts Kleines, Lebendiges in ihrer Nähe rührte, und er bekam Angst, dass sie wieder anfangen würde umherzulaufen und jedem zu sagen: »Meine Kinder sind tot. Meine Kinder sind ertrunken.« Wochenlang war das nach der Flut so gegangen. Erst mit den Küken war es besser geworden.

Aber Diedrich mahnte sie. »Wenn die schlachtreif sind, dann müssen wir die auf den Markt geben. Wi hebbt ansünsten nix, dat weest du wohl.« *Stuuvkücken sünd wat för de Riekn*, sagte man, und weil auch Burmesters ganze Ernte im Hagel untergegangen war, waren die Küken ihre einzige Hoffnung auf einen Verdienst.

Es kamen noch Leute mit Kräutersträußen und Gänseeiern und welche mit geflochtenen Weidenkörben und Ziegenfellen. Es kamen Leute, die Abelke nicht kannte. Entlang des Deiches wohnten nun einige Fremde, auch in der von Mette Köppke verlassenen Kate hatten sich welche eingerichtet. Sie kamen von der Geest oder aus Hannover, sie bauten die vom Wasser eingedrückten Mauern wieder auf, stopften die Löcher im Reet, legten die Gärten neu an, taten das alles mit einer Zuversicht, die man nur haben konnte, wenn man noch nicht am eigenen Leib erfahren hatte, wie garstig dieses Land sein konnte. Oder wenn man aus einer Gegend kam, die es noch schlechter mit einem meinte. Die Leute ignorierten diese Neuen, Gunst musste man sich hier verdienen, und das konnte dauern, von Zugehörigkeit gar nicht erst zu reden.

Für Aufsehen am Steg sorgte Beecke Mertens, deren Körbe voller Blumen waren. Manche stutzten, die ersten lachten los, aber Beecke schritt gefasst an ihnen vorbei, den Kopf stolz erhoben, den Blick betont gleichgültig. Seit das Wetter sich gebessert hatte, waren Blumen prächtig gewachsen, vor allem auf den ehema-

ligen Weiden. Blutweiderich war lila aufgeschossen, die Alant-
blüten hatten einen gelben Teppich geknüpft, Kuckuckslicht-
nelken strahlten wie kleine rosafarbene Sterne von den Feldern.
Die Bauern hassten es. Sie hatten auf Gräser gehofft, von Blumen
wurde das Vieh nicht satt, von manchen wurde es sogar krank.
Sie rissen sie aus, pflügten sie unter, aber auf die Idee, sie auf dem
Markt zu verkaufen, konnte nur jemand mit rappeligem Verstand
kommen. »Ja, willst du den Hamburgern Blomen tu freeten ge-
ven?«, rief Elsche Boye Beecke Mertens hinterher.

»Dass du nur ans Essen denkst, ist schon klar«, meinte Beecke
bloß und warf einen vielsagenden Blick auf Elsches runde Hüften.
»Aber in der Stadt giff dat Lüüd, de acht op smucken Kram.«

»Von smucken Kram kannst aber nix abbeißen«, gab Elsche
schnippisch zurück.

Aber Beecke tat so, als hätte sie das gar nicht gehört. Sie stellte
ihre Körbe auf den Boden und guckte weiter trotzig und stolz
drein, den Anschein hatte es zumindest, wusste ja keiner, dass sie
in Wahrheit die Zähne so fest aufeinanderbiss, dass ihr der Kiefer
schmerzte. Denn die Idee, Blumen zu verkaufen, war ein verzwei-
feltes Wagnis, für das sie sich noch ordentlich vor der Nachbarschaft blamieren konnte.

Das Warten auf den Ewer war schon immer die Gelegenheit
gewesen, in die Körbe und auf die Fuhren der anderen zu schie-
len. Man tat beiläufig, schaute in die Luft, nahm aber genau zur
Kenntnis, wer was hatte und wie viel. Und wer nicht selbst kommen konnte, der schickte die Kinder zum Spähen. »Kiekt dat mol
ut«, hieß es, und am Anleger sah man die kleinen Köpfe aus dem
Gras lupfen; wieder zu Hause mussten sie dann alles erzählen.
Noch entscheidender aber war der nächste Tag, wenn abgerech-
net wurde. Da wurden die Ohren gespitzt, um mitzukriegen, was
auf dem Markt gut weggegangen war und wie viel es eingebracht

hatte. Dann ging man heim und dachte bei sich: Nächstes Jahr probier ich auch mehr Hopfen. Oder eben: Da lass ich lieber die Finger von. Man versuchte, sich Schadenfreude zu verkneifen, nickte anerkennend, wenn einer es gut getroffen hatte, denn solange alle genug hatten, gönnte man einander. Elk siens, denn kriggt de Düvel nix. Wenn alle gleich viel haben, bleibt für den Teufel nichts übrig. Und falls einen doch mal der Neid packte, verbiss man ihn, bis man außer Sichtweite war, und ärgerte sich im Stillen.

Diesmal hatten sie alle ungefähr gleich wenig, bis auf eine, die hatte viel. Da hatte der Teufel leichtes Spiel. Niemand gönnte einem ein halbes Dutzend Sack Getreide, wenn das eigene auf dem Feld zugrunde gegangen war. Wenn man die schimmeligen Reste anzünden und zusehen musste, wie sie verbrannten, bevor das Vieh dranging und davon verendete. Abelke spürte die Missgunst. Sie konnte sie sogar sehen. Die anderen hatten sich in einigem Abstand zu ihr aufgestellt, gegrüßt hatte keiner. Von Beecke Mertens hatte sie nichts anderes erwartet. Beecke hatte Volkmer geheiratet, aber das hatte auch nichts daran geändert, dass er Abelke weiterhin bei jeder Gelegenheit anstarrte, selbst wenn Beecke beschämt danebenstand. Und auch wenn Abelke gar nichts dafür konnte, Beecke suchte die Schuld bei ihr. Abelke war es gewohnt, dass die anderen über sie redeten, immer schon. Sie kannte das, und deswegen entging ihr nicht, dass jetzt etwas anders daran war.

Sie hörte das Zischeln, sie sah, wenn ab und an einer den Kopf hob, um kurz und scharf zu ihr hinüberzusehen. Sie wandte sich von ihnen ab, spürte die Blicke aber trotzdem. Wo Lüüd sind, snackt ok Lüüd, dachte sie, drückte den stechenden Rücken durch, ließ sich nichts anmerken, atmete aber erleichtert auf, als der Ewer endlich andockte und das Inladen losgehen konnte.

Der Schipper heute war Harmen Olrichs, als Hökerin hatte er

seine Nichte Magdalen dabei. Jetzt war nicht mehr die Ware der anderen interessant, jetzt war es die junge Frau. Ihr Gesicht war glatt und rosig wie ein Apfel im September, eingerahmt von dichten hellen Haaren, um die ein dunkles Tuch gebunden war, aber sehr locker, so dass es mehr betonte als versteckte. Sie trug einen knöchellangen Rock aus rotem Stoff, ein enges helles Leibchen und um die Schultern lag ein Dreieck aus weichem, glänzendem Gewebe. Vor dem Blau des Wassers und dem Grün der Weiden ringsum stach Magdalen heraus wie eine Mohnblüte im Weizenfeld, an der das Auge hängen bleibt. Durch die Reihe der Frauen am Ufer ging jetzt Unruhe, weil sie begannen an sich herabzuschauen, auf die braunen Röcke, die an manchen Stellen schon fadenscheinig waren, an anderen zigfach geflickt und ausgebessert. Erde und Mist klebte an ihren Gewändern, Schmauchstreifen hatten sie vom Einheizen, Nachlegen und dem ständigen Kochen am offenen Feuer. All die Spuren der Schinderei wurden ihnen bewusst, wenn sie diese schöne junge Frau sahen, die ihre Waren auf dem Markt verkaufen würde, weil sie selbst gar nicht die Zeit dazu fanden. Früher hatten die Grünhöker herumkrakeelt, um aus der Masse herauszustechen, aber irgendwann machten andere es ihnen nach, und dann waren nur noch Marktschreier unterwegs. Jetzt waren auf den Märkten immer öfter Mädels wie Magdalen anzutreffen. Die hübsch anzusehen waren, den Plausch übers Wetter beherrschten und den Blick des Kunden auf sich zu halten verstanden, während sie fixfingrig die Waren abwogen. Deren Anblick die Leute sich merkten und wiederkamen.

»Fang«, rief Harmen aus dem Boot heraus und warf Abelke das Seil zu. Während sie es am Holzsteg vertäute, fiel ihr Blick auf ihr Spiegelbild im Wasser. Fast wäre sie ein Stück zurückgewichen. Das war sie? Über dem Waschbottich in der dämmrigen Ecke am Döns hing ein Stück polierten Zinnblechs, aber sie hatte sich abgewöhnt, dort hineinzusehen, sich selbst in die müden Augen zu gucken. Es ging ihr besser, wenn sie sich nur nach ihrem Inneren richtete, wo sie noch oft Zuversicht fand und Stärke spürte. Aber eingegraben hatte sich in ihrem Äußeren wohl was anderes. Eingegraben hatten sich Furchen, von den Nasenflügeln bis zum Kinn. Der Mund ein Strich, zu dem sie ihn oft presste, wenn sie schwere Arbeit verrichtete, irgendwann war er wohl so geblieben. Die Augen tief in dunklen Höhlen, ihre Haut runzlig wie die von gelagerten Äpfeln nach dem Winter. Nein, eine Schönheit war sie nicht mehr, und sie fragte sich, ob auch das die Leute einlud, garstig zu ihr zu sein. Der Schipper sprang aus dem Boot, das Boot schaukelte, ihr Bild zerkräuselte in den kleinen Wellen, und sie war erleichtert.

»Goot, den schweren Kram zuerst«, rief Harmen. Abelke deutete auf die Getreidesäcke. Harmen guckte verwundert. »Du hast Korn? Ick dachte, euch armen Stakles hett de Hagel allens umgelegt?« Die anderen schauten nun noch finsterer, und Abelke schoss die Röte ins Gesicht. Harmen schnappte sich den ersten Sack. Niemand packte mit an, was sonst üblich war, man half einander. Also hievten Abelke und Harmen die Säcke allein ins Boot. Auch Magdalen rührte sich nicht vom Fleck, schaute bloß besorgt nach ihrem Rocksaum und zuckte ab und an genervt mit den Augen, wenn das Boot beim Beladen mal allzu sehr ins Schaukeln kam.

Mit Abelkes Getreide lag der Bauch des Ewers ein wenig tiefer im Wasser. Nun reichte Elsche dem Schipper die Bottiche mit den Aalen, er stapelte sie ordentlich hinein. Mit hochgezogenen Augenbrauen nahm er die Blumenkörbe von Beecke Mertens entgegen. Als Letztes trat Ilse an das Boot heran, zögerte aber, den piepsenden Korb herauszugeben. »Jo, wat denn nu?«, meinte Harmen ungeduldig. Da drückte sie ihm schnell die Körbe in die

Hand, machte kehrt, marschierte strammen Schrittes davon, ohne sich auch nur noch einmal umzusehen.

Harmen schüttelte den Kopf, setzte die piepsenden Körbe in den Ewer-Bauch, gab Abelke ein Zeichen, und sie machte das Seil los. Mit einem Peekhaken stach der Schipper das Boot vom Ufer ab, schon bekam die Strömung es zu fassen und trug es mit hinaus. Abelke blieb stehen und sah dem Ewer hinterher. An drei Anlegestellen entlang der Gose Elbe würde er noch halten, weitere Waren einsammeln und nach etwas mehr als zwei Stunden den Hopfenmarkt in Hamburg erreichen.

Als Kind war sie während des Inladens zusammen mit anderen Kindern gern in den Bauch des Ewers gesprungen. Es hatte nach Holz und Teer gerochen. »So riecht die weite Welt«, hatte Hein Paulsen mit großen Augen und andächtiger Stimme gesagt und so viel Luft eingesaugt, wie in seine kleine Lunge passte. Lange konnten sie die weite Welt aber nicht inhalieren, denn der Schipper bugsierte sie schnell wieder von seinem Boot. »Dat is nix för lütte Deerns«, sagte er und hob Abelke über die hölzerne Bootswand wieder auf den festen Boden. Ähnliches sagte auch ihre Mutter, als Abelke schon an die 14 Jahre alt war und der Vater sie auf den Markt nach Hamburg mitnehmen wollte. »Einmal muss das Kind doch sehen, wo die Waren hingehen und wie das läupt.«

»Du erziehst sie wie einen Jungen«, schimpfte die Mutter. Und er zog bloß die Schultern hoch. »Was soll einer denn machen, wenn er keine Söhne hat?« Die Mutter sagte nichts mehr, aber ein kleines Zucken, das sah man. Ein paar Tage später ging die Reise los. Der Schipper stach sie vom Ufer ab, die Welt schwankte, und Abelke winkte den Leuten, die am Damm geblieben waren, bis sie nicht mehr zu sehen waren. Bis zum letzten Anleger am Gauert erkannte sie noch, wo sie war, auch wenn vom Wasser aus alles anders aussah. Die Äste der Uferbäume ragten tief ins

Wasser herab, darunter wogen sich Teppiche von gelben Wasserrosen. Im knotigen Wurzelwerk brüteten Vögel in ihren Nestern. Manche duckten sich, andere flatterten aufgeregt auf und flüchteten, wenn der Ewer ihnen zu nahe kam. Sie durfte am Bug sitzen, auf dem gold glänzenden Holz, und zusehen, wie die Spitze das Wasser teilte, einen Pfeil hineinpflügte und sanfte Wellen ans Ufer platschen ließ. Alle an Bord waren still, eingelullt vom gemächlichen Gleiten. Sie saß aufrecht, mit einem feierlichen Gefühl in der Brust. Nach einer Biegung wurde der Fluss mit einem Mal breiter und breiter.

»Ja, ist denn der Schipper nu aufs Meer gefahren?«, rief sie erschrocken aus, aber die anderen lachten bloß. Es war noch derselbe Fluss, den sie kannte, aber die Ufer waren nun so weit entfernt, dass sie nicht mehr zu erkennen waren. Und obwohl das weite, blaue, sanft wiegende Wasser, das von allen Seiten um das Boot lag, so wunderschön anzusehen war, kroch eine dumpfe Angst in ihr empor, weil es weit und breit kein Stück Land gab, auf das sie sich hätte retten können, wenn dieses Boot auf einmal unterginge.

Endlich kam die Stadt näher, sie schien vor ihren Augen zu wachsen. Details wurden deutlich, Kirchtürme, Häuser, so viele und so andersartig als die, die sie von zu Hause kannte, mit vielen Stockwerken und Dächern aus roten Pfannen statt aus Stroh. Aber sie konnte das alles gar nicht in Ruhe betrachten, denn von überall kamen mehr Boote heran, riesige Segelschiffe, mit Masten, die in die Wolken stachen, Koggen, weitere Ewer. Das Wasser wurde kabbeliger, der Ewer schaukelte hin und her, auf und ab. Sie hielt sich am Vater fest, und der nutzte die Gelegenheit, um mit ernster Stimme auf sie einzureden: »Du wirst gleich viele Dinge sehen, die prächtig und glänzend sind. Aber du darfst dich davon nicht blenden lassen.« So etwas in der Art sagte der Vater oft: Pracht, Geld und Ehr sind morgen oft nicht mehr. Er war Marschbauer, er kam von einem Stück Land, in dem Glück und Unglück sich abwechselten wie die Gezeiten, wo Überfluss und Verderben kamen und gingen wie Ebbe und Flut. Wer klug war und daraus lernte, der wusste, wie flüchtig Reichtum sein konnte. Es war besser, sich nicht an ihn zu gewöhnen. Auch die anderen Leute aus den Elbmarschen kannten viele solcher Sprüche: Die reichsten Bauern haben die dünnsten Katzen, sagten sie. Oder: Viel Geld macht das Herz kalt. Doch Abelke fiel es jetzt schwer, dem Vater und seinen Mahnungen zuzuhören. Aufgeregt lugte sie an ihm vorbei, dem Ufer entgegen, das immer näher kam und wo ein Gewimmel herrschte, das sie noch nie in ihrem Leben gesehen hatte. Der Ewer dockte an die Mauer, daneben noch einer und noch einer.

Der Vater zog sie aus dem Boot, zog sie durch die Menge. »Die Hand lässt du nicht los«, sagte er streng. Aber das hätte sie ohnehin nicht getan, sie legte sogar noch ihre andere Hand auf seine, um ihn nicht zu verlieren. Sie hätte nicht gewusst, was sie dann tun sollte. So stolperte sie neben ihm her über harten Boden, der aus unzähligen Steinen zusammengesetzt war, blank poliert von den Tausenden Füßen, die täglich darüberliefen. Ihr Leben lang hatte sie bloß den lehmigen Marschboden unter den Füßen gespürt, der weich und federnd war und oft so schlammig, dass man darin einsank. Auf diesem hier klapperten die Hufe der Pferde ohrenbetäubend, jede daraufgewuchtete Kiste gab einen Knall. Beschlagene Räder knatterten wie Gewehre. Der Vater zog sie weiter, tiefer hinein in das Gedränge aus Menschen, Waren, Tieren, Kisten, Säcken, Körben, Fässern. Es wurde geredet und gerufen. »Gös, fette Gös!«, rief ein Mann, der einen Korb voller Geflügel auf dem Kopf balancierte. »Marellen, söte Marellen!«, rief ein anderer, in seinen Körben türmten sich Berge reifer

Früchte. Ein Mann mit riesigen Lachshälften, die an der Schultertrage hingen, streifte sie, beinahe fiel sie über einen Sack mit Holzschuhen. Es roch fischig, dann wieder süß, dann vergoren, dann nach etwas, das sie nicht kannte, und so ging es immer weiter, alle paar Schritte roch es neu, roch es anders, raubte es ihr die Sinne. Sie schaute einer kleinen, schiefen Frau hinterher, ihr Gesicht war rund und runzelig, mit tiefliegenden Augen, die unendlich müde durch die vorbeihastenden Menschen blickten. »Zitroon, frische Zitroon«, rief sie heiser und viel zu leise, niemand beachtete sie. In ihrem Körbchen, das sie in der Armbeuge hielt, lagen feste gelbe Früchte. Solche hatte Abelke vorher noch nie gesehen. Warum nur ist diese Frau so traurig, fragte sie sich, da war sie schon aus ihrem Blickfeld verschwunden. Nun verdrehte sie sich den Kopf nach einem großen, hageren Mann, der in jeder Hand einen langen Stock trug, an den Papierhäuschen gebunden waren. Als sie näher kamen, hörte sie, dass Geräusche aus den Häuschen kamen. Überrascht erkannte sie, dass es Zikaden waren. »Grashüpp – hüpp koop – Grashüpp – hüpp koop«, rief der Mann stoisch im immer gleichen Rhythmus. Als sie sich noch fragte, warum jemand Zikaden verkaufte, fiel ihr Blick auf den Inhalt eines Korbs, den ein anderer Mann sich vor den Bauch gehängt hatte. Von allen Seiten flatterten federleichte bunte Bänder heraus, ein paar hielt er in der Hand, und als er Abelke sah, schob er sie ihr direkt vor die Nase. »Sidenband un Weefkant«, rief er, und sie hätte am liebsten danach gegriffen, hätte so gerne einmal diesen Stoff befühlt, der so bunt und zart schimmerte wie ein Schmetterlingsflügel. Aber der Vater zog sie schon weiter, und sie musste hinterher. Tausend Fragen wollte sie stellen, hatte jetzt aber still zu sein, der Vater hatte nun offensichtlich die Männer gefunden, mit denen er etwas zu besprechen hatte. Mit einem Bein auf einer Kiste, die massigen Arme verschränkt, standen sie da und verteelten, manchmal laut, manchmal verschworen, und dann wurde wieder lauthals gelacht. Eine Ewigkeit dauerte das, Abelke interessierte das gar nicht, die hatte sich mit dem Rücken gegen eine Mauer gedrückt und beobachtete weiter das Treiben vor sich, bis der Vater »So, nu aber Mittag!« rief.

Dann ging es in eine nahe Gastwirtschaft, eine flinke Wirtin servierte Sauerkrautsuppe mit Fleischklößchen, später Zwiebelfleisch mit Brot und Griebenschmalz. Der Vater ermunterte sie, und Abelke aß so viel, dass ihr der Bauch schmerzte. Als sie herauskamen, schien der Markt sich bereits aufzulösen, packten die Händler ein; die Leute gingen auseinander, auf dem Boden blieben Lachen und Pfützen zurück, die einzelnen Gerüche hatten sich zu einem einzigen vermengt, jetzt roch es stechend und vergoren. Abelke stiegen die Tränen in die Augen, weil alles schon vorbei war, aber der Vater bugsierte sie ungeachtet wieder zum Ewer. Als er abstach, blieb sie achtern stehen und schaute, bis von der Stadt der letzte Punkt verschwand. Auf halber Fahrt griff der Vater in seine Tasche und holte drei von den seidenen Bändern heraus. Vor Freude hüpfte sie, bis der Schipper ihr einen missbilligenden Blick zuwarf. Und als sie später in ihrem Alkoven lag und vergeblich einzuschlafen versuchte, schwankte die Welt noch lange.

Der Ewer verschwand hinter dem Schilf. Auch die anderen entfernten sich jetzt von der Anlegestelle, liefen ihren Häusern entgegen, gemeinsame Wege gingen sie nebeneinander. Nur Abelke blieb allein zurück. Sie band das Pferd los, spannte den leeren Karren ein und machte sich ebenfalls auf den Rückweg. Unterwegs ließ sie den Blick über die Landschaft gleiten. Es ging auf Bartholomäus zu, die letzten Tage des Spätsommers brachen an, bald würde es ans Saatpflügen gehen.

Nach dem vernichtenden Hagel im Juli hatten die schwersten

Wolken sich verzogen, aber der Himmel war noch lange trüb geblieben. Auch Regen war beständig gefallen, der Boden weichte auf, bald gab es kaum eine Stelle ohne Pfützen, und das Tropfen von den Dächern hörte immer noch nicht auf. Irgendwann riss der Himmel dann doch noch auf, die Sonne schaute hindurch, wie durch eine gesprungene Schüssel, machte sich breit und schien bald so warm, dass es von den Feldern dampfte. Alles, was durch die anhaltende Nässe nicht zugrunde gegangen war, trieb nun besonders kräftig aus, als gäbe es etwas nachzuholen.

Sie hörte die Zikaden in diesem Wildwuchs, um diese Zeit waren sie am lautesten, sie schienen sich in Rage zu trommeln. Sie mochte das Geräusch, vor allem seit sie wusste, dass manche Menschen es nur hören konnten, wenn sie dafür bezahlten. Am Wegesrand blühten Ringelblumen und Wilde Malve in leuchtenden Farben. Ein Storch schwang sich auf, streckte die Beine aus und flog über Abelke hinweg. In einem warmen Hauch, der gemächlich hin und her ging, wiegte sich das Gras wie Seidenbänder. So schön war das alles anzusehen und löste doch ein schmerzhaftes Ziehen bei ihr aus. Weil sie wusste, wie vergeblich es war. Denn auch wenn nun noch mal alles anschwoll, sich erhob, strotzte, austrieb und in den wildesten Farben aufblühte, es würde doch nichts an dem ändern, was bevorstand. Bald würde all die Pracht ermatten, sich neigen, verblassen und schließlich ausgelaugt niedersinken, vertrocknen und verrotten. Sie hatte zu viele Sommer gesehen, um nicht zu wissen, dass in dieser Schönheit, in dieser Übertreibung das Sterben bereits gegenwärtig war.

Sie versuchte, die aufsteigende Wehmut zu bekämpfen, lieber wollte sie an morgen denken, daran, dass der Roggen ihr eine gute Summe einbringen würde. Sie fühlte sich nicht gerade gut, ein gutes Geschäft zu machen, weil ansonsten gerade Mangel herrschte. Aber was sollte sie tun? Der Hof hing daran. Sie würde von dem Geld neue Arbeitslüdd bezahlen können, der Deich würde fertig werden, es fehlte nicht mehr viel.

Sie verstaute den Karren und ging zum Flett, um sich etwas Frühkost zuzubereiten. Sie fachte das Feuer neu an, warf grobe Hafergrütze, Speckgrieben und ein paar Apfelstücke in den Schweinekessel und ließ alles über dem Herdfeuer köcheln. Missmutig betrachtete sie den porös werdenden Pott, lange würde er nicht mehr halten, jahrelang wurde darin das Futter für die Tiere zubereitet. Jedes Mal war es eine Schmach, dass sie sich nun ihr Essen im Schweinekessel kochen musste, jedes Mal packte sie dabei die Wut auf Kleater.

Gerade wollte sie sich die Grütze aufgeben, da fiel ein Lichtstreifen ins dämmrige Flett. Abelke hob den Kopf und sah Geseke zur Tür hereinkommen. Sie kam in letzter Zeit oft, ob Abelke wollte oder nicht, nahm Platz, ob es gerade passte oder nicht. Redete viel und sagte wenig. Klönte und klagte, über das Wetter oder das Vieh, über die Obrigen und wie alles den Bach herunterging. Sie klagte über Schmerzen in den Knochen und den Gelenken, »Ach, ach, ach«, machte sie und wischte sich über die Augen, aber Abelke wusste, was für Schmerzen das wirklich waren, sie hatte die gleichen. Deshalb duldete sie die Besuche, auch wenn sie ihr oft die Zeit raubten. Mitten im Unglück konnte es ein Trost sein, von unglücklichen Menschen umgeben zu sein. Glückliche hätte sie kaum ertragen, aber von denen gab es hier ohnehin gerade kaum welche.

Abelke musste an ihr Spiegelbild im Wasser denken und betrachtete Geseke etwas länger als sonst. Um ihre Nachbarin war es nicht besser bestellt als um sie selbst. Wie eine magere Ähre schaute sie aus ihrem abgewetzten Kleid heraus, das voller Brandflecken und löchriger Stellen war. Geseke war viele Jahre älter als sie, aber nachdem sie sich selbst gesehen hatte, erschien

Abelke der Unterschied zwischen ihnen nicht mehr sehr groß. So sah man wohl aus, morsch und welk von all den Stößen, die das Leben einem gegeben hatte. Gesekes Augen wirkten riesig, sie waren wässrig, die Unterlider rot geschwollen. Ihre großen Ohren waren schon immer aufgefallen. Früher, als sie noch jung war, war das zu ihrem Vorteil gewesen, weil man hier der Meinung war, ein stolzer Mensch geiht mit steile Ohren dör de Welt. Aber nun, da ihre Haare dünn geworden waren, schienen ihre Ohren abzustehen wie etwas Fremdes. Abelke rührte ihr Anblick, sie sah aus wie ein alt gewordenes Kind. Und so benahm sie sich auch immer öfter. Trotzig und stur, wenn ihr etwas nicht passte, weinerlich und klagend über die meisten anderen Sachen. Obwohl Geseke die Ältere war, kam es Abelke oft vor, als wäre es andersherum, und etwas in ihr wollte sie beschützen und sich um sie kümmern. Sie tat sich selbst nie leid, aber wenn sie Geseke ansah, dann schnürte es ihr oft das Herz zu. Manchmal fragte sie sich aber auch, ob sie in ihr vielleicht nur das eigene Elend sah.

»Nu sett di dor hen«, sagte Abelke, machte eine Kopfbewegung Richtung Tisch, und Geseke ließ sich mit einem kleinen Ächzen auf der Bank nieder. Abelke teilte das Essen unter ihnen auf, Geseke protestierte, Abelke bestand darauf, so ging es ein paarmal hin und her, bis Geseke nachgab und Abelke ihr aufgeben konnte. Sie aßen schweigend, langsam, die Brocken lange im Mund wälzend, obwohl sie beide so hungrig waren, dass sie am liebsten alles heruntergeschlungen hätten, aber Mahlzeiten waren selten, man musste sie in die Länge ziehen.

»Ich hab Schwalben gesehen«, sagte Geseke nach einer Weile, blickte geradeaus, etwas an Abelke vorbei.

»Sehe ich ständig, der ganze Stall ist voll von denen. Und ihrem Dreck.«

»Sie sammeln sich schon.« Geseke nahm den Löffel wieder in

die Hand und kratzte die letzten Reste aus dem Pott. »Wenn die Schwalben Ende Juli schon ziehen, sie vor Kälte fliehen.« Wieder hielt sie inne und sagte, mehr wie zu sich selbst: »Da kümmt was Schlimmes op uns to.«

»Der Winter hat uns noch nie etwas geschenkt«, sagte Abelke etwas barsch. Gerade ging ihr das Lamentieren der Nachbarin doch auf die Nerven. Zwölf Säcke guten Getreides waren auf dem Ewer gen Hamburg unterwegs. Ihre letzten Reserven. Sie konnte kein Bangemachen vertragen. Heute nicht. »Ich muss jetzt zu den Tieren«, sagte sie, drehte sich weg und ging in den Stall.

Als am nächsten Tag die Flut einlief, machte sie sich auf den Weg zum Anleger. Und als aus umgekehrter Richtung der Ewer herankam, standen sie hier wieder an der gleichen Zahl wie gestern. Der Schipper dockte an und gab den Leuten die leeren Körbe zurück. Dann überreichte Magdalen jedem das eingenommene Geld, von dem sie die eigene Provision schon abgezogen hatte. Die Stuuvkücken waren gut gegangen, für die Aale strich Elsche Boye so viel ein wie erwartet. Jetzt trat Beecke an den Ewer, und alle schauten neugierig. »Die Blumen haben sie mir aus der Hand gerissen«, sagte Magdalen, voll Überschwang, »in hässlichen Zeiten wollen die Menschen wohl was Hübsches anzusehen haben. Bring das nächste Mal noch mehr.« Dann ließ sie die Münzen so in ihre Hand fallen, dass es klimperte, und Beecke sah sich verstohlen um, ob auch alle hinsahen.

Als Abelke an die Reihe kam, streckte sie Magdalen die Hand entgegen, die legte ein paar wenige Münzen hinein und wollte sich schon dem Nächsten zuwenden.

»Halt!«, rief Abelke und packte die Frau am Ärmel. »Da kommt ja wohl noch was. Das ist doch wohl nicht alles gewesen!«

Erbost schaute Magdalen auf ihren weißen Ärmel, wo Abelkes

Finger rußige Abdrücke hinterlassen hatten. Dann schaute sie ihr geradewegs ins Gesicht, den Blick unverändert.

»Gab gestern halt nicht mehr für Getreide.«

»Aber das waren zwölf Sack Roggen«, rief Abelke, dann zügelte sie sich: »Niemand hat doch sonst Getreide gehabt.«

»Es war eine große Lieferung aus Magdeburg gekommen. Zwei vollbeladene Koggen. Kannst froh sein, dass ich deinen Roggen überhaupt loswerden konnte für dich, war gar nicht einfach. Die Magdeburger haben gutes Korn gehabt.«

Abelke konnte gar nicht glauben, was die andere sagte. »Meins war auch gutes Korn!« Aber Magdalen beachtete sie nicht weiter, schob sie beiseite, wollte den nächsten abfertigen. Konnte das denn wirklich sein, ausgerechnet gestern so viel Korn von so weit her?

»Und wenn du das Geld eingesteckt hast?«

Jetzt hielt Magdalen inne, schielte zum Schipper rüber, der sich schon aufbaute, die Arme entschlossen vor der Brust kreuzte. »Meine Familie hat sich einen Namen als tüchtigste und anständigste Kaufschläger gemacht. Wir holen immer die besten Preise für euch raus und halten Wort.« Natürlich ließ er es sich nicht gefallen, öffentlich der Unterschlagung beschuldigt zu werden. Jeder hier achtete auf seinen Leumund, für Händler war er überlebenswichtig. Aber sie war auch wer, dachte Abelke trotzig.

»Und du«, wollte sie ihm entgegenrufen, »weißt du denn nicht, aus welcher Familie *ich* komme? Wer *ich* bin?« Wenn ihr Vater hier wäre, mit dem hätte nie einer gewagt so zu reden wie die freche Magdalen. Und wenn doch, dann wäre dem Vater gleich jemand beigesprungen. Sie sah sich um. Aber wer kannte ihn denn noch, Sievert, den großen, stolzen Bauern vom Bleken Hof? Wer von diesen Leuten hier wusste noch, wessen Tochter sie war und dass sie zu achten war? Die Fremden wussten das nicht, Ilse

Burmester war alles gleichgültig geworden, Magdalen war viel zu jung, und Beecke Mertens kam es nur recht, wenn Abelke einer schadete. Dahinten stand sie noch und grinste.

»Ja, wat will se denn?«, hörte man eine ungeduldige Stimme aus der Reihe der Wartenden hinter Abelke, die sich immer noch nicht mit allem abfinden wollte.

»Nun macht hinne, ich muss nach Haus«, rief ein anderer.

»Ach, die Abelke ist es, die alles aufhält. Die braucht wohl eine Sonderbehandlung«, hörte sie eine andere Stimme. »Hält sich ja immer für was Besseres.«

So lachten sie, so lästerten sie, und selbst die Frau aus Mette Köppkes Haus, eine Fremde, selbst die wagte sich jetzt an einem Spruch. Und ließ offensichtlich etwas ganz Herrliches vom Stapel, denn die anderen, die gestern noch kein Wort mit ihr geredet hatten, fielen jetzt schallend mit ein, bogen sich vor Lachen.

Und wieder gingen die Köpfe zusammen, wurden sie alle noch mutiger, wie aufgestachelt waren sie, etwas Bösartiges blitzte jetzt in ihren Augen. Das Lachen war verstummt, und dann zischten neue Worte aus den Lästermäulern und trafen Abelke wie Steine auf den Kopf.

IM ARCHIV DER UNERHÖRTEN FRAUEN

SCHEUSSLICH!«, sagte Ruth Grotjahn, den Blick auf den Himmel gerichtet, wo der Wind schwarze Wolken hin und her jagte. Sie zog ihren langen Cardigan zu, dann erst schaute sie zu Britta, die etwas verloren vor der Eingangstür des Bungalows stand. »Nun mal schnell rein mit Ihnen!«

Im Flur deutete sie auf eine Garderobe, Britta hängte ihre Jacke auf und schlüpfte aus ihren Halbstiefeln. Sie blickte sich nach Ruth um, aber die war schon verschwunden. Auf einmal überkam Britta das Gefühl, dass es falsch war, hier zu sein, sie kam sich aufdringlich vor, ihre Gründe fadenscheinig. Aber nun war sie hier, die Tür war zu.

»Ich hoffe, Sie mögen Tee«, hörte sie Ruths Stimme aus dem Hausinneren und ging ihr nach. »Tee ist perfekt«, sagte Britta. Das stimmte nicht. Manchmal wurde ihr von Tee sogar schlecht, aber sie wollte höflich sein. »Prima, dann nehmen Sie das doch bitte mit.« Ruth trat aus der Küche heraus und drückte ihr ein Tablett mit einer dampfenden Kanne und zwei Henkelbechern in die Hand. »Einfach geradeaus.«

Britta ging ein paar Schritte in die Richtung, dann tat sich vor ihr ein Raum wie eine Landschaft auf. Sie blieb stehen, um die Großzügigkeit des Zimmers zu erfassen, die sie hier so nicht erwartet hatte. Eine Seite bestand aus einer großen Terrassenscheibe, die zu einem Atrium führte. Es lenkte Licht auf ein Gemälde an der gegenüberliegenden Wand. Britta hielt die Luft an, denn auf den ersten Blick kam es ihr wie das Fenster in eine andere Zeit vor. Sie konnte erst nicht glauben, was sie dort sah, sie musste näher treten. Das Bild zeigte eine Bauerndiele, groß und weit. Der obere Teil der Klöndör, einer zweigeteilten Tür, stand offen. Von dort fiel Licht herein, taghelles, warmes Licht. Es fiel auf eine Frau, die allein auf einem Stuhl saß, mit einer Handarbeit im Schoß. Sie schien in Gedanken versunken. Man spürte förmlich einen milden Luftzug hereinwehen, man spürte Ruhe und Frieden. Wenn Britta sich Abelke manchmal vorstellte, bevor das Unglück in ihr Leben getreten war, dann so wie auf diesem Bild. Nur war dieses hier plastischer als in ihren Vorstellungen, greifbar, beinahe lebendig. Britta spürte, wie ihr Herz schneller schlug.

»Marie Amelie Ruths hat das gemalt. Sie war besessen von den Häusern hier in der Gegend, von der Landschaft, den alten Bauerndielen.«

Britta drehte sich nach Ruth um. Sie stand wohl schon eine Weile vor dem Gemälde, noch immer das Tablett in der Hand. »Dorthin, bitte«, sagte Ruth und deutete in die Ecke des Zimmers, wo ein großes cognacfarbenes Ledersofa stand, davor ein Beistelltisch mit schwarzer Platte auf zarten silbernen Füßen. Die Möbel kamen ihr wie Klassiker vor. Sie stellte das Tablett ab, nahm Platz und sah sich weiter um. Es war schwer zu sagen, ob das hier ein Wohnzimmer oder ein Arbeitszimmer war, vermutlich war es beides. An den Wänden standen deckenhohe Regale, gefüllt mit Büchern, Ordnern, Magazinen und Zeitungen. Auf den wenigen freien Flächen standen hier und dort einige Skulpturen, bauchige Steingutvasen, ein leer blickender, ovaler Kopf aus hellem Ton, ein schwarzer Vogel. Selbst auf dem Fußboden standen volle Zeitschriftenhalter, Stapel loser und gehefteter Blätter. Ausgelegt war der Raum mit einem dicken, weichen Teppich. Es roch nach Papier und nach etwas, das Sandelholz sein konnte. Britta stellte sich vor, was für ein Glück es sein musste, in einem Raum wie diesem Zeit zu verbringen, mit so vielen Büchern, so vielen Möglichkeiten, in Themen einzutauchen, die einen interessierten.

Ruth setzte sich in einen Sessel gegenüber, vorn an die Kante, sehr aufrecht, die Beine übereinandergeschlagen. Britta kannte sie von den Fotos aus der Regionalzeitung. Aber sie war dort nicht gut getroffen, die Bilder hatten nicht einfangen können, was sie wirklich ausmachte: Sie hatte Präsenz.

Ihre Haare waren schulterlang, die Farbe eine Mischung aus noch blond und schon grau. Britta schätzte sie auf Mitte sechzig. Hätte sie aus dem Zeitungsartikel nicht gewusst, dass Ruth bereits emeritiert war, hätte sie sie vermutlich jünger geschätzt. Auf ihrer schmalen Nase saß eine Brille, groß und kantig mit dunklem Rand, wie man sie heute trug, aber auch schon vor vielen Jahren getragen hatte, es war schwer zu sagen, aus welcher Zeit sie stammte. Die Gläser machten ihre Augen groß und wach, selbst wenn sie sie leicht zusammenkniff, für diesen forschenden Blick, mit dem sie Britta noch immer ansah.

Britta nahm die Tasse in die Hand, ein dünner Faden Dampf stieg daraus auf. Sie blies hinein. Sie spürte noch die Aufregung, sie war sich bisher so allein mit ihrem drängenden Interesse vorgekommen, für die Landschaft, die Bauernhäuser, für Abelke. Aber hier kam sie sich normal damit vor.

»Ich habe noch nie von dieser Malerin gehört«, sagte sie.

»Von ihrem Onkel vielleicht schon? In der Stadt ist ein Weg nach ihm benannt. Obwohl sie nicht weniger begabt war als er, wurde der Weg nur nach ihm benannt. Es war ein langer Prozess, aber ich konnte erreichen, dass sie mittlerweile auf dem Schild mit genannt wird.«

»Genau das Thema führt mich ja zu Ihnen. Ich bin über ein Straßenschild auf Abelke Bleken aufmerksam geworden und würde so gerne mehr über sie erfahren.«

»Für den Heimat- und Regionalverein, sagten Sie?«

Britta schaute etwas beschämt an Ruth vorbei. Noch hatte sie gar nichts Offizielles von dem Verein in der Hand. Mehr als das sehr vage Gespräch mit Meli hatte sie noch gar nicht geführt. Das würde sie irgendwie noch lösen müssen. »Genau, ja«, sagte sie und lenkte schnell davon ab. »Wenn Sie von hier sind, dann kennen Sie die Geschichte von Abelke ja sicher schon lange.«

»Diese Geschichte kennt wohl jeder in Ochsenwerder. Aber was wirklich dahintersteckt, wurde mir erst klar, als ich das hier erstellt habe.« Sie zeigte auf eins der Fächer im Bücherregal, in dem eine lange Reihe schwarzer Ordner mit beschrifteten Rücken stand. »Mein Archiv der unerhörten Frauen.«

»Sind das etwa alles Hexen?«

»Nein, nein«, winkte Ruth ab. »Wobei: Dass man diese Frauen nicht so bezeichnet hat, liegt nur daran, dass sie in anderen Epochen lebten. Aber die Grundzüge, wie man mit ihnen umgegangen ist, sind in vielen Fällen ähnlich. Alle diese Frauen – bisher habe ich die Recherche auf Hamburgerinnen beschränkt – waren auf ihre Weise besonders. Sie fielen aus der Norm, waren aufständisch, nicht regelkonform, haben etwas Wichtiges geleistet, für etwas gekämpft oder gegen etwas. Viele vergeblich. Viele wurden ermordet, sind in Psychiatrien hingesiecht, erkrankt am erlittenen Unglück. Und dann wurden ihre Leistungen schlicht vergessen, das ihnen angetane Unrecht ebenfalls. Wären sie Männer gewesen, gäbe es Denkmäler für sie, Straßenschilder, Biographien. Oder kennen Sie etwa eine dieser Frauen?«

Britta stand auf, lief langsam die Reihe ab, las die Namen auf den Ordnerrücken. Sie kannte keinen einzigen davon. Am liebsten hätte sie eine Akte nach der anderen herausgezogen und gelesen. Was für einen Schatz Ruth dort hatte.

Ruth zeigte auf einen der vordersten Ordner: »Hier haben wir zum Beispiel Erna Mohr, Zoologin. Eine unvergleichliche Sammlerin wissenschaftlichen Materials, sie schuf wichtige Grundlagen für künftige Forschungen, viele ihrer Arbeiten waren international beachtet, aber aus dem Gedächtnis der Wissenschaft war sie nach ihrem Tod schnell verschwunden.« Sie deutete auf einen anderen Ordner. »Professorin Agathe Lasch. 1923 wurde sie gegen viele Widrigkeiten die erste Lehrstuhlinhaberin an der Universität Hamburg. Es ist unfassbar, welche Hürden sie dafür überwinden musste. 1934 beendeten die Nationalsozialisten ihre Karriere, sie war Jüdin und wurde abgesetzt. Ihre Bemühungen, sich ins Ausland zu retten, wurden verhindert. Später wurde sie verhaftet und nach Riga deportiert, wo sie schließlich ermordet wurde.« Ruth strich über den Ordnerrücken. »Nach ihr wurde schon früh eine Straße benannt. Eine Sackgasse, die an einer Autobahn endet. Sie war auf dem Schild außerdem lange nur als Philologin ausgewiesen.« Ruth schüttelte den Kopf. Dann fuhr sie fort: »Hier, Johanne Henriette Marie Müller, besser bekannt als Zitronenjette. Sie wurde schon in Kinderjahren von der Mutter mit einem Körbchen losgeschickt, um Zitronen zu verkaufen. Sie war kleinwüchsig, kognitiv beeinträchtigt, Kinder lachten sie aus, Kunden hauten sie übers Ohr. Wenn sie in Kneipen verkaufte, machten sich Gäste einen Spaß daraus, sie betrunken zu machen. Sie wurde abhängig, irgendwann landete sie in einer sogenannten Irrenanstalt, dort starb sie schließlich. In klamaukigen Theaterstücken machte man sich noch Jahrzehnte später über sie lustig.« Ruths Finger glitt zum nächsten Ordner: »Annie Kalmar, Schauspielerin. Sie war unglaublich talentiert. Und unglaublich schön. Allerdings wurde ihr genau das zum Verhängnis. Statt ihr ernsthafte Rollen zuzutrauen, degradierte man sie zum Ausstellungsstück in minderwertigen Komödien. Sie litt furchtbar darunter, nicht ernst genommen zu werden, immer unter ihren Möglichkeiten gehalten zu werden. Sie wurde sehr krank, starb mit nur 23 Jahren. Menschen, die ihr nahestanden, waren überzeugt, dass es die Nichtachtung ihres Talents war, die sie physisch und psychisch ruiniert hatte.« Elfriede Lohse-Wächtler stand auf einem weiteren Ordner. »Malerin, Expressionistin«, erzählte Ruth. »Eine Frau, die sich schon von Jugend an verweigert hatte: den Erwartungen des Vaters, den Ansprüchen an Weiblichkeit, der Bürgerlichkeit. Sie trug Männerkleider, schnitt sich die Haare kurz, rauchte Tabak auf der Straße. Dann eine schwierige Ehe, Geldprobleme. Ihr Mann betrog sie, bekam später Kinder mit einer anderen Frau, während sie mehrere Abtreibungen hatte vornehmen lassen, weil die finanzielle Lage mit ihm zusammen so schlecht gewesen war. Sie malte wie besessen, abstrakt, schonungslos, finster, schmerzvoll – bis zu einem nervlichen Zusammenbruch. Klinikaufenthalte folgten, Obdachlosigkeit, Rückkehr ins Elternhaus, bis der Vater sie erneut in eine Krankenanstalt einwies – und sie letztlich ihren Mördern auslieferte. Sie flehte vergeblich, wieder heimgeholt zu werden. Gegen ihren ausdrücklichen Willen wurde sie sterilisiert. Danach malte sie kein einziges Bild mehr. 1940 wurde sie nach Pirna-Sonnenstein deportiert und im Zuge des Euthanasieprogramms T4 vergast.«

Britta musste sich mit einer Hand an der Regalwand abstützen, so weich fühlten ihre Knie sich auf einmal an. Sie versuchte, es vor Ruth zu verbergen, aber die hatte es bemerkt. »Setzen wir uns doch wieder«, sagte sie. »Und möchten Sie vielleicht ein Glas Wasser?« Britta nickte und ging zum Sofa zurück. Sie sah ihre halbleere Tasse an. Aber es war nicht der Tee, von dem sie benommen war. Es waren der Schmerz, das Unrecht, die Wut, die Verzweiflung, die sie zwischen Ruths spärlichen Abrissen dieser Frauenbiographien spürte. Nie hatte sie das alles selbst erlebt, und trotzdem war es ihr eigenartig vertraut. Sie fühlte diese Dinge, als würden Nuancen davon in ihr stecken. Diese Frauen waren tot, aber was ihnen widerfahren war, war noch immer in der Welt, in anderem Gewand, zerstoben, verändert, aber es war noch da, es widerfuhr wieder, es widerfuhr anderen. Sie atmete, tief ein, halten, langsam aus. War es das, fragte sie sich. War das der Grund, warum sie in dem Leben der anderen Frau herumwühlte? Weil man im Leben einer jeden anderen Frau auch immer etwas über sich selbst herausfand und gleichzeitig über alle anderen? Britta blickte zu den dunklen Ordnern im Regal. Wieso wusste sie nichts von all den Frauen? Ihren Leben, ihren Kämpfen? Sie sah sie Böden schrubben, Fenster polieren, Essen kochen, Kinder halten, sie verfluchen, sich nach ihnen sehnen. Sie sah sie träumen, sich für etwas begeistern, sie sah ihre Leidenschaften, sie sah sie etwas anstoßen, etwas riskieren, etwas unternehmen, und dann sah sie, wie das Feuer verlöschte; vielfach gelöscht wurde. Sie sah die Frauen ihre Träume aufgeben. Sie sah sie weinen, sich durchbeißen, aufrichten, nach sich selbst suchen, sich wehren, scheitern, enttäuscht werden, getötet. Sie sah sie verstummen und wie alles wieder von vorne begann. Weil die jeweils eine nichts von der davor wusste. Nichts von dem, was sie bereits erkämpft hatte, welche Wege sie gegangen war, was schon erreicht war. Und so ging es immer weiter. Es war ein Kreis. Es drehte sich. Sie öffnete die Augen, um etwas zu fixieren, damit der Schwindel stoppte. Da stand Ruth und reichte ihr das Wasser. Dann ging sie zur Terrassentür. »Ich lasse ein wenig frische Luft herein, in Ordnung?« Sie schob die Tür einen Spaltbreit auf, sofort sauste ein kühler Luftzug herein. Er tat gut. Vielleicht zum ersten Mal war Britta dieser Wind willkommen.

»Wofür recherchieren Sie all die Geschichten denn?«, fragte sie, als sie sich wieder etwas klarer fühlte. »Aus Trotz«, sagte Ruth. »Und als eine Art Beweisführung. Als ich den Behörden vor

Jahren vorgeschlagen hatte, bei der Vergabe von Straßennamen doch mehr an die Frauen zu denken, war die Antwort, es wären nicht genügend Frauen von Bedeutung bekannt. Das ist natürlich dreister Unsinn. Es gibt mehr als genug Frauen, die Bedeutendes geleistet haben. Aber sie verschwinden, die Erinnerung an sie verblasst schneller als an die von Männern, weil die Archive und das Gedenken an sie löchrig sind. Seitdem sammle ich sie, ich will sie wieder ins kollektive Gedächtnis holen.« Ruth schloss die Terrassentür. »Jeder Beitrag hilft«, sagte sie und lächelte aufmunternd. »Auch einer für den Regional- und Heimatverein.«

Britta überfiel wieder das schlechte Gewissen. Sie musste diesen Verein bald aufsuchen und die Sache anstoßen. »Dann wollen wir mal sehen, was ich für Sie tun kann«, sagte Ruth, griff zielsicher in das Regal und kam mit dem Ordner zurück, der mit Abelke Bleken beschriftet war. Britta kramte eilig ihr kleines schwarzes Notizbuch hervor. »Ich habe mir Fragen notiert.«

Sie gingen alles durch, angefangen mit der Flut 1570. Natürlich hatte diese Katastrophe auch Abelke betroffen. Ruth holte Belege heraus, Kopien uralter Schatzregister und Grundbucheinträge in Land-Erbe-Büchern. Britta machte große Augen, dass es solche Zeitzeugnisse gab. Ruth zeigte ihr außerdem Kopien alter Flurkarten. Völlig andere Flussverläufe waren darauf zu sehen, andere Deichlinien, eigentlich eine ganz andere Landschaft als heute; eine Wasserwildnis mit Prielen, Schlickflächen, Inseln, Baumriesen und Auenwäldern. Die eingezeichneten Häuser glichen einzelnen kleinen Ansammlungen; wie Nester ballten sie sich entlang der Flussläufe, Ruth nannte sie Marschhufendörfer. So weit diese Landschaft gewesen war, so eng musste es innerhalb der Nachbarschaften gewesen sein. Und da, genau zwischen zwei Hufen, war ein Kreis eingezeichnet, eher ein Oval, wie ein

Auge schaute es heraus. Das Brack zwischen dem, was laut Land-Erbe-Buch die Grundstücke von Abelke und ihres Nachbarn Henneke Schwormstedt gewesen sein mussten. Britta fühlte aufgeregt die Bestätigung, dass sie mit ihren Vermutungen bisher richtiggelegen hatte. Gleichzeitig wurde ihr bewusst, was das bedeutete.

»In der Sage über Abelke, da kommt diese Flut nicht einmal vor. Es gibt einen lapidaren Hinweis auf eine Deichschau, aber ansonsten wird es so dargestellt, als wäre es einfach ihr Versagen gewesen, dass sie den Hof nicht halten konnte. Dabei war vermutlich diese Flut die Ursache, oder?«

Ruth sammelte die Unterlagen, die verstreut auf dem Tisch lagen, zusammen und sortierte sie sorgfältig wieder in den Aktenordner ein. »Die Flut hat mit Sicherheit den Deich zerstört, davon zeugt das Brack. So ein Brack in der Deichlinie war eine Katastrophe. Man musste einen neuen Wall außen herumziehen, also einen viel längeren als zuvor. Verantwortlich dafür war der Bauer, zu dessen Grundstück der Deichabschnitt gehörte. Es herrschte eine strenge Deichpflicht damals.«

»Also hat Abelke den Hof verloren, weil sie es nicht geschafft hat, den Deich wieder aufzurichten? Aber sie war ja auch ganz alleine, das war womöglich gar nicht zu schaffen.«

»Ja, das stimmt. Und trotzdem glaube ich, dass der zerstörte Deich nur ein Vorwand war.« Ruth stand auf, um mehr Licht zu machen, draußen war es mittlerweile dunkel geworden. Britta schaute besorgt auf die Uhr. Sie war schon länger hier, als sie eingeplant hatte. Sie konnte nur hoffen, trotzdem noch vor Philipp wieder zurück zu sein. Die Kinder würden schon klarkommen, aber sie hatte keine Lust auf seine Fragen. Dann wurde ihr bewusst, dass sie sich fühlte wie ein Teenager, der sich Sorgen machte, zu spät nach Hause zu kommen. Trotzig schmiegte sie sich in das weiche Sofa. Sie war eine erwachsene Frau. Sie würde genauso lange hierbleiben, wie es dauern würde.

»Das Deichrecht war streng«, fuhr Ruth fort. »Es sollte die Bauern disziplinieren, die Deiche in Stand zu halten, sie zu prüfen und zu pflegen. Aber nach schweren Fluten war es üblich, Kompromisse einzugehen, was die Instandsetzung anging. Zum Beispiel konnte der Vogt dann gemeinschaftliche Reparaturarbeiten anordnen, Arbeiter von außen heranholen, Schulden stunden und vieles mehr, damit die Existenz der Bauern nicht gefährdet war. Es war ja niemandem damit geholfen, sie zu vertreiben. Man brauchte sie für den Deichschutz, für den Erhalt des Ackerlandes, die Marschlande haben Hamburg ernährt. Es sei denn, jemand hatte ein eigenes Interesse an einem Hof, dann konnte so ein beschädigter Deich eine gute Gelegenheit sein, sich unter dem Deckmantel der Deichpflicht ein begehrtes Grundstück unter den Nagel zu reißen.«

Britta saß jetzt wieder kerzengerade da und knetete ihre Hände. Worauf wollte Ruth hinaus? Aber die dachte nicht daran, es aufzulösen. »Lassen Sie uns mal das Ganze ansehen, einverstanden?«, sagte sie. »Mitsamt den Schichten außen herum. Manchmal ist es nicht der Kern, an den man herankommen muss, sondern die Schale.« Britta atmete tief durch und versuchte, Geduld aufzubringen.

»Sagt Ihnen der Begriff Bauerlegen etwas?«

Britta hatte das Wort noch nie gehört.

»So nennt man es, wenn Grundherren die Bauern von Haus und Hof vertreiben, um ihre Grundstücke einzuziehen. Die Bauern macht es zu Bettlern, bestenfalls zu Tagelöhnern. Zu Abelkes Lebzeiten passierte Bauerlegen im großen Stil, in Deutschland, in England, in ganz Europa eigentlich. Die Grundherren waren darauf aus, große Gutshöfe zu etablieren, aus denen sie mehr

Profit schlagen konnten. In der Regel war es einfach: Die meisten Bauern waren Pächter, man musste sie nur entrechten, sie drangsalieren, ihre Nutzflächen immer weiter einschränken, dann war man sie bald los.«

Britta reichten die paar Stichworte, um es sehen zu können: brennende Bauernhäuser, entwurzelte Menschen, die fortgingen, mit nichts mehr als den Kleidern am Leib. Familien, Alte, die zu Bittstellern wurden, von ihrem Boden, ihrem Einkommen losgerissen, von einem Tag auf den nächsten.

»Auch hier im Norden dachten sich einige Vertreter der höheren Stände: Warum dieses segensreiche Marschland eigentlich den Bauern überlassen? Diesen Schatz. Warum es nicht selbst in die Hand nehmen? Selbst produzieren? Es vielleicht besser machen? Mehr rausholen aus diesem gönnerhaften Boden, schneller, profitabler. All die kapitalistischen Ideen, die uns so vertraut sind, die kamen damals erst auf. Aber hier, in den Marschlanden, war es nicht so einfach möglich.«

»Weil das Land den Bauern gehörte. Es war ihr Eigentum«, sagte Britta.

»Genau. Aber manche schreckte das offenbar nicht, sie versuchten trotzdem, an Land zu kommen. Und sie versuchten es da zuerst, wo sie es sich am einfachsten vorstellten.«

Britta ahnte es schon. »Bei den Frauen.«

»Bei Alleinstehenden, Witwen, kinderlosen Frauen.«

»Das heißt, dass Abelke als Hexe bezichtigt wurde, weil man sie loswerden wollte?«

Ruth strich über den dunklen Deckel der Mappe. »Die Sache ist die: Man kann Frauen viel wegnehmen, man kann ihnen sehr viel antun, aber solange sie das mit sich machen lassen, bleibt es dabei.« Sie machte eine Pause. »Der gefährliche Moment für Frauen ist oft erst der, wenn sie anfangen, sich zu wehren. Wenn sie Gewalt, Straftaten, Ungerechtigkeiten nicht hinnehmen wollen.«

Britta runzelte die Stirn, sie verstand nicht ganz.

»Abelke das Grundstück wegzunehmen, war vermutlich nicht sehr schwer. Aber ich denke, sie wurde Gladiator und dem neuen Besitzer unbequem, weil sie sich nicht damit abfinden wollte. Vermutlich hatte sie angefangen, sie zu plagen. So etwas ist oft vorgekommen, die Vertriebenen tauchten auf ihren früheren Grundstücken auf, stießen Flüche aus, machten sicher auch mal etwas kaputt, sie hatten ja keine weitere Möglichkeit, sich zu wehren. Simple Rache, etwas Schrecken verbreiten, ein paar Verwünschungen aussprechen – das war oft das Einzige, was ihnen blieb. Ihnen Schadenszauber vorzuwerfen, war ein einfacher Weg, die Verstoßenen loszuwerden – zumal die krisengebeutelte und abergläubische Bevölkerung sehr empfänglich für solche Gerüchte war.«

»Moment mal, Gladiator?«, hakte Britta verblüfft nach.

»Ach ja, Entschuldigung. Ich vergesse immer, wie seltsam der Name für Menschen klingen muss, die nicht aus der Gegend sind. Hier in den Marschlanden ist er so geläufig. Klingt groß, ist in Wahrheit aber lediglich groß gemacht. Leitet sich von Kleater ab, laut Namensforschern jedenfalls, Kleater hieß auf Plattdeutsch nichts anderes als Kleigräber. So nannte man früher die Menschen, die hier die Wassergräben reinigten. Aber unserem Kleater, dem einstigen Vogt hier, war so eine Abstammung wohl zu mickrig, der machte irgendwann lieber einen Gladiator aus sich. Oder ein späterer Verwandter war es. Vielleicht ist es aber auch nur Evolution der Mundart. Das ist mit vielen Namen im Laufe der Jahrhunderte passiert. Der mit dem unnachgiebigen Charakter wurde zum Harder, der Weißhaarige wurde zum Witthövet, der mit dem großen Bauch zum Buhk. Ökelnamen, sagen wir hier,

Spitznamen, die eine Eigenschaft oder einen Beruf beschrieben und aus denen irgendwann der Familienname wurde.«

»Ich habe einen Gladiator kennengelernt«, rief Britta aufgeregt. »Einen älteren Mann, er wohnt Richtung Gauerter Hauptdeich, im Knusperhaus. Einer kleinen Kate, meine ich.«

»Richtung Gauert«, überlegte Ruth. »Das muss dann Hilken Gladiator sein. Der wohnt in so einem Haus.«

»Meinen Sie, das könnte ein Nachfahre von diesem Kleater sein?«

»Unmöglich ist es nicht«, sagte Ruth. »Aber wie gesagt, Gladiatoren gibt es hier einige. Aber der, den sie erwähnen, aus der Kate, der ist eine tragische Figur. Die Landwirtschaft hat hier jahrhundertelang das Leben dominiert. Aber seit ein paar Jahren geht das darnieder. Konkurrenzdruck aus dem Ausland, die explodierenden Energiepreise, viele Treibhäuser sind kaum noch zu halten.«

Britta war das auch schon aufgefallen: all die verlassen wirkenden Treibhäuser mit kaputten Scheiben, von manchen ragten nur noch die rostigen Gerüste wie ein Gerippe aus der Landschaft heraus.

»Hilken Gladiator hat es als einen der Ersten getroffen. Vor ein paar Jahren musste der seinen Betrieb dichtmachen.« Ruth dachte über etwas nach. »Das Verrückte aber ist, dass der in dieser Kate lebt. Ich weiß, heute sind diese Häuschen bei euch Städtern unheimlich begehrt, und ich will lieber nicht genau wissen, welche Preise dafür verlangt werden. Aber früher waren das die Häuser des niederen Standes, der Tagelöhner, der Handwerker, der Pächter der Bauern. Und genau die Kate, von der Sie sprechen, in der jetzt der Gladiator wohnt, das könnte die letzte Wohnstätte von Abelke gewesen sein. Das ist schon eine besondere Ironie, nicht wahr?«

»Abelke hat in dieser Kate gelebt?«, fragte Britta ungläubig.

»Nun, nach der Enteignung hat sie auf jeden Fall noch eine Weile hier in der Gegend gelebt, bevor sie denunziert und festgenommen wurde. Der Bauer von der Süderseite, also auf der gegenüberliegenden Seite ihres Hofes, hatte sie beschäftigt und in seiner Tagelöhnerhütte untergebracht. Ich habe jedenfalls Hinweise darauf gefunden.« Sie machte eine Pause. »Was für eine Demütigung das gewesen sein muss: eben noch Herrin und Hufnerin, und dann auf einmal das Land eines anderen bestellen, ihren früheren Hof noch in Sichtweite. Vermutlich ging es auch dann erst los, dass sie unbequem wurde, Rachepläne schmiedete, auf ihrem alten Grundstück auftauchte oder bei Kleater, um ihm immer wieder das Unrecht unter die Nase zu reiben.«

»Abelkes früherer Hof, ihr Haus, steht das denn auch noch?«

»Das ist schwer nachzuvollziehen. Johann Huge, der Käufer, hat das Land ja sehr umgestaltet, er hat die Grundstücke von Abelke und Henneke zusammengelegt. Ein Brack findet man dort auf jeden Fall noch. Und ein Hufnerhaus steht dort ebenfalls noch. Es könnte das von Abelke sein, oder es ist das von Henneke Schwormstedt, ihrem Nachbarn. Vielleicht ist es aber auch eins, das erst später errichtet wurde.«

»Zeigen Sie mir, wo genau das ist?«

Ruth holte eine aktuelle Landkarte von Ochsenwerder heran. »Hier sind wir«, tippte sie auf eine Stelle, fuhr mit dem Finger weiter, »hier ist die Kate von Gladiator«, dann kreiste sie schließlich einen Bereich an der Deichstraße ein: »Und hier müssten sich die Grundstücke von Abelke und ihrem Nachbarn befunden haben.« Britta erkannte die Stelle sofort, fassungslos ließ sie sich gegen die Sofalehne fallen.

Es war das Hufnerhaus in der Nähe des Bracks mit den Sanierungssünden, das sie nie groß beachtet hatte. Das mit dem Eternitdach und den braunen Fensterrahmen. Dieses stark verbaute Gebäude, das nicht gerade zum Hingucken einlud. Gleich am nächsten Tag ging sie hin und betrachtete es mit neuen Augen. Sie gab dem Haus das Reet zurück, stellte sich zwei Pferdeköpfe am First vor, blassrosafarbenen Backstein und gerade, helle Eichenbalken dazwischen. Ja, so könnte es gewesen sein. Sie fühlte, wie ihr Herz schneller schlug. Hier also, hier hatte sich alles zugetragen. Sie lief weiter, zum Brack. Hier musste Abelke einst gestanden haben, im Schock, voll von Verzweiflung. Unglaublich, für wie viel Leid dieser Tümpel verantwortlich war. Er war von Schilf umstanden, das Wasser leuchtete blau, die Oberfläche war glatt und ruhig wie ein Spiegel.

Britta drehte sich um die eigene Achse. Rechts und links standen weitere Gebäude, schwer zu sagen, welchen Datums sie waren, vielleicht waren es überbaute Katen, vielleicht später errichtete Häuser. Aber sie wusste schon genug, um sich etwas vorstellen zu können. Sie ließ die Gehöfte mit den verstreuten Nebengebäuden auferstehen, das Backhaus, den Heubarg, die Schweinekoben und Tagelöhnerkaten. Sie versuchte, sich alles in der ursprünglichen Version vorzustellen, mit den früheren Strukturen und Linien. Ein Roggen- und ein Weizenfeld, einen Brunnen, den Garten. Und dann, wie es weitergegangen war im Zeitraffer der Geschichte. Sie konnte sehen, wie der Heubarg fiel, am Backhaus das Unkraut emporschoss, der Schweinekoben abgerissen wurde, ein neues Haus wuchs, eine Familie zog ein, die Kinder wurden größer, wurden alt. Die frühere Deichkrone wurde asphaltiert, weil unweit nun ein anderer aufgetürmt wurde, ein sehr viel höherer. Schwere LKWs brausten über die viel zu schmalen Deichstraßen, die Scheiben klirrten in den Rahmen, so nah standen die Häuser. Die LKWs waren es nun, die die Waren nach Hamburg brachten. Ruth hatte ihr erzählt, dass man die Fahrer noch lange Schipper nannte. Die Ewer segelten längst nicht mehr.

Sie ging zurück zum verbauten Hufnerhaus, versuchte, etwas von dem Land dahinter zu erspähen, aber die Einfahrt war abgeschirmt, vor jedem Zugang prangte ein gelbes »Privat! Betreten verboten!«. Was sonst. Aber der allgemeine Eindruck reichte. Es war trist hier, nichts blühte, nichts strahlte, alles war gepflastert und geteert, wie ein Industriehof. Weiden, die hier mal gestanden hatten, waren gefällt, sie zählte mindestens ein Dutzend Stümpfe. An keiner Ecke schien jemand liebevoll Hand angelegt zu haben. Hätte dich das gefreut, Abelke, dachte sie im Stillen, dass einer offenbar kein Glück hatte mit deinem Land? Oder hättest du lieber gesehen, wie es strahlt und gedeiht? Sie blieb stehen, hielt den Atem an, als ob sie ernsthaft auf eine Antwort warten würde. Etwas Wind kam auf, fuhr ihr in die Haare, wehte sie ihr ins Gesicht, es fühlte sich wie ein kurzes, sanftes Streicheln an.

Sie atmete tief ein und ging dann weiter, sie trieb sich hier schon viel zu auffällig herum. Sie kam am Landhaus Vogt vorbei. Sie fragte sich, ob hier irgendwo vielleicht wirklich das Vogthaus gestanden haben könnte. Wo Abelke einst verzweifelt um etwas gebeten hatte. Diese Szene aus der Sage machte sie immer besonders traurig.

Zuvörderst hat sie aber noch die Güte versucht und ist zur Vögtin gegangen, welche sie inständigst um Rückgabe des Kessels gebeten hat, indes vergebens.

Wie bitter das war. Wenn wenigstens diese andere Frau etwas Mitgefühl aufgebracht hätte. Wie verzweifelt musste Abelke gewesen sein, dieses eine Stück ihres Eigentums wiederzubekommen. *Indes vergebens.*

Sie kam noch öfter her, streifte herum, verfiel in Gedanken, malte sich Szenen und Ereignisse aus. Reichlich spät in diesem Winter, es ging schon auf Ende Januar zu, fiel der erste Schnee. Zunächst nur ein Hauch, dann bald mehr. Das Brack fror zu, Schlittschuhläufer kamen. Wie seltsam es war, das vergnügte Kreischen von dort zu hören. Es hielt nicht lange, bald taute es wieder. Im Supermarkt hörte sie die Leute schimpfen, dass das doch keine Winter mehr wären heutzutage, und tatsächlich entdeckte sie bald am Wegrand überrascht die ersten grünen Spitzen, die aus den allerletzten Schneefetzen herausschauten. Jeden Tag während ihrer Streifzüge hielt sie Ausschau nach neuen Zeichen, und wenn etwas ihren Blick fesselte, blieb sie immer öfter unbekümmert stehen, egal, ob jemand sie dabei beobachtete und was er dabei womöglich dachte. Einmal blieb sie sogar am Rande der Deichstraße vor einer der uralten pockigen Weiden stehen und berührte sie. Sie hatte schon immer so gerne die Hand nach einer von ihnen ausstrecken wollen, wie Kinder es taten, um nicht nur zu sehen, sondern auch zu fühlen. Warum denn nicht? Was für einen Überlebenswillen diese Bäume hatten, die Stämme oft verdreht, vom Wind umgestoßen, zerteilt und trotzdem lebend, trotzdem treibend. Ein Auto fuhr an ihr vorbei, der Fahrer schaute ihr hinterher. Sie nahm die Hand nicht von der Weide, sie spürte den Blick, aber es war ihr nicht peinlich. Sollten die Leute doch denken, was sie wollten.

So kam sie an einem Nachmittag heim, mit einem leichten Gefühl in der Brust, schlüpfte gerade aus den Schuhen, da platzte Ben in den Flur und rief etwas, mit greller Stimme. »Mama, komm schnell!« Das rief er. »Es ist was mit Mascha.«

Ihr war, als ob etwas nach ihr schnappen würde, sie kannte es gut. Es war Angst, eine besondere Form davon, die um ihre Kinder, die vor genau solchen Momenten. Wenn sie sich von der

Hand lösten und Richtung Straße rannten, wenn sie plötzlich aus dem Blickfeld verschwanden, in einer Menschenmenge, wenn die Nummer der Kita oder der Schule auf dem Handydisplay aufleuchtete. Sie nahm zwei Stufen auf einmal, rannte in das Mädchenzimmer. Aber da lag Mascha, unversehrt, Gott sei Dank. Es war nichts. Aber doch, nun sah sie es. Ihr Blick war wie erloschen, und ihr Körper zuckte wie nach einem langen Weinkrampf. Britta kniete sich neben das Kopfende, strich ihr das Haar aus dem Gesicht, um darin lesen zu können.

»Mascha, was ist mit dir? Was ist denn bloß passiert?«

Aber Mascha sagte nichts. Britta atmete in den Brustkorb, tief ein, halten, langsam aus. Dann versuchte sie es noch mal. »Bitte, Kleines, sprich mit mir. Ich bin's doch. Ich helfe dir, egal, wobei, aber das geht nur, wenn du mir sagst, was es ist.«

Endlich bewegte Mascha sich, wischte sich über die Augen, holte tief Luft, ihr Atem zitterte etwas. Dann streckte sie die Hand nach ihrem Handy aus, das neben dem Bett lag, in der pinken Hülle mit der zwinkernden Avocado drauf.

»Ach, Mascha!«, wollte sie schon sagen, »nicht das blöde Ding jetzt.« Aber Mascha berührte den Bildschirm, rief etwas auf, dann streckte sie es ihr hin, hielt es ihr unter die Nase, ließ sich zurück in die Kissen fallen, neue Tränen liefen ihr aus den Augenwinkeln, sie verbarg sie mit ihrem Arm.

Und Britta schaute auf das Display. Nahm das Telefon näher zum Gesicht. Sie brauchte eine Weile, bis sie begriffen hatte, dass es Screenshots waren. Und was dort stand.

RAUNÄCHTE

HURE.

Hexe.

Töversche.

Den Düvel hat die eingelassen, der guckt ihr doch schon aus den Oogen herut.

Sie hatte den Anleger längst verlassen, war davongelaufen, aber die Worte prasselten noch immer schmerzvoll auf sie ein.

Hure.

Hexe.

Der schlimmste aller Vorwürfe.

Sie eilte ins Haus, atemlos ließ sie sich auf eine Bank fallen, krümmte sich, weil ihr Magen so schmerzte. Und die Hand, die rechte Hand, die schmerzte auch. Sie schaute sie an. Sie hatte sie zur Faust geballt. Die knotigen Knöchel standen blank hervor aus der runzeligen Haut, dunkel wie Leder. Langsam löste sie die Finger, öffnete die Handfläche, und da lagen sie, die paar Schilling, mit denen sie abgespeist worden war. Wieder durchfuhr sie die Wut, wie ein Aufbrausen. Niemals konnte das richtig sein. Niemals gab es so wenig für so viel Roggen. Sie ließ die mickrigen Münzen in die Kitteltasche fallen. Legte die Hände auf die Oberschenkel, spürte ein Zittern darin, befahl den Beinen, dass sie ruhig sein sollten. Sie gehorchten nicht.

Hure.

Töversche.

Satansweib.

Die Tiere fielen ihr ein. Sie musste sie füttern, schon längst. Sie musste sie zum Sood führen, damit sie trinken konnten. Sie musste ausmisten. Sie stemmte sich hoch und ging in den Stallbereich. Die Kühe trappelten, als sie sich näherte. Die Pferde kamen heran und berochen sie, der Kater schlich um ihre Beine und schmiegte sich an sie. Die Tiere mögen mich, dachte Abelke. Weil du ihnen Futter gibst, deshalb. Zwei Ziegen steckten die Köpfe durch das Gitter, legten sie schief und schauten sie an, als wüssten sie etwas. Eine fehlte, die weiße mit dem zweifarbigen Bart. Abelke öffnete das kleine Gatter und ging in den Ziegenkoben hinein. »Zicker Zick«, rief sie. Da sah sie die Bärtige, wie sie sich in der dämmrigen Ecke herumdrückte, das Euter prall und straff, von fingerdicken Adern umspannt. Es war so weit.

Die Ziege rief leise, als würde sie antworten. Aber Abelke wusste, es galt nicht ihr. So riefen die Ziegen immer kurz vor der Geburt. Als würden sie das Kitz herbeirufen, denn es war der gleiche Ton, mit dem die Mutterziegen nach ihren Kindern riefen, wenn sie sich zu weit entfernten. Sie hätte so gerne gewusst, was die Tiere sagten. Sie schaute zur Hille hoch, einmal war sie als Kind während der Raunächte heimlich hinaufgeklettert. Hatte dort lange gelegen und gelauscht. Weil der Lüttknecht behauptet hatte, dass die Tiere in diesen Nächten in der menschlichen Sprache miteinander redeten und man sie dann verstünde. »Unner de Twölfen geiht dat, Abelke«, hatte er gesagt. Twölfen nannten sie hier diese sonderbaren Tage – sechs vom alten, sechs vom neuen Jahr –, wenn auf dem Hof alles verstummte. Die Dreschknechte stellten die Flegel in die Ecke und ließen das Dreschen sein. Die Mägde rührten die Wäsche nicht mehr an, nicht einmal die Ställe wurden ausgekehrt. Weil die Tiere sonst verwarfen oder eingingen, sagte man leise. Weil man sonst bald einen Toten zur Tür heraustragen würde, sagte man noch leiser. So still wurde es, dass man das Haus hörte, mal ein Knacken hier und dort und manchmal auch ein Stöhnen oder Ächzen. Dann zuckten alle zusammen und hielten den Atem an.

Aber da oben auf der Hille, so angestrengt sie auch gelauscht hatte, hatte Abelke doch nur das übliche Muh und Mäh gehört, das gewohnte Schnaufen und ein gelegentliches Aufstampfen der Hufe. Sie wollte schon wieder herunterklettern, da war dann aber doch noch etwas Besonderes passiert. Sie sah durch die Ritzen, wie der Vater in den Stall kam. Er gab jedem der Tiere ein Stück Kleibrot, das kostbare, das aus dem ganz fein ausgemahlenen Mehl gebacken war – nur an Festtagen gab es das. Abelke stand der Mund offen. So etwas Wertvolles für das Vieh. Als alle ein Brot hatten, nachdem er jedem Tier kurz die Hand auf den Leib gelegt, die Augen geschlossen und sich wie zum Dank ein klein wenig verneigt hatte, stemmte ihr Vater die Hände in die Seiten, sah nach oben, genau dahin, wo sie mit angehaltenem Atem auf den Brettern lag. Was sie dort oben zu suchen habe, wollte er dann wissen, mit strenger Stimme.

Sie sagte es ihm, und er lachte. Aber der Lüttknecht machte große, bange Augen, als sie es ihm erzählte. »Das war dein Glück, dass die Tiere nichts gesagt haben«, meinte er. Denn wenn einer die Tiere in den Raunächten sprechen hört, wird er bald danach sterben. Ob sie das denn nicht wüsste. Da hätte sie ihm am liebsten eine gelangt, denn das hätte er ihr auch mal früher sagen können.

Jetzt nahm Abelke den Blick von der Hille und führte die Tiere nacheinander zum Sood. Der Ziege, die ihre dunkle Ecke nicht verlassen wollte, brachte sie das Wasser im Eimer. Sie mistete aus, behielt das Tier im Blick, und dann sah sie bald, dass es losging. Ein rosiges Mäulchen schaute heraus, bald auch die Klauen, alles von einer schlackigen Haube überzogen, ganz gelb war die und glänzend, wie Gold. Und als der ganze zarte Körper heraus war, zerriss die Haube, fiel ab, und ein neues Leben lag da, zittrig noch und trotzdem schon auf die Beine drängend.

Die Mutterziege krümmte sich noch einmal, aber es kam kein weiteres Zicklein, es war die Nachgeburt. Kaum war sie heraus, wollte die Zick sich gierig auf die blutigen Häute stürzen, und Abelke ließ sie, auch wenn der Vater ihr beigebracht hatte, etwas anderes damit zu tun. Er hatte den zähen Klumpen stets hinausgetragen und über einen Ast von einem der Bäume in der Nähe gehängt. »För den Wod«, hatte er gesagt, trotzig, denn die Kirche wollte, dass sie nur einen Gott kannten. Aber er kannte noch viele andere, die nicht in der Kirche wohnten, sondern in den Wäldern oder auf dem Grund der Elbe, die in den Ährenfeldern raschelten und mit dem Wind herumflogen. Und er war nicht der Einzige hier, der diese Götter kannte. Der Mutterkuchen trocknete und hing bald über dem Ast wie ein zerrissenes Sacktuch. Abelke hatte in ihrem Leben viele dieser faserigen Streifen von den Bäumen hängen sehen, nicht nur rund um ihren Hof.

Aber heute würde der Wod keinen Dank bekommen. Sie ließ es die Ziege fressen, sie hatte es nötig. Gleich nach der Geburt sanken ihre Flanken wieder ein, die meisten Tiere hatten diese Hungerlöcher. Auch wenn sie jetzt wieder mehr zu fressen fanden, von den mageren Zeiten nach der Flut hatten sich die meisten noch nicht erholt. Sie molk etwas von der Milch ab, schüttete dem Kater davon ein, nahm selbst ein paar Schlucke, dann half sie dem Kleinen, die Zitze zu finden. Sie spürte eine stille Freude und ein Staunen, wie jedes Mal, wenn ein Wesen wohlauf geboren wurde. Aber heute war es noch mehr als sonst, es tröstete sie. Die Welt war gut, jetzt, hier, in ihrem Stall sah sie es.

Hure.

Töversche.

Allmählich verklangen die Worte zwischen den Handschlägen, die am Hof zu machen waren. Zwischen dem Schieben des Mistkarrens, dem Schöpfen des Wassers, dem Herantragen des Futters, dem Fegen des Lehmbodens, dem Hacken von Holz, dem Hantieren auf dem Flett, dem Prasseln des Feuers, dem Rühren im Kessel. Aber als die Arbeit erledigt war, da meinte sie, wieder zu hören, was die Leute sagten. Wenn es still wurde, so still wie an den Twölfen, und nur das Knacken im Gebälk zu hören war. Und das Ächzen, da war auch das schon wieder, dachte sie, bis sie merkte, dass es nicht vom Haus kam, sondern ihrer eigenen Brust entfuhr, bei jedem Atemzug, ganz unwillkürlich.

Da half nur aufstehen, da half nur, etwas zu tun. Da half nur, an etwas anderes zu denken, an alles, was noch getan werden konnte, wie der Hof doch noch zu retten war. Also lief sie zum Deich, um ihn nochmals zu besehen, nochmals zu vermessen, um nochmals einzuschätzen, was es noch brauchte, wie viel Arbeit es noch war, ob ihr nicht doch etwas einfiele, auch ohne das Geld, um das man sie betrogen hatte.

Erst glaubte sie an eine Täuschung, die müden Augen schon verschleiert. Doch ihr Schritt wurde schneller, ihr Herz lauter. Da sah sie, was von weitem zu erahnen gewesen war. Die aufgehäufte Erde lag zerwühlt da, zertreten, als wäre jemand darin herumgetrampelt, hätte jemand darin herumgewütet, hätte zerstören wollen, was sie bisher mühsam aufgebaut hatte, die Arbeit von Wochen. Sie kniff die Augen zusammen, sie wollte das nicht sehen. Aber davon verschwand es ja nicht.

»Es könnten Schweine gewesen sein«, sagte Leneke, den Blick auf den schrumpeligen Zwiebeln, deren Häute sie entfernte, sparsam, nur die ganz trockenen kamen weg, alles andere, auch das Faulig-Weiche, warf sie in den Kessel. Atemlos war Abelke zu ihr gelaufen, direkt vom Deich weg, von dieser Zerstörung, die ganze Strecke war sie gelaufen, ohne anzuhalten. Weil ihr nicht einfiel, was sie sonst tun sollte.

»Die haben sogar am Friedhof herumgewühlt«, redete Leneke über ihrer Arbeit weiter. »Hein meint, weil sie im Wald nicht mehr genug finden. Oder in dem, was vom Wald übrig ist.« Leneke zog nun zwei Handvoll Bohnen zu sich heran und putzte auch sie. »In Moorfleet sind bei der Flut die Särge hochgekommen, manche sind aufgesprungen, und die Gebeine kamen heraus. Gestunken hat das. Schlimmer als die Grube, wo der Abdecker die Kadaver vergräbt. Hast du davon gehört? Das hat die Schweine angezogen. Jetzt will man die Toten mit Steinen beschweren, damit das bei der nächsten Flut nicht wieder passiert.« Sie schlug ein Kreuz in die Luft. »Auf jedes Grab ein Stein. Kannst du dir das vorstellen? Das wird auch gegen die Schweine helfen. Sicher waren die das, Abelke. Alles durchwühlen die.« Jetzt nahm sie die Augen doch noch hoch, aber nicht zu Abelke sah sie, sondern irgendwohin, in die dunkle Ecke des Fletts. »Oder es waren ...«, sie stockte und sprach es nicht aus. Eines der Kinder rief nach ihr und wollte etwas, ein anderes zog ihr an der Schürze. Sie hob es hoch, da zog es ihr an den Haaren, sie setzte es wieder ab, da schrie es. Ein anderes schrie auch. Allen lief der Rotz aus der Nase, sie wischten ihn in die Ärmel oder zogen ihn hoch, ziemlich laut. Es war schwierig, miteinander zu reden. Jedes zweite Jahr hatte Leneke ein Kind bekommen, seit sie geheiratet hatte, flachsblond und stupsnasig waren sie alle. Abelke konnte sie kaum auseinanderhalten. Hein auch nicht. »Wie schall dat Kind denn heten?«, hatte der Pastor bei der Taufe entnervt gefragt, das musste so bei dem fünften gewesen sein. Ihm war schon alles vergangen, als das Reymers-Gefolge sichtlich duun in die Kirche getaumelt kam. »Ach, wat weeß ick«, hatte Hein gelallt. »Such dir 'nen schönen Namen aus«, dann hatte er sich heiser lachend zu den anderen Leuten auf den Bänken gewandt, von wo er Beifall erwartete. Und der kam. Was haben sie gelacht, die meisten jedenfalls. Leneke nicht, die stand am Taufbecken, flammenrot bis an die Kopfhaut, mit dem schreienden Kind im Arm, einem kleinen Mädchen, das Marie heißen sollte, wie sie dann noch flüsterte.

Bei einer Hochzeit sei Hein, hatte Leneke gesagt, als Abelke keuchend am Reymers Hof ankam. Glück für sie, mit dem war erst mal nicht zu rechnen. Aber Ruhe fand Leneke trotzdem nicht. Nun war alles im Kessel, schnell verräumte sie die Utensilien, schürte das Feuer ein, mahnte die Kinder, griff nach dem Besen, alles tat sie in schnellen, hektischen Bewegungen. Nicht weil sie unhöflich war, schließlich war Besuch da, sondern weil das so in ihr steckte, einer Bauersfrau mit neun Kindern und einem dauernd missmutigen Ehemann, dem immer noch etwas auffiel, das er beanstanden konnte, vor allem im Suff. Wann das Essen fertig wäre, wollten die Kinder ungeduldig wissen. »Dat duart noch, ich hab's doch nun gerade erst angeworfen«, rief sie zurück und wischte sich über die Stirn. »Du bleibst doch zum Essen? Ich hab extra mehr gemacht«, sagte Leneke. Abelke schüttelte den Kopf, und Leneke sah erleichtert aus. Was sie da in den Kessel hineingeworfen hatte, würde kaum für sie alle reichen. Abelke machte sich jetzt Vorwürfe, dass sie hergekommen war, Leneke war ja selbst in Not. Aus jeder Ecke schaute die Armut raus. An manchen Stellen sah man den Himmel durch das Dach, darunter standen Pötte, die den Regen auffingen. Die Flut hatte Feuchtigkeit in den Wänden zurückgelassen, die dunkelfleckig die Ecken emporkroch.

»Du musst noch mal mit dem Vogt reden«, sagte Leneke. »Der muss doch Leute verpflichten, um dir beim Deich zu helfen. Der kann dich doch nicht so ins Verderben schicken. Auf der Süderseite hat's auch Löcher im Deich gegeben, die sind längst zu, dort hat er ein Dutzend Arbeitsleute hingeschickt.« Das hatte Abelke selbst schon schmerzvoll festgestellt. Aber inzwischen war sie zu stolz, um nochmals vergeblich bei Kleater um Hilfe zu betteln.

Nun setzte Leneke sich doch, nur einmal kurz ruhen. Das Essen köchelte, die Kinder waren beschäftigt. Sie stellte den Ellenbogen auf, ließ die Stirn in die Hand fallen. »Was sind das nur für Zeiten? Du meenst, de Welt geht zugrunde«, stöhnte sie.

»Ja, ja«, sagte Abelke. »Kummer in de Pann, und Elend rührt um.« Ein kleines, spöttisches Lächeln flammte bei ihr auf. Und bei Leneke entzündete es auch gleich was, so ein altes Funkeln in den Augen leuchtete jetzt auf, und dann mussten sie beide lachen über diesen Spruch, den früher die Alten immer gesagt hatten – und nun waren sie genauso. Ein wenig hielt das an, ein bisschen Leichtigkeit streifte ihre Herzen. Aber dann wurde Leneke wieder ernst, schaute sich um, ob die Kinder außer Hörweite waren, trotzdem senkte sie die Stimme.

»Weißt du, dass das jüngste Kind von der Anna Schulten vor kurzem gestorben ist?«, fragte sie. »Am Morgen war es noch fröhlich und munter, und am Mittag war's plötzlich ganz taumelig auf den Beinen, und bald hat's gewinselt vor Schmerz, jeder Lichtstrahl tat dem weh, nur im finsteren Alkoven wollte es liegen, und dann hat's spejen, und bald ist der Verstand wegblieven, und noch bevor Anna hat Hilfe holen können, war es schon dood.« Angst und Mitgefühl flackerten in Lenekes Gesicht, als sie das erzählte, und ihre Augen sahen wässrig aus. »Es stellte sich heraus, dass am selben Tag zwei andere Kinder von genau der gleichen Krankheit befallen waren, ganz plötzlich. Und nun meinen viele, das könne nichts Natürliches mehr sein.« Sie ließ einen besorgten Blick über ihre Kinder schweifen und schlug ein Kreuz in der Luft. Schon wieder.

»Und dann«, sprach Leneke leise weiter, »sind dem Claus Reinstorf neulich alle Kälber gestorben. Allesamt in einer Nacht!« Lenekes Augen weiteten sich »An dem Abend hatte Peter Wenten bei ihm gebettelt, ein alter Schäfer aus Lüneburg. Der treibt sich hier schon eine Weile mit seiner Frau herum. Ein dunkler, unheimlicher Kerl. Claus hatte dem nichts gegeben. Kurz darauf meinte er, etwas im Stall zu hören, und als er nachsehen ging, fand er Steine vor der Schwelle, keine normalen Steine, glatt und rund waren die, das hatte ihn schon gewundert. Und als er in den Koben kam, lagen die Viecher da ausgestreckt, eins neben dem anderen. So viele, wie er Steine gefunden hatte.«

Hexe.

Satansweib.

Abelke versuchte zu schlucken, aber ihr Mund war trocken. Eines der Kinder kam und jammerte wegen dem Essen. Leneke schickte es mit scharfen Worten weg. Dann beugte sie sich wieder vor, weil ihr noch etwas eingefallen war. »Und stell dir vor, als Barbara Stilcken neulich in der Reit unterwegs gewesen war, da hat es Frösche geregnet. Frösche, Abelke, es sind Frösche vom Himmel gefallen, das hat sie mir selbst erzählt, und mit den Zähnen hat sie dabei geklappert! Was sagst du dazu? Was passiert hier nur? Erst die Flut, dann der Hagel, der frühe Frost und nun all diese unheimlichen Dinge.«

Abelke versuchte, ihr innerliches Beben zu vertuschen, auch vor sich selbst. Sie fragte sich, was die Leute noch alles dachten. Wie lange solche Gerüchte schon die Runde machten. Sie hatte keine Ahnung. Sie hatte kaum noch mit jemandem zu tun, außer mit Geseke. Niemand hatte sie mehr eingeladen, Besuch war schon lange keiner mehr gekommen, die Kirche war Zeitverschwendung, da war sie schon lange nicht mehr hingegangen, und wenn sie zufällig jemanden traf, eilte der oft weiter, den Blick gesenkt, kein Tied, kein Tied. Und sie hatte das geglaubt. Aber der Grund war wohl ein anderer.

Töversche.

Wütend war sie auf sie alle, aber gerade war es nur Leneke, die da war. Abelke verschränkte die Arme, hatte den Trotz in den Augen, dann sagte sie nur: »Ich denke, wer viel glaubt, dem widerfährt auch viel.«

Leneke verstand, verletzt wich sie zurück. Und Abelke tat es schon leid. Sie wollte etwas sagen, aber die andere war schon aufgesprungen, fand einen Fleck auf dem Tisch, nahm die Ecke ihrer Schürze und begann daran zu reiben, fester als nötig. Abelke sah an ihr vorbei, Richtung Tür, einfach nur wegschauen wollte sie, aber über der Tür hing etwas, das sie zusammenzucken ließ. Ein großer Vogel, wie zerschmettert sah er aus, die ausgebreiteten Flügel waren mit Nägeln angeschlagen. An dem runden Kopf mit dem herzförmigen Gesicht, der zur Seite hing, war noch zu erkennen, dass es eine Schleiereule war.

Leneke folgte ihrem Blick, dann schaute sie beschämt, aber auch etwas stur. »Der Hein glaubt auch viel«, sagte sie. »Dass einer stirbt, wenn man die Schleiereule nachts im Haus hört. Und die«, sie zeigte über die Tür, »die hat immerzu gerufen in der Nacht. Angst und bange war einem da. Da hat der Hein sie gefangen und da drangenagelt. Auch zur Abschreckung für andere. Seitdem ist Ruh. Und mir ist wohler.« Sie verschränkte auch die Arme, aber so, als ob sie fror.

Wieder kam eines der Kinder, dieses war zaghaft. Es sah Abelke mit großen, scheuen Augen an. Sie lächelte, da vergrub es sich in Lenekes Schoß, schmiegte seinen Kopf darin, linste mit einem Auge herüber, versteckte sich wieder. Und Leneke streichelte den kleinen Kopf. Das Haar war zerzaust, das Hemd zerrissen. »Mama, ick heff so Hunger«, wimmerte das dürre Kind.

Leneke stand auf, schaute in den Kessel. Der Eintopf war fertig. Jetzt kamen auch die anderen Kinder heran, sie schluckten die Spucke herunter, die ihnen schon im Mund zusammenlief. Abelke stand auf. Sie versuchte, in Lenekes Gesicht abzulesen, ob sie böse mit ihr war. Aber die war beschäftigt, jedem Kind seinen Pott hinzustellen und aufzufüllen, sie zu beruhigen, damit sie nicht sofort daran rissen. Als Leneke doch kurz aufsah, blitzte ein kurzes Lächeln auf, ein freundlicher Wimpernschlag, das war genug, Abelke war erleichtert. Auf dem Weg zur Tür fiel ihr etwas ein. Sie griff in die Schürzentasche und legte Leneke ein paar Münzen auf den Tisch. Die wollte sie empört zurückweisen, beschämt schien sie auch. Doch Abelke tat großspurig. »Nimm es, das wird euch helfen«, sagte sie. »Ich hab heut einen guten Gewinn mit meinem Roggen gemacht. Wenn es euch besser geht, givst mi dat zurück.« Leneke steckte sie ein und hatte schon wieder nasse Augen.

Wie gern sie auch weinen würde, dachte Abelke, als sie zurück zum Hof lief. Wie gern sie alles herausfließen lassen würde. Einmal überlaufen, wie die Elbe es dauernd machte. Seit geraumer Zeit hatte sie das Gefühl, als würde das Wasser ganz hoch in ihr stehen, aber heraus konnte es nicht, auch wenn sie wollte. Als wäre sie innerlich gefroren, und langsam nahm das Eisige ganz von ihr Besitz. Dann lenkte etwas sie ab von diesen Gedanken. Ungewohnte Geräusche. Sie sah sich um, spitzte die Ohren. Es war das Gewirr von vielen Stimmen, und es war Musik, erkannte sie jetzt. Die Musik zerrte eine vergrabene Sehnsucht hervor. Wie lange hatte sie keine mehr gehört. Wie schön das wäre. Musik und Tanz. Sie ging weiter, die Musik und die Stimmen wurden lauter, heiter klangen sie und ausgelassen. Es kam vom Gehöft von Carsten Odemann, auf das sie gerade zuging. Dann war Hein wohl hier auf der Hochzeit, und Leneke hatte ihr das mit Absicht nicht genauer gesagt. Denn Odemanns waren Nachbarschaft. Zu einer Feier lud man immer die nächsten vier Höfe nach jeder Seite ein. Von Odemanns aus gehörte ihr Hof dazu. Wahrscheinlich hatte Carsten eine seiner Töchter verheiratet. Sie lief oben am Deich, das Land von Odemanns lag darunter, sie konnte auf den Hof gucken wie von einer Tribüne. Der Claus war da, der das Scheitholt spielen konnte. Wie heiter das klang, mehrere Paare tanzten schon, wirbelten unter den Lindenbäumen. Andere saßen auf den Bänken, schnackten, lachten, manche hingen schon durch vom Branntwein. Sie kannte jeden, der da unten saß. Selbst die Neuen aus Mette Köppkes Haus waren da, die ganze Nachbarschaft. Was für einen Stich das gab. Es war noch Zeit, den Deich wieder herunterzuschleichen, bisher hatte keiner sie bemerkt. Oder sie konnte gesenkten Hauptes vorbeigehen, dann würden auch die anderen vermutlich so tun, als hätten sie sie übersehen. Aber dagegen entschied sie sich. Sie hob den Kopf, straffte den Körper, auch wenn sie innerlich ganz zittrig war, verengte die Augen, drosselte ihren Schritt, und dann schaute sie von einem zum anderen, dass sie das spürten, dass sie sahen, wie sie es ihnen übelnahm. Der Erste zeigte schon hoch zu ihr. Das laute Reden wurde leiser, wurde zum Wispern. Der Claus hielt mit dem Spielen ein. Auf einer Bank lehnte Hein, die Arme hinter die Lehne gehakt, um sich gerade noch so aufrecht zu halten. Da schlug ihm sein Sitznachbar schmerzhaft gegen die Schulter, Hein schreckte grimmig hoch. Der andere deutete zu Abelke auf dem Deich, beugte sich vor, flüsterte dem Hein etwas ins Ohr, dem rutschte das Kinn nach unten. Dann raunte er es dem Nächsten zu. Und sie da oben, ganz allein, musste es gar nicht hören, was da von Ohr zu Ohr ging, sie wusste es auch so ganz genau.

DIE AUSSENSEITERIN

NUTTE.

Ich hasse diese dumme Schlampe.

Britta scrollte weiter. Es ging nicht, sie musste sich erst die Hand an der Jeans abwischen, sie war nass vor Schweiß geworden. Eigentlich wollte sie schon nicht mehr, nicht noch mehr auf diesem Display lesen, nicht noch mehr erfahren, sie ahnte ohnehin bereits alles. Sie begriff es nur noch nicht. Also doch noch die nächste Nachricht lesen, um sicherzugehen, dass dort wirklich solche Dinge standen, dass jemand das wirklich geschrieben hatte. Über ihre Tochter. Sie wischte, jetzt erschien ein Foto. Von Mascha. In einem sehr dünnen Top, den Oberkörper vorgebeugt, ihr Brustansatz zu sehen, den Po nach hinten gestreckt.

»Omg die hats so nötig«, hatte einer das kommentiert. »Lol«, schrieb ein anderer.

»Würd ich mich nicht trauen, wenn ich so fett wäre, aber kp, muss jeder selbst wissen«, hatte ein Mädchen kommentiert. Die Gesichter der Chatteilnehmer lächelten aus Kreisen neben den Kommentaren. Emily, Marlene, Fin, Max. Freundliche Teenager.

»Kotz. Einfach nur eklig«, schrieb Pauline.

»Arrogante Hamburg Bitch«, meinte Mia.

Britta presste sich die Hand vor den Mund. Sie kniete noch immer an Maschas Kopfende. In der anderen Hand wurde das Display schwarz, der Bildschirmschoner war angesprungen, sie starrte trotzdem noch eine Weile drauf, dann legte sie es endlich weg, von der Rückseite zwinkerte die Avocado. Sie wollte draufschlagen. Fassungslos starrte sie Mascha an, die das Gesicht unter ihrem Arm vergraben hatte. Britta streckte die Hand nach ihr aus, auf einmal wusste sie nicht weiter. Plötzlich war sie ratlos, wie sie ihr Kind trösten sollte. Sie fühlte sich wie damals, als sie sie geboren hatte, ihr erstes Kind, das sie halten sollte und nicht wusste, wie. Gar nichts hatte sie gewusst, nicht, wie man so ein Baby hochnahm, wie man es stillte, wie oft und wie lange, warum es schrie, wann es schlafen sollte, was man bei Bauchkrämpfen tat und wie oft man die Windel wechseln musste. Sie hatte gestaunt, dass ihr das alles nicht angeboren war. Da waren nur Hilflosigkeit, Überwältigung, manchmal Panik und ein Gefühl, all das verbergen zu müssen. Also probierte sie aus, las, fragte andere, bei denen sie sich traute, tat so als ob, und ganz oft, wenn sie gerade das Gefühl hatte, den Dreh rauszuhaben, wenn sie angefangen hatte, sich sicherer zu fühlen, machte das Kind einen Sprung, entwuchs ihren Fähigkeiten, bekam den ersten Zahn, das erste Fieber, schlief wieder nicht, brauchte wieder etwas anderes, das sie erst noch herausfinden musste. Sie lernte und machte und hechelte doch immer nur hinterher.

Und jetzt das. Sie spürte, wie fragil die Situation war. Eine falsche Reaktion und Mascha würde sich einkapseln, kein Wort mehr sagen, und sie würde nicht mehr an sie herankommen. Es machte ihr schreckliche Angst. Sie holte Luft und legte ihre Hand sanft auf Maschas Kopf, strich über die seidigen Haare. Bis zu ihrem dritten Lebensjahr hatte Mascha blonde Löckchen gehabt, dann hatten sie sich haselnussbraun gefärbt, waren lang und dicht gewachsen. Sie hatte den Löckchen nachgetrauert, dauernd musste man etwas loslassen, während die Kinder größer wurden. Kleine Strumpfhosenbeine, feuchte Küsse, die großen, glänzenden Augen nach dem Mittagsschlaf; man hatte es liebgewonnen, da war es damit schon wieder vorbei. Ihr Blick fiel auf Maschas

Hände, die Fingernägel waren tief heruntergekaut, die Nagelhaut war an manchen Stellen blutig. Das war ihr bisher nicht aufgefallen, ein schmerzhaftes Ziehen durchfuhr sie. Wie lange ging das alles schon? Sie schluckte. Immer hatte sie sie nur beschützen wollen, seit sie Kinder hatte, lief sie mit diesem Gewicht aus Sorge und Angst auf den Schultern durch das Leben. Was sie sich alles ausgemalt hatte, was alles passieren könnte. Aber von dem hier hatte sie einfach nichts mitbekommen, davor hatte sie sie nicht bewahrt.

»O Mascha, meine kleine Mascha«, flüsterte sie. Und weil sie merkte, dass Mascha den Kopf etwas gegen ihre Hand schmiegte, dass es offensichtlich richtig war, was sie tat, legte sie sich mit ins Bett, und Mascha rückte an sie heran. So lagen sie da, lange, bis Britta das Gefühl hatte, nach mehr fragen zu können.

»Was ist das alles bloß? Wo kommt das denn her?«, fragte sie vorsichtig.

Mascha schniefte nur und schwieg.

»Ich helfe dir, okay?«, sagte Britta. »Egal, was ist, egal, was passiert ist. Ich bin da. Vielleicht wird mir nicht gefallen, was du mir erzählst, aber ich stehe dir bei.« Mascha drehte sich auf die Seite, strich sich die Haare hinter die Ohren und gab etwas von ihrem Gesicht frei. Wieder schnürte es Britta das Herz zu, sie sah so versehrt aus.

»Woher hast du das, woher sind diese Screenshots?«

»Von Jule, aus meiner Klasse, sie hat mir die geschickt«, sagte Mascha endlich.

Jule. Den Namen hatte Mascha schon mal erwähnt. Als einzigen aus der neuen Klasse bisher. In Hamburg hatte sie eine ganze Schar an Freundinnen gehabt. Ida, Hanna, Mila, Leah, sie kannten sich zum Teil schon aus der Kita. Sie würde neue Freundinnen finden, hatte Britta sich vor dem Umzug eingeredet, das ging doch schnell in diesem Alter. Aber es war wohl nur Wunschdenken.

»Okay, und woher hat Jule das?«

»Aus einer WhatsApp-Gruppe, wo welche aus der Klasse drin sind. Eine Gossip-Gruppe, wo sie nur lästern. Vor allem über mich.« Mascha richtete sich auf, rutschte mit dem Rücken an das Kopfteil und zog die Knie fest an sich, jetzt trat etwas Wütendes auf ihr Gesicht. »Jule hat mir die Screenshots weitergeleitet, damit ich Bescheid weiß. Die hat Mitleid mit mir, verstehst du? Ich tue ihr leid! Ich wusste bis dahin nichts davon. Aber gemerkt hab ich das. Die schließen mich aus, die reden nicht mit mir, sagen nie Bescheid, wenn sie sich verabreden, die lästern über mich, kichern, wenn ich vorbeigehe, total offensichtlich. Das geht die ganze Zeit schon so.«

Sie fing wieder an zu weinen, Britta stiegen auch die Tränen in die Augen. Sie sah es vor sich. Mascha, wie sie allein die Pausen durchhielt, während die anderen fröhlich schwatzend in Grüppchen zusammenstanden. Mascha, wie ihr Beleidigungen nachgerufen wurden und sie völlig allein damit blieb. In ihrer früheren Klasse hatte Mascha nie solche Probleme gehabt. Woher kam das jetzt? Weil sie die Neue war? »Mir tut das so unendlich leid. Ich hatte keine Ahnung. Ich dachte wirklich, das findet sich alles …« Sie hielt ein, sie musste unbedingt noch etwas erfahren. »Aber woher haben deine Mitschüler diese Bilder von dir, die sie in der Gruppe teilen? Wo kommen die her?«

Mascha rutschte herunter und vergrub sich wieder.

»Mascha, bitte, ich muss das wissen.«

»Instagram, Snapchat, Tiktok …«

Britta schlug sich mit der Hand gegen die Stirn, jetzt saß sie aufrecht. »Mascha, Moment mal, darüber hatten wir eine Vereinbarung. Das darfst du doch alles noch gar nicht!«

Offensichtlich war es ihnen entglitten. Erst hatte Mascha das Handy für den Notfall bekommen, als sie anfing, allein unterwegs zu sein. Irgendwann erlaubten sie ihr einen Internetzugang für Chats mit Klassenkameraden und Freunden, damit sie sich verabreden konnte, und nichts sprach gegen Spotify, damit sie im Bus Musik hören konnte. Aber bestimmte Apps hatten sie ihr verboten. Gesperrt hatten sie sie nicht extra, sie dachten, sie könnten sich auf ihre Vereinbarung verlassen, auf Vertrauen. Es war ihnen nicht entgangen, dass Mascha viel zu viel am Handy hing, aber Britta war sicher, sie würde eben mit ihren Freundinnen in Hamburg chatten, sie war froh, dass sie Kontakt hielten und dass es auf diese Weise möglich war.

»Aber alle machen das schon!«, wehrte Mascha sich. »Ich wollte euch ja fragen, aber ich hatte Angst, dass ihr es sowieso verbietet«, fügte sie kleinlaut an.

Britta seufzte und sah Mascha mit hochgezogenen Augenbrauen an. Aber es war nicht der Zeitpunkt, das auszudiskutieren.

»Ich möchte es sehen«, sagte sie. Ihre Tochter kniff die Augen zusammen. »Mascha, ich muss!«

Mascha sträubte sich, aber irgendwann gab sie auf, zog die Nase hoch, wischte sich über die Augen, reichte ihr das Handy und sah weg. »Ist ja jetzt auch alles egal.«

Britta starrte auf die Kacheln mit Fotos und Kurzvideos. Sie klickte sich durch. Von manchen Apps verstand sie nicht einmal die Bedienung auf Anhieb. Aber sie bekam auch so genug zu sehen: Mascha mit schief gelegtem Kopf, die Lippen angemalt, über den Rand, leicht geöffnet, lasziver Blick. Die Haut ganz weichgezeichnet, die Augen von einem Filter etwas schräg nach oben gezogen, die Nase sehr schmal und stupsig. Grotesk schön sah dieses Mädchen aus, aber Mascha war das gar nicht mehr. Weiter. Mascha in engen Hosen, Mascha in kurzen Tops, Mascha mit weit rausgestreckter Zunge.

»Kann das etwa jeder sehen?«, fragte Britta matt.

»Nein!«, rief Mascha entrüstet. »Das ist alles auf privat gestellt, das sehen nur Freunde.« Dann murmelte sie: »Oder wenn irgendwelche Idioten sich als Freunde ausgeben. Vor ein paar Tagen haben mir zwei aus der Klasse eine Freundschaftsanfrage geschickt. Ich hab zugestimmt, ich dachte, dass sie vielleicht … Ach, egal! Die haben mich reingelegt, Mama. Ich dachte, das sind welche von den Netten, aber die haben das nur benutzt, um mich fertigzumachen. Und ich weiß nicht mal, warum!«

Britta schaute noch mal über die Reihen mit Bildern, von einer Mascha, die sie nicht kannte.

»Aber warum so? Warum so aufreizend?«

»Das macht man halt so. Alle Mädchen machen solche Bilder.«

Britta guckte wieder betont skeptisch, aber es beschlich sie das Gefühl, dass Mascha vielleicht wirklich gar nicht ahnte, welche Wirkung diese Bilder haben konnten, geschweige denn, dass sie sie deshalb gemacht hatte. Sie erinnerte sich gut daran, wie sie früher selbst zusammen mit Freundinnen mit Make-up experimentiert hatte, wie spannend es war, welchen Zauber das ausübte, wie es sie veränderte. Sie schminkten Looks nach, probierten Frisuren, einfach so für sich, aus Spaß. Musik an, schminken, kichern, quatschen. Es hatte keine Absicht dahintergesteckt, erst recht war es keine Aufforderung gewesen. Dafür war gar keine Schminke notwendig, dafür hatten allein ihre heranwachsenden Körper schon ausgereicht. Sie wusste noch, wie es gewesen war, als sie sich zu verändern begann und Erwachsene das auf einmal kommentierten: Wie groß ihr Hintern geworden wäre, bemerkte eine Bekannte ihrer Eltern mal. »Aaah, fast schon eine Frau«, hörte sie ein anderes Mal. Sie sah die dreisten Blicke, mit denen manche versuchten abzuschätzen, ob ihr da wirklich schon ein Busen wuchs. »Die ist zu dürr, die ist zu fett«, hörte sie Menschen über andere Frauenkörper reden. Jemand zischelte ihr das erste Mal auf der Straße hinterher, sie sah etwas Gieriges in den Augen von Männern, manchmal lächelte einer sie gerührt an, und weil sie nicht wusste, was sie sonst tun sollte, lächelte sie verunsichert zurück. Sie wurde wütend auf diesen Körper, der nicht mehr kindlich sein wollte, in dem sie sich auf einmal unwohl fühlte. Sie hatte angefangen, weite T-Shirts zu tragen. Auf Baden hätte sie keine Lust, hatte sie gesagt und war daheim geblieben, wenn andere ins Freibad gingen.

Wie anders Mascha war, wie selbstgewiss sie sich präsentierte. Sie fand die Art und Weise immer noch nicht gut, es ging zu weit, es war zu früh. Aber das Selbstbewusstsein dahinter bewunderte sie. Sie stellte es sich kurz vor, wie es wohl wäre, wenn jede Frau, jedes Mädchen frei, stolz, sorglos durch die Straßen laufen könnte oder eben in einer Bildergalerie im Internet zu sehen wäre, ohne etwas befürchten zu müssen, keinen abschätzigen oder lüsternen Blick, keine Verurteilung, keinen herablassenden Spruch, einfach gar nichts, wenn sie einfach nur sein konnte, genau so, wie sie gerade sein wollte.

»Hier, guck mal«, sagte Mascha, »Hanna macht auch solche Fotos.« Wieder rief sie etwas in ihrem Telefon auf. Tatsächlich, das war Hanna, sie war kaum wiederzuerkennen, das war nicht mehr das Mädchen, das vor gar nicht langer Zeit stundenlang mit Mascha auf dem Boden gehockt und riesige Ponylandschaften aus Playmobil aufgebaut hatte. Zwei Mädchen mit Haarreifen und Zahnlückenlächeln. Ein Schmerz durchfuhr Britta, es gab sie so nicht mehr. Bei Hanna erkannte sie jetzt, was sie bei ihrer eigenen Tochter nicht wahrhaben wollte: Sie war kein kleines Mädchen mehr. Sie ließ ihren Blick durch Maschas Zimmer wandern.

Eine Wand war in einem tiefen Grün gestrichen. Davor stand ihr weißer Schreibtisch, ihre kleinen bunten Täschchen hingen an der Stuhllehne. Eine Lichterkette mit weißen Papierbällen quer über die Wand, in der Ecke baumelte ein Traumfänger. Auf dem Regal über dem Schreibtisch entdeckte sie ein kleines Pferd aus Plastik, den Kopf etwas gesenkt, starrte es stoisch geradeaus. Es war das einzige Spielzeug, das Mascha behalten hatte. Sie hatte vor dem Umzug fast alle Kuscheltiere weggeworfen, das Playmobil hatten sie auf dem Flohmarkt verkauft. »Ich bin ja kein Kind mehr«, hatte sie gesagt. Und Britta war trotzdem mal wieder nicht hinterhergekommen, wusste nicht, was so ein Kind, das keins mehr war, nun brauchte. Eine Schaukel im Baum jedenfalls nicht.

»Es macht halt Spaß, solche Fotos zu machen. Aber für die Dorfdeppen hier ist das wohl zu viel«, redete Mascha sich jetzt in Rage. »Ich vermisse Hanna, Ida, alle anderen, die ganze alte Klasse. Warum sind wir hier bloß hergezogen, das ist alles so kacke hier!« Britta fiel wenig ein, was sie dem entgegensetzen konnte. Dass die Landschaft faszinierend war, damit brauchte sie jetzt nicht zu kommen.

In der Ecke, in einem Sitzsack, versank Ben. O Gott, Ben! So still saß er da, so klein gemacht, dass man ihn übersehen, dass man ihn fast vergessen konnte. Wie traurig er aussah. Schaute auf seine Fußspitzen und sagte kein Wort. Er ärgerte seine Schwester gerne mal, aber er liebte sie über alles. Und nun musste er das hier mitbekommen. Wer weiß, vielleicht ging es ihm in der Schule ähnlich wie Mascha, dachte sie erschrocken. Und sie hatte davon genauso wenig Ahnung. Wieso nur hatte sie die beiden derart aus den Augen verloren?

Zwei kleine Kinder verliefen sich im Wald.

Sie sah zu Mascha, die jetzt mit verschränkten Armen vor sich hin starrte. Sie hatte ihr das nicht erspart. Und es hätte noch schlimmer kommen können. Was hätte nicht noch alles passieren können? Wer hätte sich da nicht noch alles digital an sie heranschleichen können? Weißt du eigentlich, wie gefährlich das ist, wollte sie Mascha fragen. Weißt du denn nicht, was da alles passieren kann? Und dann fragte sie sich, was Mascha wohl überhaupt schon wusste, über dieses *Alles*. Wusste sie bereits, was in dieser Welt auf sie lauerte? Weil sie ein Mädchen war. Oder musste sie es ihr erst noch sagen? O Gott, musste sie das etwa? Und dann fühlte sie plötzlich Wut und Trotz in sich aufsteigen. Was war das eigentlich für eine Welt, in der man seiner Tochter solche Dinge beibringen musste: Du musst dich doch schützen, du darfst nicht zu viel sein, nicht zu schön, aber auch nicht zu hässlich. Ach, aber eigentlich ist es egal, denn andere werden ja doch ihr Urteil über dich fällen. Und wenn sie wollen, wenn sie stärker sind, dann werden sie ... Es reichte, eine Frau zu sein, ein Mädchen, das reichte schon, um in Gefahr zu sein, eine Zielscheibe zu sein, erst recht, wenn man sich vorwagte, mit etwas herausragte, aus der Rolle fiel, die falschen Wege betrat oder zur falschen Zeit.

Etwas sträubte sich heftig in ihr, dieses Gespräch anzufangen, ihr diese Gedanken einzupflanzen. Es waren doch die anderen, die sich falsch benahmen, denen man sagen musste: Beleidigt uns nicht, verratet uns nicht, verfolgt uns nicht, hintergeht uns nicht, tut uns nicht weh, vergewaltigt uns nicht, bringt uns nicht um, nur weil wir Frauen sind. Ein Bild von Abelke tauchte plötzlich in ihr auf, sie sah eine Frau zwischen leeren Feldern, die Hand zur Faust geballt, die Faust erhoben, drohend. *Der gefährlichste Moment für eine Frau ist, wenn sie sich wehrt.* Was folgte daraus? Dass man sich nicht wehren durfte?

Sie musste nachdenken. Nachdenken darüber, was jetzt das

Beste war. Wie sie ihrer Tochter helfen konnte. Sie würde es herausbekommen. Jetzt wollte sie einfach erst mal nur da sein, und das sagte sie ihr jetzt: »Ich bin da. Wir kriegen das wieder hin. Auch wenn es dir schwerfällt, es zu glauben, aber es wird dir wieder gut gehen, und den ganzen Weg bis dahin bin ich da. Okay?«

Sie schaute zu Ben. »Und du kommst jetzt auch mal her.« Er kam, und sie schmiegten sich beide an sie. Sie schlang die Arme um ihre Körper und hielt sie fest. Das würde nicht immer gehen, sie würde sie nicht für immer beschützen können, aber jetzt gerade, in diesem Augenblick, hielt sie sie fest und gab, was sie geben konnte. Irgendwann spürte sie, wie Mascha aufatmete, wie ihr angespannter Körper ein wenig nachgab und weicher wurde.

Am Abend kam Philipp zurück. Britta stand am Fenster im Obergeschoss und sah sein dunkles Auto in die Einfahrt einbiegen, sie sah den Sensor rot aufleuchten und wie das elektrische Garagentor sich lautlos und langsam hob. Sie hörte das Knarzen im Türschloss, das kurze Klimpern, als er seine Schlüssel an das Schlüsselbrett hängte. Sie hörte das Wasser im Gästebad laufen, wo er sich die Hände wusch. Als es verklungen war, ging sie runter. Sie bat ihn, sich zu setzen und dann versuchte sie, ihm alles zu erklären, möglichst ruhig, möglichst schonend, sie hatte es sich vorher genau zurechtgelegt.

Aber sie war noch nicht einmal ganz fertig, da schrie er schon. »Sie hat was?!« Er raste, er sprang auf, lief im Zimmer hin und her. Am Esstisch blieb er kurz stehen, schien in Gedanken versunken, dann knallte er unvermittelt mit der flachen Hand darauf, dass Britta zusammenzuckte. »Sie soll runterkommen.«

Britta ging zu ihm, legte ihm die Hand auf die Brust, einhaltend, beruhigend. »Philipp, warte, bitte! Es geht ihr nicht gut. Das ist jetzt kein guter Zeitpunkt, sie zu bestrafen oder ihr Vorwürfe zu machen. Sie leidet schon genug.«

Er marschierte einfach an ihr vorbei, zum Treppenaufgang. »Mascha, komm runter«, rief er. »Sofort!«

Mascha erschien. Verunsichert blieb sie erst oben stehen und kam dann sehr langsam herunter, die Hand am Geländer. »Das Handy!«, sagte Philipp streng. »Gib es mir, sofort.« Mascha bewegte den Kopf, eine kurze, gekonnte Drehung, mit der ihr das Haar ins Gesicht fiel, sie sollten nicht sehen, dass sie wieder weinte, aber Britta sah es doch. Dann fasste Mascha in ihre Hosentasche, zog das Handy heraus und gab es ihm. »So, das behalte ich jetzt eine Weile«, sagte er. »Und du verbringst deine Freizeit die nächsten Wochen mit Schulaufgaben, meine Liebe. Kein Handy mehr, kein WLAN, keine Verabredungen. Gar nichts mehr!«

Mascha suchte Brittas Blick, suchte ihre Hilfe. Sie hatte es versprochen. »Philipp, hör zu«, sagte Britta so ruhig wie möglich. »Es ist nicht okay, dass Mascha Dinge getan hat, die wir ihr verboten haben, das ist wirklich nicht in Ordnung, und darüber müssen wir dringend reden. Aber die Täter sind andere, verstehst du? Es geht hier vor allem darum, dass andere ihr übel mitgespielt haben und sich falsch verhalten.«

Philipp hörte gar nicht zu. Er hatte Maschas Handy eingeschaltet, schaute die Apps durch, die Avocado zwinkerte, Maschas Gesicht war tiefrot angelaufen.

»Jetzt guck dir das an!«, schrie er und hielt das Handy hoch. »Guck dir das doch mal an, wie sie sich da gibt. Das ist doch kein Wunder, wenn andere lästern. Du siehst aus wie eine ...« Mascha schluchzte jetzt hörbar, Britta stöhnte verzweifelt auf. Sie hatte sie doch gerade erst wieder einigermaßen aufgerichtet.

»Philipp, bitte«, sagte sie. »Du musst dich mal kurz davon lösen, was sie falsch gemacht hat. Sie wird gemobbt, verstehst du – und das war auch schon so, bevor die anderen diese Fotos in die Hände bekommen haben. Wir müssen dringend das Gespräch mit der Schule suchen, eine Lösung finden.«

»Ach ja, genau«, platzte es aus ihm heraus. »Eine Lösung finden? Man muss auch mal Konsequenzen ziehen, weißt du? Die Kinder tanzen dir doch auf der Nase rum, und das kommt dann dabei raus.«

Sie war die Mutter, natürlich lag es an ihr.

Alles, was dann noch kam, hörte sie schon gar nicht mehr, nahm es nur noch wie durch eine Nebelwand wahr. Er war noch lange nicht fertig, aber sie drehte sich um, ging zu Mascha, legte ihr den Arm um die Schultern. »Komm, wir gehen hoch«, sagte sie und führte sie vorwärts. Er brüllte ihnen irgendwas hinterher. Sie gingen zusammen die Treppe rauf, etwas schief, etwas taumelig, wie zwei, die sich gegenseitig stützen mussten.

Britta blieb bei Mascha, bis sie eingeschlafen war. Dann ging sie ins Schlafzimmer, raffte Decke und Kissen zu einem Bündel und ging. Oben auf der Empore blieb sie kurz stehen und schaute hinunter. Stimmen aus dem Fernseher drangen herauf, das flackernde blaue Licht. Dass er das konnte, sich einfach hinfläzen, fernsehen. Dass er all das hier einfach konnte. Sie drückte das Bündel an sich. Sie stellte sich vor, dass es alles wäre, was sie hatte, dass sie fortlaufen konnte, egal wohin. Aber fürs Erste musste das Gästezimmer reichen. Sie breitete das Laken auf dem Gästebett aus, legte Decke und Kissen hin. Zuletzt hatte Christel hier geschlafen. »Na also, bitte. Das war ja zu erwarten«, hörte sie sie sagen, sah sie den Mundwinkel verziehen.

Damit das Bild verschwand, stellte sie sich ans Fenster. Der Himmel war tiefschwarz, aber klar, ein fast voller Mond schien, hell genug, dass die Landschaft gut sichtbar vor ihr lag. Sie betrachtete sie, wie schon so viele Male vorher, sie war ihr vertraut geworden. All diese Gräben und Dämme, all die Zeugnisse davon, dieses Land begradigen und zähmen zu wollen. Aber es ließ sich seine Wildheit nicht nehmen. Eine Zeitlang vielleicht, aber niemals für lange, niemals für immer.

Sie merkte, dass sie fror, und schlüpfte unter die Decke. Die Jalousien am Fenster ließ sie offen, sie hatte das Gefühl, so besser atmen zu können. Für Philipp musste es immer dunkel wie im Grab sein, für die Melatonin-Produktion, sagte er. Sie mochte es so lieber. Der Mond war gewandert, so schnell war das gegangen, dass er jetzt silbrig hinter der Buche vor dem Fenster erschien. Ein müder Wind zupfte hier und dort an den Ästen, Schattenbilder huschten über die Wand. Sie sah ihnen zu, folgte den Bewegungen. Irgendwann erkannte sie das Muster und fiel endlich in einen tiefen Schlaf.

DER FLUCH

SCHREIE WECKTEN SIE. Schreckliche, verzweifelte Schreie. Erschrocken fuhr Abelke hoch und versuchte, mit angststarren Augen zu verorten, woher die Schreie kamen. Dass es Gesekes Stimme war, das hatte sie gleich erkannt, sie kam von irgendwoher draußen. Abelke sprang aus dem Alkoven und blinzelte in das dunkelgraue Licht, aus dem die Gegenstände nur schemenhaft heraustraten, dann rannte sie zur Tür. Am Himmel löste sich der Mond gerade im allerersten Hell des Tages auf, irgendwo krähte ein Hahn, ein anderer antwortete. Dann war es still. Schon wollte sie alles als Traum abtun, da erklang das furchtbare Jammern von neuem. Als ihr klarwurde, woher es kam, lief sie so schnell sie konnte in diese Richtung. Es kam vom Brack.

Später bereute sie es. Bereute diese Eile, bereute, überhaupt losgelaufen zu sein, bereute, gesehen zu haben, was sie da schließlich sehen musste. Dieses elende Loch, schwarz und glatt wie ein Spiegel aus einem finsteren Reich. Und mittendrin trieb stumm der milchblasse Henneke.

Am Rand des Bracks stand Geseke, weit über das Wasser gebeugt, einen Ast in der Hand, und versuchte, den toten Bruder ans Ufer zu holen. »Nun kümm doch her, du Verflixter, nu kumm doch, du elender Dämel, du saudummer Hund!«, schrie sie. Aber ihr Gestocher trieb die Leiche nur noch weiter weg, verursachte kleine Wellen, die fassten einen weißen Arm von Henneke und schaukelten ihn auf und ab, als würde er winken. Abelke riss die Hände nach oben, zog sich an den Haaren, bis sie wieder denken konnte. Dann sah sie sich um, sah einen Pfahl, der noch vom Bau des Deichkerns am Boden lag. Den schnappte sie sich, der war lang genug, die Augen kniff sie zu, als das Holz den Körper berührte, er war weich, dann stieß sie Henneke ans Ufer.

Geseke lief gleich hin, packte den Leib am Wams, bevor der sich wieder losmachen und abtreiben konnte. »Wir müssen ihn ins Haus schaffen, Abelke. Bitte. Schnell!«, flehte sie, in der nassen, klebrigen Erde kniend. »Bevor einer das mitkriegt. Du weißt, was sie dann mit ihm machen.«

Abelke wusste es.

»Vielleicht ist er bloß hineingefallen.«

»Ach, nu red nich so 'n dumm Tüüg. Hölp mi, Abelke. Nun hilf mir doch«, flehte Geseke weiter, zerrte an dem Leichnam, sah zum Himmel. Dem Himmel war es egal, was die Menschen verstecken wollten, er wurde hell, kleine Wolken mit glühend gelben Rändern drifteten heran. Dann blickte Geseke in Richtung der anderen Höfe und sackte zusammen, denn nun sah sie, dass es zu spät war. Schon kamen die ersten Leute aus der Nachbarschaft angelaufen. In etwas Entfernung hielten sie inne, stießen erschrockene Seufzer aus, schlugen Kreuze über der Brust, steckten die Köpfe zusammen. Schickten die Kinder zurück zu den Wohnhäusern, damit sie die anderen weckten und die auch noch gucken kommen konnten. Bald würden hier zwei Dutzend Leute stehen.

Abelke warf den Pfahl weg. »Ich hol den Karren«, sagte sie, drehte sich um und eilte zum Haus.

Bereits am nächsten Tag kam Henneke Schwormstedt noch vor Sonnenaufgang und ohne jeglichen Ritus hinter der Nordseite der Friedhofsmauer in die Erde, wo man sonst die totgeborenen und ungetauften Kinder begrub. Einen Selbstmörder hatte man schon lange nicht mehr gehabt. Man einigte sich darauf, es dabei zu belassen, Henneke die Hände auf dem Rücken zu binden und ihn mit dem Gesicht nach unten zu legen, was genug sein sollte, um die schädigenden Kräfte, die von einem Selbstmörder ausgingen, in die Erde abzuleiten. Damit war er noch gut dran. Früher war es Brauch gewesen, die Leichen von Selbstmördern zu rädern, zu enthaupten oder zu pfählen, um sie für ihre schwere Sünde zu bestrafen. Zudem glaubte man, dass sie auf diese Weise in der Erde gebannt waren und nicht als Wiedergänger zurückkamen, um ihre Angehörigen zu plagen.

Später am Tag ging Abelke zu Hennekes Bienenständen. Sie betrachtete den Wächterkorb, und der Wächter starrte zurück. Sie machte ein paar Schritte seitwärts, mal in die eine, dann in die andere Richtung, und jedes Mal hatte sie das unbehagliche Gefühl, die großen hölzernen Augen würden ihr folgen. Schließlich trat sie an den ersten Korb heran, um zu erledigen, wofür sie eigentlich hier war: Sanft klopfte sie dreimal gegen die Außenwand. »Immen, ju Herr is doot«, sagte sie und wiederholte das bei allen anderen Körben. Den Bienenvölkern müsse auf diese Weise mitgeteilt werden, dass ihr Bienenvater tot sei, ansonsten würden sie den nächsten Winter nicht überstehen. Henneke selbst hatte ihr das mal erzählt, da hätten sie wohl beide nicht damit gerechnet, dass sie das mal für ihn tun musste. Sie blieb noch eine Weile vor den Korbständen stehen. Bis ihr plötzlich etwas auffiel. Später wunderte sie sich, dass es so lange gedauert hatte, bis sie es begriffen hatte, obwohl es so offensichtlich war. Nichts hatte sich gerührt, um die Körbe herrschte absolute Stille. Die Bienen waren gar nicht mehr da. Als hätten sie schon gewusst, was kommt. Als hätten sie dasselbe gewusst wie ihr Herr.

Es war der Pastor, der es als Erster aussprach. Einmal im Monat, nach dem Gottesdienst, hatte er die Neuigkeiten, Ankündigungen sowie die Entscheidungen des Landgerichts zu verkünden. Verstorben war Hans Wilken aus Moorfleet, verlas er. Getauft werde am nächsten Sonntag der Sohn von Grete und Clemens Timmermann. Der Wegerechtsstreit zwischen Mathias Reder und Sievert Odemann sei vom Landgericht zugunsten von Mathias Reder entschieden worden. Und wegen wiederholten Verstoßes gegen die Deichpflicht seien auf Anordnung des Ochsenwerder Vogtes die Höfe von Abelke Bleken und Henneke Schwormstedt zu entziehen.

Sie hatte es ja auch gewusst, sie hatte es ja auch kommen sehen. Es hatte schon in der Luft gelegen, als es auf die nächste Frist zugegangen war und im Deich noch immer ein Loch klaffte. Aber es war Holz zu hacken, und es waren die Tiere zu füttern und zu tränken, es waren Werkzeuge auszubessern und das Feuer zu erhalten, es waren neue Körbe zu flechten und Zäune auszubessern. Sie war eine Bäuerin, sie stand in der Früh auf und regte sich bis spät, so war das schon ihr Leben lang gewesen, so tat sie es weiter, sie hätte gar nicht gewusst, was sie sonst hätte tun sollen. Nur manchmal, da schoss ihr dann und wann ein Gedanke durch den Kopf, an das Brack und wie das wohl wäre, in dem dunklen Wasser zu versinken, zu verschwinden, statt sich zu plagen und zu ackern, während man auf das Ende wartete. Aber dann rief das Zicklein vor Hunger oder war das Feuer kurz vorm Erlöschen oder mauzte der Kater. Und dann sprang sie auf und hatte nachzulegen, hatte zu füttern und zu tränken und zu trösten.

Zwei Wochen später kamen sie. Eine ganze Entourage hatte Kleater dabei. Er, der Vogt, ritt vorneweg, hinter ihm die Deichgeschworenen, und an deren Seite ritt noch einer, den keiner kannte. Lang, dürr und etwas steif saß er im Sattel, das Gesicht unbewegt, das Kinn hoch, den Blick geradeaus. Schaulustige hatten sich an die Gruppe gehängt, wie ein Schwarm Möwen beim Pflügen, der gierig darauf lauerte, dass man die Leckerbissen an die Oberfläche beförderte. An jedem Hof, an jedem Haus, an dem das Aufgebot vorbeikam, traten die Menschen vor die Tür, und wer nichts Dringlicheres zu tun hatte, schloss sich an.

Auf dem Hof von Abelke kam alles zum Stehen. Die Schaulustigen verteilten sich, kletterten auf Abelkes Weidezaun, stiegen in den Kräutergarten und trampelten dort herum, es war ihnen egal, sie wollten einen guten Blick haben. Es passierte ja nicht oft, dass einem Bauern der Hof weggenommen wurde, außer von der Flut oder einem Brand. Aber von Rechts wegen, das war schon lange nicht mehr vorgekommen. Gehört hatten sie alle von der Zeremonie, die durchgeführt wurde, wenn Marschbauern durch das Spatenrecht ihr Land verloren. Man erzählte sich davon als Mahnung, aber gesehen hatten es die wenigsten mit eigenen Augen. Jetzt kam ihre Gelegenheit. Ihre Blicke klebten an Kleater, der nun vom Pferd abgesprungen war. Rausgeputzt hatte er sich, bessere Kleidung trug er als früher und die Nase hoch. Fast zwei Jahre war er jetzt Vogt, den Bauern hatte er schon fast ganz abgestreift. Nur wenn er den Mund aufmachte, klang er noch so grob wie früher. »So, Carsten, du suchst mir mal jetzt 'nen Eimer«, sagte er. Einer der Deichgeschworenen blinzelte überrascht, dann ging er los. Es wurde still, nur die Tiere hörte man aus dem Stall, die Hühner rannten den Leuten kopflos durch die Beine, sonst rührte sich nichts. Es dauerte etwas, aber am Schweinekoben wurde Carsten fündig. »Und jetzt mit Wasser füllen«, sagte Kleater, und Carsten machte den Eimer am Sood voll, trug ihn zum Kleater und stellte ihm den vor die Füße.

Mit dem Eimer in der Hand ging Kleater ins Haus hinein, geradewegs zum Flett, einige Zuschauer gingen ein paar Schritte hinterher, andere beugten sich vor, streckten sich, um sehen zu können, wie Kleater das Wasser auf das Feuer schüttete. Es zischte und dampfte, es erlosch. Und die, die es sehen konnten, die fassten sich ans Herz, die seufzten laut, die schlossen kurz die Augen, vor Schreck und vor Dankbarkeit, dass sie es nicht waren, denen das passierte. Denn mit dem Feuer war der Haushalt eines Hofes ausgelöscht, so hielt man das hier, auf diese Weise wurde es amtlich. Dann schauten alle gespannt zu Abelke, auch das wollten sie nicht verpassen, wie der Schmerz darüber sich bei ihr zeigte. Ob sie schreien oder weinen würde, wollten sie sehen. Doch sie stand nur da, das Gesicht ohne Ausdruck, und zeigte ihnen gar nichts.

Kleater trat wieder heraus, nun verlangte er nach einem Spaten. Wieder dauerte es etwas, bis einer gefunden war. Dann ging Kleater damit ein paar Schritte auf und ab, begutachtete den Boden, suchte eine geeignete Stelle, und als eine ihm passend erschien, fasste er den Spaten mit beiden Händen und hob ihn in die Höhe. Alles machte er langsam und bedeutungsvoll, manchmal versicherte er sich durch kurze Blicke, dass ihm auch alle aufmerksam folgten. Schließlich stach er den Spaten in die Erde. In dem Moment zuckte Abelke dann doch einmal zusammen, krümmte sich kurz, als wäre sie selbst getroffen.

»Das Land hier is nun herrenlos!«, rief Kleater über die Köpfe der Anwesenden hinweg, ging ein paar Schritte auf und ab. »Denn wer seine Deichpflichten nicht erfüllt, der verliert es.« So ging es, das Spatenrecht, auf das er sich bezog. Ein Recht, das entlang der Deiche in den Marschen galt. Wer den Spaten nun herauszog, der verpflichtete sich, alle Kosten und Pflichten zu übernehmen und wurde der neue Besitzer dieses Grundstücks.

Schweigen unter den Umstehenden, keiner sagte ein Wort. Mit angehaltenem Atem schauten sie von einem zum anderen. So einen großen Hof besitzen, das würde wohl jeder von ihnen gerne, aber wer konnte sich das schon leisten? Sie waren ja froh, wenn sie selbst durchkamen, nach all der Not durch Flut und Frost.

Doch auf einmal regte sich was. Der hagere, etwas schiefe Mann, den sie schon fast vergessen hatten, setzte sich in Bewegung. Er schob ein paar Leute zur Seite, die sich vor ihn gestellt hatten, und schritt nun geradewegs auf Kleater zu. Dann langte er nach dem Spaten und riss an ihm. In einem Zug wollte er es wohl schaffen, aber es gelang nicht auf Anhieb, so leicht wollte die Erde den Spaten nicht hergeben. Aber dann hatte er es geschafft, hielt den Spaten hoch, drehte sich im Halbkreis damit, sie sollten es alle sehen.

Raunen unter den Anwesenden, Tuscheln und Urteilen. Denn keiner von ihnen kannte diesen Menschen, über den nicht nur die glatten Hände verrieten, dass er kein Bauer war, der nun aber trotzdem im Besitz eines Hufnerhofes war. Dem nun etwas gehörte, das sie selbst sich durch Schufterei über Generationen hinweg erarbeitet hatten. Es stieß ihnen auf, dass so einer nun der Besitzer eines der prächtigsten Höfe der Gegend sein sollte.

Einer der Umstehenden spuckte aus, andere brummten sich ihr Unbehagen zu, verengten die Augen, schlossen die Hände zu Fäusten. Aber mehr traute sich keiner. Der Hagere schien ein Freund von Kleater zu sein, jemand von Stand außerdem. Nur eine, die beließ es nicht dabei. Die hatte das alles wohl erst jetzt begriffen. Die stand da, bebte und glühte, trat vor, und die anderen wichen erschrocken zurück, so dass sie nur noch Kleater und diesen Fremden vor sich hatte. Sie verstummten alle, atmeten kaum, dass ihnen ja nichts entging, lauerten, die Hälse lang, die Augen groß, und wurden nicht enttäuscht.

Da stand Abelke Bleken, den Zorn in den Augen, hob die Hand, einen Finger ausgestreckt, krumm und narbig war der, von der ewigen Schufterei für diesen Hof. Von einem auf den anderen zeigte sie damit, von Kleater zu dem Fremden und zurück. »Das werdet ihr bereuen«, rief sie, heiser vor Groll. »Das werdet ihr auf dem Sterbebett büßen!« Dann wandte sie sich ab, ging davon, die Leute traten beiseite und ließen sie durch. Ihre Worte hingen noch in der Luft. Über den beiden Männern, die zwar abfällig schnaubten und ungerührt taten, aber im Gesicht waren sie doch bleicher geworden.

Die Entourage sammelte sich allmählich, schloss sich wieder zusammen. Dann zog sie weiter zum Schwormstedt Hof, die Schaulustigen hinterher, wo sie das gleiche Zeremoniell noch einmal mitansehen konnten.

Und noch während auch dort das Feuer gelöscht und wieder ein Spaten in die Erde gestoßen wurde – und es wieder der hagere Mann war, der herantrat, um ihn herauszuziehen –, da scheuchte Lutcke Michaelsen seine Kinder und die Mägde schon durchs Haus. Sie sollten die Diele leer räumen und Bänke aufstellen, und vor allem sollten sie die Steingutflaschen mit dem Birnenschnaps heranholen. Die Früchte dafür stammten von einem alten, verkrüppelten Baum, dessen Rinde mit Flechten überzogen war. Der Baum trug schon schlecht, nur noch kleine dunkle Birnen hatten zuletzt drangehangen. Lutcke hatte den Baum längst fällen wollen, aus irgendeinem Grund war er ihm nicht geheuer, aber ein letztes Mal sollte er zu etwas nutze sein. Die Menge, die er aus der Maische noch herausbekam, fiel größer aus als gedacht. Seine Frau schalt ihn, wie sollten sie jemals so viel Schnaps loswerden? Aber Lutcke hatte gespürt, dass seine Gelegenheit kommen würde; jemand würde schon noch als Nächstes seine Tochter hergeben, jemand würde schon noch sterben. Aber das hier, so ein Ereignis, das war besser als jede Hochzeit und Beerdigung zusammen.

Genau in dem Augenblick, als die Menge vor Gesekes Haus

sich aufzulösen begann, als die Leute ihre trockenen Kehlen bemerkten und das dringende Bedürfnis verspürten, das eben Erlebte mit einem Schnaps zu begießen, da war Lutckes Ältester schon vor Ort und raunte den Leuten zu: »Winkelwirtschaft bei Vattern, jetzt.« Und bald war bei Michaelsen die Diele voll.

Die Zungen lösten sich schneller, als Lutckes Frau den Schnaps nachschenken konnte, und schon gingen die Gerüchte von Mund zu Mund. Ein Ratsherr aus Hamburg war der Hagere, wusste einer, und schon schwoll das Geplapper empört an, drehte sich eine Weile darum, ob ein garstiges altes Weib nicht das kleinere Übel war als ein Fremder aus der Stadt, ein Obriger dazu. Abelke war wenigstens eine von ihnen.

»Besser ein Hof in der Hand von einem Fremden ...«, warf einer ein, dann senkte er verschwörerisch die Stimme, »... als in der Hand vom Düvel!« Die anderen nickten zustimmend. Und schon drehte sich das Gespräch wieder um Abelkes Auftreten heute. Das Glühen ihrer Augen kam ihnen jetzt noch glühender vor, das Drohen noch dämonischer, ein wohliger Schauer erfüllte sie, wenn sie die Geschichte wiederholten, und bei jeder Wiederholung übertrieben sie noch ein bisschen mehr.

»Und was nun?«, fragten sie sich. »Was macht sie denn nun, die alte Töverin?«

»Geiht sicher in die Stadt, da kann sie fürs Huren Geld bekommen«, meinte einer. Aber ein anderer wusste es besser. Jemand hätte ihr und Geseke bereits Obdach gegen Arbeit angeboten. »Wer? Wer?«, wollten alle wissen. Und ein erstauntes Raunen ging um, als sie erfuhren, dass es der Hufner Harder war. »Ha! Der Hund is sick för nix to schad«, riefen sie, aber heimlich dachten sie, dass das ja gar nicht blöd vom Harder war, sich zwei Tagelöhnerinnen zu sichern, die das Land kannten, jeden Handschlag beherrschten, der hier notwendig war, und da diesen Frauen sonst nichts mehr blieb im Leben, würden sie sicher untertänigst buckeln und dienen.

Am nächsten Tag, als sie alle noch unter schrecklichen Kopfschmerzen von Michaelsens Birnenschnaps jaulten – der Müller fürchtete gar um sein Augenlicht –, stand Abelke am Döns eines der schönsten Hufnerhäuser weit und breit und zitterte vor Kälte in den ausgekühlten Mauern. Nicht einmal die Arbeit rettete sie mehr, denn es gab für sie nichts mehr zu tun auf diesem Hof, der nun nicht mehr ihrer war. Sie hatte ein Bündel gepackt, viel war nicht darin, Schuhe und Kleidung, der Rest gehörte zum Hof. Auch die Tiere. Sie hatte sie noch einmal gefüttert und noch einmal getränkt. Sie hatte jedem die Hand auf das Haupt gelegt und sich dann etwas verneigt. Das kleine Zick machte torkelige Sprünge, aber heute lachte sie nicht darüber. Als sie den Stall verließ, meinte sie, die großen Augen der Tiere im Rücken zu spüren und eine Unruhe unter ihnen, die anders war als sonst.

In der Diele blieb sie noch kurz stehen, vom gelöschten Feuer am Flett stieg ein strenger Brandgeruch herauf. Sie stellte sich vor, wie jemand es neu entzündete, und fragte sich, was dann wohl werden würde aus diesem Hof. Wie lange würde er noch bestehen, wer würde darin wohnen, wie viel Glück würde er damit haben? Vielleicht würde jemand stehen bleiben, angehalten von seiner Größe und Schönheit, und er würde ihn betrachten und bewundern. Er würde denken, was für ein stattlicher Hof das doch war. Aber ihrer wäre er nicht mehr.

Mit einer Hand, die sich anfühlte, als würde sie nicht zu ihr gehören, nahm sie ihr Bündel. Sie ging durch die Tür, die hübsch gestrichen war. Nach ein paar Schritten bemerkte sie, dass der Kater hinter ihr herlief. »Nu geih zurück«, befal sie ihm. Aber der Kater blieb stehen. Sie ging weiter, und er folgte ihr. Sie nahm ihn hoch, brachte ihn zurück und sperrte ihn ein. Noch lange hörte sie sein Mauzen, und jeder Laut davon zerriss ihr das Herz.

Mit einem Büdel in der Hand ging sie das letzte Mal über Land, das ihres gewesen war. Erde, auf der sie zur Welt gekommen war, mit deren Gütern sie genährt worden war, die sie umgegraben, in die sie gesät hatte, von der sie geerntet hatte. Die Erde steckte ihr unter den Nägeln, zwischen den Zehen, sie klebte auf ihrer Kopfhaut. Sie war diese Erde. Sie war dieses Land, das sich begradigen und besänftigen ließ, aber immer nur für den Moment, niemals für immer.

Weit vor ihr, am Süderende der Landscheide, tauchte der Hof vom Harder auf. Misstrauisch musterte sie, was ihre neue Unterkunft sein sollte.

IN DER FALLE

BRITTA BEÄUGTE DAS Grundstück. Jedes Mal, wenn sie hier entlangging, war ihr unheimlich zumute. Eigentlich mied sie diese Straße, aber sie wollte zum Hohendeicher See, da musste sie hier vorbei. Ein heruntergekommenes Gelände wie dieses stach zwischen den anderen heraus. Die meisten Vorgärten hier waren aufgeräumt und tadellos gepflegt. Es gab erstaunlich viel Beton dafür, dass die meisten Menschen hier beruflich etwas anpflanzten. Die meisten Auffahrten waren asphaltiert, die Zugangswege mit Gehwegplatten verlegt oder mit Kies zugeschüttet, viele Zäune waren gemauert.

Auf dem Grundstück vor ihr wucherte es wild. Es war von alten Salweiden umstanden, deren erstaunlich lange Äste sich in alle Richtungen krümmten. Wenn sie im Laub standen, schirmten sie das weitläufige Grundstück vermutlich fast völlig ab, aber jetzt, noch winterkahl, war der Blick auf ein großes Durcheinander frei: Umgestürzte Regentonnen, rostige Räder und verrottete Holzplanken lagen verstreut herum. Ein baufälliger Schuppen mit kaputten Scheiben stand etwas weiter hinten. Verwahrlost war es hier, aber dazu kam noch etwas: In den Zweigen der Bäume hingen braun vertrocknete Blumenkränze, die wie Friedhofsgestecke aussahen. Dazwischen baumelten Puppen mit verblichenen Gummikörpern, großen, starren Augen und verfilztem Haar, aufgehängt mal am Arm, mal an einem Bein. Vereinzelt hingen Teddybären mit nassem Fell dazwischen. Jedes Mal, wenn sie hier entlangkam, entdeckte sie noch mehr in den Zweigen: einzelne

Gummistiefel, Brillen mit zerschmetterten Gläsern, einen rostigen Kronleuchter. Wer macht so was bloß und warum? Britta schauderte. Und konnte doch nicht wegsehen. Auf dem Boden entdeckte sie Steine, die zu Mustern zusammengelegt waren, zu akkuraten Kreisen und Dreiecken. Eines der Muster war oval, in der Mitte ein Kreis; ein Auge, das zurückstarrte. Jetzt sah sie doch weg. Ging weiter, schneller, entlang des alten, morschen Jägerzauns, gleich hätte sie es hinter sich. Dann hörte sie das Schreien. Abrupt blieb sie stehen.

Es war kein Schreien von einem Menschen, sie erkannte, dass es ein Vogel war, aber es klang so aufgebracht und so verzweifelt, dass es doch beinah menschlich klang. Erschrocken schaute sie sich um, um es zu verorten. Das Schreien ging unvermindert weiter. Drängend, alarmierend. Sie konnte das nicht ignorieren. Es kam definitiv von diesem Grundstück, so viel war sicher. Sie ging ein paar Schritte zurück, spähte über den Zaun, stützte sich auf die Holzsprossen, beugte sich vor, blickte in alle Richtungen, aber entdecken konnte sie noch immer nichts. Sie vermutete, dass es aus dem Schuppen oder von dahinter kam. Kein Mensch weit und breit. Was sollte sie bloß tun? An der Tür klingeln? Wer auch immer hier wohnte, sie hatte keine Lust, diesen Menschen kennenzulernen. Das Haus lag weit nach hinten versetzt, hinter den großen Bäumen. Wenn sie kurz über den Zaun kletterte, würde es im Haus vermutlich niemand bemerken – wenn überhaupt jemand da war. Sie konnte kein Auto in der Auffahrt erkennen, in dieser Gegend war das ein recht sicheres Zeichen dafür, dass niemand zu Hause war. Wieder dieses klagende Krächzen, es klang so verzweifelt, aber auch schon etwas geschwächter. Verdammt, sie musste doch wenigstens einen Blick darauf werfen, vielleicht konnte sie etwas tun, irgendwie helfen. Sofort verfluchte sie diesen Gedanken. Verfluchte, in dieser Situation zu sein. Sie lief hier doch gerade ihrem Kummer davon, sie hatte bloß eine Runde um den See drehen wollen, in der Hoffnung, dass es ihr guttun würde. Das Letzte, das sie jetzt brauchte, waren neue Probleme. Sie hatte zu Hause genug.

Philipp und sie stritten nur noch. Gerade waren Frühjahrsferien. Die Woche davor hatten sie Mascha krankgemeldet. Philipp hatte sich erst dagegen gesträubt. Aber dann sah er doch, in welchem Zustand sie war, nervös und in sich gekehrt, kaum in der Lage, eine Mahlzeit aufzuessen. Auch beim Verabredungsverbot hatte er nach ein paar Tagen nachgegeben. Allerdings war es ihm wichtig, es als Belohnung für Maschas Fügsamkeit darzustellen, die alle Verbote klaglos hinnahm. Als die Ferien begannen, war er einverstanden, dass sie mit dem Bus nach Hamburg fuhr und ihre früheren Freundinnen besuchte – unter strengen Auflagen für die Internetnutzung. Philipp hatte einen Abend lang ihr Handy so eingestellt, dass sie gerade mal ihre beiden Nummern und den Notruf wählen konnte. Mascha trauerte dem Zugang zu ihrer Musik hinterher, wagte aber nicht, Benimmpunkte einzubüßen. An einem Morgen, bevor sie losfuhr, sagte er zu ihr: »Guck noch mal genauer.« Er hatte ihr einen Premiumzugang eingerichtet und alle ihre Lieblingslieder heruntergeladen, so dass sie sie auch ohne Internetzugang hören konnte. Mascha freute sich so.

Und Britta rührte das. In solchen Situationen fragte sie sich, was eigentlich das Problem war. Sie hatten doch alles, sie waren eine Familie, hatten ein komfortables Zuhause, es ging ihnen gut. Es war Wahnsinn, das alles aufs Spiel zu setzen, weil ein paar Dinge gerade nicht passten. Ben verbrachte die Ferien bei ihren Eltern in Norderstedt. Philipp und sie hatten die ungestörte Zeit nutzen wollen, um nachzudenken, welche Schritte sie gemeinsam mit der Schule unternehmen konnten, damit sich Maschas Situation besserte. Außerdem hatten sie tatsächlich Zeit für sich, das kam selten genug vor. Sie hatte gehofft, dass sie sich wieder näherkommen würden. Doch stattdessen stritten sie schlimmer als je zuvor. Das leere Haus war wie eine Einladung dafür. Keine Rücksicht, die sie auf die Kinder oder Nachbarn nehmen mussten. Sie überzogen sich mit Vorwürfen, drehten sich im Kreis. Es war, als hätte man Brandbeschleuniger ausgekippt, jedes Wort kam einem Funken gleich, an dem sich ein Großfeuer entzündete. Oft ging es um Dinge, die schon Jahre zurücklagen, oft um Banalitäten. Die Sätze begannen meistens mit »Jedes Mal machst du« oder »Du hast noch nie«, und obwohl sie beide genau wussten, dass es zu nichts führte, konnten sie nicht damit aufhören, bis einer sich völlig erschöpft irgendwohin verzog. Aber die Worte hallten nach, wie ein Echo, das durch das Haus geisterte, selbst als sie schon längst aufgehört hatten, sich anzuschreien.

Zu ihrer Überraschung war es Philipp, der sich überwand und einen Versöhnungsversuch startete. Sie war noch immer im Gästezimmer einquartiert, saß im Bett, versuchte zu lesen, aber am Ende jeder Seite merkte sie, dass sie vom Inhalt gar nichts verstanden hatte. Er klopfte sanft an die Tür und kam mit einem Tablett in den Händen herein, wackelig, unsicher lächelnd. Er hatte Brötchen aufgebacken, ihren Lieblingsaufstrich angerichtet, Orangensaft gepresst. Es freute sie, und gleichzeitig versetzte es ihr einen Stich. Es erinnerte sie an Muttertage oder Geburtstage, die punktuelle Aufmerksamkeit, die sie mal bekam, und schon am nächsten Tag drehte sich alles wie zuvor. Aber sie wollte nicht mäkeln, sie wusste, wie viel Stolz er dafür heruntergeschluckt hatte. Sie lächelte. Etwas verlegen kletterte er zu ihr unter die Decke, dabei blitzte etwas Jungenhaftes über sein Gesicht, der Schimmer einer früheren Version von ihm.

»Weißt du noch, auf Rømø?«, sagte sie. Er lachte auf. »Hör bloß auf, was für ein Desaster.« Ihr erster Campingurlaub auf der dänischen Insel. Sie hatten furchtbares Equipment gehabt, miese Isomatten, viel zu dünne Schlafsäcke. Es hatte drei Tage lang durchgeregnet und gestürmt. Aber er war trotzdem jeden Morgen zu einem Kiosk gelaufen, um Brötchen zu besorgen, und irgendwie hatte er es geschafft, unter dem Vordach auf dem Gaskocher Kaffee zu kochen. Sie frühstückten im Zelt, blieben den Rest des Tages in den klammen Schlafsäcken, sie redeten, schmiegten sich aneinander, hatten Sex, hörten dann lange zu, wie der Regen gegen die Zeltwand trommelte. Sie waren glücklich. Sie grinsten beide, als sie daran denken mussten. Es war wie eine Befreiung. Dann wurde Philipp ernst, nahm das Tablett hoch und stellte es beiseite. Sie schaute verwundert, und ehe sie begriff, zerrte er von beiden Seiten an ihrem Slip. Die Überrumplung war gut, genau das Richtige. Bloß nicht nachdenken, ob das jetzt richtig oder falsch war, sich einfach hingeben, ungestört, laut und befeuert von etwas, das sich zwischen sie geschlichen hatte, als wären sie Fremde und deswegen einander keine Rücksicht und keine Scham schuldig. Erst hinterher fühlte es sich wie früher an, klebrige Haut, Arm in Arm, gelöst, sich küssend. Und wie früher redeten sie jetzt. Erst etwas Belangloses, dann mussten sie über etwas lachen, dann schwiegen sie wieder, und sie zeichnete mit dem Finger Verbindungslinien zwischen den Sommersprossen auf seiner Schulter nach, das machte sie früher oft.

»Geht es dir gut?«, fragte sie ihn vorsichtig. »Ich meine, von all dem Streit zuletzt abgesehen. Eher grundsätzlich. Bist du im Leben da, wo du sein wolltest?«

Sie bereute sofort, es gefragt zu haben. Sie wollte es wissen, es interessierte sie wirklich. Aber plötzlich hatte sie Angst vor der Antwort. Er überlegte nicht lange. »Ja, grundsätzlich schon«, sagte er, fest, überzeugt. »Das hier ist das Leben, das ich wollte. Mit euch, in einem Haus, dem Job, den ich habe.«

Sie schluckte. Jetzt wusste sie es. Jetzt wusste sie, wie groß die Kluft zwischen ihnen war. Denn sie hätte die Frage nicht so beantworten können. Sie hätte nicht einmal sicher sagen können, wo genau im Leben sie eigentlich stand, was sie wollte. Die letzten Jahre kamen ihr vor, als wäre sie durch einen langen Tunnel gefahren, vielmehr gerast. Seit einiger Zeit stand sie wieder im Licht, aber sie hatte die Orientierung verloren. Sie hatte sich verändert, sie wusste nur nicht, zu wem oder was. Denn sie war blind und taub geworden während dieser Raserei, für Träume, für Ziele, für sich. Manchmal lief sie durch dieses Haus, und in einer Ecke, hinter der Treppe, neben dem Spiegel, sah sie sich, aber in einer anderen Version, als kurze Erscheinung, wie einen Geist, in einem anderen Leben, das sie nicht lebte und das sie deshalb heimsuchte. Das war das Unheimliche hier, das geisterte hier herum, Teile von ihr, die gesehen werden wollten, die gelebt werden wollten.

Sie suchte nach ihrem Shirt, sie wollte aufstehen, denn sie ahnte schon, dass er sie auch fragen würde. Er hielt sie fest und tat genau das. »Und du?«, sagte er. »Bist du denn nicht zufrieden? Grundsätzlich?«

Sie zögerte, sie suchte eine Ausflucht. Zu lange, das war auch eine Antwort, und Philipp hatte sie verstanden. Alles, was danach kam, war erwartbar. Das Gezeter hatte von vorn angefangen, schlimmer als vorher. Denn nun war er zusätzlich verletzt, weil sein Versöhnungsversuch misslungen war. »Du machst schon wieder alles kaputt, egal, wie viel Mühe ich mir gebe.« Offener Grundriss, ein grober Unsinn, für Ehekrisen war der nicht gemacht. Sie hörte Philipp in jedem Winkel. Es war nur vorbei, wenn sie nach draußen floh.

In der Landschaft wurde ihr Herz ruhiger, die frische Luft klärte ihre Gedanken, ihre Augen blieben an etwas hängen, ihr Verstand begann, sich mit anderen Dingen zu befassen. Das waren die Momente, in denen sie etwas Frieden fand.

Und nun das hier: klägliches Schreien von einem morbiden Grundstück. »Ach verdammt«, dachte sie und setzte ein Bein über den Zaun. Erst da kam ihr der Gedanke, dass vielleicht ein Hund auf sie zurasen könnte. Zu spät. Auf der anderen Seite gab der weiche Marschboden unerwartet nach, wodurch sie ruckartig nach unten rutschte. Sie fühlte ihren Oberschenkel schmerzhaft am spröden Holz entlangschaben. Aber dafür war jetzt keine Zeit. Immerhin kein Hund weit und breit. Sie ging unter dem herabbaumelnden Spielzeug hindurch, an den mit Planen bedeckten Stößen vorbei und direkt auf den maroden Schuppen zu. Von drinnen kam das Schreien nicht, stellte sie erleichtert fest, keinen Fuß hätte sie in diese unheimliche Hütte gesetzt. Das Schreien kam von dahinter. Tatsächlich: An der Rückwand stand eine Kiste. Oder zumindest etwas, das die Form eines großen Kastens hatte, genauer konnte sie es nicht sehen, denn es war vollständig mit Tarnvlies bedeckt. Sie sah sich um, aber alles war ruhig, selbst die verzweifelten Rufe waren verstummt. Sie entdeckte jetzt noch mehr Bizarres: An der Schuppenwand hingen Geweihe, außerdem eine Dartscheibe, in der Mitte ein roter Herzaufkleber, durchbohrt von einem halben Dutzend Pfeile. Auf der Erde fiel ihr ein Hügel frisch aufgetürmter Erde auf, wie ein Grab für etwas Kleines. »Was zum Teufel ist das hier bloß?«, wimmerte sie verzweifelt. Dann holte sie tief Luft und zog an dem Tarnvlies. Es rutschte komplett herunter. Auch wenn sie etwas Ähnliches schon erwartet hatte, wich sie vor Schreck zurück, mit einem solchen Ruck, dass sie beinahe nach hinten fiel.

Sie mochte Krähen nicht. Auch wenn das eine schlichte Meinung war. Es war so leicht, sie nicht zu mögen, diese dunklen Vögel mit dem spitzen Schnabel, die so durchdringend gucken konnten und sich auf Aas stürzten. Aber das, was sie hier vor sich sah, hatte keine Kreatur verdient. Die Kiste erwies sich als eine Art Käfig aus kleinmaschigen Gitterwänden. Auf einer Seite befand sich ein Loch, durch das die Krähe hineingelangt sein musste. Aber nach innen gebogene Drähte verhinderten, dass sie den Käfig auf gleichem Weg wieder verlassen konnte. Offensichtlich versuchte die Krähe es trotzdem. Auch jetzt gerade wieder. Durch Brittas Anwesenheit vermutlich zusätzlich angetrieben. Sie flatterte auf, eine wilde Panik in den Augen, stieß dann schmerzhaft gegen die Drähte, schrie auf, Federn rieselten herab, dann ließ sie sich wieder zu Boden sinken, wo sie schnell atmend sitzen blieb, bis sie vermutlich gleich wieder den nächsten Versuch zu entkommen starten würde. Britta zog es das Herz zusammen, sie trat ein paar Schritte vom Käfig weg, um der Krähe nicht noch mehr Angst zu machen. Sie konnte nicht erkennen, welche Möglichkeiten es gab, den Käfig zu öffnen, um die Krähe zu befreien. Dann fiel ihr Blick auf eine weitere mit Tarnnetz verhängte Kiste. Dahinter war noch eine. Und noch eine.

»Scheiße, scheiße!« Hektisch tastete sie in allen Taschen nach ihrem Telefon. Vergeblich, offenbar hatte sie es gar nicht dabei. Sie musste hier weg, sie musste Hilfe holen. Sie ertrug das nicht. Auf zittrigen Beinen lief sie zum Zaun zurück, schwang sich darüber, lief weiter, einfach irgendwohin, zum nächsten Haus, nicht nachdenken, einfach klingeln. Da, ein Carport, darin ein Auto, ein Familienwagen, gutes Zeichen. Sie klingelte Sturm. Hörte es drinnen schrill bimmeln, aber sie nahm den Finger nicht vom Knopf. Erst als die Tür aufging. Eine Frau erschien, ähnliches Alter wie sie, Kurzhaarfrisur mit Strähnchen, etwas verärgert über diesen Überfall, etwas verdutzt, weil sie die Frau vor der Tür nicht kannte. »Ja, bitte?«, fragte sie erstaunt.

Noch an der Tür erzählte Britta ihr alles, außer Atem, aufgelöst, manches wiederholte sie. Skeptisch schaute die andere sie an, vermutlich würde sie ihr gleich die Tür vor der Nase schließen. Was musste sie nur denken über so einen Auftritt? Aber dann sagte die andere: »Dieser verdammte Mistkerl. Dann haben wir ihn wohl endlich. Kommen Sie rein, wir müssen telefonieren.«

Drinnen war es warm, das tat gut. Es musste zu regnen angefangen haben, das merkte Britta jetzt erst, ihr Haar hing ihr nass ins Gesicht, Tropfen perlten an der Jacke herunter. Sie stand an der Tür zum Wohnzimmer der anderen Frau, die jetzt am Festnetztelefon eine Nummer wählte, dann mit jemandem sprach, ruhig, aber in einem so starken Dialekt, dass Britta kaum etwas verstand. Dasselbe wiederholte sie noch mal mit einem anderen Gesprächspartner. Nachdem sie aufgelegt hatte, kam sie in den Flur, schnappte sich eine weinrote Steppweste. »Na los, das lassen wir uns doch nicht entgehen, oder?«

Noch auf dem Weg zu dem Grundstück wurden sie von einem Polizeiwagen überholt, er fuhr mit Blaulicht, aber lautlos. Der Himmel war jetzt völlig zugezogen, oder es dämmerte bereits, es war nicht zu unterscheiden, jedenfalls nieselte es, die Straße glänzte nass und schwarz. Das Flackern des Einsatzwagens spiegelte sich darin. Als sie ankamen, liefen die Polizisten bereits über das Grundstück, man hörte sie über Funk reden. Dann parkte ein weiteres Auto neben dem Streifenwagen, *Veterinäramt Bergedorf* stand darauf. Auch ein paar Schaulustige kamen jetzt heran. Das ging schnell. »Eckard«, rief die Frau aus dem Haus, bei dem Britta Sturm geklingelt hatte, einem der Polizisten zu und gab ihm Zeichen in Brittas Richtung. »Hier, sie hier hat das alles entdeckt!« Der Polizist stand neben dem Schuppen, er nickte und winkte sie heran. Zögerlich ging Britta auf ihn zu, diesmal durch die nun offene Gartenpforte. Sie hatte keine Lust, sich das alles noch einmal anzusehen, aber vermutlich wollte der Polizist eine Aussage von ihr. Die Frau in der roten Weste ging mit, als wäre es selbstverständlich, und Britta war froh darüber. Auch die beiden Mitarbeiter des Veterinäramts kamen heran, alle begrüßten sich mit einem kurzen »Moin«. Dann beugten sich die Tierärzte über den ersten Käfig. Dort saß die Krähe inzwischen völlig entkräftet auf dem Boden, sie unternahm keine Versuche mehr, zu entkommen. Wahrscheinlich hatte sie aufgegeben. »Was für eine Schweinerei«, murmelte der eine Mitarbeiter des Veterinäramts. Sie kannten sich mit dieser Art von Falle offensichtlich aus, denn sie wussten auf Anhieb, wie man sie öffnete. Der Vogel machte keine Anstalten zu fliehen. Vorsichtig hob einer die Krähe heraus, tastete sie nach Verletzungen ab, aber da er nichts feststellen konnte, öffnete er die Hände, stieß sie mit etwas Schwung nach oben, und die Krähe flatterte davon. Sie schaffte es gerade mal auf einen nahen Ast, dort blieb sie benommen sitzen, schien sich allmählich zu beruhigen, schüttelte sich und begann langsam, ihre Federn zu ordnen, erst kurz, dann immer länger. Alle standen sie da und schauten gespannt zu. Irgendwann war die Krähe wieder ganz still, legte den Kopf etwas schief, und Britta hatte das Gefühl, sie würde ihr direkt in die Augen schauen. Sie selbst konnte den Blick nicht von den dunkel glänzenden Murmelaugen abwenden. Doch dann flog der Vogel los, so plötzlich, dass Britta erschrocken zusammenzuckte.

»Alles klar, die wird wieder«, sagte der jüngere der Amtstierärzte.

»Da hinten sind die anderen«, sagte Britta und zeigte in die Richtung, wo sie die weiteren Kisten gesehen hatte. Die Veterinäre gingen zusammen mit den Polizeibeamten von Käfig zu

Käfig, schüttelten den Kopf, gaben resignierte Seufzer von sich. Sie fanden nur noch tote Tiere, teilweise skelettiert. Sie machten sich Notizen und schossen Fotos. Einer der Beamten kam zu ihr zurück und stellte seine Fragen: Wie sie dazu gekommen sei, das Grundstück zu betreten, was genau sie als Erstes gesehen habe, ob sie etwas verändert hatte. Dann klappte er seinen Notizblock zu.

»Wir haben schon länger den Verdacht, dass der Grundstücksbesitzer illegalen Vogelfang betreibt. Aber nachweisen konnten wir ihm bisher nichts.« Die Frau in der roten Steppweste schaltete sich ein, deutete Richtung Haus, wo offensichtlich noch immer niemand zu Hause war. »Hermann Eickholt, ein alter Jäger. Irgendwann mal falsch abgebogen. Keiner weiß so richtig, was mit ihm nicht stimmt. Sein Grundstück mag er ja dekorieren, wie er will, aber Tierquälerei ... Er meint, dass ihm die Vögel junge Hasen wegnehmen, die Gelege von Fasanen ausnehmen. Na ja ...«

Die Mitarbeiter des Veterinäramtes kamen, um den Polizisten etwas zu zeigen. Sie hielten einen zerschmetterten Vogel hoch, dann ließen sie ihn in eine Plastiktüte fallen. »Eine Schleiereule«, sagte der eine mit Bedauern in der Stimme. »Extrem selten, eine Schande ist das. Vermutlich Beifang.«

»Oder Aberglaube«, sagte der andere. »Gibt hier immer noch genug Leute, die meinen, dass diese Vögel Unglück bringen.« Die Frau mit der Weste schaute dem armseligen Tier hinterher. Erst als die anderen damit wieder weggingen, bemerkte sie, dass Britta sich abgewandt hatte, kreidebleich war und hemmungslos weinte. »Du, Eckard, ich glaube, bei ihr lässt der Schock nach. Wenn du jetzt nichts mehr hast, dann kümmere ich mich mal, in Ordnung?«

»Na klar, ich hab Namen und Telefonnummer, falls noch was ist«, sagte er und hob die Hand zum Abschied. »Wir werden hier mal noch ein Weilchen auf Eickholt warten. Der wird gucken, wenn er zurückkommt.«

Die Frau wandte sich wieder Britta zu, legte einen Arm um sie. »Ich würde sagen, du kommst noch mal mit rein, und dein Bein muss man auch mal versorgen.« Britta schaute an sich runter, ihre Jeans hatte am Oberschenkel einen längeren Riss, die Ränder waren blutig verfärbt. Sie konnte durch den Tränenschleier kaum den Weg sehen, aber die andere hakte sie zum Glück unter und führte sie sicher.

Sie bekam ein Pflaster, eine trockene weiche Jogginghose und einen Schnaps. Er war bräunlich trüb, auf der Flasche stand *Elbschlick*. Heute wunderte sie gar nichts mehr, sie wollte nicht mal wissen, woraus er genau bestand. Sie trank einfach. Langsam kehrte ihre Fassung zurück. Sie sah sich um, braune Veloursleder-couch, Glastisch, Sideboard-Kombination. Hier wohnten boden-ständige Menschen. Britta sah die Frau gegenüber an, die damit beschäftigt war, den nächsten Kurzen einzugießen. »Entschuldi-gung«, sagte Britta. »Das war jetzt gerade alles so viel, du hast ihn mir vorhin bestimmt schon gesagt, aber ich muss noch mal nach deinem Namen fragen.«

»Maren. Maren Eggers.«

»Ich bin Britta. Wir wohnen noch nicht so lange hier, mein Mann und die Kinder. Gar nicht weit von hier, die Straße rauf, hinter der Biegung.«

Maren guckte überrascht auf. »Ach nee«, rief sie aus. »In dem Eispalast, oder wie?« Schon fuhr sie sich mit der Hand vor den Mund. »Oh, Entschuldigung. Wir haben dem Haus so einen Ökel-namen gegeben, wegen dem vielen Glas und Beton. Wirkt halt etwas kühl, das Ganze, aber schön ansonsten, bestimmt sehr hell drinnen.« Britta musste grinsen, offenbar war sie nicht die Ein-zige, die den Häusern hier Spitznamen gab. Eispalast also. Gar nicht unpassend. »Aber dann bist du die Mutter von Mascha?«, fragte Maren.

Jetzt guckte Britta überrascht. »Ja, genau. Mascha ist meine Tochter, kennst du sie etwa?«

»Nein, nein, ich nicht. Aber Oke, mein Sohn, mein mittlerer. Er geht mit Mascha in eine Klasse.« Jetzt sah Maren geknickt aus. »Ach Gott, das ist ja jetzt wirklich verrückt ... Wir überlegen hier seit Wochen verzweifelt, wie wir Mascha ansprechen können. Oke hat mir Sachen erzählt, die in der Klasse vor sich gehen ... Du weißt davon, so wie du jetzt guckst. Himmel, es tut ihm so unendlich leid.«

Britta, die sich gerade erst einigermaßen gefangen hatte, saß jetzt wieder stocksteif da, ihre Gedanken rasten durcheinander, aber sie brachte kein Wort raus. Wenn sie einen von denen zwischen die Finger bekommen würde, hatte sie seit dem Vorfall immer wieder gedacht, was sie dem dann alles erzählen wollen würde, von Anstand und Respekt. *Wir werden uns wehren.* Und nun saß sie hier im Wohnzimmer und trank Schnaps mit seiner sehr netten Mutter.

»Kann ich noch einen?«, das war es, was sie schließlich rausbrachte. Froh, etwas tun zu können, zog Maren die Gläser zu sich heran und goss nach.

»Ich kann das so verstehen, wenn ihr wütend seid. Das sind wir auch, glaub mir, hier ist seit Wochen dicke Luft deswegen. Mein Sohn ist eigentlich gar nicht so, ich kann es nicht fassen, dass er bei so was mitgemacht hat. Er redet natürlich von Gruppenzwang und was weiß ich. Er meint auch, dass er Mascha eigentlich sehr nett findet. Irgendwie hat das eine Dynamik angenommen. Ich verstehe es nicht ... Aber das soll keine Entschuldigung sein. Der muss dafür Verantwortung übernehmen und hätte das längst tun sollen. Aber er sagte, Mascha war zuletzt nicht mehr in der Schule. Und sie geht wohl nicht mehr ans Telefon. Das arme Mädchen, wie geht es ihr denn? Mir tut das wirklich so unheimlich leid.«

Britta nahm das sehr volle Glas, legte den Kopf in den Nacken und stürzte den Elbschlick hinunter. Er kam ihr schon weniger bitter vor als vorhin. Trotzdem verzog sie das Gesicht. Aber Maren sah schon, dass es nicht am Schnaps lag, sondern weil sie schon wieder weinen musste.

»Oje, das ist ja schlimmer, als ich mir denken konnte«, meinte sie, ernsthaft bekümmert.

»Es ist nur …«, brachte Britta irgendwann heraus. »Weil das längst nicht alles ist.«

Sie schloss die Augen und sah wieder die Krähe panisch gegen das Gitter fliegen. Sie sah das Blaulicht auf dem nassen Asphalt. Sie sah Pfeile in einem Herzen stecken, sie hörte den Streit mit Philipp in ihren Ohren, fühlte die Sorge um Mascha, alles raste durcheinander, sie konnte es nicht mehr kontrollieren, nicht aufhalten. Erst als sie es sagte, stand alles kurz still. »Mein Mann und ich, ich glaube, wir trennen uns«, sagte sie. Das war alles, dann konnte sie nur noch weinen.

»Ach Gott, nee«, sagte Maren. »Und der Eispalast, was wird aus dem?«

Es war ihr egal, sie wollte das Haus am liebsten einfach vergessen, sie wollte wieder nach Hamburg, die Zeit zurückdrehen. Das war ihr erster Impuls. Allein der Gedanke fühlte sich wie eine Erlösung an. Heimlich spielte sie es durch, wollte es in der Vorstellung schon mal lebendig werden lassen. An einem der Ferientage brachte sie Mascha zu ihren Freundinnen in die Stadt. Es war so schön zu sehen, wie sie sich freute, wie gut ihr das tat. Nachdem Britta sie abgesetzt hatte, streifte sie durch ihr altes Viertel, das sie so vermisste. Sie kaufte in den alten Geschäften ein, bestellte etwas in ihrem früheren Lieblingscafé, sagte »Wie immer«, aber die Servicekraft schaute sie bloß ratlos an. Erst da merkte sie, dass es eine neue war. Sie wollte sich in ihrem Lieblingsladen etwas Schönes kaufen, musste aber feststellen, dass dort ein Friseurgeschäft eingezogen war. Verloren stand sie auf dem Bürgersteig herum, jemand rempelte sie aus Versehen an. Sie hatte sich hier ein tröstendes Gefühl von Vertrautheit erhofft, aber plötzlich kam sie sich wie eine Touristin vor. Sie konnte das alles noch betrachten, das Treiben auf der Straße, die Jugendstilfassaden, die Balkone voller Blumenkästen und Glühbirnenketten, aber sie gehörte nicht mehr dazu, es war nicht mehr ihr Viertel, sie war nur noch zu Besuch.

Noch schlimmer wurde es, als sie zu den Fenstern ihrer alten Wohnung hochschaute, hinter denen neue Vorhänge hingen. Sie meinte, jemanden am Fenster vorbeilaufen zu sehen, den Umriss einer Frau zu erkennen, und schaute schnell weg. Sie stalkte ihre Vergangenheit. Als ihr das bewusst wurde, lief sie los, weg von hier. Sie gehörte hier nicht mehr her. Noch nie im Leben hatte sie sich so verloren gefühlt.

Zum Glück war sie mit Judith zum Mittagessen verabredet, das würde helfen. So spontan hatten sie sich schon lange nicht mehr gesehen. Was plötzlich möglich war, in einer Krise. Der Tag war überraschend warm, einer der ersten in diesem Jahr, und wie immer nach den langen Wintermonaten lag eine allgemeine Freude und Losgelöstheit in der Luft. Die Menschen öffneten ihre Mäntel, hielten die Gesichter der Sonne entgegen. Die ersten Restaurants hatten ihre Tische draußen aufgestellt. Britta hatte einen davon ergattert und hielt nach Judith Ausschau. Endlich sah sie sie aufgeregt winkend herankommen. Noch bevor sie sich setzte und es aussprach, hatte Britta es schon erkannt: Judith war verliebt.

Man spürte es sofort, die Übererregtheit, dieses Glühen, ein Lächeln, das nicht zu unterdrücken war. Judith gab sich Mühe, aber Britta wusste, dass sie gedanklich nur halb anwesend war, mit der anderen Hälfte in Gedanken bei einem anderen Körper, das nächste Treffen ersehnend, den nächsten Kuss. Britta hätte sich für sie freuen müssen, das war die einzige angemessene Reaktion als Freundin, aber sie fühlte, wie sich eine Kluft zwischen ihnen auftat. Weiter auseinander konnten sie gerade kaum stehen. Kurz überlegte sie, Judith gar nicht zu erzählen, was zwischen Philipp und ihr vorging. Es passte nicht, sie würde die Stimmung verderben. »Na los, erzähl mir alles«, munterte sie Judith stattdessen auf. Und die erzählte aufgeregt und detailreich, von einem Mann, der endlich der passende zu sein schien: charismatisch und klug, geschieden, zwei fast erwachsene Kinder. Das tat nun noch mehr weh. Plötzlich sah sie Philipp in nicht mal vier Wochen mit einer Judith an seiner Seite.

Judith hielt inne. »Okay, was ist los?«, fragte sie ernst. Vermutlich war Brittas Unglück so offensichtlich wie Judiths Freude. Britta erzählte eine Kurzversion. Eine, bei der sie nicht gleich losheulen musste. Judith hörte bestürzt zu, sie versuchte, Rat zu geben, versuchte zu trösten. »Ist schon gut«, sagte Britta, »ich komme klar.« Sie setzte ihre Sonnenbrille auf. »Kann ich ihn mal kennenlernen, den tollen neuen Typen?« Das Strahlen kam in Judiths Gesicht zurück. Britta war froh, dass ihr eigener Blick halbwegs verborgen war.

Als sie auf die Rechnung warteten, trat eine Frau an sie heran. Britta hatte sie schon vorher von Tisch zu Tisch gehen sehen, sie trug mehrere zerschlissene Jacken übereinander. Mit gesenktem Blick streckte sie den Gästen eine Hand hin. Manche gaben etwas, andere schüttelten bloß kurz den Kopf oder ignorierten sie ganz, in der Hoffnung, dass sie nicht von der aufdringlichen Sorte war und nochmals fragte. Damit sie dieses betretene Gefühl vergessen konnten, diese unangenehme Erinnerung daran, wie andere lebten, bettelnd, in Mülleimer leuchtend, auf der Suche nach Pfandflaschen, in Unterkünften schlafend oder auf der Straße. Die einem vor Augen hielten, dass man vielleicht falschlag, wenn man sich in seinem Leben sicher fühlte. Dass man vielleicht nur einen Absturz, einen Unglücksfall, eine Ungerechtigkeit von diesem anderen Leben entfernt war.

Judith kramte nach ihrem Portemonnaie. »Ich mach schon«, sagte Britta, legte der Frau ein paar Münzen in die Handfläche, und die Frau schloss die Hand darum, die Haut war dunkel und rissig. Britta sah ihr kurz ins Gesicht, aus der Nähe war sie jünger, als es zunächst ausgesehen hatte. Es waren nicht Jahre, sondern Leid, das sie älter aussehen ließ. Die Frau erwiderte den Blick, dann verstaute sie das Geld und ging weiter. Britta sah ihr hinterher, der gebeugte Gang, die abgewetzten Taschen, die um ihre Schulter hingen, in denen vermutlich alles war, was sie besaß. Ihr fiel auf, dass ihre Füße in Plastiktüten steckten, um die Feuchtigkeit fernzuhalten.

Eine Wolke schob sich vor die Sonne, schlagartig wurde es kühler. Britta verstand auf einmal gar nicht, was sie hier wollte. In der Stadt. Alles kam ihr zu laut, zu hektisch, zu deprimierend vor. Sie sah eine gebeugte Frau, die allein zwischen nebligen Feldern lief. Auf einmal hatte sie es sehr eilig, in die Marschlande zurückzukehren.

DIE FREMDEN

SIE HATTE DEN Weg durch die Felder genommen, obwohl er beschwerlicher war. Ein richtiger Weg war es gar nicht, nur der Feldrain, ein schmaler Streifen Grasnarbe, der die Ackerkrumen voneinander trennte. In der Ferne hielten einzelne Bäume dürre Zweige ins trübe Licht, wie am Stiel aufgestellte Besen sahen sie aus. Hier und da standen Rehe, hoben lauschend den Kopf, erstarrten kurz, wenn sie sie erblickten, senkten ihn wieder, wenn sie ihnen bedeutungslos erschien. Zwischen zwei Schlehdornbüschen trat ein Fuchs heraus, das Fell zerrupft, blieb abrupt stehen, musterte sie aus gelben Augen, wendete blitzschnell und verschwand. Auch er rechnete nicht mit Menschen. Die nasse Erde machte jeden Schritt schwer, saugte und zog an ihren Schuhen, durch die brüchigen Stellen drang Nässe ein, und trotzdem ging Abelke lieber hier entlang als über die Deichwege. Die Leute hatten schon genug gesehen. Den Anblick, wie sie in Harders Kate einzog, wie aus einer Hufnerin eine Tagelöhnerin wurde, wollte sie ihnen nicht auch noch gönnen.

Sie hatte zusammen mit Geseke gehen wollen, aber als sie in die erkaltete Diele des Schwormstedter Hofes getreten war, war die Nachbarin nicht dort gewesen. Abelke hatte im Stall nach ihr gerufen, über den Hof in alle Richtungen, sie fühlte schon die Angst nach ihren Eingeweiden greifen, fürchtete schon, dass Geseke fort sein könnte, vom Hof oder aus dem Leben. Noch eine Leiche im Brack, sie konnte das nicht weiterdenken. Da vernahm sie endlich ein Rumpeln, das vom Backhaus kam. Abelke trat gerade ein, als Geseke den Schürhaken in die Höhe schwang und auf den gemauerten Ofen zielte. Der Hieb zerstörte nur wenig, aber Geseke hob schon zum nächsten an. Als ob sie spürte, dass jemand da war, blickte sie über die Schulter, den Schürhaken über dem Kopf erhoben, und als sie erkannte, dass es Abelke war, wandte sie sich wieder nach vorn, um ihren Schlag auszuführen. Jetzt zersprang etwas, ein erster Riss lief quer durch die gemauerte Wölbung. »Ich komme nach«, sagte Geseke, ohne sich wieder umzudrehen. Ihre Stimme klang so rau und fremd, dass Abelke einen Schauer zwischen den Schulterblättern spürte. Da hob ihre Nachbarin, schon etwas matter, aber nicht weniger entschlossen, den Schürhaken nochmals an. Abelke verstand, trat rückwärts aus der Tür heraus, und während sie sich entfernte, hörte sie noch einige Male die metallischen Schläge niedergehen, die wie ein unheilvolles Läuten klangen, gefolgt von einem dumpfen Poltern.

Es war nicht weit zu Harders Hof, das Dachdreieck seines Hufnerhauses tauchte schon bald vor Abelke auf, dann wuchs auch der Rest der Bauernstelle aus der Landschaft heraus. Die ersten Hofgeräusche wehten herüber, das Gänseschnattern und Schweinegrunzen, das Klirren einer Kette, das Stampfen der Huftiere. Zwischen zwei Wallhecken duckte sich Harders Tagelöhnerkate. Krumm und schief war sie gebaut, wie von einem, der keine Lust dazu hatte oder wenig Ahnung davon besaß. Die winzigen Fenster saßen auf unterschiedlicher Höhe, die Balken standen schräg, es sah aus wie ein Mensch auf krummen Beinen. Das Reet war grün vor Moos, vom Wind zerrupft an vielen Stellen, vom Besitzer vernachlässigt. Sie schritt auf die Tür zu, auf die fremde Tür eines fremden Hauses. Aber immerhin ein Dach über dem Kopf. Hand- und Spanndienste gegen Essen und Behausung, darauf hatte sie sich mit Harder geeinigt, noch an dem Tag, als Kleater und dieser Huge ihr den Hof weggenommen hatten. Sie hatte nicht lange überlegt, sie wusste, etwas Besseres hatte sie nicht zu erwarten. Die Tür war niedrig, ihr Holz grau und splittrig, etwas schief hing sie in den Angeln. Abelke hielt kurz inne, dann drückte sie sie auf. Die Tür wollte erst nicht nachgeben, und als sie es dann doch tat, jaulte sie auf wie ein Hund, der litt.

Der Geruch von abgestandener Feuchtigkeit, schimmelndem Heu, Hühnermist und kaltem Rauch schlug ihr entgegen. Auch wenn sich nun erst recht alles in ihr sträubte, trat sie in die kühle Diele. Als ihre Augen sich an das schummrige Licht gewöhnt hatten, blickte sie sich um. Wie eng es hier war. Die Bauweise war dieselbe wie beim Hufnerhaus, das Dach ruhte auf zwei Ständerreihen, nur war hier alles winzig im Vergleich. Die Decken niedrig, die Wände nah beieinander, sie meinte, die Enge bis in die Brust zu spüren, als würde sie zusammengedrückt.

Vor langer Zeit hatte die Kate Harders Eltern als Altenteil gedient. Nachdem sie gestorben waren, brachte er hier, wenn es sich ergab, Tagelöhner unter, ansonsten ließ er die Hütte verkommen. Seine Mägde und Knechte hatte er mit im Haus, er hatte sie gerne im Blick. Und zwar wörtlich, die Mägde klagten oft darüber, dass er das Utlucht, das Guckloch in seinem Alkoven Richtung Flett und Diele, nicht nur dazu nutzte, um nach dem Rechten zu sehen, sondern vor allem nach ihnen, wenn sie abends aus den Arbeitskleidern stiegen.

Abelke schaute von unten nach oben, die Balken waren von staubigen Spinnweben überzogen, die Wände mit allerlei Dreck besprenkelt, auf dem Lehmboden lag Unrat, und aus den dunklen Ecken hörte sie aufgeschrecktes Rascheln. Wie im Hufnerhaus befand sich in der Mitte der Diele das Flett, im südlichen Bereich waren Tiere untergebracht, aber kein Großvieh, hier war bloß Platz für Hühner und Schafe. Sie ging nachsehen, ob ihre Nase sie nicht täuschte, aber Harder hatte in einem der Koben tatsächlich Schweine untergebracht. Menschen und Schweine unter einem Dach, das gehörte sich nicht. Aber Arbeitslüüd waren in Harders Augen wohl keine Menschen. Sie schaute hinter das Gatter. Eine riesige Muttersau lag mit ihren Ferkeln in einem Nest aus Stroh. Als sie Abelke bemerkte, rappelten sich alle aufgeregt und ungelenk auf die Beine und flüchteten in die dunkle Ecke, von wo aus sie schnüffelnd die runden Nasen nach ihr streckten und sie neugierig aus glänzenden, schwarzknöpfigen Augen anblickten. »Ich tue euch doch nichts«, sagte sie. Aber das wussten sie wohl schon, denn die ersten wagten sich wieder vor.

Sie ging zurück zum Flett, trat an einen der Alkoven heran, und zu ihrer Überraschung stellte sie fest, dass dort bereits jemand untergebracht war. Sie schaute in den anderen daneben, aber auch dort schien jemand genächtigt zu haben. Verdutzt und erschrocken wich sie zurück, überflog den Raum von neuem, und ja, tatsächlich, auf dem schiefen kleinen Tisch erblickte sie das Geschirr von zwei Personen. Zwei Pötte standen dort, neben jedem ein Becher, in einem noch ein dunkler Bodensatz. Abelke hob ihn zur Nase, zweifellos war das Wein. Sie bemerkte ihre trockene Kehle, wollte den Schluck schon hinunterstürzen, sie konnte sich gar nicht mehr erinnern, wann sie das letzte Mal einen gehabt hatte. Dann besann sie sich, wollte den Becher gerade zurückstellen und ließ ihn beinahe fallen, weil sie zusammenzuckte, als hinter ihr die Tür aufjaulte. Es war Harder, der hereingetreten war. Allein seine Statur verriet ihn, ein Bauch wie ein Fass, mit vier dünnen Gliedmaßen daran. »Der Bauch vom Harder ist schon da, gleich kommt auch der Rest«, spotteten die Leute gerne mal. Aber nun stand er im Ganzen in der Diele, eine Begrüßung sparte er sich, zeigte nur nach oben, als hätte er ihre Gedanken gelesen: »Auf der Hille ist noch Platz zum Schlafen«, sagte er.

»Du hast nicht gesagt, dass hier schon welche wohnen.«

»Und du hast nicht gesagt, dass du ein privates Quartier erwartest.« Harder setzte einen gespielt überraschten Ausdruck auf. »Hast du deine Tagelöhner denn immer einzeln untergebracht?« Sie trat von einem Fuß auf den anderen, denn das hatte sie natürlich nicht, es war üblich, dass man die Arbeitslüüd gemeinsam in einer Kate wohnen ließ. In Zeiten, als es noch reichlich Arbeitskräfte gab, lebten in einer Kate manchmal ein Dutzend Leute.

»Mach dir mal keine Sorgen«, sagte Harder betont gelassen. »Es sind nur der alte Schäfer Peter Wenten und seine Frau Aneke.« Er ließ das kurz wirken und lächelte scheinheilig. »Vielleicht hat dir schon mal jemand erzählt von denen.«

Abelke versteinerte. Bei Leneke hatte sie das erste Mal von dem unheimlichen Schäfer gehört, aber das letzte Mal war es nicht gewesen. Auch Geseke waren Geschichten über ihn zu Ohren gekommen, die sie natürlich weitererzählt hatte. Aus der Lüneburger Heide sollte er stammen, war irgendwann hier in der Gegend aufgetaucht, zog bettelnd von Tür zu Tür, seine wortkarge Frau im Schlepptau, fragte nach Arbeit, fragte nach Essen, aber die Tür wurde ihnen meistens vor der Nase zugeworfen.

Wenn sie das Wort Schäfer hörte, war ihr bis dahin vor allem eine Gestalt aus der Kindheit in den Sinn gekommen. Ihr Vater hatte viel von diesen Männern gehalten, von dem Wissen, das sie sammelten, während sie umherzogen, Tiere und Natur beobachteten. Einmal, als eines der Pferde gelahmt hatte, hatte er einen durchziehenden Schäfer um Rat gefragt und ihn auf den Hof gebracht. Abelke hatte die Augen nicht nehmen können von diesem Mann mit dem ernsten Gesicht und den braunen, breiten Händen. Er war in den längsten Mantel gehüllt, den sie je gesehen hatte, bis an die Knöchel reichte er, und wenn der Schäfer sich bewegte, meinte sie, ein Rauschen zu hören. Er befühlte das kranke Pferdegelenk, schloss dabei die Augen, aber man konnte die Pupillen hinter den Lidern umherwandern sehen. Irgendwann nickte er, als ob er nun alles wüsste. Und gerade, als es spannend wurde, als er in seinen ledernen Beutel greifen wollte, hielt er inne und schickte alle aus dem Stall hinaus. Sie klebte mit dem Ohr an der Holzwand, selbst der Vater drückte sich neugierig in der Nähe herum, tat, als hätte er zufällig gerade dort zu tun, aber aus dem Stall drang kein Mucks nach außen. Keiner erfuhr je, was der Schäfer mit dem Pferd gemacht hatte, aber ein paar Tage später hatte es wieder laufen können, als ob es nie etwas gehabt hätte. Der Vater hatte den Schäfer damals reichlich entlohnt, heute würden ihm die Leute für die Spökenkiekerei wohl vor die Füße spucken, sich an ihre Schutzamulette klammern und Abwehrsprüche murmeln. Sie wusste nicht, wann es passiert war, aber irgendwann hatte man Schäfer nicht mehr zu den Heilern gezählt, sondern zu den unehrlichen Leuten, zu den Schindern, den Abdeckern und Herumziehenden, zu den Töverschen. Es musste zur gleichen Zeit passiert sein, als die alte Grete Rycken verschwunden war. Früher waren die Leute zu ihr gegangen, um sich die Warzen besprechen und lange Nadeln hineinstechen zu lassen, sie schworen, dass sie danach abfielen. Grete knüpfte Nesteln aus Rosshaar, die man Kranken in die Alkoven hängte, damit sie wieder gesund wurden. Für Frauen braute sie Tinkturen, die ihnen in die Augen getropft einen jugendlichen Glanz verliehen, und wer unverschämt viel Geld übrig hatte, dem sagte Grete Rycken die Zukunft voraus. Doch irgendwann gingen die Leute nur noch verstohlen zu ihr, dann gar nicht mehr, und noch etwas später schlugen sie die Augen nieder, wenn sie ihr zufällig begegneten, um nicht von ihrem Blick getroffen zu werden. Eines Tages stand ihre winzige Kate leer. Vielleicht, weil keiner mehr kam, vielleicht, weil ihr nicht entging, was die Leute einer wie ihr sonst noch zutrauten: dass sie an sie dachten, wenn einer ein plötzliches Stechen im Rücken spürte, wenn die Butter nicht hart wurde, das Bier verdarb oder am Erntetag ganz unerwartet schwerer Regen niederging. Vielleicht hatte sie mit ihrer Gabe vorausgesehen, was kommen würde. Vielleicht brauchte man gar keine Gabe, und es reichte, dem Pastor im Gottesdienst zuzuhören, wenn er sagte: »Und hütet euch vor denen, die ihr Handwerk Wahrsagen nennen, denn alles, was ihren Mund verlässt, ist die Lüge des Teufels, der die Ohren und den Geist seiner Zuhörer verzaubert.«

Auch Harder hatte dem Schäfer die Tür schon fast vor der Nase zugeschlagen, als der alte Wenten bei ihm klopfte und nach Arbeit fragte. Wenten trug einen Hut, heruntergezogen bis zu den buschigen Augenbrauen, die noch schwarz waren, die übrigen Haare sowie der Bart waren schon grau. Etwas war eigenartig an dem Blick dieses Mannes, man erkannte es erst, wenn man genauer hinsah: dass sein rechtes Auge trüb war, blind vermutlich. Harder erschrak nicht bei dem Anblick des alten Schäfers vor seiner Tür, er wollte sie aus Desinteresse schließen – an einem Mann, der ihm augenscheinlich zu alt und unbrauchbar erschien. Er hielt inne aus einem plötzlichen Einfall heraus, wie sich die abendliche Störung in eine Erheiterung verwandeln ließ.

»So, du Stackel, denn vertell mol, wat kannst du denn?«, hatte er gesagt und sich mit über dem Bauch gekreuzten Armen zurückgelehnt. Da ging ein Ruck durch Wentens Körper. Die Hände, die eben noch auf seinem langen Schäferstab geruht hatten, rissen ihn jetzt hoch, nicht allzu hoch, keine Elle über die Erde. Dann sausten sie hinab und stießen den Stab vor Harders Füßen in die Erde hinein. Die Augen fest auf den nun langsam interessierten Bauern gerichtet, bohrte der Schäfer den Stab immer tiefer in den Boden, mit der bloßen Kraft seiner Arme. Harder verstand. Unwillkürlich fasste er sich an seinen schmerzenden Rücken. Bald musste die Erde gepflügt werden. Harder hatte starke Pferde, die gut und lange ziehen konnten, aber nie konnte er einen Knecht finden, der die Pflugschar fest genug in die Erde drückte, zumindest für seinen Geschmack. Irgendwann kam immer der Punkt, an dem er den Schwächlingen nicht mehr zusehen konnte. Dann schubste er sie fluchend zur Seite und übernahm die Arbeit lieber selbst.

»Die auch«, hatte Wenten damals gesagt und eine Geste Richtung Aneke gemacht, die etwas abseits stand, obwohl Harder ihm noch gar nichts zugesichert hatte. Aber wieder war der Schäfer schneller, als Harder denken konnte. Er riss den Stab aus der Erde und warf ihn der Frau zu, die ihn mit nur einer Hand, aber der Griffkraft einer Vogelklaue sicher fing. Nun nahm sie die andere Hand auch dazu, schwang den Stab in die Luft, als hielte sie einen Dreschflegel. Auf dem Boden vor ihr lag ein Kantholz von einer Weide, die Harder heimlich gefällt hatte. Es war verboten, denn die Weiden waren wichtig für den Schutz der Deiche. Aber darauf pfiff Harder, wenn er Brennholz brauchte. Aneke schlug auf das Scheit ein, und schon beim ersten Hieb sprühten Splitter beiseite wie Funken aus dem Feuer. Harder hatte genug gesehen. Noch am selben Abend ließ er die beiden in die Kate einziehen und nannte ihnen, so wie Abelke jetzt, die Arbeitszeiten für den nächsten Tag.

»Gearbeitet wird vör Daag«, sagte er. Vom ersten bis zum letzten Licht des Tages. »Ich kenne die Arbeitszeiten auf einem Hof«, gab Abelke gereizt zurück. »Als Herr weiß man alles, aber die angestellten Leute muss man öfter mal an ihre Pflichten erinnern«, sagte Harder und spitzte die Lippen etwas. Sie krallte die Fingernägel in ihre Handflächen, bis es schmerzte. Als Harder gegangen war und ihr Atem sich etwas beruhigt hatte, stieg Abelke über die

Leiter auf die Hille. Staub von altem Stroh wirbelte herum. Ein erschrockenes Huhn flatterte auf und hinterließ ein warmes Ei. Tief gebückt, weil man hier nicht aufrecht stehen konnte, ging Abelke zur Giebelseite und spähte durch das Eulenloch. In der Ferne konnte sie ihre Hofstelle sehen, winzig klein und verschwommen, einverleibt von einem fremden Mann. Sie kniete vor dem Loch und starrte hinaus, ein schreckliches Zerren am Herzen, als wäre es mit einem Faden an den Hof gebunden.

Schritte waren zu hören. Mit angehaltenem Atem lugte sie durch die Bretterritzen nach unten, und erleichtert erkannte sie, dass es Geseke war. Sie sah ihr zu, wie sie eintrat und die Nase rümpfte über den Geruch, wie sie die Augen aufriss, um in der Finsternis etwas erkennen zu können, wie sie ihr Bündel wütend in die Ecke pfefferte. Wie sie aufstampfte und zu klagen begann über dieses ungerechte Elend, das ihnen widerfahren und nun auch sichtbar war, durch modrige Mauern und ein löchriges Dach. Sie wohnten hier nicht nur, sie bekamen einen neuen Platz zugewiesen, mit Schweinen unter einem Dach, viel tiefer ging es nicht. Tiefer wäre nur ohne Dach und Arbeit, wäre Herumziehen, Betteln oder Stehlen, in Ställen schlafen, wenn die Leute gnädig waren, oder im Wald, wenn sie es nicht waren.

Abelke stieg herunter zu ihrer alten Nachbarin. »Das kann schon werden«, sagte sie, und damit es nicht leere Worte blieben, schaute sie sich um, suchte in den Ecken und Nischen, fand einen zerfransten Besen aus Heidereisig und einen groben Lumpen, der als Feudel taugte. Drückte ihn Geseke in die Hand, nahm selbst den Besen, und schon schwang sie ihn. Geseke maulte noch, fiel dann doch mit ein, sie kehrten und wischten, selbst an den entlegenen Stellen. Nur um die Besitztümer der Fremden, die hier lebten, machten sie einen Bogen, wenngleich sie neugierige Blicke darauf warfen. In einer Ecke stand ein Lederbeutel, groß und prall gefüllt, und trotzdem war es unmöglich, von außen auf seinen Inhalt zu schließen. Mehrmals umkreiste Geseke ihn, und gerade, als sie doch mal die Lasche lupfen wollte, nur um einen kurzen Blick hineinzuwerfen, flog jaulend die Tür auf, und zwei hutzelige Gestalten traten ein.

Abelke und Geseke hielten inne, wichen einen Schritt zurück. Auch die zwei Fremden blieben wie erstarrt stehen. Die Frau, eine kleine Gestalt mit langen, wirren Haaren, der Mann taxierend, mit einem Blick, an dem etwas eigenartig war. So standen sie sich einen Moment stumm gegenüber und beäugten sich. Vorbei war es, als der Mann unter seinen Mantel griff und ruckartig etwas hervorholte, woraufhin Geseke ein kurzer, spitzer Schrei entfuhr, gefolgt von einem erleichterten Seufzer und einem verärgerten kurzen Fluch. Denn es war nur ein toter Biber, ein ausgewachsenes Tier, der Mann streckte ihn am langen Arm von sich, dann grinste er breit. »Aneke, feure ein, wir haben Gäste für unser Festmahl«, rief er. Und Aneke kicherte, ein seltsam helles, aufgesetztes Kichern war das, das erst allmählich verklang, während sie zur Feuerstelle ging und dort zu hantieren begann. Auch die beiden anderen Frauen lösten sich langsam, und erst da merkte Abelke, wie sehr ihr der Magen vor Hunger schon krampfte, und sie folgte der anderen zur Feuerstelle, um sich nützlich zu machen.

Das gebratene Fleisch machte sie träger und zufriedener, und weil die Dunkelheit sich längst um das Haus gelegt hatte und Kälte und Feuchtigkeit hereinkrochen, rückten sie mit ihren Stühlen näher an die Feuerstelle. Eine Zeitlang herrschte Stille, sie gaben vor, in den Flammentanz zu schauen, aber unauffällig beäugten sie sich von der Seite. Da rief Wenten mit einem Mal aus: »Ja, erzählt man denn hier bei euch keine Geschichten, wenn man zusammen am Feuer sitzt? Schweigt ihr bloß wie die Fische in der Elbe, oder was?« Aneke gab ein entnervtes Seufzen von sich, als wüsste sie genau, was nun käme. Als hätte sie schon öfter erlebt, wie Wenten jetzt die Stimme senkte, wie er seinen Hals streckte und die Augen aufriss, wie er umherblickte und sein Gesicht sich verfinsterte. Das Feuer knackte und glühte hell auf, aber im Rücken war Abelke, als wäre es plötzlich kälter geworden, während Wenten loslegte: »Dann will ich euch jetzt mal sagen, wie es dort zugeht, wo ich herkomme.« Und dann erzählte er von der Lüneburger Heide, einem weiten, sandigen Land, wo riesige graue Felsbrocken herumlagen, verstreut, hier und da, hingeworfen von verspielten Riesen, die dort ihr Unwesen trieben. Er erzählte von buckeligen Bäumen, die die Gestalt von Menschen hatten und über Nacht ihren Platz wechselten. Von Wintertagen, an denen der Ostwind pfiff und die Schafe vergeblich im gefrorenen Boden nach ein paar Halmen scharrten, bis das Blut aus ihren Klauen in den Schnee sickerte. Und wie dann ein heller Lichtstrahl erschien, der vom Himmel bis auf den winterstarren Boden reichte, nur für den Schäfer war der, denn er führte ihn, bis er zwischen Eis und Frost plötzlich satte, grüne Weiden für seine Tiere fand.

Geseke hing ihm noch an den Lippen, den Atem angehalten, die Augen weit wie Teller, den Mund offen wie ein Scheunentor. Aber Abelke sah es jetzt, den Schalk in Wentens Gesicht, erkannte den Witz und Humor, der hinter seinem dramatischen Ausdruck lag. Und mit einer plötzlichen Gewissheit mochte sie ihn. Der hier war kein schlechter Mensch, der hier war einer, der etwas gefunden hatte, das er diesem Elend von einem Leben entgegensetzen konnte, der eine neue Welt erschaffen konnte, wenn ihm die wirkliche nicht gefiel, der sie ausschmückte und ihr Neues hinzufügte, den Lauf der Dinge änderte, zu seinen Gunsten, wenn ihm danach war. Er konnte eine Tür aufstoßen und in ein anderes Leben flüchten, und wenn es nur für eine kurze Zeit war, dort ging es ihm besser. Zu gerne hätte sie gewusst, warum er weggegangen war aus dem Land mit den Steingestalten, warum ihm nichts Besseres beschieden war als Harders marode Kate. Aber sie war sicher, dass er auch das irgendwann noch erzählen würde, oder wenigstens das, was er sich dazu einfallen ließ.

Viel zu lange hatten sie am Feuer gesessen, viel zu lange hatten sie hinterher mit offenen Augen den fremden Atemzügen in der Dunkelheit gelauscht, dem Rascheln aus den Ecken, dem entrückten Seufzen der schlafenden Tiere, dem tickenden Nagen der Holzwürmer im Gebälk. Viel zu früh begann der nächste Tag. Der erste in Abelkes Leben, an dem sie fremdes Land bestellte, und ebenfalls zum ersten Mal spürte sie in jedem Handschlag einen Widerwillen. Und trotzdem schuftete sie, wie sie immer geschuftet hatte, vielleicht sogar etwas mehr. Keinen Anlass wollte sie Harder bieten, dass er sie als träge oder faul beschimpfen könnte. Ihr Arbeitsverhältnis war unverbindlich, ihr Leben galt nun gerade mal so viel wie die Arbeit, die sie verrichten konnte. Sobald sie nicht nützlich wäre, würde Harder sie fortschicken. Immerzu maulte er mit ihr herum, und wenn nicht mit ihr, dann mit Geseke, die das noch schlechter ertrug.

Abends am Feuer richteten sie ihre Blessuren, die am Körper und die anderen. Wenten hatte eine Salbe in seinem Lederbeutel, die reichte er dann herum. Sie roch würzig und scharf, nach Kräutern und schwarzem Senf und vielem mehr, das Abelke nicht erkannte. Die Gelenke schwollen ab von dieser Paste, die Risse in der Haut verkrusteten; selbst über größere Wunden und Abschürfungen war oft schon am nächsten Tag eine neue zarte Haut gewachsen. Und wenn Geseke mal wieder gedemütigt und hasserfüllt mit den Zähnen malmte, bis ihr Kiefer knackte, dann sagte Wenten zu ihr: »Klag es dem Feuer. Sag dem Feuer alles, was dich quält, es wird es verbrennen, und dann wird es mit dem Rauch abziehen.« Und sie machte das, lief um das Feuer herum, kaute noch eine Weile auf der zähen Wut herum, die sich nicht herunterschlucken ließ, und dann schrie sie: »Ich hasse dich, Harder, du stinkender Bösewicht, du Horenminsch! Und euch, Kleater und Huge, ihr Diebe, euch hasse ich auch, ihr Köter, ihr Schubbjacken!«, und dann spuckte sie ins Feuer, als sähe sie ihre Gesichter darin, und das Feuer zischte, und der Rauch wurde dichter, zog an ihren Köpfen vorbei, aus dem Rauchabzug hinaus in die schwarze Nacht. Und Geseke seufzte tief, fasste sich an die Wange, an den Kiefer, der noch schmerzte, aber schon etwas ruhiger war. Allerdings hielt das nur, bis Harder sie am Sood stehen sah, wo sie etwas trank, nach Stunden der Arbeit, wo sie sich die Stirn abrieb mit dem kalten Wasser und durchatmete und er sie eine faule alte Sau nannte. Da reichte es ihr nicht mehr, in das Feuer zu schreien. Da packte sie abends Wenten am Ärmel, hielt ihn fest und sah ihm hart in die Augen. »Wenn es das wirklich gibt, mit dem Teufel in einen Bund zu treten, wenn der mir hilft aus diesem Elend, ich würde es machen.« Er wich dem Blick nicht aus, sah ihr tief in die flackernden Pupillen, und während er langsam ihre Hand von seinem Ärmel löste, sagte er: »Man sollte vorsichtig sein mit dem, was man sich wünscht.«

Nach ein paar Wochen war der einzige Kessel hinüber, den sie hatten. Er war in einem noch schlechteren Zustand gewesen als Abelkes Schweinekessel zuletzt. Da nützte auch Wentens Geschick nichts mehr, mit dem er immer wieder etwas für eine heimliche Fleischmahlzeit auftrieb; mal einen Hasen, ein paar Forellen oder Rebhühner. Sie baten Harder um einen neuen Kessel, er sagte: »Jaja«, aber sie warteten lange. Und als es zu lange war, fiel Abelke etwas ein, das sie noch tun konnte. Ein paar Tage sann sie darüber nach, aber an einem Abend, als ihnen wieder nichts anderes blieb, als trockenes Brot einzuspeicheln, bis es sich herunterschlucken ließ, als sie sich die Bäuche hielten vor Schmerz, den die rohen Bohnen und Rüben ihnen bereiteten und weil sie seit Tagen ohne warme Mahlzeit waren, da fasste sie einen Entschluss und machte sich auf den Weg.

Angebaut hatte Kleater. Angebaut und den Rest verschönert. Auf den Dächern lag frisches, helles Reet. Am Haupthaus hatte er Verzierungen in die Giebelbalken schnitzen lassen, richtige Kunstwerke, filigrane Rosetten, geschwungene Streben, im Türsturz eine geschwungene Girlande aus geschnitztem Blätterwerk. Neben dem alten Backhaus stand das Ständerwerk für ein neues. Ging ihm gut, dem Kleater, ging voran bei ihm, als Vogt.

Vor der Tür zögerte sie kurz, klopfte sich den gröbsten Dreck vom Arbeitsgewand, viel änderte das nicht. Über die Haare fuhr sie sich, strich sie hinter die Ohren, mehrmals, denn sie war aufgeregt, ihre Hände zitterten, auch wenn sie ihnen etwas anderes befahl. Schließlich klopfte sie. Es dauerte, dann öffnete eine Magd, aber noch bevor Abelke etwas sagen konnte, hatte die Magd schon angefangen: »Ich darf den Bettlern nichts mehr geben, es sind so viele geworden. Die Vogtfrau meint, es spricht sich rum, wer was gibt, und dann kommen immer nur noch mehr.« Dann wollte sie die Tür schon schließen, aber Abelke hielt die Hand dagegen. »Ich will keine Almosen. Ich komme, um etwas zu holen, das mir gehört.« Die Magd schaute irritiert, die kurze Überrumplung reichte, um sie vom Türschließen abzuhalten. »Ist der Herr Kleater da, oder die Vögtin vielleicht? Die beiden wissen, wovon ich rede.«

Der Vogt sei nicht da, sagte die Magd, sie schaute immer noch irritiert, aber auch schon etwas wütend, weil sie nicht weiterwusste. Was in diesem Haus konnte schon einer so heruntergekommenen Person gehören?

Die Magd war noch sehr jung und neu, vermutlich hatte Kleater sie in der Stadt angeheuert. Von dort kamen neuerdings einige. Dass die Leute hier draußen Stellen suchten, war ein sicheres Zeichen, wie es um Arbeit in der Stadt bestellt war, auch deshalb hatte Abelke nie erwägt, dorthin zu gehen.

Rote Flecken am Hals, flackernde Pupillen, die Verunsicherung der Magd war nicht zu übersehen. Da fiel Abelke ein, was sie sagen musste, um an ihr Ziel zu kommen. Jahrzehntelang war sie Herrin gewesen, wovor das Gesinde sich am meisten fürchtete, wusste sie genau.

»Gut, ich kann gehen«, sagte sie. »Aber ich bin sicher, dass der Vogt diese Angelegenheit erledigt haben wollte. Wenn er erfährt, dass du das verweigert hast, wird ihm das nicht gefallen. Von der Vögtin ganz zu schweigen, und du weißt sicher genau, dass Aufregung ihr nicht guttut.«

Jetzt wippte die Magd nervös auf und ab. Ganz fremd schien die Frau nicht zu sein, wenn sie über den Zustand der Vögtin Bescheid wusste, und Ärger konnte sie nicht gebrauchen. Es hatte schon genug Klagen gegeben über verschüttete Milch, nicht gründlich gereinigte Ecken, zu fad zubereitetes Essen. Sie ließ die Schimpftiraden des Vogt-Ehepaares über sich ergehen, und der Verdacht kam ihr, dass Menschen, die neu zu Geld gekommen waren, sich noch schlechter benahmen als jene, die es schon immer hatten.

Sie sagte nichts, verschwand aber im Haus, und nach einer gewissen Zeit erschien tatsächlich die Frau vom Kleater an der Tür. Abelke erschrak. Ihr Körper war hager, aber ihr Gesicht war geschwollen, vor allem die Lider, die glänzend und schwer herunterhingen, so dass ihre Augen sehr klein und gleichgültig aussahen. Auch wenn ihre Höfe früher nicht weit auseinandergelegen hatten, konnte Abelke sich nicht entsinnen, wann sie die Vogt-Frau zuletzt gesehen hatte, sie war kaum mal draußen, man hörte immer nur, sie sei zu krank.

Abelke war absichtlich zu einer Zeit gekommen, zu der der Vogt üblicherweise außer Haus war, sie hatte gehofft, mit der Frau das Anliegen besser klären zu können, hatte auf ihr Verständnis gehofft, auf Mitgefühl vielleicht. Doch vergeblich, wie ihr jetzt schon schwante, sie sah es in ihrem Blick. Aber sie war jetzt nun mal da, schlug die Augen nieder, trug höflich vor, was ihr Anliegen war, und wollte zugleich vor Scham versinken, weil sie sich nun doch vorkam wie das, was die Magd in ihr gesehen hatte: eine Bettlerin.

Nach einer kurzen Pause ergriff die Vögtin das Wort, und Abelke war überrascht, wie kräftig die Stimme war, die aus dem ausgezehrten Körper kam: »Wenn mein Mann den Kessel eingezogen hat, dann wird das schon seine Richtigkeit haben. Es ist eine Frechheit, dass du herkommst und danach verlangst«, sagte sie, und damit schien für sie alles erledigt, denn schon wollte sie sich ins Hausinnere zurückziehen, halb war sie bereits der Magd zugewandt, die eine Abreibung zu erwarten hatte, weil sie diese unnötige Störung zugelassen hatte. Die Magd warf Abelke einen feindlichen Blick zu, glühend vor Scham und Wut über die List, auf die sie hereingefallen war. Doch für Abelke war es noch nicht zu Ende. »Halt!«, rief sie. »Vögtin, ick bitt di. Kleater hat mir den ganzen Hof genommen, und ich will doch nur den Kessel, der ein Pfand gewesen ist. Nur den. Ich hab sonst keinen. Ich hab sonst nichts.«

Zu ihrer Überraschung öffnete die Vögtin die Tür tatsächlich wieder ein Stück weiter, trat hervor, das Licht fiel auf ihr gelblich blasses Gesicht. »Maak, dat du von hier wegkümmst, Lumpenweib!«, stieß sie aus, ein säuerlicher Hauch traf Abelke im Gesicht. Dann schlug die Vögtin die Tür zu.

Am Abend war es Abelke, die sich vor den Schäfer stellte, und nicht bittend, sondern fordernd fragte sie: »Was hast du da noch in deiner Tasche, Wenten? Hast du noch etwas anderes als Salbe?« Er zögerte, er guckte sie lange an, er atmete schwer, aber dann holte er den Beutel und griff hinein. Es war eine Flasche mit trüb braunem Inhalt. Sie sah enttäuscht aus, zog den Korken trotzdem heraus. Fusel, immerhin. Er hob die Hand. »Aber nicht allein«, sagte er.

Die Sonne war sicher schon seit einer Stunde am Himmel, als Harder die Tür aufriss, wütend in die Kate stampfte, in eine Pfütze Erbrochenes trat, fluchte und schrie, dass die Sau im Verschlag aufsprang und davonschoss, die Ferkel mit bis zum Augenweiß geweiteten Augen hinterher. Erst da kamen die vier zu sich, öffneten benommen die Augen, verkniffen sie gleich wieder, weil der Schmerz in ihre Schädel schoss, ein Stechen wie von hundert Nadeln, das durch Harders Brüllen noch schlimmer wurde.

Für die Sauferei an sich ließ er sie den Schweinekoben sauber machen, die ganze Jauche herausheben und noch die letzten Reste vom Boden kratzen, wofür sie sich in den Dreck knien mussten. Für das, was sie ihm im Suff in den Sturzbalken über dem Eingang der Kate geritzt hatten, verweigerte er ihnen eine Woche lang das Brot.

Der Winter kam, die arbeitsreichste Zeit war vorüber, und selbst einem Harder ging die Phantasie aus, womit er seine Tagelöhner noch herumschubsen konnte. Frost setzte ein, tilgte alles Leben, die Flüsse und Gräben erstarrten, alles hielt ein und schwieg. Als es auf Weihnachten zuging, fanden sie manchmal Essen vor der Tür, das sicher nicht von Harder war. Ein paar schrumpelige Äpfel, Kanten vom Buchweizenbrot, einmal sogar ein paar Mettwürste. Einiges kam von Leneke, war Abelke sich sicher. Leneke mied sie, sie musste, und Abelke wusste, warum. Aber vielleicht gab es sogar noch mehr Leute, die mitfühlend an sie dachten. Abelke stand oft lange vor diesen unerwarteten Gaben, gerührt und dankbar bis auf den Grund ihres Herzens.

An Lichtmess, im Februar, sagte Geseke, was man an diesem Tag immer sagte: »Nun sünd wi öber'n Barg«, weil die strengste Winterkälte dann meistens überwunden war. Sie begutachtete das Wetter wie ein Heilkundiger einen Kranken, um dann, als der Tag vorüber war, erleichtert festzustellen: »Lichtmessen hell und klaar, gifft en goodes Jahr«, denn die Sonne hatte den ganzen Tag über freundlich vom Himmel geschienen. Abelke sah sie erstaunt an, Wenten kämmte mit den Fingern durch seinen Bart, Aneke kicherte leise vor sich hin.

Als zwei Wochen später die Faslabendloipers von Tür zu Tür zogen, hielt Abelke ein paar Heedwech bereit, die sie extra gebacken hatte. Harder hatte sich in der Weihnachtszeit christlich gegeben, und bevor an den Twölfen die Arbeit eingestellt wurde, durften sie alles Korn, das vom letzten Dreschen auf dem Boden lag, zusammenfegen und behalten. Die anderen mahnten Abelke noch, sie solle nicht albern sein, wer würde denn schon ausgerechnet an ihrer Türe klopfen? Aber sie hatte früher jedes Jahr mit den kleinen Heißwecken auf die Kinder gewartet. Sie kamen immer im Trupp, Hammer und Rummelpott dabei. Mit dem Hammer klopften sie an die Tür. »Hammer, Hammer hü«, riefen sie, und man öffnete.

»Giff mi 'n lüttje Klüü! Lot mi nich so lange stahn, denn ick mutt noch wieder gahn!«, sagten sie auf, und der mit dem Rummelpott rieb das Stück Reet, das in der straff gespannten Schweinsblase steckte, was ein tiefes, lustiges Brummen gab. Man reichte den Kindern die Heedwech, freute sich an ihrer Freude, dann zogen sie weiter.

Der Abend dehnte sich, ging vorüber, war bald um, da klopfte es tatsächlich. Als Abelke öffnete, stand da eine Handvoll größerer Jungen vor der Tür, und noch als sie sie überrascht musterte, sagten sie ihr Gedicht auf: »Unk, unk, unk. Vor Jahren war ich jung. Hätt ich einen Mann genommen, wär ich nicht in Teich gekommen. Unk, unk, unk.« Sie schnitten Grimassen, hässliche Froschmäuler und aufgeblasene Backen, dann brachen sie in Gelächter aus, das noch zu hören war, als sie fortrannten und in der Dunkelheit verschwanden. Sie ging zum Tisch und starrte die Schüssel mit den Heißwecken an. Und auch wenn sie wusste, dass es eine Dummheit war, weil die anderen sie nur zu gern gegessen hätten, nahm sie eine nach der anderen und warf sie ins Feuer.

Manchmal streifte sie um ihr altes Grundstück herum, als würden ihre Beine sie von selbst hintragen, als würde das Band an ihrem Herzen sie dorthin ziehen. Manchmal achtete sie die Grenze nicht, betrat Boden, der mal ihr gehört hatte, lief die Felder herauf, ließ sich auf die Knie herunter, versenkte eine Hand in die Erde. Manchmal hob sie einen Klumpen heraus, presste ihn zusammen, führte ihn zur Nase. Die Erde roch harzig und ein wenig süß, sie sog den Geruch so lange in sich auf, bis er nicht mehr wahrzunehmen war, dann steckte sie den Klumpen ein und nahm ihn mit, um ihn dann und wann zwischen den Fingern zu befühlen. Mit scharfem Blick registrierte sie alles, was Huge nun verrichtete. Dass er die Grundstücksgrenzen zwischen ihrem früheren Hof und dem ehemaligen von Henneke aufgelöst und beide zu einer gemeinsamen Länderei verschmolzen hatte; groß wollte er es wohl haben. Sie sah Hennekes Bienenkörbe zerschmettert am Boden liegen. Sie sah, dass Huge Leute beschäftigte, die er aus der Stadt hergeholt hatte und die sich auf die Arbeit hier nicht verstanden. Sie säten zur Unzeit, und dem Vieh gaben sie das Falsche zu fressen. Sie schlich nie in die Ställe, aber wenn die Tiere draußen waren, sah sie, wie dem Milchvieh der Durchfall die Beine herunterlief, die Pferde unruhig vor Koliken hin und her sprangen, sie bemerkte wulstige Ausschläge am Hals, und dann hätte sie sich am liebsten die Haare gerauft vor Wut. »Hüter, Hüter, Küsch, Küsch«, lockte sie manchmal die Pferde und Kälber an den Zaun, um ihnen über die warmen Mäuler zu streichen. Und sie kamen. Nur nach dem kleinen Zick rief sie immer vergeblich. Es tauchte nie mehr auf.

Manchmal, wenn Huge selbst irgendwo zu sehen war, in seiner knielangen Weste aus weichem Kalbsleder, wenn er mit langen Schritten, die Hände auf dem Rücken verschränkt, sein neues Land abschritt, da konnte sie nicht an sich halten und rief: »Du Narr, du Esel, du weißt ja gar nicht, was du hier machst.« Und an anderen Tagen, weil sie wusste, dass es ihn am meisten treffen würde, da stemmte sie die Hände in die Hüften und lachte ihn aus. Lange und überspannt lachte sie, bis sie die Wut in seinem Gesicht aufflammen sah und er nach seinen Leuten rief, die sie vertreiben sollten. Aber sie entkam immer, schlich sich wieder heran, tauchte an einer anderen Stelle auf, streckte die Zunge raus, spie auf den Boden, rief ihm provokante Dinge zu. Etwas Genugtuung verschaffte ihr das, als ob etwas Süßes auf all die Bitterkeit tropfte, die durch ihre Adern floss. Aber lange hielt das nie, es übertünchte nur, es heilte nichts. Denn er war noch immer dort, er hatte ihren Hof, und sie hatte nichts.

AUSEINANDERFALLEN

WAS HATTE SIE eigentlich? Was gehörte ihr? Wie viel würde ihr zum Leben bleiben, wenn sie alleine wäre? Britta parkte und sah lange zum Haus. Schließlich stieg sie aus und ging hinein. Die Tür war zweimal abgeschlossen, das Haus leer. Die Stille, als sie eintrat, drückte ihr sofort auf die Ohren, wie Wasser. Ihre Schritte hallten nach, als sie die Treppe zum Arbeitszimmer hochging. Sie hatte keinen Zettel gefunden und auch sonst keine Nachricht von Philipp bekommen, wo er an einem Samstag war. Es stand ihr wohl nicht mehr zu, das zu wissen. Seit einiger Zeit strichen sie alles, was ein Paar ausmachte. Sie küssten sich nicht mehr, verließen das Haus, ohne einen Grund zu nennen. Sie waren nur noch zwei Menschen, die unter einem Dach lebten, bis sie auch dafür eine Lösung gefunden hätten.

Sie hatten die Phase des Streitens hinter sich. Sie hatten es zuletzt nicht mal mehr geschafft, sich vor den Kindern zu zügeln. Oft hörten sie erst auf, wenn eines von ihnen mit erschrockenen Augen aus dem Raum lief. Sofort bereute Britta es, aber es war dann schon zu spät. An einem dieser Abende hatte sie es schließlich ausgesprochen. »Philipp, ich kann es nicht mehr.« Sie hatte sich so lange davor gescheut, es zu sagen. Immer wieder war Hoffnung in ihr aufgeflammt, dass sie es doch noch schaffen könnten. Aber irgendwann war sie erloschen. Von da an war er wie ausgewechselt. Er beschwor sie, er versprach alles Mögliche, plötzlich fielen ihm tausend Dinge ein, die er ändern würde, er weinte, und das tat ihr wahnsinnig leid. Aber es brachte sie nicht zurück.

Dann kam eine neue Phase: Er wurde irrational, spekulierte, dass sie einen anderen hätte, dass sie ihn womöglich bereits jahrelang betrog. Er bedrängte sie, es zuzugeben, zu sagen, wer es war und wie lange das schon ging. Sie war beinahe versucht, etwas zu erfinden. Weil sie das Gefühl hatte, er könnte besser verstehen, wenn sie ihn für einen anderen verließ, als wenn sie einfach so ging.

Dann folgte die Leere, ein Trennungsvakuum. Sie taumelten umher, wie Schauspieler mit neuen Rollen, die noch nicht saßen. Sie schlief weiter im Gästezimmer, heimlich. Wenn die Kinder schliefen, schlich sie sich mit ihrem Bettzeug hinein und brachte es zurück, bevor sie sie am Morgen weckte. Jedes Mal kam sie sich schäbig vor. Sie brauchten eine Lösung.

Nachts durchsuchte Britta Wohnungsanzeigen, schaute alles in ihrem alten Viertel an, erweiterte die Suche, durchforstete auch die Stadtteile, in denen sie eigentlich nie hatte wohnen wollen, aber es blieb dasselbe: Erstens gab es kaum etwas Passendes, zweitens war alles absurd teuer. Alleine würde sie eine Wohnung, die groß genug für sie und die Kinder war, kaum bezahlen können.

Sie gab jetzt in die Suchmaschine ein: *Scheidung was steht mir zu.* Unterhalt, Versorgungsausgleich, Zugewinnausgleich. Sie fand viel, das meiste sagte ihr wenig. Vor allem nicht über ihre persönliche Situation. Sie schloss die Browserfenster und öffnete den Aktenschrank. Zwei Reihen Leitz-Ordner, die weiß-grau marmorierten, die Rücken lesbar beschriftet: Haus, Haftpflicht, Bank, Krankenkasse, Versicherungen, Fonds. Von keinem dieser Ordner kannte sie den genauen Inhalt. Und dafür konnte sie Philipp noch nicht einmal die Schuld geben. Es war ihre eigene. Er verschwand manchmal ganze Sonntage hinter dem Papierkram, lochte, sortierte ein, legte Tabellen an, überprüfte und verglich Versicherungstarife, schloss bei Bedarf neue ab. Sie war heilfroh, dass sie damit nichts zu tun haben musste. Und wenn sie ganz ehrlich zu sich selbst war, beschränkte sich das nicht nur darauf. Sie hatte nach und nach die Verantwortung für viele Dinge an ihn abgegeben. Es hatte sich eingeschlichen. Wenn sie zusammen wegfuhren, ließ sie ihn ans Steuer, obwohl sie eigentlich gerne Auto fuhr. Aber mit der Zeit wurde es selbstverständlich, dass sie auf den Beifahrersitz stieg. Er tankte, er winkte die Kellner heran, er ging voraus, wenn es etwas zu klären gab, er sprach mit Handwerkern, er erledigte die Bankgeschäfte. Spätestens seit den Kindern war sie mit anderen Dingen beschäftigt: Musste sie während der Autofahrten ruhig halten, hatte gar keinen Kopf dafür, Versicherungsunterlagen einzuheften oder Anlagestrategien zu ersinnen. Sie hatte schon die Kinderarzttermine im Kopf, die Verabredungen zum Spielen, die Geburtstagseinladungen, Elternsprechtage, Logopädietermine, das Kinderturnen.

Sie waren in diese Rollen hineingeglitten, wie auf Schienen. Die Weichen waren bereits gestellt gewesen, es passierte wie von selbst, lenkte alles in geordnete Bahnen: sie bei den Kindern, er bei der Arbeit, sie backe, backe Kuchen, er die Bankgeschäfte. Irgendwie musste man sich ja aufteilen. Aber wie ging eine Scheidung? Sie hatte keine Ahnung. Brauchte sie etwa einen Anwalt?

»Du brauchst keinen«, sagte Philipp, »wir kriegen das so hin. Lass uns das fair durchziehen, ohne Streit.« Als er am Abend zurückkam, wirkte er verändert, besonnen, schlug wieder einen neuen Ton an. Akzeptanz, dachte sie, da war er vielleicht angekommen, das kam nach Wut, nach Trauer, nach der Leugnung. Es waren die Phasen, durch die man hindurchmusste nach Verlusten. Später, als die Kinder im Bett waren, setzten sie sich zusammen. Es kam ihr vor, als ob etwas sich gelöst hätte. Sie mussten nicht mehr kämpfen, plötzlich war Raum für Offenheit da. Sie sahen sich in die Augen, sie redeten wie Diplomaten. Die Karten lagen auf dem Tisch – Kinder, Haus, Unterhalt –, sie schoben sie taktisch hin und her, aber verlieren würden sie beide.

Am Ende kam etwas heraus, das sie sich nicht hatte vorstellen können. Es war Philipp, der vorschlug, die Kinder künftig gleichberechtigt zu betreuen. »Du eine Woche, ich eine«, sagte er. »Ich werde Stunden reduzieren, ich werde mich mehr kümmern.« Am liebsten hätte sie geschrien: Wieso jetzt? All die Jahre hatte sie nur das gewollt, dass es etwas ausgeglichener zwischen ihnen zuging, und immer war sie gegen eine Mauer gerannt. Er wusste wohl, was sie dachte. »Ich will sie nicht verlieren, Britta. Ich hab schon so viel verpasst.« Er presste sich die Faust gegen den Mund und schluckte, er versuchte, Tränen zurückzuhalten. Zum ersten Mal kam ihr der Gedanke, dass nicht nur sie zuletzt durch einen Tunnel gerast war, der blind und taub für Träume und Wünsche machte und für sich selbst. Vielleicht war es ihm genauso gegangen, aber er war jetzt erst daraus aufgetaucht.

Sie brauchte Zeit, darüber nachzudenken. Denn es würde bedeuten, dass sie in den Marschlanden bleiben musste. Sie hatte es schon selbst in Erwägung gezogen. Hier etwas zu finden, wäre vermutlich einfacher und günstiger als in der Stadt. Außerdem wollte sie den Kindern nicht schon wieder einen Schulwechsel zumuten. Und gerade hatte sie etwas Hoffnung, dass Maschas Situation sich etwas besserte.

Neulich hatte Oke an der Tür geklingelt. In der einen Hand eine Flasche Elbschlick. »Die soll ich Ihnen von meiner Mutter geben«, sagte er und hielt ihr den Schnaps entgegen. Britta musste lachen. »Und dann wollte ich fragen, ob Mascha vielleicht Zeit hat?« Sie sah ihn an, ein Teenie war er, mit Haaren, die er sich mit den Fingern ins Gesicht gekämmt hatte. Er wich ihrem Blick aus, zog die Schultern hoch. Entweder war er grundsätzlich schüchtern, oder die Situation war ihm unangenehm. Warum nur ließen Menschen sich zu solchen Dingen hinreißen? Sie verstand es immer noch nicht und fühlte Unwillen, ihm zu verzeihen, nur weil er verlegen war. Sie bat ihn, kurz zu warten, ließ ihn draußen stehen, außer Hörweite sagte sie zu Mascha: »Du musst das nicht machen, okay? Er kann reinkommen, aber nur, wenn du das wirklich möchtest.«

»Ist schon okay«, meinte Mascha, dann ließen sie Oke rein.

Etwas Ähnliches wiederholte sich nur wenig später, als ein Mädchen an der Tür sich als Mia vorstellte. Britta hatte sie gleich aus den Fotokreisen im Chat erkannt. Was sie dort geschrieben hatte, hatte sie auch noch genau vor Augen. Sie fühlte den Groll wieder aufsteigen. Aber Mascha schien das alles leichter zu fallen. »Hi, komm rein«, sagte sie zu Mia. Später hörte sie die beiden Mädchen zusammen lachen.

Sie war froh, dass die beiden noch vor dem offiziellen Termin mit der Schule aufgetaucht waren, also offensichtlich aus eigenem Antrieb. Wobei sie auch den Antrieb von Maren dahinter vermutete und ihr dankbar war.

Britta hatte Mascha überzeugen können, die Sache nicht auf sich beruhen zu lassen. »Du hast Rechte, Mascha. Manche von diesen Dingen sind sogar Straftaten. Verleumdung, üble Nachrede, das ist nichts, was man sich gefallen lassen muss.« Endlich bekamen sie einen Termin mit der Klassenlehrerin, es wurde Philipps und ihr erster Gastauftritt als nur noch schauspielerndes Ehepaar. Philipp fluchte über den einzigen Terminvorschlag der Lehrerin mitten am Tag, weil er ein Meeting absagen musste. Gewöhn dich schon mal dran, wollte sie ihm schon zuzischen, ließ es aber bleiben. Ihr Blick genügte.

Eine Frau mit dunklem Bob und unbestimmter Miene führte sie in den Klassenraum. Sie hob drei Stühle herunter, die für den Putzdienst bereits auf den Tischplatten standen. Britta hatte sich vor dem Termin dreimal umgezogen, sie hatte sich verflucht dafür und konnte doch nicht anders. Sie meinte, einen anständigen Eindruck machen zu müssen, nicht zu viel, nicht zu wenig, solide irgendwie.

Im Klassenraum roch es nach Linoleumreiniger und gleichzeitig trotzdem muffig. Sie hatte das Gefühl, dass es exakt gleich roch wie in ihrer eigenen Schulzeit – und das reichte, um ein beklemmendes Gefühl auszulösen; eine Erinnerung an diese schlimm schreckliche Zeit zwischen Jungsein und Leistungsdruck, zwischen sich finden und gleichzeitig schon jemand sein müssen, vor den dauerlauernden Augen der Klassengemeinschaft; jemand Cooles, jemand Achtenswertes, bloß nicht der Loser sein. Am liebsten hätte sie eins der Fenster weit aufgerissen, um frische Luft hereinzulassen, sie waren alle fest verschlossen und auf den gegenüberliegenden Trakt aus beigem Klinker ausgerichtet. Nicht einmal durch einen Blick aus dem Fenster konnte man von hier flüchten. Sie stellte sich vor, wie Mascha hier saß, mit einem Stein im Bauch, abgestempelt.

»Na, das ist ja allerhand«, sagte die Lehrerin, als Britta ihr geschildert hatte, wie lange das alles schon ging, von welchen Vorfällen sie wusste, wie sehr Mascha unter allem litt. Britta war sich nicht sicher, ob die Lehrerin damit Überraschung, Empörung oder Mitgefühl ausdrücken wollte, denn ihr Gesicht zeigte nichts davon.

»Ja, und was kann man dagegen unternehmen? Was können Sie tun? Wie können wir alle Mascha unterstützen?«, fragte Britta.

»Ich denke, wir werden das zunächst mal verstärkt beobachten«, sagte die Lehrerin. »Und Sie bitte ich, das Onlineverhalten Ihrer Tochter besser zu kontrollieren. Es ist wirklich ein Kreuz mit diesen sogenannten sozialen Medien. Ich sage immer: am besten ganz die Finger davonlassen.«

Britta blinzelte ein paarmal. Hatte sie das richtig verstanden? Sie schielte zu Philipp, der unbewegt dasaß, wie ein Teilnehmer einer Konferenz, aus der er sich geistig ausgeklinkt hatte. Sie kämpfte mal wieder allein, es war im Grunde egal, ob er da war.

»Aber das ist doch nur ein Teil des Problems.« Britta versuchte, einen halbwegs gefassten Ton zu treffen. Was nützte ihr die Leinenbluse, wenn sie hier gleich die Fassung verlor? »Vieles widerfährt ihr ja auch im realen Leben. Aber davon mal abgesehen muss man die Vorfälle im Netz doch genauso ernst nehmen, oder nicht?«

»Nun, es ist ja nicht so, dass ich es nicht ernst nehme. Ich nehme es sehr ernst, bitte unterstellen Sie mir nichts anderes«, sagte die Lehrerin. Sie hatte offensichtlich doch Emotionen. »Und deswegen werde ich mir mal einen eigenen Überblick verschaffen. Das müssen Sie verstehen, denn bisher sind derartige Probleme in dieser Klasse noch nie vorgekommen.«

Britta merkte, wie sich ihr Atem beschleunigte. Sie sah, was die Lehrerin in ihr sah: eine von diesen überempfindlichen Übermüttern, die ihre überempfindliche Tochter in ihre Klasse gepflanzt hatte und jetzt Ärger machte. Sie konnte mit jeder Reaktion nur verlieren. Außer mit der hier: »Vielen Dank«, sagte sie knapp und gefasst, stand auf, reichte der Lehrerin die Hand und machte sich auf den Weg. Verdutzt stand Philipp ebenfalls auf, reichte der Lehrerin auch noch schnell die Hand, dann eilte er Britta hinterher. Sie erklärte ihm nichts. Sie war ihm das nicht mehr schuldig. Sie machte die Dinge jetzt mit sich alleine aus, daran musste sie sich schon mal gewöhnen.

Am Abend setzte sie sich an den Schreibtisch und schrieb eine E-Mail an die Schulleitung. Sie ließ sie über Nacht liegen, entschärfte am nächsten Morgen ein paar Stellen, dann schickte sie sie ab.

Die Antwort kam bald. Man bedauere die Vorfälle und verwies auf Frau Wiesner, die Teil des Beratungsdienstes wäre und sich gut in das Thema Mobbing eingearbeitet hätte. Man bedauere ebenfalls, dass sie nicht gleich hinzugezogen wurde. Überhaupt bedauere man die ganze Angelegenheit und hoffe, sie würde von einer Dienstaufsichtsbeschwerde doch noch Abstand nehmen.

Bald saß Britta wieder in der Schule, diesmal allein, diesmal mit Frau Wiesner. Die schien ihr wie aufgeladen. Sie notierte jedes Detail, das Britta ihr schilderte, nickte mal wissend, mal mitfühlend, und als Britta alles vorgetragen hatte, eilte sie zur Tafel und begann, ein Diagramm aufzuzeichnen.

Die erste Abbildung war ein Kringel, über den sie *Opfer* drüberschrieb. Ein weiterer, nahe stehender Kreis bekam die Bezeichnung *Täter.* Eine Ansammlung von Kreisen in etwas Entfernung beschriftete sie als *Ermöglicher.* Frau Wiesner deutete mit ausgestrecktem Arm zum Schaubild, präsentierend, wie eine Meteorologin, die ein Sturmtief erklärte: »Eine klassische Mobbingstruktur«, sagte sie, dann wischte sie sich die Kreide von den Händen.

Britta erfuhr, dass es in beinahe jeder Zwangsgemeinschaft Einzelne gab, die sich überlegen fühlen wollten und das oft durch das Drangsalieren anderer zu erreichen versuchten. Entscheidend sei, wie die Mehrheit der Gruppe auf dieses Verhalten reagiere. »Mobbing gibt es, weil es zugelassen wird«, fuhr die junge Lehrerin fort und begann, vor der Tafel auf und ab zu gehen, ihre Turnschuhe quietschten leise. »Da sind Bewunderer der Mobber darunter. Aber auch welche, die mit dem Opfer mitfühlen, die nicht richtig finden, was passiert, die aber trotzdem stumm bleiben und es geschehen lassen. Weil sie Angst haben, selbst Opfer zu werden, weil sie sich nicht verantwortlich fühlen, weil es doch noch andere gibt, die eingreifen könnten. Wieder andere sind schlicht hilflos, sie wissen nicht, *wie* sie eingreifen könnten. Da müssen wir ran.«

Frau Wiesner präsentierte Ideen und Theorien, wie man eine Schülergemeinschaft stärken und ein Werteklima fördern konnte, in dem Tätern das entzogen würde, was sie so dringend brauchten: Zuspruch, Bewunderung, das Gefühl von Macht. Sie sagte nicht, dass es einfach würde, aber sie wollte sich einsetzen. Britta glaubte ihr das.

Als sie ins Auto stieg und vom Parkplatz vor der Schule losfuhr, dämmerte es bereits. In den Häusern sprangen nach und nach die Lichter an, in den Wohnzimmern und Küchen liefen Schatten umher. 18 Uhr, Abendbrotzeit. Sie sah, wie Familien sich an Tische setzten, Brote schmierten, sich vom Tag erzählten. Dann war sie am letzten Haus der Ortschaft vorbei, die Weiden neigten sich zur Straße. Sie dachte an ihre eigene Familie. Die gedrückte Stimmung am Tisch, wenn sie vor den Kindern so taten, als ob, wie das immer seltener gelang und eine eisige Atmosphäre herrschte. Sie konnte das heute nicht, sie war so aufgewühlt, sie musste mit jemandem sprechen. Sie nahm das Handy und hinterließ Philipp eine Nachricht: »Du, ich komme später, ich hab noch etwas Wichtiges.« Sie wollte ihm noch sagen, was zu essen da war und wie er es zubereiten sollte. Aber dann ließ sie es und sagte einfach nur: »Dann bis später, ciao.« Wie oft hatte sie solche knappen Nachrichten von ihm bekommen und hatte damit klarkommen müssen.

Dann war sie schon im Mühlenau Weg. Sie hatte keine Ahnung, ob Ruth da war, aber sie würde einfach spontan klingeln.

Das machte man so auf dem Land, hatte sie gelernt. Man musste sich nicht Tage vorher lange und kompliziert per E-Mail oder Textnachricht mit jemandem verabreden. Hier klingelte man einfach, und der andere war da oder eben nicht.

Ruth war sehr schnell an der Tür, als hätte sie dahinter schon auf sie gewartet. Sie steckte in Schuhen und Mantel.

»Entschuldige die Störung, du hast wohl was vor. Mir ging nur gerade eine Sache durch den Kopf, über die wir noch gar nicht gesprochen haben.« Bei ihrem letzten Treffen waren sie endlich zum Du übergegangen.

»Okay«, sagte Ruth. »Lass uns sprechen. Ich wollte gerade etwas essen gehen. Komm doch einfach mit, dann sprechen wir dort.«

»Wo hat denn etwas auf?«, fragte Britta erstaunt. Das war die andere Seite des Landlebens, es war tot hier. Unter der Woche waren fast alle Restaurants geschlossen, Lieferdienste gab es nicht. An den Wochenenden konnte man im *Landhaus Vogt* oder im *Deichstübchen* Schnitzel oder hausgemachtes Sauerfleisch essen, das war es im Wesentlichen.

»Na komm, ich zeig dir was«, sagte Ruth und öffnete ihr die Autotür. Als sie auf das Gebäude zufuhren, erkannte Britta es schon: »Das *Zollenspieker Fährhaus*? Ich dachte, das wäre ein Hotel.«

»Ein Hotel mit einem sehr guten Restaurant«, sagte Ruth.

Britta war hier schon oft vorbeigefahren, hatte sich den Hals verdreht nach dem kleinen weißen Gebäude, das direkt an der Elbe stand. Es war jetzt angeleuchtet und sah wie ein Schlösschen aus, dahinter glitzerte ein silbriger Streifen Mondlicht im Fluss.

Man trat durch eine schwere Holztür ein, der Boden aus dunklen Steinplatten, die Oberfläche glänzte, blank poliert von Schritten aus Jahrhunderten. Manche Teile des Mauerwerks waren bis auf den Backstein freigelegt, andere geweißt, unterbrochen von mächtigen Eichenbalken. Ruth legte ihre Hand auf einen von ihnen. »Der könnte mehr als siebenhundert Jahre alt sein, manche der Grundmauern sollen aus dem 13. Jahrhundert stammen. Man sagt, dass es das älteste Gebäude Hamburgs ist.« Einst hätte auf dem Platz davor jährlich ein wichtiger und großer Bauernmarkt stattgefunden. Noch immer lag ihre Hand auf dem Holz. Britta musste an ihren eigenen Impuls denken, Dinge anzufassen, die sie bewunderte. Es war schön zu sehen, dass es anderen auch so ging.

Sie traten in einen Saal, der mit opulenten Kronleuchtern ausgeleuchtet war. Eine Seite des Raums war über die gesamte Länge verglast, der Blick ging auf die Elbe, die hier sehr breit war. Viele der weiß eingedeckten Tische waren besetzt. Ein Kellner kam, begrüßte Ruth mit Namen und wies ihnen einen ruhigen Tisch am Rand zu. Auf dem Weg dorthin nickten einige der Menschen Ruth zur Begrüßung zu. Britta hatte nicht geahnt, wie bekannt Ruth hier war. Aber vermutlich kannte man sich einfach in den Vier- und Marschlanden. Die Wand, an der sie saßen, hing voller gerahmter Gemälde: historische Darstellungen von Hofstellen und Landschaften, von Elbläufen und Ewer-Kähnen, die meisten in Öl, aber auch einige Zeichnungen und Radierungen waren darunter. Britta verdrehte sich den Hals, am liebsten wäre sie von einem Bild zum anderen gegangen, um jedes einzelne genauer zu betrachten.

Das Gemälde an der Wand über ihren Köpfen zeigte eine junge Frau in Tracht, die oben auf dem Deich zwischen den Dreiecken der Häuser hindurchlief, die Häuser schauten ihr hinterher. Britta fragte sich, ob die Frau die Blicke spürte, so wie sie jedes Mal.

»Ah, er hat uns zu der Krähe gesetzt«, sagte Ruth. Britta verstand nicht. »Siehst du die schwarze Haube auf dem Kopf der Frau? Diese opulente steife Schleife am Hinterkopf, man hat die einst auch Krei genannt, Krähe.« Tatsächlich, die ausladenden dunklen Schlaufen hatten etwas Flügelhaftes. »Diese Schleifen waren eine Besonderheit der Vierländer Tracht. Aber die Städterinnen machten sich gerne über sie lustig. Die Mädchen mochten sie irgendwann nicht mehr anziehen, es war ihnen peinlich.«

Britta fragte sich, wie lange das schon ging, dass Frauen sich so beäugten, sich beurteilten, einander missgönnten. Man sagte ja gerne, so wären Frauen nun mal. Aber während ihrer Recherchen zu Abelke und zu Hexen war ihr aufgefallen, dass es eben nicht immer so gewesen war. Im Gegenteil. Frauen hatten früher so viel in Kollektiven gearbeitet, sie hatten gemeinsam Felder bestellt, sie hatten gemeinsam die Wäsche gemacht, sie hatten Bier gebraut – was überhaupt lange ihre Domäne gewesen war – und sich gegenseitig zu Bierkränzchen eingeladen. Sie hatte von Weiberzechen gelesen, Kneipen, in denen nur Frauen zugelassen waren und wo sie sich herrlich vergnügten. Frauen hatten Gemeinschaften gebildet, die sie stärkten, im Kollektiv konnten sie sich gegen die Willkür von Männern behaupten. Aber die Hexenverfolgungen hatten diese Gemeinschaften auseinandergerissen. Sie säten Misstrauen, sie führten zum gegenseitigen Beobachten und Bezichtigen, sie trieben einen Keil zwischen die Menschen, zwischen Freundinnen, zwischen Verwandte.

»Manche Dinge halten sich erstaunlich lange.« Verwirrt schaute Britta Ruth an, die ihr die Speisekarte hinschob und auf eines der Gerichte deutete. »Sie servieren Stint. Kennst du den? Es gab eine Zeit, da war die Elbe so voll von diesen kleinen silbrigen Fischen, dass man sie mit Eimern herausholen konnte. Aber sie galten als minderwertig, die Menschen aßen sie nur in Notzeiten. Ansonsten hat man sie vor allem an die Stuuvkücken verfüttert, kleine junge Hühner für den Hamburger Markt. Heute serviert man Stint an Kaperschaum und verkauft es als Delikatesse.«

Sie entschieden sich beide, etwas anderes zu nehmen. Das Essen war köstlich, und Britta vergaß eine Weile lang alles, was sie gerade so bedrückte. Draußen schimmerte die Elbe, über ihnen funkelten die Kronleuchter, Ruth und ihr gingen die Themen nicht aus. Nach und nach leerte sich der Saal. Diejenigen, die Ruth begrüßt hatten, nickten ihr zum Abschied freundlich zu. Da fiel Britta etwas ein, sie war sich nun sicher.

»Ruth, ich muss dich etwas fragen, weil du so viele Menschen hier kennst.« Sie legte das Besteck beiseite. »Ich suche eine Wohnung«, sagte sie und schluckte. »Etwas Kleines, Bezahlbares, für mich, hier in der Gegend. Also wenn du von etwas hörst, ich wäre sehr dankbar.« Ruth schaute sie an, suchte in ihrem Gesicht nach Zeichen, ob sie weitere Fragen stellen sollte, und fand eine Antwort. »Ich halte die Augen offen«, sagte sie und nickte ihr zu, mit einem Blick, der ihr signalisierte, dass sie für jetzt genug wusste.

Kaum vier Wochen später rief Ruth an: »Ich glaube, ich hab da etwas, das könnte sein, wonach du gefragt hast: nicht zu groß, bezahlbar, hier in der Nähe«, sagte sie. »Wir können jederzeit zur Besichtigung kommen.«

Die Wohnung war im Dachgeschoss eines der Siedlungshäuser. Braune Türrahmen, Raufasertapete, eine kleine Küchenzeile mit grau-schwarz marmorierter Arbeitsplatte. Die meisten Wände waren orangefarben gestrichen, auf dem Boden lag ausgeblichener blauer Teppich. Es war nichts, wovon sie je geträumt hatte, und es war ein Zimmer zu wenig. »Mit etwas Farbe und schöner Einrichtung könnte es gemütlich werden«, sagte Ruth. Britta nickte. Auch um vor Ruth ihre Enttäuschung zu verbergen, trat sie ans Fenster des Wohnzimmers. Ihr wurde klar, dass der Umzug hierher einem neuen sozialen Status gleichkam.

Der Blick ging weit über die Landschaft Richtung Hauptdeich. Sogar einen Strich Elbe konnte man dahinter sehen, eine Herde Schafe mit kleinen Lämmern graste auf der Deichkrone. Sie waren erst letzte Woche hingebracht worden, Deichschutz alter Schule: Sie hielten das Gras kurz, traten den Boden fest. Anachronismus auf vier Beinen, Britta hatte lachen müssen, als sie erfuhr, welchen Zweck sie erfüllten. Dann schaute sie weiter nach rechts und hielt inne. Da stand eine Kate, ein Prachtexemplar. Weißes Gebälk, der Backstein, den es einrahmte, war zu unterschiedlichen Ornamenten gelegt: Kreuze, Kreise, Rosetten. Tür und Fensterrahmen waren in einem satten Grün gestrichen. Britta betrachtete das Häuschen eingehend, in ihrer Vorstellung stellte sie eine weiße Bank in den Garten, einen kleinen Tisch, auf dem ein bauchiger Keramikbecher mit frischem Kaffee stand. Davon träumte sie. Ruths Stimme riss sie heraus. »Es ist wichtig, seine Ziele fest im Blick zu haben«, sagte sie mit erhobenen Augenbrauen. »Das hier ist vielleicht nur eine Zwischenstation auf dem Weg zum Ziel.« Britta verstand und lächelte: »Ich nehme die Wohnung«, sagte sie. Dann gingen sie zusammen zu den Vermietern herunter, ein älteres, freundliches Ehepaar, das Ruth gut kannte. Sie verließen sich offensichtlich auf sie, denn viele Fragen hatten sie nicht – und Britta hatte das erleichternde Gefühl, dass das so bleiben würde. Sie wurden sich schnell über alles einig. Die Wohnung war ab sofort frei.

Sie nahm sich Urlaub, machte einen Plan für eine schnelle Renovierung. Judith kam, sie brachte Brot und Salz, aber vor allem brachte sie Zuversicht und Lachen mit. Sie zupfte an den Tapeten, um den Putz darunter zu beurteilen, sie hob die Bodenbeläge an und entdeckte alte Dielen darunter. Sie setzten sich auf den

Boden, lehnten sich gegen die nackte Wand des Zimmers, das künftig Brittas Wohn- und Arbeitszimmer werden würde, und tranken Wein aus der Flasche. »Auf jeden Fall hast du hier weniger zu putzen«, stellte Judith fest. Britta musste lachen. Sie nahm Judiths Hand, sie hielten sich noch immer fest.

Britta sprach mit den Vermietern, sie erlaubten ihr, die Dielen abschleifen zu lassen. Während die Kinder in der Schule waren, strich Britta die Wände, schrubbte die Fliesen im Bad, putzte die Fenster, lackierte die Fußleisten, wischte jeden Zentimeter. Es war ein Befühlen, ein Kennenlernen, ein Aneignen – und überall, wo sie Hand anlegte, hatte sie das Gefühl, als würde es ihres. Das Haus ächzte und knackte, es erzählte Geschichten, und sie hörte zu. Sie las sich Wissen über Siedlungshäuser an und staunte: Diese einfach, aber solide gebauten Häuser hatte man hauptsächlich nach den Weltkriegen gebaut – für Ausgebombte und Flüchtlinge. Sie stellte sich das vor, wie Familien hier nach dramatischen Ereignissen ankamen, Schutz fanden, zur Ruhe kamen, wieder aufatmen konnten, sich irgendwann vielleicht zu Hause fühlten. Sie lebte an einem Ort der Zuflucht und des Neuanfangs. Es gefiel ihr.

Eine Spinne krabbelte die Wand hoch, sie sah ihr kurz zu und erinnerte sich daran, wie seltsam es war, dass sie im alten Haus bis zuletzt nichts Lebendiges entdeckt hatte. Dann legte sie ihr ein Stück Papier in den Weg. Als sie draufgekrabbelt war, ging sie zum Fenster, öffnete es weit und schüttelte die Spinne in die Freiheit. Sie wollte das Fenster schon wieder schließen, da spürte sie die kräftige Aprilsonne auf ihrem Gesicht. Sie hielt inne, schloss die Augen für eine Weile und spürte der Wärme nach. Der Aufbruch der Natur war überall spürbar, es roch frisch, nach erwärmter Erde und nach etwas Unbestimmtem, das nur das Frühjahr herstellen konnte. Sie schaute auf den Apfelbaum vor der Kate und entdeckte erste üppige Knospen, in denen schon etwas Rosa schimmerte. Sie spürte der Wärme und dem Geruch noch eine Weile nach. Noch einmal auftanken vor dem Schlimmsten.

»Nein, Mama, nein«, schrie Mascha. »Was heißt denn das jetzt?«, fragte Ben. Sein kleines Gesicht, vor Angst und Ungewissheit verzerrt, würde sie nie mehr vergessen. Sie hatten es ihnen endlich gesagt. Es war schlimmer, als sie es sich hatte vorstellen können. Jetzt war auch für die Kinder etwas zerbrochen, die Welt lag endgültig in Scherben. Von jetzt an gab es für sie alle ein Leben vorher und eines nachher. Wenn sie größer wären, würden sie Erinnerungen so datieren: Das war damals, als meine Eltern noch zusammen waren, oder das war nach der Scheidung. »Ziehen wir wieder weg?«, fragte Mascha entgeistert. Ben begann zu weinen. Es war kaum auszuhalten.

Sie beteuerten, dass sie keinen von ihnen verlieren, dass sie ihre Eltern bleiben würden, sie erklärten ihnen, wie sie sich die Aufteilung vorstellten, warum sie es für die beste Lösung hielten. Sie sagten alles, was ihnen einfiel, das ihnen Sicherheit bieten und Ängste nehmen konnte. Aber unterm Strich blieb, dass sie eine Kerbe in ihr Leben hineingeschlagen hatten, und Britta verzieh sich das nicht.

Das Ringen um die Möbel ging los, das Auseinanderdividieren von zwei Leben, die sie vor vielen Jahren zu einem gemeinsamen zusammengefügt hatten. Mehr als einmal musste Britta an die Zeit denken, als sie zusammengezogen waren und die meisten Sachen doppelt hatten: zwei Staubsauger, zwei Bügelbretter, zwei Betten. Nun war es umgekehrt, sie klaubten alles wieder auseinander, und es war vor allem sie, der nun Dinge fehlten. Die meisten Sachen aus dem Haus waren viel zu groß für ihre neue Wohnung. Ihr Leben war kleiner geworden, seines leerer. Die kleineren Dinge, auf die sie sich einigen konnten, packte sie in Kartons: Fotos, sie zu zweit, zu dritt, zu viert, die die Geschichte ihres Lebens im Davor erzählten. Als sie die Kisten in den Wagen lud, konnte Philipp sich eine schnippische Bemerkung nicht verkneifen. »Hat sich am Ende ja gelohnt, dass du nie wirklich ausgepackt hast.«

Sie ließ ihm den Zynismus, sie verstand ihn sogar. Er war verletzt, und man sah es deutlich. Er war dünner geworden, war schlechter rasiert als sonst, er schaute kaum mehr auf, und wenn sie doch mal seinen Blick einfing, war sie es, die wegschauen musste, weil seine Traurigkeit sie mitten ins Herz traf.

Es war die letzte Ladung, die sie abgeholt hatte. Sie sah ihn im Rückspiegel auf der Deichstraße stehen. Der Spiegel hatte Schlieren, Philipp wirkte verzerrt darin, neben dem viel zu großen Haus mit den leer blickenden Fenstern, das sich über ihn zu beugen schien. Sie spürte eine Mischung aus Schuld, Mitgefühl, aber auch Erleichterung, als er und das Haus aus dem Blickfeld verschwanden.

Sie schob die Eichenholzkommode an die Wand. Es war beinahe erschreckend, wie gut sie hier hineinpasste. Aber nicht alles ging so glatt. Sie hatte einen kleinen Kleiderschrank gekauft, saß dann verzweifelt zwischen den ausgepackten Einzelteilen. Sie ahnte schon, dass sie ihn nicht allein aufbauen konnte, aber sie blieb stur. Die ersten Schritte klappten, dann kam der Teil, wo eine zweite Person etwas halten musste. Sie versuchte es mit anlehnen, aber die Trennwand sprang immer wieder heraus. Sie schlug vor Wut mit der Faust dagegen und heulte. Dann gab sie Stichworte bei Google ein: *Schrank aufbauen alleine.* Es tröstete sie, dass danach offensichtlich schon viele Menschen gesucht hatten. Und dann staunte sie, wie viele andere für genau diese Fälle YouTube-Videos erstellt hatten. Sie schaute sie an, befolgte jeden Schritt, und als der Schrank schließlich fertig aufgebaut dastand, fühlte sie sich unbesiegbar.

Sie besorgte sich über eBay-Kleinanzeigen einen Küchentisch. Er war länglich, hoch, mit Schrammen und Dellen in der Holzplatte, voller Spuren eines Vorlebens. Ein Hamburger Kneipentisch sei das, sagte der Verkäufer. Sie bekam Lust, neue Spuren darauf zu hinterlassen, das Leben fortzuführen. An ihrem ersten Abend in der neuen Wohnung machte sie sich ein Bier auf, nahm einen großen Schluck aus der Flasche, stellte sie auf den Küchentisch, sah zu, wie das Kondenswasser herunterlief und einen Ring bildete. Sie schaute, was sie im Kühlschrank hatte, es war nicht viel: Oliven, Tomaten, ein Stück Käse. Ein Stück Baguette fand sie noch. Das reichte. Sie richtete alles auf einem Teller an, lehnte sich gegen die Wand und schloss die Augen. Die Ruhe war grandios, einen Moment lang konnte sie sie genießen, hatte sie das Gefühl, etwas zu haben, wonach sie sich schon so lange sehnte. Dann überfiel sie das Schuldgefühl, als ob sie kein Recht darauf hatte, als ob ihr das nicht zustand, Raum und Ruhe. Weil sie Mutter war. Bald wäre sie die Exfrau von jemandem, aber Mutter blieb sie.

Sie musste daran denken, wie sie früher manchmal auf der Toilette gesessen hatte, als die Kinder noch klein waren, die Sekunden des Alleinseins zählte, dann trommelten sie schon gegen die Tür und riefen »Mamaaa!«. Jetzt rief keiner nach ihr, und sie vermisste es furchtbar. Sie atmete ein, tief in den Bauch, halten, langsam wieder aus. Sie betrachtete das String-Regal an der Wand, es machte sich gut dort. Sie mochte es hier, sie hatte sich einen Raum geschaffen, der nur ihre Handschrift trug. Sie roch noch den Lack und die Farbe, es roch nach Aufbruch, nach etwas Neuem, nach etwas Gutem. Sie staunte, wie etwas sich gleichzeitig so richtig und so falsch anfühlen konnte. Sie beschloss, beides zuzulassen.

Von Tag zu Tag mochte sie die Wohnung lieber, auch das Siedlungshaus gefiel ihr immer mehr. Manchmal, wenn sie darauf zuging, spürte sie ein aufgeregtes Kribbeln. Sie klebte ihren Namen an den Briefkasten, blieb noch kurz davor stehen und betrachtete ihn.

Am nächsten Tag steckte ein Brief darin. Sie schloss auf und öffnete erstaunt die Klappe. Ein größerer Umschlag aus hochwertigem Papier. Sie hätte es schon wissen können, als sie das Wappen sah: zwei sich gegenüberstehende Löwen mit erhobenen Flanken. Sie kannte das. Woher? Da fiel es ihr ein. Philipps Anwaltskanzlei. Ach ja, dachte sie, er wollte ja ihren Anteil am Haus berechnen lassen. Das war gut, sie wusste immer noch nicht, wie ihre finanzielle Lage genau war. Neugierig zog sie das Anschreiben heraus, überflog die Zeilen. Dann wurde ihr heiß und kalt, sie las noch einmal, prüfte, ob dort wirklich das stand, was sie verstand, in dieser umständlichen, kalten, juristischen Sprache. Als sie sicher war, übermannte sie etwas. Etwas, das ihre Sinne verengte, auf nur noch eine Sache, die sie jetzt wollte, am liebsten gleich, wie ein Feuer brannte es in ihr. Sie wollte ihn anschreien und ihm die schrecklichsten Worte ins Gesicht schmettern. Oder ihre Faust. Sie wollte sein verdammtes Haus mit Farbe bewerfen, sein Auto zerkratzen, die Reifen zerstechen. Irgendetwas. Sie wollte die Kinder nehmen, mit ihnen ins Ausland fliegen und nie wiederkommen. Sie wollte, dass er das Gleiche fühlte wie sie. Sie wollte, dass er schrecklich litt.

TANZ MIT DEM FEUER

»DU WILLST DICH rächen«, sagte Peter Wenten, als Abelkes Zustand nicht mehr mitanzusehen war. Ihr Mund ein blasser Strich, die Augen verkniffen. »Du willst ihm also schaden, diesem hundsgemeinen Menschen, der dir all das angetan hat?« Sie schnitt Weidenruten für einen neuen Zaun, riss Zweige und Triebe herunter, bis nur noch der blanke, biegsame Stiel übrig war. Er schlug Zaunpflöcke ein, unweit von ihr. Er sah sie nicht an, als er die Fragen stellte, nahm nur den nächsten Pflock, und bevor er ihn einschlug, sagte er: »Du willst etwas tun, du willst spüren, dass einer so leidet, wie du leidest. Du denkst, davon wird es dir besser gehen.« Er trieb das nächste Holzstück in die Erde. Dann erst schaute er zu ihr hoch. »Na dann, rächen wir uns. Schmieden wir Vergeltungspläne, zahlen wir es diesen Hunden endlich heim.« Er rappelte sich auf, richtete den Blick zum Himmel, der wie ein gewöhnlicher Mittagshimmel erschien. Aber Wenten guckte, als wäre dort etwas, das nur er sehen konnte, und nach einer Weile sagte er: »In zwei Tagen kommt eine Nacht, die ist wie geschaffen für alles.«

Mit Beginn der Dämmerung sollte sie mit Geseke zum Sandberge kommen. Um alles andere würden Aneke und er sich kümmern. Mit dem Pflock in der einen und dem Hammer in der anderen Hand stand Wenten da und musterte Abelke, wie sie es von ihm gar nicht kannte, kühl und prüfend. Schließlich nickte er und wandte sich wieder der Arbeit zu. Eine Böe fuhr ihr unter das Arbeitskleid, plötzlich fror sie. Schnell griff sie wieder nach den Weidenruten. Wer arbeitete, dem war nicht kalt.

Zwei Tage später gingen Geseke und Abelke dem wüsten, hügeligen Landstrich entgegen, der fernab der Deiche hinter einem ausgetrockneten Torfsee lag, zwischen Heidekrautflecken und windschiefen Erlenbaumgruppen. Abelke konnte sich nicht entsinnen, wann sie das letzte Mal dort gewesen war, es gab keinen Grund, diesen kargen Ort aufzusuchen, es war dort nichts zu holen. Den Menschen war unheimlich, dass zwischen all den feuchten Wiesen dieser trockene, tote Flecken lag, mit Sandhügeln, die über Nacht die Plätze wechselten. Jeder machte einen Bogen darum. Dorthin ging nur, wer nicht gesehen werden wollte, wer etwas vorhatte, das verborgen bleiben sollte. Das wussten die beiden Frauen, und sie liefen schweigend nebeneinanderher, voll unheimlicher Ahnungen, was sie erwarten würde.

Die Luft roch anders an diesem Ort, nicht nach Tieren oder faulenden Pflanzenteilen, wie sie es von den Höfen und Flussufern kannten. Das Licht schwand zusehends vom Himmel, ein erster Stern leuchtete auf, und von einem der verrenkten Erlenäste rief ab und zu ein früher Waldkauz. Gerade als sie in der weiten, gleichförmigen Landschaft hielten, sich ratlos umsahen, weil sie nicht mehr weiterwussten, sahen sie eine dünne Säule Rauch aus einer der Sandkuhlen aufsteigen. Nun wussten sie, dass sie richtig waren, und mit klopfenden Herzen gingen sie voran.

Mitten in der Kuhle hatten Wenten und Aneke ein dreieckiges Gestell aus Ästen aufgebaut, ein Feuer angezündet und den Kessel darübergehängt. Vor Wochen hatte Harder ihnen endlich einen gegeben, hatte eingesehen, dass es ihm nichts brachte, wenn sie vom Fleisch fielen und die Arbeit darunter litt. Im Kessel brodelte schon etwas. Es stank. Aneke rührte mit einem großen Löffel darin, hob kurz die Augen, als sie die beiden Frauen kommen sah, dann blickte sie schnell wieder auf ihr Werk, als dürfe man es nicht lange aus den Augen lassen. Wenten gab ihr ein kurzes

Zeichen, ein Nicken, einen scharfen Blick, woraufhin sie Worte zu murmeln begann, die wie eine fremde Sprache klangen. Abelke jedenfalls verstand sie nicht. Das Feuer knackte, Funken sprühten, leuchteten auf und verglühten vor dem Himmel, der jetzt tiefblau war, aber schon ins Schwarz überging. Die Fledermäuse, die gerade hungrig aus ihrem Tagschlaf erwacht waren und lautlos über ihren Köpfen hin und her schossen, konnte man gerade noch erkennen.

Etwas war jetzt anders zwischen ihnen. In den vergangenen Monaten waren die vier einander vertraut geworden, aber nun standen sie sich steif und fremd gegenüber wie bei der ersten Begegnung. Und wie damals griff Wenten jetzt mit einer plötzlichen Handbewegung unter seinen Mantel. Diesmal zeigte er aber nicht vor, was er herauszog, sondern warf es in den Kessel, blitzschnell ging das, aber Abelke meinte doch gesehen zu haben, dass es lebendig gezuckt hatte, bevor es in der kochenden Brühe verschwand. Sie sah Wenten an, der ruhig dastand, ganz ungerührt. Aneke hingegen wurde immer munterer, ihr Gemurmel schwoll an, ihr Rühren wurde schneller. Und auch wenn ihnen unheimlich zumute war, traten Abelke und Geseke näher an das Feuer, denn mit der Dunkelheit kam die Kälte. Sie starrten auf Anekes Gesicht, das im Feuerschein zu glühen schien, nur ihre Augen lagen im Schatten. Sie trauten sich kaum zu atmen, erst recht nicht, etwas zu sagen, nur einen kurzen erschrockenen Blick wechselten sie. Also doch, las die eine in den Augen der anderen: Es ist alles wahr, was die Leute sich über den Schäfer und seine Frau erzählen.

Wenten hockte sich jetzt ihnen gegenüber auf einen alten Baumstumpf, die Flammen flackerten in seinen Augen, auch in dem blinden. In diesem Licht sah es wie das andere aus, dunkel und unversehrt. Konzentriert folgte der Schäfer jeder Umdrehung, die Aneke im Kessel machte, als dürfte er keine davon verpassen, als würde er etwas überwachen, das einer Ordnung folgte und peinlich genau eingehalten werden musste, damit es gelang. Nur einmal fuhr er ruckartig herum, starrte lange und misstrauisch zu der Reihe von Erlen hinüber, die unweit hinter ihnen stand, als hätte er dort etwas gesehen. Auch die anderen starrten erschrocken in die Richtung, aber zu sehen waren nur die dunklen Silhouetten der Bäume, deren Zweige sich nicht rührten, obwohl um das Feuer durchaus ein Wind strich, sich ab und zu in den Qualm warf und ihn in ihre Gesichter blies, bis ihre Augen tränten.

Schließlich, wohl beruhigt, dass sie allein waren, zog Wenten eine Flasche mit seinem Fusel hervor und ließ sie herumgehen. Abelke hatte wenig Erfahrung mit Dingen, die stärker waren als Bier, aber dass Wentens Schnaps aus mehr gebrannt war als den üblichen Kräutern und Kernobstsorten, das wusste sie. Allein der scharfe Geruch brachte die Erinnerungsfetzen an den letzten Abend zurück, an dem sie davon getrunken hatten. Sie sah wieder Geseke vor der Kate taumeln, wie durch einen Schleier. Sie sah Aneke die Krüsellampe halten, von der ein unwirkliches Licht aus verschiedenen Farben ausging. Damit leuchtete sie Wenten, der oben auf einer Leiter stand, direkt vor dem Haussturz, während Abelke ihm zurief, was er dort hinhauen sollte. Ausrief, was sie schon vor langer Zeit hatte rufen wollen, aber nicht konnte, vor lauter Zusammenreißen, vor lauter Willenskraft, die sie immerzu aufbringen musste, immerzu, mit der sie immer alles herunterzwang, drinnen behielt, die Wut, die Sorgen, die Furcht. Der Fusel hatte es gelöst, den Widerstand beiseitegeräumt, und endlich konnte sie herausschreien, was sie schon so lange wollte: Hilf mir, Gott, denn das Wasser steht mir bis zur Seele.

»Es heißt, bis zur Kehle«, hatte sie Geseke irgendwo aus der Dunkelheit sagen hören, ihre Stimme spitz und seltsam.

»Aber ich spür's in der Seele«, hatte Abelke gerufen und versucht, Geseke ausfindig zu machen in der Schwärze, die an den Rändern grün erschien, aber sie konnte sie nicht entdecken und kam ganz ins Wanken vor lauter Anstrengung. Tock, tock, tock, vernahm sie von Wenten, der meißelte, was sie ihm gesagt hatte, und von irgendwoher aus der dunklen Nacht, wie von vielen Seiten, kicherte Aneke ihr helles Lachen, wie ein Kind.

Aber nein, das war nicht in der Erinnerung, es geschah hier, jetzt. Als sie zu Aneke herüberschaute, stellte die mit einem Mal das Rühren ein.

Und wieder wie aus dem Nichts zog Wenten nun vier Holzschalen hervor, in die Aneke jedem etwas von dem Gebräu aus dem Kessel einschenkte, es kochte noch und schlug schlammig aussehende Blasen. Sie mussten warten, bis es abgekühlt war. Vom Geruch, der aus den Schüsseln stieg, hob Abelke sich der Magen. Wie sollte man davon trinken? Aneke und Peter machten den Anfang, nahmen einen Schluck und verzogen keine Miene. Erwartungsvoll sahen sie dann die beiden anderen an. Abelke kniff die Augen zusammen und setzte die Schüssel an die Lippen für einen ersten Schluck. Es schmeckte so bitter, dass sich ihre Wangen sofort mit Speichel füllten. Von der Zungenspitze bis in den Rachen hinein breitete sich ein Gefühl aus, als würden dort Tausende Härchen sprießen. Sie hörte Geseke neben sich würgen und wie sie dann trotzdem den nächsten Schluck herunterzwang. Gesekes Entschlossenheit erinnerte sie daran, warum sie hier waren, etwas Ekel zu überwinden, war ein geringes Opfer.

»Dann lasst es uns beginnen«, sagte Wenten, als sie alle getrunken hatten. Er erhob sich, breitete die Arme aus, als würde er etwas in Empfang nehmen. »Lasst es uns vollführen, das Maleficium, unser schlechtes Werk.« Er griff nach seinem Hirtenstab und reichte ihn Abelke. »Du fängst an«, sagte er. Er blickte sie hart an, es gab kein Zurück. Sie befühlte die knotige, aber glatte Oberfläche und staunte, wie leicht der Stab war, sie hatte ihn sich immer schwer wie aus Eisen vorgestellt.

Ihr Blick haftete an Wenten, der ihr die Anweisungen gab. »Ruf aus, was du dir von den bösen Mächten wünschst. Sobald du die Worte gesprochen hast, bohrst du mit dem Stock eine Kuhle in den Boden, für jeden Wunsch eine neue, und der Teufel wird dir bei der Erfüllung eines jeden deiner Wünsche behilflich sein.« Abelke zögerte, ihr war, als würde sich Hitze in ihren Brustkorb ergießen, und irgendwo dazwischen fühlte sie ihr Herz heftig schlagen. Noch nie im Leben hatte sie mit Absicht etwas Schlechtes getan. Sie hatte geflucht und auch mal böse geredet, aber sie hatte noch nie jemandem weh getan – und nun sollte sie einen Bund mit dem Teufel eingehen? Sie schluckte und fühlte den bitteren Geschmack im Mund, das Brennen in der Kehle, das Brennen der Feuerflammen, die in ihre Richtung schlugen, und dann hörte sie Stimmen, flüsternd, durcheinander, als würden sie aus der Nacht aufsteigen.

Hure.

Hexe.

Töversche.

Sie sah Münder zischeln, sie sah Blicke von der Seite, sie sah Häupter, die sich von ihr abwandten, voll Überlegenheit, weil sie litt. Sogar einen Fähnrich, an den sie schon seit Jahren nicht mehr gedacht hatte, sah sie auf einmal. Vor ihren Augen schmiegte er sich an die Brust einer anderen und noch einer anderen. Zufrieden sah er aus, sie hatte er längst vergessen. Sie sah ihren Hof, erst nah, zum Berühren nah, dann immer weiter weg, jemand zog ihn weg von ihr, sie streckte die Hand danach aus und griff ins Leere.

Sie sah sich selbst, sah sich hoffen, harren, warten, kämpfen und verlieren. Es war genug, es war zu viel, da sprach sie aus: »Ihr behandelt mich wie eine Hexe, dann will ich eine Hexe sein.«

Dann nahm sie Wentens Stab, stieß ihn in die Erde, um eine erste Kuhle in den Boden zu bohren. Alle Angst und jedes schlechte Gewissen waren in dem Moment wie von ihr abgefallen, stattdessen trat ein köstlich kitzelndes neues Gefühl an die Stelle, das sie so stark nicht einmal als Herrin ihres Hofes empfunden hatte, von dem sie aber wusste, dass es Macht war. Eine Reihe von Wünschen sprudelte aus ihr heraus, als hätte man einen Stein von einer Quelle genommen. Eine Reihe von Dingen, die sie gern korrigiert hätte auf dieser Welt, die nicht gerecht waren, Dinge, die es brauchten, dass jemand eingriff und es denen heimzahlte, die es verdient hatten. »In aller Teufel Namen«, rief sie ihren Verwünschungen hinterher, wie Wenten es gesagt hatte.

Geseke zögerte weniger, eilig nahm sie den Stab von Abelke. Dann rief auch sie ihre Wünsche aus. Auch ihre Liste war lang und böse: »Unglück, Hagel, Missernten und den Tod wünsch ich Kleater, dem korrupten Schwein. Auf dem Sterbebett soll er sich quälen, und lange soll das dauern, während er erkennt und bereut, was er getan hat. Der Huge soll kein Glück haben mit den Höfen, die er gestohlen hat. Was er dort anfasst, soll ihm unter der Hand verrotten. Was er sich dort erhofft, soll sich ins Gegenteil verkehren. In aller Teufel Namen«, rief sie schließlich und bohrte die letzte Kuhle in den Boden. Schweiß glänzte auf ihrer Stirn, wie von einem Fieber, und wie jemand, der an Fieber litt, atmete sie, schnell und kurz.

Nun waren sie verstummt, keiner traute sich, den anderen anzusehen. Das Feuer war heruntergebrannt, niemand hatte Holz nachgelegt. Bis auf das Glimmen war die Dunkelheit fast vollkommen. Sie hatte sich den Tag einverleibt, jetzt war sie dran. Sie machte die Geräusche lauter, die Gedanken bedrohlicher, das Herz schneller. Die Dunkelheit konnte Dinge verstecken, die nicht gesehen werden wollten. Die Dunkelheit flüsterte Warnungen: Fürchte mich. Meide mich, such das Licht, wenn du sicher sein willst. Und sie hatten das nicht getan.

»Jetzt du, Aneke«, sagte Wenten. Abelke zuckte zusammen. Er nahm Geseke den Stab ab und reichte ihn seiner Frau. Die umklammerte ihn mit beiden Händen, schloss die Augen wie jemand, der tief in sich hineinhorcht. Als sie sie wieder öffnete, schaute sie in die Nacht, als würde sie dort etwas fixieren. Lange dauerte das, beängstigend sah das aus, Abelke folgte dem Blick, aber dort war nichts als Schwärze. Dann endlich erhob Aneke die Stimme und sagte: »Ich wünsch mir einen Sack voll Gold, dass ich wieder jung und schön bin, und dann wünsch ich mir noch, dass mein Mann nicht so ein elender Possenreißer ist.« Sie räusperte sich kurz und fügte hinzu: »In aller Teufel Namen«, dann stieß sie den Stab neben ihren Füßen in die Erde und hob spöttisch und erwartungsvoll die Augenbrauen. Abelke und Geseke schauten noch verwirrt, als das Gelächter schon ausbrach, als Peter und Aneke sich die Bäuche hielten, sich dann sogar gegenseitig stützen mussten, um nicht in den Sand zu fallen vor lauter Lachen. Abelke und Geseke blickten entgeistert drein, und als sie verstanden, schauten sie wie geprügelte Hunde. Die Wangen heiß vor Scham und Ärger.

Allmählich beruhigten die beiden anderen sich, schüttelten das letzte Kichern weg, bemerkten wohl, wie es den Frauen jetzt ging. Wie sie dastanden, mit hängenden Schultern. Dann wurde Wentens Miene wieder ernst, und nun sagte er, was er ihnen schuldig war. »Ja, was glaubt ihr denn, warum ich für den Harder schufte, statt in einem Haus aus Gold zu leben? Was glaubt ihr denn, warum mein Auge blind ist und ich es nicht einfach heile? Warum hat die Aneke eine krumme Nase statt einer schönen, glatten wie eine junge Gräfin?« Aneke schnaubte, und er fuhr fort, strich dabei mit einer Hand durch die Dunkelheit, langsam, als würde er einen unsichtbaren Pferderücken entlangfahren. »Was glaubt ihr denn, warum ich an alldem nichts ändere, hä?« Jetzt schlug er sich mit der Faust gegen den Oberschenkel. »Weil ich an alldem nichts ändern kann, verdammt! Weil keiner das kann. Keiner von den armen Trotteln, über die das behauptet wird, kann das. Ganz gleich, was all die törichten Leute sich erzählen.« Durchs Land sei er gezogen, sagte er, durch viele Städte, Dörfer und Wälder sei er gekommen, und viele Dinge habe er gesehen. »Menschen, die auf Waldlichtungen und Bergspitzen am Feuer stehen. Wie wir jetzt. Aber nicht, um einen Hexensabbat zu feiern, versammeln sie sich dort, sondern um zu überleben. Verstoßene sind darunter, Bettler und vertriebene Bauern, so wie ihr. Leute ohne Dach über dem Kopf. Die nichts mehr haben außer einander und die Nacht. Sie kochen sich eine Mahlzeit aus dem, was sie im Wald finden können, und ja, manchmal lachen sie, und manchmal tanzen sie, weil einer Gebrannten dabeihat, wie wir. Oder einen Sud aus Alraunen, der einem die Schmerzen nimmt und die Augen öffnet, für Dinge, die man sonst nicht sieht und die besser sind und schöner als alles, was einen sonst umgibt.«

Er kramte nach seiner Flasche, und als er sie fand, hielt er sie hoch. »Das hier ist das einzige Heilgetränk, das ich kenne.« Dann reichte er sie an Aneke, und während sie trank, sprach er weiter. »Ich verbringe nicht den kümmerlichen Rest meines Lebens schuftend unter einem Harder, weil ich zaubern oder den Teufel an meine Seite holen kann. Was denkt ihr denn? Ich tue das, weil ich es eben nicht kann.« Etwas wich jetzt aus seinem Gesicht, es war sein Stolz, eine Unantastbarkeit, die sonst immer in seinem

Blick lag. Abelke und Geseke schlugen die Augen nieder, man gaffte nicht, wenn einer sich entblößte. »Ich kann Gelenke einrenken«, sagte er, »ich kenne Kräuter, gegen viele Leiden. Und ich hab gesehen, was mit Menschen passiert, wenn man sich ihnen zuwendet, wenn man sie berührt, sanft, die Hand auf die Schulter legt oder ihnen über die Wange streicht und ihnen dabei in die Augen sieht. Wenn man sie wirklich ansieht, wenn man alles ansieht, was sie sind, und dann trotzdem nicht wegguckt. Auch davon werden sie gesund. Vielleicht sogar noch mehr davon als von dem Einrenken oder den Kräutern. Ich weiß, was man mir nachsagt: dass ich Tiere besagen und Menschen heilen kann, früher hab ich das gerne gehört.« Er atmete ein paarmal durch, als ob er erst Mut fassen musste, dann erzählte er von einem Abend in der Lüneburger Heide, an dem er mit der Schafherde zu seinem Bauern zurückgekehrt war. Und der ihm schon verzweifelt rufend entgegengelaufen kam. Sein Kind war krank, sein kleiner Junge, sein einziger, wälzte sich im glühenden Fieber. Krämpfe schüttelten seinen Körper, und wenn sie nachließen und er zurücksank, trat das Weiße in seine Augen. »So tu doch was!«, schrie der Bauer, »hilf doch dem Kind. Rette es!« Er könne das nicht, beteuerte der Schäfer. Aber der Bauer entließ ihn nicht, flehte, drohte: »Du kannst doch meinen kleinen Jungen jetzt nicht sterben lassen.« Da ist der Schäfer hin zu dem Kind, das nur noch eine Hülle war. An das Bett trat er, legte ihm die Hand auf die Brust und überlegte hitzig, welche Kräuter helfen könnten, doch unter seiner Hand fühlte er schon den letzten Atem des Kindes gehen, und dann war da nur noch Stille in diesem kleinen Körper. Und der Bauer rief: »Ja, jetzt hast du ihn umgebracht, du Höllenhund. Jetzt hast du meinen Jungen getötet. Hau ab, sieh zu, dass du verschwindest, am besten in ein anderes Land, denn in diesem hier wirst du nie wieder eine Arbeit kriegen. Hau ab, bevor ich dich mit den eigenen Händen töte.« Überall, wo er von da an in der Lüneburger Heide hinkam, war das Gerede über ihn schon vorher da. Die Leute schlugen ein Kreuz, wenn sie ihn sahen, fassten sich an die Schutzamulette oder spuckten ihm gleich ins Gesicht. Und er konnte froh sein, dass es dabei geblieben war.

Wenten wischte sich mit dem Ärmel über die Augen, wischte sich die Nase und dann noch mal von vorn. »Ein Teufel hilft dir so wenig, wie ein Gott es tut«, sagte er. »Beide kannst du rufen, bis du dir deine Kehle wundgeschrien hast. Du kannst ihnen versprechen, was du willst, deine Seele, dein Leben oder das deiner Kinder, aber keiner von beiden wird sich jemals zeigen und dir seine Hilfe anbieten. Das ist schon alles, das ist die ganze Wahrheit, die ihr wissen müsst.«

Aneke trat zu ihm, lehnte sich an seine Schulter. Er legte den Arm um sie, so standen sie eine Weile dort und schwiegen. Wie zwei Bäume, in Menschengestalt.

Aus dem Feuer quoll der Rauch, formte Figuren, Fratzen und Leiber und war doch nur Rauch. Die Erlen standen da, die Äste wie erhobene Klauen, und waren doch nur Erlen. Ein paar Vögel waren aufgewacht, ihre Geräusche klangen wie ein fernes Klagen, aber es waren doch nur Vögel.

Abelke war einverstanden mit dem, was Wenten gesagt hatte. So ähnlich hatte sie es sich selbst gedacht. Und so war es gut. Weil es weder etwas zu hoffen noch zu fürchten gab. Kein weiteres Leben, das man durchstehen musste, keine Abrechnung, die einem bevorstand, niemand, vor dem man sein Haupt beugen musste, ob gut oder böse. Das gab es nicht, da war nur ein großes, erlösendes, tröstliches Nichts.

So wollte sie es hinnehmen, so wollte sie weiterleben. Da rissen über ihnen die Wolken auseinander, zerstoben in alle Richtungen, als würden sie davongejagt, und auf dem plötzlich blanken Himmel erschien der Mond, wie auf einer Bühne, übergroß und strahlend wie geschliffenes Glas. Eine Stille herrschte, als würde die Welt den Atem anhalten. Sie konnte die Augen nicht von diesem Mond nehmen. Und dieser Mond, er schaute zurück. Er leuchtete sie aus, er ließ einen Strahl hinab, bis unten auf die Erde, ein silbernes Licht, in dem nichts verborgen blieb. Er sah sie an, sie alle, bis er alles über sie wusste, und auch dann schaute er nicht weg.

Ihr war, als würde jemand oder etwas sie vom Boden heben und sie sicher halten. Aber das konnte doch nicht sein, denn es war doch nur der Mond. Und das Leben war ein Nichts. Ein kurzer, bedeutungsloser Aufenthalt, während dem man atmete und fühlte, liebte und litt, bis man wieder verschwand. Eben war sie doch noch sicher gewesen. Wenten war sich sicher. Aber jetzt wollte sie widersprechen. Wenten, wollte sie flüstern, vielleicht irrst du dich. Aber sie traute sich nicht, denn dann wäre es vielleicht vorbei, würde das Licht zerspringen, und sie würde zurückfallen in ihr Leben aus Schmerz. Und vielleicht irrte sie sich ja, und das hier war gar nicht wahr. Aber als sie ganz vorsichtig den Kopf zur Seite neigte und zu Geseke sah, da wusste sie, dass die das Gleiche fühlte, denn in ihrem Gesicht sah sie Ruhe und Gleichmut, und ihr Haar glich fließendem Silber, sie war wunderschön. Als Abelke nach Gesekes Hand tastete, um sie in ihre zu schließen, kam Gesekes Hand ihr schon entgegen. Die andere gab sie Aneke, und Aneke gab ihre Peter, und Peter streckte seine Abelke hin. Einem lautlosen Einrasten glich das, dann waren sie verbunden. Sie tanzten nicht, sie lachten nicht, sie standen nur da, hielten sich an den Händen, im herabfallenden Licht des Mondes, und sie fühlten alles, und sie wussten alles, was es auf dieser Erde zu wissen und zu fühlen gab.

NEUE WEGE

SIE RANG UM Fassung, noch immer vor dem Briefkasten stehend. Drinnen wurde eine Gardine beiseitegeschoben, zwischen den Kakteen und Orchideen auf der Fensterbank erschien der Oberkörper der Vermieterin. Vermutlich wunderte sie sich, warum sie so lange dort herumstand. Britta hob die Hand zum Gruß, zwang sich zu einem höflichen Lächeln, dann ging sie zum Nebeneingang, der nach oben zu ihrer Wohnung führte, in den zittrigen Händen den Umschlag von der Anwaltskanzlei. Sie nahm zwei Stufen auf einmal. Am Laptop loggte sie sich bei ihrer Bank ein, öffnete das Gemeinschaftskonto von ihr und Philipp. Es war leer, der Kontostand betrug null Komma null. Sie sah die Zahlen nebeneinander einrasten wie bei einem Einarmigen Banditen, verloren, alles weg. Schnell loggte sie sich in ihrem eigenen Konto ein: kein Zahlungseingang von Philipp, weder Unterhalt für die Kinder noch der Trennungsunterhalt, der ihr zustand. Beides wäre gestern fällig gewesen. In einer Woche musste sie die Miete überweisen. Die würde sie gerade noch bezahlen können, alles darüber hinaus würde knapp werden. Ihr war heiß und kalt. Sie stand auf und wählte Judiths Nummer, sie musste mit jemandem reden. Sie setzte sich wieder, weil ihre Beine sich wie Gummi anfühlten. Freizeichen, viele Male, dann die Mailbox. Auch beim nächsten Versuch.

Sie schluchzte, drückte sich die Handflächen gegen die Wangen, dachte nach, versuchte, ihre Gedanken zu ordnen. Dann nahm sie den Brief und setzte sich ins Auto. Sie nahm den Weg, der am Hauptdeich entlangführte. Irgendwann holte sie zwei Rennradfahrer ein, die mit tief gesenkten Oberkörpern nebeneinander fuhren. Seit die Tage milder waren, tauchten immer mehr von ihnen auf, es war wie mit den Insekten. In ihren hautengen dunklen Anzügen, großen Brillen und nach hinten spitz zulaufenden Helmen sahen sie auch ein bisschen so aus. Sie fuhren immer viel zu weit auf der Straße, oft sogar zu zweit nebeneinander, wie diese hier. Und selbst wenn sie allein unterwegs waren, dann am liebsten mitten auf der Fahrbahn. Sie war normalerweise geduldig mit ihnen. Aber gerade spürte sie nur Groll. Sie fuhr viel zu dicht auf, hupte, aber die beiden strampelten stoisch vor sich hin, nichts schien sie aus der Ruhe zu bringen. Ihre Wut glühte auf, als hätte sie neue Energie bekommen.

Wer das Böse sucht, dem kommt es auf halbem Weg entgegen.

Wo hatte sie das her? Es fiel ihr ein, sie hatte den Satz in der Sage über Abelke gelesen, aber jetzt erst verstand sie ihn. Sie sah sich zu Dingen fähig in dieser Wut, die sie sich sonst nicht hatte vorstellen können. Zum Glück war die Gegenfahrbahn jetzt frei, und sie konnte überholen. Auf Höhe des äußeren Radfahrers sah sie zu ihm herüber, sah sein verzerrtes Gesicht, seinen verkrampften Ehrgeiz, er hatte die Zähne zusammengebissen, die Lippe nach oben gezogen, und ohne sie anzusehen, reckte er die Faust, um ihr zu drohen. Sie gab Gas, bevor sie eine Dummheit machte, aber den Mittelfinger streckte sie noch aus. Es ging nicht um die Straße, es ging darum, dass das hier auch ihre Welt war.

Sie fiel auf Ruths Sofa wie ein Boxer in die Ecke eines Rings. So saß sie noch da, als Ruth die Papierbögen zurück in den Umschlag steckte und auf den Tisch legte. »Armer gekränkter Mann«, sagte sie. Sie saß in dem großen Sessel, die Beine übereinandergeschlagen. »Er weigert sich also zu zahlen, und auf das Haus verwehrt er dir jeden Anspruch.«

»So verstehe ich es auch, ja.« Britta starrte vor sich hin. »Er hat mich reingelegt, Ruth. Er hat beteuert, dass wir es hinbekommen, dass alles fair laufen wird. Aber in Wahrheit hat er nur Anlauf genommen, um mir eine zu verpassen.« Sie drückte sich die Faust gegen die Lippen, dann sagte sie: »Du hast keine Vorstellung, was ich jetzt am liebsten mit ihm machen würde.«

Ruth nickte wissend. »Du willst dich rächen«, sagte sie. »Du willst es ihm heimzahlen. Du stellst dir vor, wie befreiend das ist. Ich kann das gut verstehen«, sagte sie. Sie stand auf und ging zu ihrem Schreibtisch. Sie holte ein Kästchen hervor, blätterte durch die Reiter darin. Dann legte sie eine Visitenkarte vor Britta auf den Tisch. »Und ich glaube, ich kann dir helfen.«

»Eine Anwältin?«, fragte Britta. »O Gott, nein. Genau so was wollte ich nie.«

»Du hast ihn verlassen, er ist tief gekränkt, und ihm bleiben genau zwei Dinge, über die er noch Macht über dich ausüben kann: die Kinder und das Geld. Er hat einen Anwalt eingeschaltet, darauf kannst du nur juristisch antworten.«

»Aber wie soll ich mir das leisten? Ich weiß nicht mal, wie ich die nächste Miete zahlen soll.«

Ruth schob ihr die Karte noch näher hin. »Es gibt Prozesskostenbeihilfe. Und es kann ja auch sein, dass du gewinnst. Ruf diese Frau an, sie ist die Beste.« Britta nahm die Karte.

Ein paar Tage später saß sie auf einem schwarzen Lederstuhl an einem Glastisch in der Hamburger Innenstadt. Die Anwältin blätterte sich durch Philipps Schreiben. Dann sah sie auf. Sie hatte voluminös geföhnte Haare, ein straffes Gesicht und noch kein einziges Mal gelächelt, nicht einmal aus Höflichkeit zur Begrüßung. Britta kam sich klein und zusammengeschnurrt vor ihr vor. »Haben Sie etwas gesichert, bevor Sie ausgezogen sind?«, fragte die Anwältin. »Kontoauszüge, seine Gehaltsnachweise, Steuererklärungen, Policen? Haben Sie davon etwas fotografiert oder kopiert?« Britta sah die Reihe von Aktenordnern im früheren Arbeitszimmer vor sich. Sie schlug die Augen nieder. »Ich bin nicht mal auf die Idee gekommen«, sagte sie. Kurzes Schweigen. »Schon gut, die meisten denken nicht daran.« Es sollte Britta wohl trösten, dass sie sich in eine Reihe von Menschen einreihen konnte, die heiraten konnten, aber eine Trennung nicht beherrschten.

Die Anwältin hatte noch eine Reihe anderer Fragen, machte sich Notizen, dann legte sie den Stift beiseite. Kurz ruhte ihr Blick noch auf dem Papier, dann zog sie eine erste Bilanz. »Den Kindern steht der Unterhalt zu, selbst wenn Sie sie im paritätischen Wechselmodell betreuen. Alles andere ist schlicht falsch. Ihnen selbst steht im ersten Jahr Trennungsunterhalt zu, da Sie diejenige sind, die das geringere Gehalt hatte. Beides werden wir wohl einklagen müssen. Das sind Standardverfahren, die sich aber in die Länge ziehen können, wenn Ihr Expartner zum Beispiel Auskünfte zu seinem Gehalt verweigert. Komplizierter wird es beim Zugewinnausgleich. Sie haben hälftigen Anspruch auf alles, was Sie während der Ehe gemeinsam erwirtschaftet haben. Ihr Exmann sieht es vermutlich anders. Er denkt, das meiste gehöre ihm, weil er mehr Geld nach Hause getragen hat. Aber Sie haben genauso zum Vermögensaufbau beigetragen, indem sie ihm den Rücken dafür freigehalten haben. Alles seit der Eheschließung muss nun auf den Tisch. Ihr Expartner wird sich zu

Beginn der Ehe reich und zum Ende hin arm rechnen wollen, so dass möglichst wenig für Sie bleibt. Aber glauben Sie mir, das ist alles auch für ihn nicht schön, er hat sich keinen Gefallen getan, dieses Fass aufzumachen. Deshalb sollten wir im ersten Schritt versuchen, ob man sich nicht doch noch außergerichtlich einigen kann.«

»Sehen Sie dafür wirklich Spielraum?«

Die Anwältin hielt das Anschreiben von Philipps Anwalt hoch. »Das hier ist in erster Linie ein Einschüchterungsversuch. Das machen Eheleute oft: erst mal etwas Drastisches raushauen, den anderen einschüchtern, meistens, um Kränkungen zu kompensieren. Sie glauben gar nicht, bei wie vielen das funktioniert. Oft ändert ein selbstbewusster Gegenschlag bereits viel. Lassen Sie mich meine Arbeit machen und bleiben Sie bitte zuversichtlich.«

Sie versuchte es, aber recht gelang es ihr nicht. Am schlimmsten waren die Nächte. Ihr Körper war erschöpft, aber ihr Kopf entwarf immer neue Sorgen und Befürchtungen. Dazwischen mischte sich Trotz. Sie wollte es unbedingt schaffen, aus eigener Kraft für sich und die Kinder zu sorgen. Aber ganz ohne Unterhalt und nur mit ihrem Teilzeitjob war es kaum möglich. Oft stand sie morgens schon mit Kopfschmerzen auf, die sich im Laufe des Vormittags steigerten. Wenn sie am frühen Nachmittag mit der Arbeit fertig war, ging sie raus. Ließ sich die Schläfen kühlen, saugte die klare Luft ein. Aber sie lief anders als früher, wie eingekapselt in ihrem Kopf, in dem sich die Gedanken im Kreis drehten. Für die Landschaft hatte sie keinen Blick mehr, sah nicht hin, sah gar nicht, was alles um sie herum passierte, wie es plötzlich emsiger wurde in den Treibhäusern und auf den Anbauflächen. Wie überall Menschen harkten, gruben, schoben, säten, wässerten. Wie sie mit der Natur Schritt zu halten versuchten, die jetzt überall trieb und herausschoss.

Britta lief bei Kälte und bei Regen. Beides spürte sie nicht. Sie zog die Kapuze fester, verdeckte die Ohren, Tunnelblick geradeaus. Sie hörte das sanfte Trommeln auf der Kapuze, das Reiben der nassen Ärmel, das Platschen, wenn sie in eine der vielen Pfützen trat. Und dann spürte sie eines Tages plötzlich etwas anderes unter ihren Füßen, glitschig, weich, beinahe rutschte sie darauf aus, fing sich gerade noch. Sah hin, hielt an, abrupt, konnte es nicht fassen. Es regnete Frösche.

So sah es jedenfalls aus. Dicke Regentropfen platschten auf die Straße, und dazwischen platschten die Frösche. Winzige braune Tiere, gerade so groß wie ein Daumennagel, aber so viele, dass schon der ganze Weg mit ihnen bedeckt war. Ungläubig starrte sie auf das Gewimmel und konnte nicht fassen, was sie sah. Dann setzte ihr Verstand ein, sie erinnerte sich an etwas. Sie hatte davon gelesen, es war ein Phänomen, das in Feuchtgebieten vorkam, eine Illusion. Sie sah sich um, sie stand mitten in der Reit. Fast musste sie lachen. Die Reit war ein ausgewiesenes Amphibiengebiet. Unzählige Male war sie an den Hinweisschildern vorbeigelaufen, an den verblichenen Bildern von Moorfrosch, Erdkröte und Schwarzem Kammmolch. Es gab Zeiten, zu denen war die rot-weiße Schranke heruntergelassen und die Durchfahrt für Autos verboten – weil die Tiere sonst massenhaft überfahren wurden. Besonders im Frühjahr bestand diese Gefahr, vor allem, wenn es regnete. Aus Kaulquappen wurden Jungfrösche, die sich oft gleichzeitig in Bewegung setzten, um ihren Landlebensraum zu beziehen. Das Gewimmel aus tausendfachen kleinen Hüpfern, zusammen mit den Regentropfen, die auf die Straße fielen – es sah wirklich so aus, als würden die Frösche mit ihnen vom Himmel herabfallen. Sie rührte sich nicht und staunte, es war spektakulär mitanzusehen. Dann holte sie ihr Handy raus und machte ein Video, sie musste das Ben zeigen, das würde ihm gefallen. Aber irgendwann wurde ihr klar, dass sie in der Falle saß. Sie stand auf dem asphaltierten Damm, rechts und links waren Wald und Sumpf. Auf der Straße konnte sie keinen Schritt vor oder zurück machen, ohne auf die Winzlinge zu treten. Sie sah sich um, es gab nur eine Möglichkeit. Rechts von ihr lag ein kleiner Trampelpfad, der tiefer in den Wald hineinführte. Sie erkannte ihn jetzt. Es war der Weg, den sie schon mal neugierig betrachtet hatte. Die Zweige beugten sich über den schmalen Pfad, bildeten einen Tunnel, wie zu einem geheimen Durchschlupf. Sie hatte es damals auf mangelnde Zeit geschoben, den Weg nicht zu erkunden. Aber sie hatte auch Angst gehabt. Der Weg sah unheimlich aus, weckte all die Warnungen: Geh da nicht lang, nimm nicht die dunkle Straße, nicht den entlegenen Weg. Jag bloß nicht den schönen und interessanten Dingen hinterher, wie so ein Rotkäppchen. Denn das wird böse enden. Sie kannte, wie jede Frau, alle diese Einflüsterungen – und lange hatte sie sie ignoriert. Sie hatte sich in die Welt stürzen wollen, vor allem in die geheimnisvollen, versteckten Ecken. Es wird schon nichts passieren, redete sie sich ein, und lange behielt sie recht. Die erste Fernreise, sie ganz allein, klopfendes Herz in der Brust, der riesige Rucksack auf dem Rücken. Es fiel ihr wieder ein. Sie sah ihrem früheren Ich zu, erstaunt, dass sie das gewesen war. Die den Dschungel erkundet hatte, auch mal in der Nacht reiste, einmal sogar unter freiem Himmel schlief. Sie meinte jetzt, die feuchte Luft von damals zu spüren, Wasser, das von den Blättern auf andere Blätter tropfte. Und dann dieses Gefühl, auch das fiel ihr wieder ein, die Belohnung für den Mut, als würde sie sich ausdehnen und wachsen.

Mit einem beherzten Sprung war sie auf der Grasnarbe, die frei von Fröschen war. Dann noch ein paar Schritte, und sie war auf dem Trampelpfad. Ein schwacher Wind ging. Ein Zweig löste sich aus dem grünen Tunnel, wippte auf und ab. Aber sie brauchte keine Einladung mehr. Bereits nach ein paar Schritten fühlte es sich an, als hätte sie eine andere Welt betreten. Der Regen ließ nach, unter dem Blätterdach war er ohnehin nicht sehr zu spüren. Dafür war die Luft satt und nass, der sumpfige Boden dampfte. Sie lief weiter durch den verwilderten Wuchs, vorbei an bizarr ineinander verschlungenen Bäumen, viele waren uralt, umgestürzt und trotzdem voller Lebenswillen, hatten hier einen frischen Schoß, dort grüne Triebe. Und diejenigen, die doch tot waren, waren zum Leben für andere geworden. Beherbergten Vögel und Insekten, waren Lebensraum für Pilze und Flechten. Sie lächelte und spürte dieses Kitzeln an den Nerven, das sie schon fast vergessen hatte. Immer tiefer ging sie in den Sumpfwald hinein, betrachtete die unendlichen Formationen der Gewächse. Betrachtete den satten, schwarz glänzenden Boden mit den vielen Lachen, von dem sie genau wusste, was er barg. All ihr Wissen über Moore tauchte auf, ihre Faszination dafür, die Fähigkeit dieser Böden, die Zeit zu konservieren. Man konnte eine Hand hineintauchen und etwas von dieser Masse nach oben befördern. Die meisten Menschen würden dann vielleicht schwarzen, modrigen Schlamm sehen, aber sie dachte dann an all die Pflanzen, die vor Hunderten Jahren gewachsen und deren Bestandteile noch immer in dieser Masse enthalten waren. Sie versuchte, sich eine Vorstellung davon zu machen, wie sich dieses Gebiet einst entwickelt hatte. Ein ursprüngliches Gewässer, das zu einem Tümpel schrumpfte, vermutlich verborgen zwischen Bäumen, bedeckt von Seerosen. Sie sah, wie er schließlich verlandete, die Seerosen, die nach dem Absterben auf den Grund gesunken waren, in sich einschloss, wie daraus etwas Neues wurde. Nichts ging verloren.

Sie versank in diesem Bild, genoss es. Bis etwas sie jäh herausriss. Sie roch Rauch. Zigarettenrauch. Er kam von irgendwo zwischen den Bäumen, unverkennbar, zwischen all der explodierenden Frische. Es war noch jemand hier, ganz in der Nähe. Ihre alte Angst flatterte in ihre Brust zurück.

Sie ging weiter, alarmiert, was hätte sie sonst tun sollen, erst langsam, dann immer schneller, aber noch kontrolliert. Sie musste ja nicht gleich panisch werden. Vielleicht ging auch einfach nur jemand mit seinem Hund spazieren. Da lichtete sich der Wald vor ihr, beinahe abrupt, eine sonnige Lichtung lag da, und darauf stand ein Häuschen. Britta blinzelte gegen das Licht. Dann begriff sie. Vor dem Häuschen standen Bänke, und auf den Bänken fläzten ein paar junge Leute. Die Nase zum Himmel, der aufgerissen war und ein paar wärmende Strahlen schickte. Junge Gesichter, verstrubbelte Haare, abgewetzte T-Shirts und Gärtnerhosen, dampfende Kaffeetassen vor sich auf dem Tisch und Selbstgedrehte in den Händen. Jetzt sah sie auch das Schild über dem Häuschen, die wenigen Großbuchstaben: *NABU*. Am liebsten hätte sie laut losgelacht. Stattdessen sagte sie freundlich »Moin« und blieb vor der Infotafel in etwas Entfernung stehen, um sich unauffällig zu sammeln. *Forschungsstation Die Reit* stand darauf. Darunter Steckbriefe verschiedener Amphibien und Vogelarten, die hier heimisch waren. Aus den Augenwinkeln spähte sie zu dem Grüppchen junger Leute, die weiter ausgelassen plauderten und rauchten. Studenten, war sie sich sicher, die hier an einem Projekt für die Uni arbeiteten. Wie sie sie beneidete. Wie glücklich sie in dieser Zeit ihres Lebens gewesen war. Wie stark sie sich gefühlt hatte. Konnte man da wieder hin, fragte sie sich. Aber nein, das war Unsinn, das war mal gewesen. Sie würde nie wieder so sein wie sie, lieben wie sie, aussehen wie sie. Zu ihrem Erstaunen tat es nicht weh, das zu denken. So ist es eben, dachte sie. Sie war längst eine andere. Sie wollte keine zwanzig mehr sein, das war sie schon gewesen. Ihrem Leben fehlte etwas anderes, und in dem Moment wusste sie, was es war: die Betriebsamkeit der Uni, die Wissenschaft, Denken und Streben, Forschen und Veröffentlichen.

Sie warf noch einen letzten Blick auf die Gruppe in der Sonne, die nun Aschenbecher und Kaffeetassen zusammenräumte, die Kaffeepause war wohl vorbei. Sie selbst hatte es jetzt eilig.

Zu Hause angekommen, setzte sie sich an den Schreibtisch. Als Erstes räumte sie alle Anwaltsschreiben außer Sichtweite. Sie hatte gerade überhaupt keine Lust, auch nur einen Gedanken an Philipp und die Rechtsstreitigkeiten zu verschwenden. Sie spürte Tatendrang, sie wollte sich etwas anderem zuwenden. Sie schlug ein Notizheft auf, das sie schon vor Wochen gekauft hatte. Sie strich kurz über die erste frische Seite und schrieb einen Plan.

Dann rief sie die Seite ihres alten Instituts auf, scrollte durch das Mitarbeiterverzeichnis. Lauter junge Gesichter, von denen sie keins kannte. Sie stellte es sich vor, wie sie dort saßen, in den winzigen Büros im Geomatikum, dem hohen Turm mit Blick über Hamburg. Man schloss die Tür, wenn man mal in Arbeit abtauchen wollte, man ließ sie offen, und es kam immer jemand auf einen Kaffee und einen kurzen Schwatz vorbei. Vielleicht saß eine dieser jungen Frauen auf ihrem alten Platz, vielleicht sah es dort noch so aus wie früher. So furchtbar lange war das nun auch wieder nicht her. Trotzdem kam sie sich alt vor. Beim Verzeichnis der Professuren war es anders, hier fand sie Menschen in ihrem Alter, fast ausschließlich Männer. Sie biss die Zähne zusammen, sie sah ihre Leben vor sich. Wie sie nahtlose Karrieren gemacht hatten. Die meisten von ihnen hatten bestimmt Kinder, was sie nicht behindert hatte, weil sie Frauen hatten, die ihnen den Rücken freihielten. Brittas Laune war dahin, sie wollte die Seite schon schließen. Da blieb ihr Blick an einem Namen hängen: Thomas Osterholz, Prof. Dr. Sie betrachtete das Foto des Mannes. Er hatte sich verändert, natürlich, aber sie erkannte ihn. Sie hatte ihn noch als schlaksigen Typen in Trainingsjacke in Erinnerung. Jetzt war er fast grau und steckte in einem dunklen Jackett aus körnigem Leinen. Wenigstens beim Altern ging es gerecht zu.

Sie hatten an einem Projekt zusammengearbeitet: *Parametrisierung der Lithologie des Oberen und Mittleren Buntsandsteins im Bereich des Göttinger Waldes*. Oder so ähnlich. Jedenfalls waren sie zusammen zwischen Felsformationen herumgestapft, um Bodenproben zu sammeln. Die Datenlage über diese speziellen Substrate war damals noch lückenhaft gewesen, deswegen hatten ihre Untersuchungen durchaus Interesse geweckt. Und sie erinnerte sich auch gut daran, was daraus geworden war.

Sie klickte auf seine E-Mail-Adresse und schrieb:

Lieber Thomas,
vielleicht erinnerst du dich noch an mich. Oder zumindest an unser gemeinsames Paper über die Untersuchung periglazialer Lagen? Das, bei dem ich die Hauptarbeit gemacht habe, aber du mir ins Gewissen geredet hast, dass es besser wäre, dich als Erstautor zu nennen, weil die Aussichten, damit wahrgenommen zu werden, besser stünden, wenn der Hauptautor ein Mann wäre?

Britta seufzte, löschte alles und schrieb:

Lieber Thomas,
wie geht es dir? Lange nichts mehr voneinander gehört. Eigentlich wirklich schade, ich erinnere mich immer gerne an unsere gemeinsamen Forschungen. Bei Lithologie muss ich immer noch an deinen Namen denken, das waren Zeiten … Seit wann bist du wieder im Geomatikum? Jetzt dann als Professor. Großartig – und verdient!

Ich selbst habe mich beruflich in den letzten Jahren mehr in der freien Wirtschaft bewegt, aber eigentlich merke ich schon länger, dass es mich zurück in die Forschung zieht. Deshalb wende ich mich an dich: Schreibt ihr demnächst eventuell etwas Spannendes aus? Falls ja, lass es mich wissen, ich würde mich freuen, von dir zu hören – so oder so!

Mit besten Grüßen,

Britta Stoever

Sie schickte die Nachricht ab, machte sich aber keine großen Hoffnungen, von ihm zu hören. Stellen in diesem Bereich wurden eigentlich immer unter der Hand vergeben, selbst wenn sie ausgeschrieben waren. Meistens hatte die Projektleitung schon jemanden im Kopf, von außen hatte man kaum Chancen. Immerhin hatte sie es versucht.

Als ziemlich bald danach seine Antwortmail aufpoppte, war sie so aufgeregt, dass sie sich lange nicht traute, sie zu öffnen. Dann hielt sie es nicht mehr aus.

Was für ein Timing, schrieb Thomas. Natürlich erinnere er sich noch an sie. Sie hatte doch zu Niedermooren promoviert. Bei dem Thema brenne jedenfalls die Luft. In der Politik wäre jetzt auch endlich angekommen, dass Moorschutz Klimaschutz sei.

Das sagen wir seit zwanzig Jahren, aber gut. Jetzt soll natürlich alles ganz schnell gehen, das Umweltbundesamt will Grundlagen für die Optimierung des Moormanagements sehen: datenbasierte Argumente für die Wiedervernässung etc. Du kannst es dir ja denken. Kurzum: Ich würde dich sofort für ein Projekt einstellen, das bald startet. Aber ich bin auch ganz ehrlich: Mit deinem Profil ist das schwierig. Du bist echt lange raus, es wird nicht einfach sein, die Projektleitung zu überzeugen, aber einen Versuch ist es wert. Im Anhang die offizielle Stellenausschreibung.

Sie öffnete die Datei, überflog die Anforderungen: laboranalytische Kenntnisse, Erfahrung in bodengeographischer Feldforschung, Kenntnisse in bodenkundlicher und / oder geologischer Kartierung, Kenntnisse der Hoch- und Niedermoore sowie quartären Gesteine, Kenntnisse der Standarddatenbanken, Promotion erwünscht, aber keine Bedingung.

Jetzt schnurrte Brittas Mut wieder zusammen. Sie schloss die Ausschreibung und ging in die Küche, um einen Kuchen zu backen. Sie hatte irgendwo gelesen, dass man vor Besuch, den man beeindrucken wollte, etwas Süßes backen sollte. Der Geruch vermittle einen Eindruck von Wärme und Wohligkeit. Sie zerschlug nervös die Eier, verschüttete Mehl, sie las das Rezept zum dritten Mal von vorn, stellte fest, dass sie kein Vanillepulver hatte, ärgerte sich über den Dreck überall. Sie hasste Backen noch mehr als Kochen, aber das war es gar nicht, was sie dabei so aufwühlte, sondern der Gedanke, dass sie gerade dabei war, einen Kuchen zu backen, um ihre eigenen Kinder mit Wärme und Wohligkeit zu beeindrucken.

Sie würden ab heute die erste Woche bei ihr verbringen. So war das abgesprochen, noch bevor das Anwaltsschreiben von Philipp ankam. Sie hatten sich auf abwechselnd von Freitag bis Freitag geeinigt. Ein Schwung Klamotten war bereits bei ihr, Zahnbürsten und alles, was sie sonst für den Alltag brauchten. Sie sollten nicht aus dem Koffer leben, sondern zwei Zuhause haben. Nach der Schule sollten sie direkt zu ihr kommen, sie bangte bis zuletzt, stand schon lange vorher am Fenster, und als sie sie kommen sah, fiel ihr ein Stein vom Herzen. Zwischen all der Wut, die sie auf Philipp hatte, konnte sie trotz allem etwas Gutes freilegen: Er liebte seine Kinder und war offensichtlich vernünftig genug, sie nicht zu benutzen, um ihr weh zu tun.

Der Kuchen sah gut aus, er war gelungen und duftete. »Du

musst so was nicht machen, Mama«, sagte Mascha, ohne sie anzusehen, während sie mit der Gabel ein erstes kleines Stück abteilte. Irritiert schaute Britta sie an. Sie staunte mal wieder, welche Dinge Mascha bereits durchschaute.

Sie aßen schweigend und angespannt. So viel, was zu umschiffen war. Britta traute sich nicht, nach Philipp zu fragen, bei Fragen nach der Schule blieben sie schmallippig.

»Also, ich find's hier eigentlich ganz gemütlich«, meinte Mascha. Britta wusste, dass sie das sagte, um nett zu sein. »Du musst das nicht sagen«, meinte sie und zwinkerte ihr zu. Ben war weniger diplomatisch. Es passte ihm gar nicht, dass er sich mit Mascha ein Zimmer teilen sollte. Ihm fiel ein, was er alles im Haus vergessen hatte, und auch sonst ließ er sie deutlich spüren, dass ihm nichts an der Situation gefiel. »Wir werden uns dran gewöhnen«, wollte Britta gerade sagen. Dann fiel ihr ein, dass sie sich das selbst nicht mehr sagen hören konnte. Etwas war zerbrochen, man konnte das durch Floskeln nicht besser machen, man konnte nur auf die Zeit vertrauen, auf Gewöhnung und Akzeptanz. Auf Heilung irgendwann. Solange blieb ihr nur, immer wieder das Beste aus der Situation zu machen.

Von Mascha sah Britta nicht viel an diesem Wochenende. Erst musste sie etwas für die Schule machen, später würde sie noch suppen gehen, kündigte sie an.

»Du machst was?« Mascha machte ein spöttisches Gesicht. »Stand-up-Paddeln. Auf dem Hohendeicher See.«

»Aber ist das nicht noch viel zu kalt? Und kannst du das denn?«

»Man zieht einen Neoprenanzug an, kann man vor Ort leihen, ich hab es letzte Woche schon mal gemacht, ist ganz easy.« Da war der nächste Stich ins Herz, so würde das sein, sie würde nicht mehr wissen, was die beiden wann taten, sie würde Lücken haben, Tage hinterherhängen, vieles nie erfahren.

Mascha lächelte mit Unschuldsmiene. »Aber etwas Geld bräuchte ich schon für die Leihgebühr und was zu trinken vielleicht«, säuselte sie.

»Und mit wem gehst du dahin?«

»Mit ein paar aus der Schule. Kenn ich über Mia.«

Britta guckte skeptisch und besorgt.

»Die sind nett, Mama«, sagte Mascha.

»Soll ich mitkommen? Passt denn da jemand auf euch auf?«

»Wir können ja schwimmen. Aber wenn es dich beruhigt: Der Vater von Mia ist da, dem gehört der Verleih.«

Britta seufzte und suchte ihr Portemonnaie. Offensichtlich war sie gerade wieder die nervige Mutter, die zu viele Fragen stellte. Sie wertete das mal als gutes Zeichen und gab Mascha etwas Geld, ohne sich anmerken zu lassen, wie viele Sorgen sie damit hatte. Durch die verweigerte Unterhaltszahlung schadete Philipp ihnen dann doch. Aber sie hatte sich vorgenommen, nichts von diesen Streitigkeiten zu ihnen durchdringen zu lassen.

Als Mascha aus der Tür war, sah Britta Ben an. »Sag mal, würdest du gern Babyfrösche sehen, so richtig, richtig viele?« Sie nahm ihr Handy und zeigte ihm das Video vom Froschregen, das sie in der Reit aufgenommen hatte. »Krass. Fallen die etwa vom Himmel?«, rief er verdutzt. »So in der Art. Willst du die in echt sehen? Sie leben an einem geheimnisvollen Platz im Wald.« Damit hatte sie ihn.

Als die beiden am nächsten Freitag wieder zu ihrem Vater gingen, fiel Britta in eine Leere wie selten zuvor, gleichzeitig rotierten ihre Gedanken im Muttermodus weiter. So viel fiel ihr für die kommende Woche ein: am Dienstag die Sportsachen einpacken. Am Donnerstag die Gitarre mitnehmen. Die Zettel für die nächste Ferienbetreuung mussten ausgefüllt werden. Ben hatte einen Zahnarzttermin, und er musste für eine Sachkundearbeit lernen. Sie war versucht, Philipp eine Nachricht mit allen Punkten zu schreiben, an die er in den kommenden Tagen denken musste. Aber dann ließ sie es bleiben. Er musste lernen, auch diesen Teil der Verantwortung zu übernehmen.

Sie öffnete das Fenster weit und setzte sich auf die Fensterbank. Der Ausblick hatte sich schon wieder verändert. Sie hörte einen Chor von Vogelstimmen, jemand hatte Gras gemäht, auf dem Deich dösten die Schafe. Britta betrachtete die Kate. Das Ziel vor Augen, dachte sie an Ruths Worte. Aber der Traum von so einem alten Häuschen schien ihr so weit weg wie nie. Sie würde sich bei ihren Eltern Geld leihen müssen, damit sie die nächsten Monate Sicherheit hatte, bis sich im Prozess etwas tat. Das war bitter, aber sie konnte froh sein, überhaupt diese Möglichkeit zu haben.

Sie schloss das Fenster und setzte sich an den Schreibtisch. Sie atmete durch und öffnete die Stellenausschreibung, die Thomas ihr geschickt hatte. Dann trug sie alles zusammen, was sie finden konnte: alte Zeugnisse, die Promotion, Publikationslisten, ihren Lebenslauf. Sie trug dick auf, als sie ihren aktuellen Job beschrieb, und beschloss, sich nicht dafür zu schämen. Als sie fertig war, waren immer noch Zeit und Energie übrig. Zeit, die sie für sich nutzen konnte, über die sie frei verfügte, in der niemand etwas von ihr wollte, in der sie für niemanden mitdenken musste oder verantwortlich war. Kurz staunte sie darüber, so ungewohnt war das. Sie öffnete ein Sideboard und nahm einen Ordner heraus, der mit *Abelke Bleken* beschriftet war. Sie blätterte durch die Kopien und Mitschriften der Gespräche, die sie mit Ruth geführt hatte. Dann widmete sie sich einem Teil der Geschichte, den sie am meisten fürchtete und am allerwenigsten begreifen konnte: Sie begann, sich mit den Tätern zu befassen.

GÜTLICHE BEFRAGUNG

NIEMAND WUSSTE, WER die beiden Männer verständigt hatte. Aber Huges Milchmagd war die Erste, die sie verhörten. Ein paar Tage zuvor, als sie am frühen Morgen mit den Eimern in der Hand zum Melken gekommen war, hatte das Vieh tot auf der Weide gelegen. Schon von weitem war es ihr merkwürdig vorgekommen, wie sie da lagen und ihre Bäuche aus dem Gras herausschauten. Sie trat der erstbesten Kuh gegen das Fesselgelenk, um sie aufzuscheuchen. Aber die Kuh blieb liegen. Erst als die junge Frau sich tiefer über sie beugte, sah sie das offene, starre Maul, aus dem eine geschwollene dunkle Zunge hing, und als sie von einer zur anderen lief, war es bei den übrigen genauso. Sie hatte eine Krankheit vermutet, das Vieh war in einem erbärmlichen Zustand gewesen, aber das war nichts, wovon sie etwas verstand. Sie war noch neu bei dem Bauernvolk, die Arbeit und das Leben hier empfand sie als eine einzige Zumutung. Und nun, unverhofft, wollten Herrschaften aus der Stadt mit ihr sprechen. Sie reckte das Kinn vor, machte den Rücken gerade, in ihrem Blick lagen Bewunderung und Hoffnung. Einer der Männer war alt, seine Wangen waren voll und glänzend, wie sie das von vielen der gut genährten Herren aus der Stadt kannte. Er schaute aus halb geschlossenen Augen, als wäre er gelangweilt oder auf der Lauer, beides schien ihr möglich. Anders der junge Herr. In ihm erkannte sie einen wachen Geist, irgendwas an ihm war stets in Bewegung, ein wippender Fuß, trommelnde Finger. Sein Haar war hell gelockt, die Wimpern über seinen graublauen Augen beinahe weiß. Ein altes

Kaufmannsgeschlecht, mutmaßte sie, ein Ratsmitglied zudem, so wie der Alte auch. Davon zeugten die weißen Rüschenkragen, auf denen ihre Köpfe ruhten wie auf einem Tablett. Sie kannte sich aus mit den Ständen und Bürgern, mit den Stockmayers, Amsincks, Burchards und Vorwerks, den altehrwürdigen Familien, die in Hamburg das Sagen hatten und die Geschicke der Stadt lenkten. Sie kannte die Küchen dieser Kaufleute, Juristen, Ärzte und Goldschmiede, sie kannte ihre Aborte, die Flecken in ihren Hosen und ihren Bettlaken, sie wusste, was unter diesen weißen Kragen war. Unzählige Male hatte sie diese Stoffrüschen geschrubbt und gebürstet, um sie von gelben Schweißflecken und käsigen Hautschuppen zu befreien. Man musste den Stoff nach all dem Schrubben in weißem Essig tränken und ihn lange in der Sonne bleichen. Sie wusste, dass manchen die Haut am Hals herunterfiel, wie bei einem Truthahn, wenn sie den Kragen am Abend ablegten – und der Kragen bei anderen einen schorfigen Ausschlag freilegte, den sie abends erlöst und ausgiebig kratzten; bei den Frauen steckte oft ein Kropf darunter, nicht selten größer als ein Gänseei. Bevor die Milchmagd zu diesen Dörflern gekommen war, hatte sie in den Villen der Kaufmänner und ihrer Familien gedient, war über Teppiche gelaufen, hatte silberne Kerzenhalter abgestaubt, Laken aus Atlas und Seide ausgelüftet. Bis eine kostbare Statuette aus Narwalzahn und Perlmutt in tausend Stücken am Boden lag und eins der hübschen, wohlerzogenen Kaufmannskinder mit dem Finger in ihre Richtung zeigte. Mit den feinen Haushalten war es damit vorbei für sie, sie wurde ohne Empfehlung entlassen, so dass ihr nichts anderes übrigblieb, als den Stellenvermittler in einem der Gängeviertel aufzusuchen und sich hinter den Lahmen, den Kranken, den Alten und den Dirnen anzustellen, um auf eine Stelle als Hökerin oder Gelegenheitsarbeiterin zu hoffen, die die Schlachtplätze und Märkte putzten. Als sie einen der begehrten Plätze auf dem Landsitz eines Ratsherrn ergattert hatte, war sie ganz aufgedreht vor Glück. Da wusste sie noch nicht, dass sie in einem zugigen Stall neben den Tieren schlafen musste.

Vielleicht würde einer von den beiden Männern erkennen, dass sie für etwas anderes gemacht war als für ein Leben zwischen Jauche und Milchvieh. Vielleicht würden sie sie im Gedächtnis behalten, eine Empfehlung für sie aussprechen. Gevert Delmenhorst hieß der Jüngere, Wilhad Hartken nannte sich der Alte, aber alles, worüber sie sprechen wollten, waren dann doch nur diese Kühe. Ob sie jemanden bei dem Vieh auf der Wiese gesehen hatte, wollten sie wissen. Oder auch mal zuvor, in den Ställen. Sie konnte sich nicht entsinnen, sagte sie und bereute es schon, da sie die Enttäuschung in den Augen des Jüngeren sah. »Bist du sicher, dass du nicht zu einem anderen Zeitpunkt jemanden auf dem Grundstück gesehen hast?«, fragte er freundlich, aber zwei Finger tippelten ungeduldig auf dem Tisch. Und da fiel es ihr zum Glück ein, dass hier einmal ein altes Weib herumgestrichen war. Auf Nachfrage beschrieb sie die Frau, so gut sie konnte, und diesmal schien sie etwas Rechtes gesagt zu haben, denn der junge Ratsherr lächelte nun zufrieden und warf dem Älteren einen vielsagenden Blick zu. Die Milchmagd blinzelte und versuchte, noch eilig etwas anzubringen, womit sie die Herren von sich überzeugen konnte, aber die standen bereits auf und machten sich auf den Weg, ohne sich noch ein weiteres Mal nach ihr umzusehen.

Als Nächstes saßen sie im Gottesdienst. Natürlich fielen sie jedem gleich auf. Die Marschländer konnten gar nicht aufhören, sich die Köpfe nach ihnen zu verdrehen. Manche glotzten ganz ungeniert, mit offenem Mund, und raunten sich Spekulationen über den Grund ihres Aufenthaltes zu. Nur Pastor Samuel bemerkte die beiden dunkel gekleideten Herren erst beim dreimaligen Ausruf des Kyrie eleison, als er nicht mehr länger bereit war, das Geschnatter und das unruhige Hin und Her auf den knarzenden Bänken zu ignorieren, das ihm heute schlimmer vorkam als sonst. Sein Gram wich dem Erstaunen. Zur Abwechslung hatte er es plötzlich eilig, zum Ende zu kommen. Fürbitten, Vaterunser, Ankündigungen, Segnung. Dann entließ er die Gemeinde, und die Menschen drängten zur Tür heraus wie eine Herde junger Rinder im Frühjahr zum ersten Weidegang. Denn natürlich hatten sie vor allem eines im Sinn: in dem Getümmel draußen so schnell wie möglich den Grund für die Anwesenheit der beiden Rüschenkragen herauszufinden.

So schnell waren sie, dass sie nicht einmal bemerkten, dass die beiden Herren im feuchtkühlen Kirchenschiff zurückblieben, um den Pastor abzufangen, der als Erster den Hintergrund ihrer Visitation erfuhr. Es war nicht so, dass sie es ihm direkt mitteilten, doch war es nicht gerade schwierig, es anhand ihrer Fragen zu erraten, die sich vornehmlich um die Frömmigkeit und Anwesenheit während der Gottesdienste vor allem einer bestimmten Person drehten. Nun, lügen konnte er wohl kaum, seine Antworten fielen eindeutig aus. Ihn ärgerte nur, dass er in dem Moment nicht geistesgegenwärtig genug war, in aller Bescheidenheit anzubringen, dass das, was die beiden Herren zu ernten beabsichtigten, auf dem Boden gewachsen war, den er bereitet hatte. Viel zu spät fielen ihm sogar die passenden Worte Gottes dafür ein, er sprach sie dann wenigstens leise für sich, als kleinen Trost: *Auf das gute Land hat gesät, wessen Wort gehört und verstanden wird und dann auch Frucht bringt; dreißigfach, sechzigfach, hundertfach.*

Zu diesem Zeitpunkt waren die beiden Ratsherren bereits von Hof zu Hof unterwegs. Jedem, der ihnen unterkam – gleich ob Magd, Knecht, Bauer oder Kind –, stellten sie Fragen, hörten zu und tauchten dann sogar in Arnkiel Asmussens Winkelwirtschaft auf, von der sie während ihrer Befragungen erfahren haben mussten.

Erst stockten alle in Anwesenheit der hohen Herren, taten verlegen, als wären sie rein zufällig hierher geraten. Aber als deutlich wurde, dass die Gerichtsherren weder Schließung noch Bestrafung der heimlichen Winkelwirtschaft im Sinne hatten – im Gegenteil, sie erkundigten sich, ob es auch etwas Stärkeres zu trinken gäbe als Bier, und gaben dann sogar eine Runde aus –, da löste sich die Stimmung, und bald mussten die Herren sich gar nichts einfallen lassen, um die Leute in ein Gespräch zu ziehen. Die drängelten sich bald förmlich um sie, um bereitwillig alle ihre Fragen zu beantworten oder auch von Dingen zu erzählen, nach denen sie gar nicht gefragt wurden. Später kehrten sie mit dem wohligen Gefühl von Wichtigkeit heim, denn einerseits trugen sie dazu bei, der Rechtschaffenheit einen Dienst zu erweisen, andererseits hatte ihnen selten jemand so gründlich zugehört, vielleicht sogar noch nie.

Es war vor allem Gevert Delmenhorst, der jüngere der beiden Ratsmänner, der den Leuten dieses Gefühl vermittelte. Seine aufmerksam auf ihnen ruhenden Augen blieben ihnen in Erinnerung, alles andere bemerkten sie gar nicht: Wie er sich zu ihnen vorbeugte, nach ihrem Namen fragte und den dann manchmal an seine Fragen hintendran setzte. »Warst du an dem Tag dabei, als Abelke Bleken den Hof an den Herrn Huge abtreten musste, Harmen?«, fragte er zum Beispiel. Und berührte sein Gegenüber auch mal, an der Schulter oder am Arm, flüchtig nur, aber mit Nachdruck. »Dann erzähl doch mal, Hayn Boye, was hat dir dieser Henneke Schwormstedt über Abelke Bleken denn alles erzählt?«, fragte er, lauschte aufmerksam und nahm dabei die gleiche Haltung wie sein Gegenüber ein, als wäre er sein Spiegelbild.

Er fragte nach der Flutnacht, staunte, was Abelke alles hatte retten können, notierte es sich. Er wunderte sich, was sie angeblich alles zustande brachte, als alleinstehende Frau. Er fragte nach dem Hagel und den schlechten Ernten und ob man sie in der Zeit zuvor auf den Feldern gesehen hatte. Er fragte nach kranken Tieren und ob Abelke an deren Ställen gesehen worden sei. Er fragte, mit wem sie Streit hatte und worum es dabei ging. Er fragte nach auffälligen Eigenschaften und verdächtigen Gegenständen, die man mit ihr in Verbindung brachte. Er fragte sich durch Jahre und Ereignisse, während Arnkiels Bierfässer und Schnapsflaschen immer leerer und die Zungen der Marschbewohner immer lockerer wurden. Und am Ende staunten und schauderten sie, bei wie vielen Ereignissen eine Verbindung zu Abelke geknüpft werden konnte. Auf vieles davon waren sie vorher gar nicht gekommen.

Es gab nur wenige, die nichts sagen mochten oder nichts Brauchbares für den jungen Ratsherrn hatten. Dann wurde der auch schon mal strenger in seinem Tonfall und sagte: »Na, nun gib dir mal ein bisschen Mühe. Was hast du noch gehört oder gesehen? Ich kann dich sonst auch in die Fronerei mitnehmen, da ist schon bei vielen die Erinnerung schnell wiedergekommen«, dann riss er den Mund zu einem breiten Lachen auf. »Hahaha«, lachte er, als wäre es ein Scherz gewesen. »Hahaha«, lachte der andere mit, schluckte dann aber schwer, als hätte er einen trockenen Brocken in der Kehle, und plötzlich fiel ihm doch noch etwas ein. Und der junge Ratsherr war zufrieden.

Von Wilhad Hartken, dem Alten, blieb den Leuten weniger in Erinnerung, außer dass er vorstehender Richter am Hamburger Niedergericht war. Die vielen Dienstjahre waren ihm anzusehen, und während Delmenhorst über seine Aufgabe hinauszuwachsen schien, nickte Hartken während der Gespräche manchmal im Sitzen ein. Er schob es auf das Bier, das ihm zu stark war und nach

Jauche schmeckte, er machte die schlechte Luft verantwortlich, die voll von den Ausdünstungen der Bauern war, und überhaupt war es viel zu viel Geschwätz für einen einzigen Tag. Aber das behielt er für sich. Ebenso die Tatsache, dass er die Nase ganz und gar voll hatte von diesem klammen Landstrich, dessen feucht-kühles Klima an seinen rheumakranken Knochen nagte und ihm den schwersten Schub seit langem bescherte.

Er war schlau genug, darüber zu schweigen, dass diese gesamte Mission sein größtes Unglück war. Dreizehn Monate blieben ihm nur noch, bis er in den Ruhestand treten konnte – und nun das: ein *Crimen Exceptum*, das – so viel zeichnete sich jetzt schon ab – einen *Processus Extraordinarius* nach sich ziehen würde, so wie der junge Eiferer sich in die Sache stürzte. Hartken erinnerte sich noch, wie dieser goldhaarige Jüngling, aufgeregt zappelnd wie ein Welpe, mit der Nachricht in seine Dienststube geplatzt war. Ein Delmenhorst-Spross, den sein Vater erst kürzlich auf den Ratsherrenposten gesetzt hatte und dann gleich ans Niedergericht, ihm vor die Nase. Um ihm auf die Finger zu schauen, so vermutete Hartken, denn er war milde geworden. So sah er das. Andere nannten es träge, es war ihm nicht entgangen. Aber die verstanden eben nichts von den guten Routinen, die er geschaffen hatte. Am liebsten verhängte er Geldbußen, das kam auch der Besoldung der Richtherren zugute. Bei Dieben und Betrügern zeigte der Staupenschlag in der Öffentlichkeit gute Wirkung. Härter musste man bei Freibeutern vorgehen, da war auch mal eine Hängung oder Enthauptung notwendig. Jeden zweiten Samstag ließ er auf dem Richtplatz außerdem Dirnen auspeitschen, damit dieses Gewerbe nicht überhandnahm, aber das tat es trotzdem. Die meisten Zuschauer kamen ohnehin nur, um die entblößten Oberkörper anzuglotzen, abschrecken tat es niemanden. Von den vielen flehenden und weinenden Frauen, die er vor sich gehabt hatte, beteuerten alle, dass sie lieber einer anständigen Arbeit nachgehen würden, wenn es denn welche gäbe. Aber das lag nun wirklich nicht in seiner Zuständigkeit.

Hartken machte kurze Prozesse, was sollte daran falsch sein? Er sparte der Stadt Kosten und sich die Nerven, sie sollten es ihm danken. Stattdessen schickten sie ihm diesen Ehrgeizling, der ihm vormachen sollte, wie es ging. Und ausgerechnet dann kam diese Aufregung, ein anonymer Hinweis auf ein *Maleficium*. Der Junge hatte es ausgerufen, als hätte man ihm ein Geschenk gemacht. Und Hartken hatte genickt und anerkennend die Augenbrauen gehoben, aber gedacht hatte er nur: »Ach, Gott, nein. Nicht das jetzt wieder.«

In allen anderen Fällen konnte er entscheiden, ob eine Sache verhandelt wurde, sobald eine Klage einging. Aber im Falle eines *Crimen Exceptum* war ein Verfahren umgehend zu eröffnen. Der Junge mit seiner exzentrischen Freude hatte keine Ahnung, was damit auf sie zukam: Eine Untersuchung zur Ergründung der materiellen Wahrheit, also die Befragung aller möglichen Zeugen sowie das Sammeln und Sichern von Beweisen, hatte sofort zu erfolgen, und so waren sie unverzüglich ins Marschland südöstlich der Stadt aufgebrochen – zumal die Sache noch dadurch an Ernsthaftigkeit gewonnen hatte, dass der Schaden ihrem Kollegen, dem Ratsherrn Huge, widerfahren war.

Lange Zeit war Hamburg von Hexenwerk und Töverinnen fast vollständig verschont geblieben. Bis es dann zeitgleich mit Johannes Bugenhagen in die Stadt eingezogen war, genauer genommen sogar direkt in sein Haus. Beinahe fürstlich hatte der Stadtrat diesen *Doctor Pomeranus* genannten Mann untergebracht, der die neue lutherische Kirchenordnung für Hamburg erarbeiten sollte, nachdem der Stadtrat einen langen Streit beendet und sich für die Reformation entschieden hatte. Die Doktorei am Kattrepel hatte man Bugenhagen, seiner Frau und seiner Tochter als Quartier gegeben, sogar das Personal hatte man ihm überlassen. Aber die Bugenhagens hatten es entlassen, sie hatten ihr eigenes mitgebracht, einzig die Köchin hatten sie behalten. Alles lief trefflich, das neue Kirchenrecht gedieh, Bugenhagens Frau Walpurga trug das nächste Kind unter dem Herzen. Aber als es so weit war, kam es tot zur Welt. Und in ihrem Klagen und ihrem Fragen nach dem Warum, da hatte sie die Köchin beschuldigt, sie und das Kind durch teuflische Beimengungen in Speisen und Getränken vergiftet zu haben.

Hartken streckte seine schmerzenden Beine unter der Bauernbank aus, er meinte, ein steifes Knarzen darin zu spüren. Ach, wäre er nur bei seiner Margarete, die würde veranlassen, dass er eine Auflage mit Brennnesselkraut und Birkenblättern, umwickelt von einem warmen Katzenfell, bekommen würde. Ach, seine Margarete. Von sechs Kindern hatte sie gleich vier tot zur Welt gebracht. Bedauerlich war das und ein elender Anblick jedes Mal. Die winzigen wächsernen Gesichtchen, die kleinen dunklen Münder, aus denen kein Ton herauskam. Der Margarete hatte das nicht gutgetan, mit jedem verlorenen Kind war etwas aus ihr gewichen. Hartken sah aus der winzigen geöffneten Luke hinaus auf den Krühof, in dem in ordentlichen Vierecken verschiedene Kräuter wuchsen, und hoffte auf einen frischen Luftzug. Ob es ihr auch gefallen würde, der Margarete, so ein Hof als Altersruhesitz? Schlau war es von dem Huge, sich so ein Stück Land zuzulegen. Machten ja gerade viele. Soweit er wusste, hatten die Amsincks gleich mehrere Höfe in Curslack in den Vierlanden, die Schuhmanns in Billwerder, und die von Tzevens hatten unweit von hier in Tatenberg mehr als nur Bauernhufen, man musste vielmehr von wahren Gutshöfen sprechen. Er könnte sich ja auch einmal umschauen, es musste ja nicht gleich so üppig sein. Aber nein, die Feuchtigkeit, die Kälte, das war nichts für ihn und seine empfindlichen Knochen.

Bugenhagens Köchin hatte er damals selbst gefangen setzen und foltern lassen müssen, tagelang. Halbtot war sie schon gewesen und hatte es immer noch nicht zugegeben. Da hatte Bugenhagen sich doch noch für ihre Freilassung ausgesprochen, wohl um nicht für immer mit diesem Fall in Verbindung zu stehen. Aber für ihre Entlassung und alle Unkosten der Büttelei hatte sie selbst aufkommen müssen, da war sie dann so oder so ruiniert gewesen und von der Folter ein halber Krüppel obendrein. Und seitdem war die Sache in der Welt. Bald darauf war es losgegangen, alle paar Wochen eine neue Beschuldigung, ein neuer Name, all die Katjes und Gretjes, Kefchens und Frantjes. Ja, manche Namen wusste er noch, die Gesichter, die dazugehörten, und auch viele der Geschichten. Manche vergaß man einfach nicht, wie die von der 15-jährigen Cecilie, schön wie eine Blume, aber offensichtlich durchtrieben wie eine Schlange, denn sie sollte einen Greis mit einem Liebeszauber verzaubert haben, so hatte es seine Ehefrau angezeigt. Der Alte konnte gar nicht anders, als dem Mädchen nachzusteigen. Die Cecilie räumte es dann auch ein, nach dem dritten *Gradus Tortorae*. Da gaben die meisten nach, aber ein halbes Schlachten war das. Er war zu weich für diese Sachen, auch das durfte nie jemand erfahren. Manchmal beschlichen ihn Zweifel und manchmal sogar Sentimentalitäten, da musste er sich selbst streng daran erinnern, dass der Teufel auch die Gestalt eines Gretchens annehmen konnte, das ihn alten Mann versuchte, durch mitleidiges Heischen in den Blicken davon abzubringen, die rechtschaffene Strafe über sie zu verhängen.

Das Kräftezehrendste an diesen Fällen war, dass mit jedem neue dazukamen. Nach Kollaborateuren waren die Gefolterten zu befragen, so lange, bis Namen fielen. Und bei denen wiederum musste man genauso vorgehen. Gut möglich, dass ihn die Sache, die hier angestoßen wurde, bis zum Schluss begleiten würde. Ein *Processus Extraordinarius*, kurz vor der Pensionierung, er war wirklich von Pech verfolgt. Er seufzte und richtete seine Aufmerksamkeit wieder auf Delmenhorst, der gerade die Nächste befragte, noch eine vor Ehrfurcht aufgelöste Bäuerin, Beecke irgendwas. Der gingen die Geschichten gar nicht aus über diese Abelke. Es war schon ein starkes Stück, solche Personen als Zeugen zuzulassen, genauso wie Kinder, Kriminelle, Ehrlose, eigentlich jeden, der ansonsten gar keine Rechtsfähigkeit besaß. Nur beim *Processus Extraordinarius* war das zugelassen. Frauen durften ansonsten nicht einmal Klage einreichen – und hier hörte ein Ratsherr Mägden und Bäuerinnen zu, als gehörten sie zur guten Gesellschaft.

Wenn es nach Hartken ginge, hatten sie für heute mehr als genug Beweise und Zeugenaussagen gesammelt. Sie hatten einen Knecht, der gesehen hatte, wie diese Abelke schon vor Jahren den Teufel anrief. Sie hatten – und das war sicher das Gravierendste – die Aussage einer Magd des Vogtes, die einen Streit zwischen ihrer Herrin und Abelke bezeugen konnte, woraufhin die Vögtin bald verstorben war. Sie hatten Berichte über einen Hexensabbat, das Zaubern von Unwettern und allerhand weitere unsägliche Berichte. Seiner Meinung nach war die Sache eindeutig, und sie konnten schlafen gehen.

Aber der Junge konnte gar nicht mehr aufhören. Jetzt hatte er schon den Nächsten dran. Einen knubbeligen Alten, der vor Bier und Schnaps schon schielte. Und jetzt schaute Delmenhorst schon wieder zu Hartken herüber, mit seinem triumphierenden Da-haben-wir-aber-was-Blick. Wie der sich aufplusterte. Aber nun gut, Hartken wollte sich nicht nachsagen lassen, geschludert zu haben, man geriet sonst schnell in den Verdacht, sich mit diesem teuflischen Hexenvolk gemeinzumachen. Also nahm er sich zusammen, ordnete seine schmerzenden Knie unter dem Tisch neu, so dass es für eine Weile besser auszuhalten war. Dann erhob er sein Richtergesicht über das Knechtgesicht, er konnte noch immer einschüchternd dreinschauen: »Na, dann sag uns jetzt mal ganz genau, was du gesehen haben willst.«

Er selbst hätte nichts gesehen, stotterte der alte Knecht, aber er kenne eine Magd, die früher bei Abelke gearbeitet hatte, die etwas wüsste. Hartken wollte sich schon resigniert wieder nach hinten sinken lassen, er musste sich doch nicht jeden Blödsinn anhören. Aber Delmenhorst insistierte weiter, bis der Mann den Kopf senkte und etwas nuschelte, das gerade mal so zu verstehen war. Die Farbe war ihm aus dem Gesicht gewichen, nur um im nächsten Moment feurig rot zurückzukehren.

Delmenhorst schlug euphorisch mit der Hand auf den Tisch und sagte, was Hartken schon befürchtet hatte: »Wir müssen diese Magd finden.«

Aber bitte erst morgen, darauf bestand Hartken nun. Draußen war finstere Nacht, die meisten torkelten nun aus der behelfsmäßig zur Wirtsstube umfunktionierten Diele heraus. Sie selbst mussten noch zu ihren Quartieren. Immerhin hielt man am Ochsenwerder Spieker Zimmer für Herren bereit, von denen Hartken allerdings nicht viel Komfort erwartete. Zum Glück stimmte Delmenhorst ihm diesmal zu.

Am nächsten Tag machten sie sich erneut auf den Weg. Diese eine Magd zu finden, war nicht leicht, aber als sie bei ihr wieder zur Tür raus waren, triumphierte der Junge, denn für eine Verhaftung hatten sie nun auch aus seiner Sicht mehr als genug, sie konnte sofort veranlasst werden.

Das Frühjahr zeigte sich, die Luft war noch schneidend kalt, aber die Erde gab bereits ein wenig nach. Die Leute bückten sich über die Felder, um sie vorzubereiten. Sie schleppten Jauche zum Düngen heran, verteilten sie mit großen Schöpflöffeln, Elle für Elle, den Blick auf die Erde gesenkt, so mussten sie einander nicht ansehen. Harder begann schon das Pflügen, Wenten drückte die Schar in die Erde, aber sie sprang ihm bald aus den zittrigen Händen, Harder schubste ihn beiseite und machte es selbst. Auf Huges Hof traf der Abdecker ein, er lud die Kuhkadaver auf seinen Karren und brachte sie fort. Huge schritt sein Land ab, mit langen, wippenden Schritten und einem zufriedenen Zug um den Mund. Von Kleaters Hof hörte man die Hammerschläge der Zimmermänner, das neue Backhaus stand kurz vor der Fertigstellung. Ludwig Witten schaute sich um und nahm einen großen Schluck Grünen und dann noch einen, aber das, was er herunterspülen wollte, ging davon nicht weg. Elsche Boye wunderte sich über den Stint, den Hayn schon im Morgengrauen geholt hatte. Er war viel früher aufgestanden als sonst, bis dahin hatte er schlaflos gezappelt, wie einer der Fische, die er an Land geworfen hatte. Elsche hätte gern gewusst, was ihn so plagte, aber fragen würde sie ihn nie. Beecke Mertens sah ihren Mann von der Seite an, und zum ersten Mal gestand sie sich ein, dass er hässlich war, innen und außen, und sie fragte sich, warum sie ihn immer so verteidigte. Der Schipper Harmen Olrichs strich seinen Ewer mit Bienenwachs ein, da er bald wieder zu Wasser gelassen werden sollte. Als der Eimer umkippte, schrie und fluchte er mehr, als er musste. Zwei Stunden Seeweg die Elbe abwärts, in der Stadt, wurde Abelke Bleken über den viereckigen Platz neben dem Dom geführt, an dessen südöstlichster Ecke die Fronerei stand. Leute drehten sich nach ihr um, während sie vorüberhasteten. Viele blieben stehen, hielten sich erschüttert die Hand vor die Brust, spekulierten, wen man da wohl wegbrachte. Eine Mörderin müsse es mindestens sein, denn in die Fronerei kamen nur die übelsten aller Verbrecher und die zu Tode Verurteilten, für die die bürgerliche Haft zu gut war. Die Leute reckten die Hälse, musterten sie erschüttert von Kopf bis Fuß, würden noch am Abendbrottisch erzählen, was für eine schauderhafte Begegnung sie heute gehabt hatten. Sie folgten dem Blick der Frau, der nach oben gerichtet war. Aber dort war nur der blanke Himmel, freundlich und blau, eine Möwe durchschnitt ihn im Gleitflug, mehr war nicht zu sehen. Der Büttel drückte seine Hand gegen den Rücken der Frau, um sie vorwärtszutreiben. Dann verschwand sie im dunklen Eingang der Fronerei.

Im Keller der Fronerei am Berge zu Hamburg saßen die Richteherren Gevert Delmenhorst und Wilhad Hartken; Kruzifix und Bibel lagen auf dem Tische; daneben stand der Ratsbarbierer. Vor ihnen kniete ein siebenfach gefesseltes Weib, Abelke Bleken, aufmerksam die rot geränderten Augen auf Meister Matthias Greve, den Fron, gerichtet, der ihr auf Befehl seiner Herren die Marterwerkzeuge der scharfen Frage einzeln zeigte und ihren Gebrauch erklärte.

Als nun der älteste Richteherr sie anredete: Abelke Bleken, wollet ihr Gott die Ehre geben und freiwillig gestehen, dass ihr mit dem Teufel verbündet und eine verfluchte Hexe seid, auch freiwillig dem Gerichte eure Missetaten bekennen? – da flammte es in den dunklen Augen des unglückseligen Weibes wie Hohnlachen auf, während die fahle Blässe ihres Gesichtes noch leichenhafter wurde, indem sie sagte: Nein, ich will nicht!

Hartken stöhnte kurz, aber gequält auf. Es passte ihm gar nicht, dass das Weib seinen Stolz behalten wollte und damit alles unnötig in die Länge zog. Fast hatte es auch diese Kreatur mit ihrem Anblick geschafft, sein viel zu weiches Herz anzugreifen. Die Seile schnitten ihr tief in die magere Haut, die abgeschnürten Gliedmaßen waren geschwollen. Aber der kurze Anflug von Mitgefühl war bereits verflogen, nun spürte er Verdruss darüber, was ihm wegen der Sturheit dieses Weibes bevorstand. Er verabscheute lange Aufenthalte in der Folterkammer der Fronerei. Er sehnte sich nach seinem Dienstzimmer am Niedergericht, nur ein paar Straßen entfernt. Wo die Kandelaber vom Meister Bertram hingen, Bildnisse in vergoldeten Rahmen, zierliches Schnitzwerk, bemalte Paneele ... Hier war es kalt, die Wände waren klamm, die schlimmste Kombination für seine Gesundheit überhaupt.

Er verstand nicht, dass die Weiber immerzu leugnen mussten; dass sie das großzügige Angebot der *Verbal Territion*, der gütlichen Befragung, fast nie annahmen. Was ihnen dadurch alles erspart bliebe. Und ihm. Denn als Nächstes müssten sie zur *Real Territion* schreiten, der scharfen Befragung. Da würde es nicht beim Zeigen der Geräte bleiben, das sagten sie den Weibern doch. Und die ließen dennoch immer wieder diese herrliche Chance verstreichen. Nun, an ihm lag es nicht, wenn sie es auf die qualvolle Weise wollten.

Hartken musterte den Folterknecht. Von der Statur war er nicht gerade furchteinflößend, eher klein, eher bullig, das halbe Gesicht von einem schmutzigen Bart bewachsen. Er hoffte sehr, dass dieser Matthias Greve etwas taugte, er stand noch nicht lange im Dienst der Stadt. 1555, im Jahr mit den vielen Hexenfällen, war alles noch so neu gewesen, sie hatten keinen erfahrenen Folterknecht auftreiben können. Mussten einen durchziehenden Henker nehmen, der weiter nach Husum wollte, wo sich die Hexerei gerade gleichfalls auszubreiten schien wie die Blattern. Er prahlte damit, sich einen Ruf für seine Arbeit mit dem Schwert erarbeitet zu haben, aber mit der Anwendung der Foltergeräte, so zeigte sich schnell, hatte er kaum Erfahrung. Wie er es mit allem gleich übertrieb, nicht einhielt, wenn sie »Jetzt aber genug«

riefen. Manchmal, so schien es, weil er, wie von einem Blutrausch gepackt, nicht wollte. Manchmal, weil er aufgrund seines Unvermögens nicht konnte, da er die Anwendung einer Winde nicht verstand, die Schrauben der Quetschen nicht wieder losbekam. Hartken hatte das lange nicht vergessen können, dieses gedämpfte Krachen, wenn Knochen brechen, das Knarzen, gefolgt von einem Ploppen, wenn die Gelenke herausgedreht wurden, den Geruch von warmem Blut. Mehr als einmal hatte dieser plumpe Mensch ganze Gliedmaßen beinahe abgerissen. Gleich drei Angeklagte waren ihm noch auf der Folterbank weggestorben – ohne das nötige Geständnis. Wie viel menschlicher sie mittlerweile waren. Hatten immer einen Wundarzt an ihrer Seite, der im Blick behalten sollte, wie viel die Inkulpatin noch vertrug.

Hartken besah die Gefangene noch einmal genau. Dürr war sie, aber es schien ein starker Geist in ihr zu stecken. Hielt den Kopf trotzig oben. Er musste sich wohl auf einen langen Tag einstellen, diesem Weib hier traute er durchaus zu, bis Grad drei der Tortur durchzuhalten. Bei Grad eins zerstörte man die Daumen in der Presse, bei Grad zwei erfolgte die Prozedur mit der Beinpresse an den Schienbeinen. Bei Grad drei waren die Glieder zu strecken. Grad vier war nach Ermessen auszuwählen, aber so weit kam es meistens nicht. Die Streckbank war es, auf der die meisten aufgaben. Er gab dem Fron ein Zeichen, der begann, die Daumenpresse herzurichten.

Hartken schob sich indes die Akte mit den Interrogatorien zurecht. An die hundert Fragen, die immer zu stellen waren, enthielt der Katalog. Fragen zur Teufelsbuhlschaft, zum Hexensabbat und den Details des Schadenszaubers. Zeugen hatten sie für alles davon, die Frau war so oder so überführt. Aber die Gerichtsordnung verlangte, dass sie es selbst sagte. Es musste aus ihrem Mund kommen, was sie getan hatte.

Da meldete der Fron sich überraschend zu Wort. »Verehrte Richter«, sagte er. »Ich glaube, die Beschuldigte hat etwas in der Hand.« Hartken erschrak. Denn sollte das wirklich der Fall sein, würde man es ihm als Versäumnis anlasten. Es war üblich, die Inkulpatinnen vor den Verhören vollständig zu entkleiden und durch das Absengen aller Haare am gesamten Körper ebendas zu verhindern: dass sie ein teuflisches Hilfsmittel bei sich versteckten, mit dem sie sich heimlich stärkten. Hartken wollte das für seine Prozesse nicht haben. Die Haare schnitten sie den Angeklagten ab, aber ein Büßerhemd durften sie tragen. Er störte sich an den gierigen Blicken des Frons, des Schreibers, der anderen Richter, wenn die Angeklagten gänzlich entblößt waren. Er fand, es lenkte sie von der Arbeit ab. Außerdem konnte er sich nicht vorstellen, dass jemand unter diesem flattrigen Stück Stoff etwas verstecken konnte.

Der Foltermeister forderte die Frau auf, die Hand zu öffnen. Hartken und Delmenhorst waren aufgeregt an sie herangetreten. Auch der Schreiber und der Wundarzt streckten ihre Hälse. Da die Frau die Hand nicht öffnete, begann der Fron, ihre Finger gewaltsam auseinanderzubiegen, bis etwas herunterfiel und ein Stück rollte. Erschrocken sprangen die Umstehenden beiseite. Keiner wagte, es aufzuheben, bis Hartken es dem Fron befahl. Mit spitzen Fingern fasste der es an, und nachdem er es eingehend betrachtet hatte, sagte er mit verwirrter Miene »Nach meinem Urteil handelt es sich hierbei um ... um einen Klumpen Erde.«

Raunen und Erstaunen unter den Herrschaften. Zögerlich reichten sie es sich hin und her. »Es muss teuflische Kräfte haben«, sagte Delmenhorst. »Ein sehr außergewöhnliches Zauberding«, stellte Hartken fest. Die Angst und Ehrfurcht standen ihnen in den Augen.

Da hörten sie ein heiseres Lachen, es kam von der Frau. »Was seid ihr für lächerliche Männer. Zittert vor Angst wegen einer Handvoll Erde.« Sie lachte nur kurz und bitter, aber den Männern reichte das schon. Nun war Schluss mit den Worten. Delmenhorst gab dem Fron ein Zeichen, und der machte sich an sein Werk.

AM RICHTPLATZ

MIT ALLEM MÖGLICHEN hatten die Menschen gerechnet, die auf der zugigen Wiese standen und auf die Ankunft des Schinderkarrens warteten. Eine Teufelsfratze, die ein Hohnlachen ausstieß, schien ihnen möglich. Eine aufgebrachte Gestalt, die satanisch tobte und ihnen schreckliche Flüche zurief, konnten sie sich vorstellen. Mit dem Bösen selbst hatten sie gerechnet. Nur nicht mit dem, was sie vor sich sahen: eine Frau, so furchtbar zugerichtet. Die Beine zerschunden, blutig und blau, eingedrückt, wie geknickte Äste. Ihre Arme hingen herab, lose und eigenartig falsch, die Gelenke unterhalb der Schultern. An den Händen die Daumen nur noch dunkle Stummel. Am Leib das braune Hemd von oben bis unten übersät mit rostigen Streifen von getrocknetem Blut.

Mit allen möglichen Gefühlen hatten die Leute gerechnet. Genugtuung hatten manche erwartet, andere eine gewisse Erleichterung. Auch für Schadenfreude waren sie gekommen. Nur Mitleid und Entsetzen, das hatten sie nicht kommen sehen. Aber selbst von denen, die von weiter her gekommen waren, die diese Frau gar nicht kannten, wich schnell der letzte Rest einer Festtagsstimmung.

Sie standen dort wie eingefroren, mit der Hand vor dem Mund, der Hand auf der Wange, den versteinerten Gesichtern und erschrockenen Augen, und verfolgten, wie alles noch schlimmer wurde, als die Frau vom Wagen herabsteigen sollte, was gar nicht möglich war, mit den zerbrochenen Beinen. Der Büttel und sein Gehilfe versuchten es mit Unterhaken, was daran scheiterte, dass man nichts einhaken konnte unter Arme, die lose herabhingen. Einige schauten weg, die Ersten gingen.

Pastor Samuel war der Einzige, der nicht wirklich überrascht war. Er hatte sich schon am Tag zuvor aufs schrecklichste über Abelke Blekens Anblick erschrocken. Man hatte ihn in die Fronerei bestellt, damit er ihr am Tag vor der Hinrichtung die Beichte abnahm. »Was willst du beichten, Abelke?«, hatte er gefragt und dann zu den schmutzigen, nass glänzenden Mauersteinen gesehen. Sie konnte er nicht anschauen. Abelke hatte lange bloß schwer geatmet, dann ein paarmal mühsam geschluckt, wieder geschwiegen, aber um etwas bemüht, so als müsste sie ihre Stimme erst suchen. Er hatte schon befürchtet, dass sie zum Sprechen gar nicht mehr in der Lage war, aber dann sagte sie doch etwas, es klang aufgesagt, wie etwas, das sie oft gesagt hatte zuletzt. »Was willst du denn noch hören, Junge?«, hatte sie gefragt.

Der Büttel fluchte vor sich hin, weil er keine Leiter hatte, an die man die Verurteilten binden und dann in das brennende Feuer werfen konnte, wenn sie so schwer versehrt waren, dass sie es aus eigener Kraft nicht mehr zum Brennbalken schafften. Die Hamburger hätten ihm sagen müssen, in welchem Zustand die Verurteilte war, dann hätte er vorgesorgt. So wurde es ein grausiges Zerren und Schleifen, immerhin nur wenige Meter. Aber am Brennbalken schon die nächste Schwierigkeit, einer der Männer musste sie stützen, während der andere das Seil um sie schlang. Es blieb irgendwo hängen und ließ sich nicht gleich zuziehen. Der Büttel raunzte den Jungen an, der Junge kuschte hektisch, und dann klappte es doch. Der Frau entwich immer wieder ein Seufzen, das jedem, der es hörte, etwas Frostiges in die Seele trieb. Am Ende stand sie, gehalten von den Seilen. Das Podest war hoch genug. Sie war gut zu sehen.

Nun traten Delmenhorst und Hartken vor, stellten sich mitten vor die Leute. Es mochte am hellen Licht des Tages liegen, dass der junge Ratsherr ihnen anders erschien als im schummrigen Licht von Arnkiel Asmussens Diele. Unnahbar und hart wirkte er jetzt, keine Spur von seiner wohlwollenden Zugewandtheit erkannten sie mehr; und er würdigte sie nicht eines Blickes. Nur der Alte war wie zuvor, schaute aus seinen Krötenaugen, stand etwas schief auf seinen steifen Beinen. Etwas zischelten die beiden sich zu, ein paarmal ging es hin und her. Dann reichte Hartken dem Jungen eine Rolle, widerwillig offenbar, denn anschließend schob er den Unterkiefer vor, und so blieb er stehen. Delmenhorst rollte die Rolle auf, der Wind wollte sie ihm aus den Händen reißen. Aber Delmenhorst hielt gegen und verlas mit getragener Stimme Abelkes Urgicht, das Protokoll ihres Geständnisses.

Lange hatte es gedauert, bis der Fron sie so weit hatte, aber am Ende hatte sie alles gestanden. Das, was sie schon wussten von den Leuten hier, und dann noch all das andere übliche Hexenwerk, Flüge durch die Nacht, den Hexensabbat. All die sündhaften Details, wann und wie oft der Teufel bei ihr gelegen hatte. Alle Fragen aus dem Katalog waren schließlich beantwortet. Es wäre Delmenhorst nur lieber gewesen, sie hätte mehr von sich aus gesprochen. Mit ihrem »Was willst du denn jetzt noch hören, Junge?« hatte sie ihm das unbefriedigende Gefühl gegeben, es vorzusagen. Aber am Ende hatte er seine erste Hexe überführt, und das war es, was zählte.

Die Leute atmeten flach, während er all die schauderhaften Details verlas. Ungläubig schüttelten sie die Köpfe, seufzten erschüttert, guckten bestürzt. Aber nicht nur vor Entsetzen, sondern auch, weil ihnen dann und wann etwas bekannt vorkam, weil es aus ihrem Mund stammte. Manchmal war es nur der

Kern von etwas, was sie vor den Richtherren hatten fallenlassen. Jetzt hörten sie es seltsam verdreht, übertrieben, in anderen Zusammenhängen. Sie schlugen die Augen nieder, und allmählich schauten sie auch nach rechts und links. Magdalen schielte wütend zu der Frau von der Geest, sie fand, dass die ihr Maul besonders aufgerissen hatte. Die Frau von der Geest funkelte böse in Richtung Beecke, von der sie eine Reihe schlechter Gerüchte über Abelke doch erst gehört hatte. Die Magd von Kleater guckte trotzig vor sich hin, höchstens etwas übertrieben war das gewesen, was sie den Ratsherren über Abelke gesagt hatte. Sie hatte sich doch nur Luft machen wollen, hatte ja selbst viel einzustecken gehabt. Aber dass Abelke die Vogtfrau vergiftet hatte, das hatte sie doch nie gesagt. Und Arnkiel Asmussen dachte, dass sie ja nicht gerade getanzt hatten, als er nachts in den Sandbergen unterwegs gewesen war, um Hasen zu jagen. Aber gegen den Huge hatten sie sich verschworen, das hatte er sehr wohl gehört. Ilse Burmester erinnerte sich, etwas über eine Zaubernestel gesagt zu haben, aber doch nicht, dass Abelke Huges Vieh damit hingerafft hatte. Sie sahen auch zu Kleater, der an der Seite von Huge stand. Diese Verbindung zwischen den Männern, die war ihnen langsam nicht mehr geheuer. Sie hörten, wer Abelke bei den Missetaten geholfen haben sollte. Und sie begriffen allmählich, dass jeder Verdächtige neue hervorbringen würde – und was das für sie bedeutete. Die Marschlande waren nicht sehr groß.

Ab und zu trauten sie sich, zu Abelke zu schauen. Für einen Augenblick war ihnen dann so, als würde sie den Kopf heben und bis auf den Grund ihrer Herzen sehen, wo sie etwas spürten, das ihnen selbst nicht gefiel. Aber nein, es war wohl nur ihr schlechtes Gewissen, das ihnen das vorgaukelte. Abelke, entkräftet und frierend, war kaum noch bei Bewusstsein. Und sie waren erleichtert, als Delmenhorst fertig war und die Rolle wieder schloss.

Hartken gab dem Büttel ein Zeichen, der daraufhin die Fackeln entzündete. Mit seinem Gehilfen trat er an den Holzstoß heran. Es zündete gut, die Funken sprangen vom Stroh auf das Reisig, vom Reisig auf die größeren Äste. Ein scharfer Wind fuhr herein, so plötzlich und schnell, als hätte er Anlauf genommen, dann brauste das Feuer auf.

DAS RASCHELN IM REET

BRITTA STARRTE IN die Flammen. Sie schlugen hoch, hektisch, gefräßig, als ob es etwas zu vertilgen gäbe. Funken flogen auf und verglühten vor dem dunkel werdenden Himmel. Und im nahen Fluss spiegelte sich alles; das Feuer zerfloss darin, ein glühender Strom, so sah das aus. Vor einer Stunde war der Tag noch hell gewesen, und am Deich hatte der Holzstoß für das Osterfeuer bereit gestanden, er war riesig. Ein Dutzend Männer hatten ihn aufgestapelt, das Holz dafür hatten sie tagelang zusammengesammelt. Am Ende reichte keine Treckerschaufel mehr, dann kletterten die Männer in den Stoß, bildeten eine Kette, reichten das Brandgut von Hand zu Hand. Als es nichts mehr aufzuschichten gab, standen sie drum herum, tranken den ersten Schnaps, in Signaljacken und Holzfällerhemden, mit Käppis und Wollmützen auf den Köpfen, betrachteten ihr Werk, beäugten den zugezogenen Himmel. »Dat hält«, sagte einer, und es hielt. Punkt 18 Uhr traten sie von allen Seiten an den Holzstoß, auf ein Kommando hielten sie brennende Fackeln daran, es brannte sofort.

Britta machte einen Schritt auf das Feuer zu, ein heißer Hauch stieß ihr ins Gesicht. So fauchen Drachen, dachte sie. Sie wagte noch einen Schritt, ihre Haut glühte. Weiter ging es nicht. Einen Moment hielt sie noch aus, dann trat sie wieder zurück. Es war unmöglich, nicht daran zu denken. Es war unmöglich, sich vorzustellen, dass Menschen so starben. Dass Menschen sich so etwas antaten. Sie begriff es nicht.

Zwei Kinder jagten sich, quietschend vor Vergnügen, das eine rempelte sie versehentlich an, sie schreckte aus ihren Gedanken auf und sah sich um. Jetzt hörte sie wieder das Geplapper um sich herum, der Deich war voll mit Menschen. Sie standen in Grüppchen herum, ein Bier in der Hand. Sie standen am Grill an für Bratwurst, am Getränkestand für noch mehr Bier, bunte Lichterketten leuchteten über ihren Köpfen. Kinder sprangen über Strohballen, stocherten mit langen Stöcken in einem kleinen Extrafeuer herum, wedelten mit den glühenden Spitzen in der Luft, versuchten, Feuerringe zu zeichnen. Zwei Jugendliche von der Freiwilligen Feuerwehr hatten sie im Blick. Jemand verkaufte neonfarbene Knicklichter, sie gingen gut, immer mehr davon leuchteten in der Menge auf. Britta entdeckte eine Gruppe von Frauen, die Haarreifen mit rot blinkenden Teufelshörnern trugen. Sie klopften kleine Schnapsflaschen gegen ihren Handrücken, drehten die Verschlüsse ab, klemmten sich den Deckel an die Nasenspitze und die Flasche zwischen die Zähne. Kopf in den Nacken, leeren. Gejohle. Der Feuerschein legte ihnen einen rosigen Glanz auf die Gesichter, die Teufelshörner auf ihren Köpfen glühten.

Verstockt und verkopft kam sie sich auf einmal vor, die Einzige, die alleine herumstand, den Kopf voll finsterer Gedanken. Eine, die sich dazugestellt hatte, aber noch lange nicht dazugehörte.

Sie hielt Ausschau nach den Kindern, schließlich war sie vor allem ihretwegen hier. Zu ihrer Überraschung hatten sie unbedingt zum Osterfeuer gewollt. Ben entdeckte sie mit anderen Jungs am Flussufer. Mit großem Ernst schleppten sie gerade riesige Steine und Stöcke für einen Staudamm heran. Wird noch interessant, wer zuerst reinfällt, dachte sie und ließ sie machen. Unweit fläzten Mascha, Mia, Jule und noch ein paar andere auf Strohballen.

Einige waren über ihre Handys gebeugt, andere alberten herum. Sie sah, wie Mascha ihre Haare gekonnt nach hinten warf, während sie etwas erzählte, mit viel Gestik und diesem betont dramatischen Ausdruck, den die Mädchen in ihrem Alter so gut beherrschten, begleitet von vielen »Omg«- und »Nice«-Ausrufen und was sie sonst noch so sagten. Es sah alles ziemlich normal aus, eine Peergroup unter sich. Britta sah sie stolz an, ihr großes Mädchen, ihre Teenagerin. Egal, was die Leute immer über dieses Alter sagten, sie freute sich so auf diese Phase mit ihr.

Hinter dem Waffelstand entdeckte sie Maren, und als Maren sie ebenfalls bemerkte, winkte sie ihr eifrig und machte bedauernde Zeichen, dass sie dort leider gerade nicht wegkam.

Britta schlenderte weiter durch die Menge, so kam sie sich weniger nutzlos vor. Die Dunkelheit wurde dichter, die Menschen vor den Flammen sahen wie Scherenschnitte aus, aber je weiter man sich vom Feuerschein entfernte, desto mehr verschwanden sie in der Nacht. Der sanfte Schimmer wich von ihren Gesichtern, die Augen lagen im Schatten, wo eben noch Lachen zu sehen gewesen war, blitzten jetzt nur noch einzelne Zahnreihen auf, die Körper kamen ihr wie huschende Schemen vor.

Sie stellte sich etwas abseits und ließ es wieder Tag sein. Sie ließ den Grill und den Bierstand verschwinden, sie stellte einen leeren Schinderkarren hin. Dann schaute sie in das Feuer, etwas bewegte sich darin. Sie blinzelte, es waren nur die Flammen. Da fühlte sie eine Hand an ihrem Körper, sie schob sich durch ihre Ellenbeuge, jemand hakte sich bei ihr ein. Ruth. Kleine Flammen tanzten auf ihren Brillengläsern. »Es haben nicht alle nur zugesehen«, sagte sie. »Ich bin noch mal alle Quellen durchgegangen, und da ist mir eine bemerkenswerte Sache aufgefallen.« Britta wurde unruhig vor Neugier und sah Ruth erwartungsvoll an. Aber Ruth schaute auf einmal ganz woanders hin, ihr Blick fixierte etwas in der Menge. Ihr Gesicht leuchtete auf, dann winkte sie jemandem zu. Britta folgte ihrem Blick. Da stand ein Mann, viel erkennen konnte man nicht von ihm, außer dass er sich über Ruth genauso zu freuen schien. »Oh, das tut mir leid«, sagte Ruth, »das muss ich dir ein anderes Mal erklären.« Sie löste sich aus Brittas Arm. »Meine Verabredung ist jetzt da.«

Verdutzt lächelnd stand Britta da. Wieder allein. Sie seufzte. Wie lange konnte es wohl dauern, hier Fuß zu fassen? Oder blieb man für immer eine Zugezogene, eine Außenseiterin? Sie brauchte ein neues Ziel und steuerte den Bierstand an. Es gab nur eine Sorte: Ratsherrn. Sie hatte das schon oft getrunken, es war populär in Hamburg, die Brauerei stand mitten in der Stadt. Aber jetzt erst fiel ihr das Bild auf dem Etikett auf: das Konterfei eines jüngeren Mannes, es ruhte auf einem weißen Rüschenkragen. Wie auf einem Tablett. Wieso hatte sie das vorher noch nie bemerkt?

»Dein erstes Bier?« Sie schaute auf, und etwas in ihrem Inneren reagierte sofort. Alles an diesem Mann, der vor ihr stand und grinste, gefiel ihr. Sie überlegte, wie sie kontern konnte, wie sie erklären könnte, dass sie eine Bierflasche wie ein unbekanntes Objekt anstarrte, es musste wirklich komisch ausgesehen haben. Eine Vorstellung blitzte ihr durch den Kopf, wie sie diesem Mann alles erzählte, bei einem Date, einem Kaffee oder einem Abendessen. Er könnte einer sein, den das interessierte, der alles wissen wollte. Ihm würden kluge Dinge dazu einfallen, sie würden sich die Bälle zuspielen, noch lange spazieren gehen oder ... Sie verstrickte sich, zu viele Gedanken auf einmal, sie hatte noch immer nichts Gescheites geantwortet, da war es auch schon zu spät. Eine Frau tauchte auf, schmiegte sich an den Mann. »Da bist du ja, ich hab dich schon gesucht«, sagte sie, nahm seine Hand. Ein Ring blitzte auf. Verheiratet, na klar.

Er lächelte ihr zu, als die Frau ihn schon fortzog, dann verschwanden sie in der Menge, zu zweit. Es war nur ein Spruch gewesen, die Leute waren betrunken, vielleicht ein kleiner Situationswitz, vielleicht ein Flirtversuch, vielleicht gar nichts. Sie musste über sich selbst lachen, dass ein einziges cleveres Grinsen sie so aus der Fassung hatte bringen können. Sie würde heute Nacht alleine im Bett liegen, so viel war klar. Aber in einer anderen Nacht sah es vielleicht anders aus. Das Ende einer Liebe ist nicht das Ende der Liebe. Das hatte sie mal zu Judith gesagt, mehr als einmal. Nun war es Zeit, dass sie selbst daran glaubte. Sie hatte bisher noch gar nicht daran gedacht, an andere Männer, überhaupt an diese Möglichkeit. Da waren so viele andere Dinge gewesen. Aber jetzt wurde ihr klar, dass diese Möglichkeit bestand. Wieder einen Mann treffen, sich vielleicht noch mal verlieben, vielleicht glücklicher werden als vorher. Vielleicht. So viel konnte passieren. Alles war offen, sie spürte das jetzt deutlich, und sie mochte es. So viel, das wieder in ihr Leben treten konnte. Sie würde es auf sich zukommen lassen, wie jemand, der am Meer steht und den Wind und die Wellen auf sich zurollen lässt, die ganze Fülle, die ganze Kraft.

»Na, du kannst ja doch ganz freundlich gucken.« Sie musste zweimal hinsehen, aber dann war sie sich sicher und versteinerte: Es war Gladiator, der vor ihr stand. Sie hatte den Mann seit ihrem überhasteten Aufbruch vor ein paar Monaten nicht wiedergesehen. Über seine mutmaßlichen Vorfahren hatte sie allerdings viel nachgedacht.

»Sie sind Herr Gladiator, richtig?«

»Na, du hast doch an meiner Tür geklingelt. Da steht das dran.«

»Das ist wirklich ein interessanter Name, den Sie haben.«

»Und du hast anscheinend keinen.«

»Oh, Entschuldigung. Britta, Britta Stoever«, sie streckte ihm die Hand entgegen. Er nahm sie und drückte sie fest. Die großen Hände. Ihr wurde anders. Zum Glück ließ er schnell wieder los. Sie war etwas aus der Fassung, hier mit ihm zu stehen. Die Zeiten und Geschichten gerieten ihr schon wieder durcheinander. Ihr war, als würde sie Kleater vor sich haben, den Mann, der Abelke so hintergangen hatte.

»Ich wollte Sie etwas fragen, aber Sie waren ja so schnell weg das letzte Mal«, sagte er.

Sie guckte verlegen, das musste wirklich ein peinlicher Auftritt gewesen sein.

»Womit heizen Sie?«

»Wie bitte?«

»Na, Sie werden den Eispalast doch heizen, oder? Mit welcher Art von Heizung?«

Sie lachte vor Verblüffung kurz auf. War das etwa im ganzen Dorf das geflügelte Wort für ihr Haus? Ihr ehemaliges Haus. Ihr gestohlenes Haus.

»Wärmepumpe«, sagte sie.

Und dann wollte sie den ganzen Rest auch noch sagen: Aber ich wohne dort nicht mehr. Ich lebe jetzt allein, und die Kinder sind hälftig bei mir. Es ging ihr nicht gut über die Lippen. Sie hatte sich bereits mehrmals dabei ertappt, wie sie es verschwieg. Als wäre es etwas, wofür man sich schämen musste. Sie konnte sich schon vorstellen, was die Leute sich dann alles noch dazudachten. Sie sagte es auch jetzt nicht, die Leute würden es ohnehin herumerzählen. Sie wollte lieber etwas anderes wissen:

»Warum interessieren Sie sich denn für die Heizung?«

Er zuckte mit den Schultern. »Ich wollte dir Miscanthus andrehen.« Ihr Blick verriet ihm, dass sie nichts verstand: »Chinaschilf«, erklärte er. »Hat einen viermal höheren Heizwert als Holzpellets, wächst außerdem viel schneller, und günstiger ist es auch. Gedeiht gut hier in der Gegend, beste Bedingungen, Schilf mag es feucht. Ich baue das jetzt an. Kennt aber noch kaum einer. Hätte ich dir gern verkauft. Wenn es erst mal bekannt ist, hab ich vielleicht nichts mehr.«

Schilf zum Heizen. Chapeau, dachte sie. Wenn das Heizen zu teuer wurde, bauten sie einfach ihr eigenes Brennmittel an. Hier war es noch nicht vorbei.

»Ich habe auch eine Frage«, sagte sie. Da rief jemand ihren Namen, und Britta drehte sich um. Es war Maren. »Feierabend. Endlich. Das kann ja nicht sein, dass du hier so allein rumstehst. Komm mal mit, ich stelle dir ein paar Leute vor.« Aber bin ich ja gar nicht allein, wollte Britta sagen und auf Gladiator zeigen. Aber der war nicht mehr da. Maren achtete gar nicht darauf, wie verwirrt Britta war. Sie nahm sie an der Hand und zog sie zu einer Gruppe von Frauen. »So, Mädels, guckt mal, das ist die mutige Frau, die Eickholt überführt hat.« Eine Reihe bewundernder Blicke fiel auf Britta, gefolgt von einer Menge Fragen. Reihum stellten die Frauen sich selbst vor, jemand reichte Britta einen Klopfer und dann noch einen. So standen sie noch lange zusammen, vergaßen die Kälte, lachten viel. Mascha und Ben kamen angelaufen, ob sie noch bleiben könnten, fragten sie. Sie nickte, sie war ja selbst noch beschäftigt, und dann blieben sie, bis das Feuer fast erloschen war.

ASCHE

AM FRÜHEN MORGEN des nächsten Tages war vom Feuer nur noch ein glimmender Aschehaufen übrig, dünner Rauch stieg träge auf. Das Tageslicht war noch nicht durchgebrochen, als eine Frau heraneilte, am Rand des Aschehaufens stehen blieb und endlich weinen konnte. Leneke. Den Tag zuvor war sie nicht hier gewesen, wie hätte sie gekonnt? Sie hatte die Diele gefegt, hatte das Essen gerichtet und gekocht, sie war den Kindern hinterhergerannt, hatte sie angeschrien, viel zu oft und viel zu harsch. Dann tat es ihr schon leid. Sie rührte Teig für ein Brot an, brachte ihn ins Backhaus, konnte nicht anfeuern, fegte die Diele noch einmal. Sie stellte sich schlafend, als Hein in der Nacht heimkam, etwas umstieß, es schepperte, und er fluchte laut. Reglos und wach lag sie da, bis der Morgen anbrach, dann schlich sie sich hinaus, um am Rande eines Aschehaufens endlich weinen zu können. Noch während sie dort stand, begann es zu regnen. Es war ein stiller, ruhiger Morgenregen. Sie sah zu, wie die ersten Tropfen in die Asche fielen, wie sie schmolz, bald ganz durchnässt war, zu etwas anderem wurde; einer dunklen Masse, flüssig, die langsam in die Erde sickerte. Zu Erde wurde.

Das Kleid wurde ihr schon schwer vor Regen, das Wasser tropfte aus ihren Haaren. Da hob Leneke das nasse Gesicht zum Himmel, weil dort oben ein hundertfaches Schreien erklang. Es kam näher, und bald war es direkt über ihr. Kraniche. Sie kehrten zurück. Wie zu einem Keil geformt flogen sie über sie hinweg, sie meinte, die

Schwingen ihrer Flügel auf ihren Wangen zu spüren. Nur unweit von ihr ließen sie sich auf ein Feld herab, begannen, dort umherzuschreiten, ihre Rufe waren noch zu hören, als Leneke schon wieder in Richtung der Häuser eilte. Bevor Hein entdeckte, dass sie nicht da war, oder sonst wer bemerkte, wo sie gewesen war.

Nicht nur ihr steckte die Angst in den Knochen. Etwas veränderte sich auf den Höfen, in den Katen und auf den Feldern. Die Frauen waren weniger aufmüpfig, die Männer schneller wütend. Wenn die Menschen sprachen, wägten sie jedes ihrer Worte ab. Sie sahen sich ständig um, wenn sie im Stall waren oder auf dem Acker. Selbst beim Rühren im Kessel schauten sie sich um. Aber es waren nicht Hexen, die sie fürchteten, sondern Nachbarn, Mägde oder Fremde, die vielleicht heimlich zuschauten und etwas Verdächtiges an ihnen finden konnten. Sie versuchten, weniger zu fluchen, ihre Kleidung reinlich zu halten, und wenn ihnen auf den Deichwegen jemand entgegenkam, wichen sie weit aus. Vor allem die Frauen verhielten sich so. Sie gingen regelmäßig in die Kirche und beteten, nicht zu wenig, aber auch nicht zu viel, denn plötzliche Frömmigkeit konnte ja auch etwas heißen. Pastor Samuel jedenfalls schien zufrieden. Auch darüber, dass sie sich nach dem Gottesdienst schnell zerstreuten, die Lust am Tratschen war ihnen vergangen. Zu Hause schlossen sie die Türen ab, und wenn sie zur Feldarbeit gingen, dann nahmen sie jemanden mit, der bezeugen konnte, dass sie dort nur rechtschaffene Dinge verrichteten.

Im April stand das erste Grün auf den Feldern, und im Mai kam der Frost zurück. Alles, was bis dahin gewachsen war, erstarrte erst, dann färbte es sich braun. »Und was machst du jetzt?«, rief Carsten Odemann Vogt Kleater zu, der gerade vorbeikam, als Odemann die fauligen Rüben aus der Erde zog.

Harder scheuchte Wenten, Geseke und Aneke über die Felder. Sie sollten von neuem düngen und von neuem pflügen. Sie würden nochmals aussäen, was sollte man sonst tun? Er hatte die drei gleich nach Abelkes Hinrichtung fortjagen wollen, doch dann hatten sich an dem Tag bereits seine übrigen Mägde und Knechte fortgeschlichen, und die drei waren die einzigen Arbeitskräfte, die ihm noch blieben. Er wusste, dass sie nicht fliehen würden, auch wenn sie wollten. Wenn Verdächtige flohen, kam das einem Schuldeingeständnis gleich. Sie würden nicht weit kommen.

Zum dritten Mal in einem Monat jagte Harder Huges Schafe von seinem Land, die der dort ungeniert hintreiben ließ, als gehörten die Weiden ihm. Als kurz darauf Kleater bei ihm vor der Tür stand, sagte er: »Du kommst mir gerade recht. Du musst diesem Huge Einhalt gebieten, seine Schafe fressen mir die Weiden leer.«

»Deshalb komm ich«, sagte Kleater. »Der Ratsherr will dir ein Angebot machen für dein Land.«

Harder lachte laut und lange, dann verschränkte er die Hände vor der Brust, machte einen Schritt auf Kleater zu, so dass er ihn fast mit seinem Bauch berührte. »Mein Land steht aber nicht zum Verkauf.«

»Ich würd dir aber dazu raten, dann hast du einen Sack voll Geld und kannst fortgehen. Hierzubleiben wäre sowieso nicht gut für dich.« Er deutete mit dem Kopf in Richtung Harders Kate. »Hast du dort nicht die Verbündeten einer Hexe untergebracht? Du scheinst ein richtiger Freund von denen zu sein. Wer weiß, wie tief du da selbst mit drinsteckst. Es geht gerade wieder viel Unglück übers Land.«

Harder versteinerte, und als er seine Fassung wiederhatte, brüllte er nur: »Scher di weg vun hier.«

Kleater gehorchte.

In der folgenden Nacht brannte Harders Heubarg nieder. Harder wusste schon, wer ihm damit etwas sagen wollte, und er wusste auch, was zu unternehmen war.

Wenige Wochen später wuchs auf der Schafwiese der nächste Scheiterhaufen. Der Büttel mühte sich ab, das nötige Holz aufzutreiben, er fluchte über den schlechten Boden, dieses Mal sogar noch mehr, denn dieses Mal waren es gleich fünf Brennbalken, die er in den lehmigen Marschboden einzuschlagen hatte.

EINE ALTE GESCHICHTE

»FÜNF WEITERE MENSCHEN aus den Marschlanden wurden in diesem Jahr hingerichtet, an einem einzigen Tag. Drei von ihnen sind mit Namen aufgeführt: Peter Wenten, Geseke Schwormstedt, Aneke Wenten. Von den beiden anderen sind die Namen leider nicht überliefert«, sagte Ruth und sah aus einem Buch auf. »Ich habe mich oft gefragt, ob Leneke Reymers darunter war. Aus den Verhörprotokollen geht hervor, dass man Abelke dazu bringen wollte, Leneke eine Mittäterschaft anzuhängen. Aber dieser Punkt war der einzige, den sie selbst unter schwerer Folter zurückgewiesen hat. Sie hat die Richter bei ihrem Leben beschworen, dass diese Frau nichts mit allem zu tun hatte. Das ist schon bemerkenswert.«

»Und man weiß nicht, was aus Leneke geworden ist?«

»Leider nein. Ich konnte nichts finden. Das Material ist so alt, es ist lückenhaft, an manchen Stellen kann man nur spekulieren.«

Britta hatte ihren Laptop auf dem Schoß, um mitzuschreiben. Jetzt schaute sie gedankenverloren zu Ruths Atrium. Es war Mai geworden, die große Terrassentür stand offen, warme Luft wehte herein. Abelke wird einen Grund gehabt haben, derart um das Leben dieser anderen Frau zu flehen. Vielleicht hatte sie ihr Leben retten können, möglich war es.

»Aber ich bin sicher, dass unter den Verurteilten derjenige war, der Huge eine Hand abgeschlagen hatte.«

»Bitte was?«, jetzt war Britta wieder voll da.

»Jemand hat Huge die Hand abgeschlagen. Einer der Bauern von hier. So viel ist belegt, mehr leider nicht. Nicht, wer er war, was aus ihm wurde, und auch nicht, was dem vorausging. Aber ich finde ja, die Tat spricht für sich.«

»Diebstahl«, sagte Britta. »Auf diese Weise hat man doch früher Diebe bestraft.«

»Genau. Und jetzt können wir nur mutmaßen: Vielleicht hat Huge noch mehr Land gewollt, vielleicht wollte er sich weitere Höfe einverleiben. Bei Abelke und Geseke hatte er ja gesehen, wie es funktionieren kann. Mein Verdacht ist, dass Huge hier einen Gutshof errichten wollte nach der Art, wie sie etwa in Mecklenburg-Vorpommern vorkamen, riesige, profitable Betriebe, deren Größe auf Vertreibung und Enteignung beruhte. Vielleicht hatten die Marschländer – oder wenigstens einer von ihnen – Huges Treiben durchschaut. Sie ahnten, dass er sich nach immer mehr ausstrecken würde, und wollten das nicht mehr hinnehmen. Wir werden das nicht erfahren. Aber etwas ist passiert, jemand hat sich gegen ihn gewandt und ihm Einhalt geboten. Sehr gut möglich, dass derjenige dafür sterben musste, womöglich auf dem Scheiterhaufen zusammen mit den anderen, die wegen Hexerei verurteilt wurden.«

»Und was ist aus Huge geworden?«

»Ein Jahr nach Abelkes Hinrichtung ist er gestorben. Die Ursache ist nicht bekannt. Der Hof ist dann an seine Söhne übergegangen, die haben ihn noch eine Weile gehalten, dann aber bald verkauft. Bis heute wechselte er einige Male den Besitzer.«

»Ich finde, dass es dort nicht gerade prosperierend aussieht«, sagte Britta.

»Nein, besonderes Glück hat der Hof seinen Besitzern offensichtlich nicht gebracht. Ich habe hier nicht nur einmal jemanden sagen hören: Da liegt ein Fluch drauf.«

»Glaubst du an so was?«, fragte Britta.

»Ich glaube, dass manche Menschen besser wirtschaften können als andere. Das ist alles.«

Britta schrieb sich die Informationen zu Johann Huge auf.

Ruth wartete, bis sie mit dem Tippen fertig war. »Findest du denn gerade genug Zeit für die Chronik, neben dem neuen Job? Wie ist es denn überhaupt, wieder an der Uni zu sein?«

Britta sah an ihr vorbei. Sie musste immer noch verdauen, dass sie die Stelle als wissenschaftliche Mitarbeiterin nicht bekommen hatte. Sie war zum Vorstellungsgespräch eingeladen worden, sie hatte sich gründlich vorbereitet, sich tief in das Thema eingearbeitet, jedes verfügbare Paper gelesen, um auf dem neuesten Stand zu sein.

Thomas hatte ihr hinterher versichert, dass sie einen exzellenten Eindruck gemacht habe. Sie hätten sie gerne genommen, aber ein Kandidat wäre die eine entscheidende Nuance geeigneter gewesen. Aber er hätte noch etwas, in der Evaluation. Sie wollte erst empört auflegen, er wollte ihr einen Aushilfsjob andrehen. Aber sie wusste auch, dass er recht hatte, als er sagte: »Es wäre ein Einstieg, eine Möglichkeit, Gesicht zu zeigen, ein Übergang. Bei der nächsten Ausschreibung klappt es dann sicher, deine Chancen würde es erhöhen, wenn du schon mal präsenter wärst.«

Seitdem führte sie Befragungen durch, wertete Daten aus, erstellte Berichte. Es war bitter, es war unter ihrem Niveau, sie musste sich erst wieder beweisen, beinahe wieder von vorn anfangen. Aber es barg tatsächlich die Hoffnung, bald voranzukommen. Sie saß wieder in einem der kleinen Büros, unweit der Labore, sie hatte ihr Ziel vor Augen.

Die Bezahlung war allerdings ein Witz, allein aus dem Grund musste sie bald vorankommen. Finanziell stand sie noch immer sehr unsicher da. Die Anwältin hatte das Zugewinnausgleichsverfahren tatsächlich abwenden können, auch die Unterhaltszahlungen waren eingeklagt. Aber Philipp zahlte mal zu wenig, mal viel zu spät, dann musste sie wieder juristisch hinterher. Recht haben und recht bekommen, das waren zwei verschiedene Dinge, so viel hatte sie inzwischen gelernt.

Die Woche mit Kindern und Job war anstrengend und durchgetaktet, aber die Zeit, die blieb, war frei und selbstbestimmt. Sie genoss es sehr, wenn sie die Kinder für sich hatte. Dann folgte der Abschiedsschmerz, dann die Leere, das schlechte Gewissen, ihr inneres Mantra, dass es besser werden würde. Vielleicht. Vielleicht würde der Schmerz für immer dazugehören, aber sicher würde er nachlassen. In der kinderfreien Woche war dann plötzlich Zeit da, war Raum für Gedanken da, für etwas anderes als Haushalt, Kinder und Arbeit.

»Die Zeit ist nicht das Problem«, sagte Britta und klappte den Computer zu. Da war noch etwas, das sie Ruth sagen musste. »Das Problem ist eher, dass dem Regional- und Heimatverein Persönlichkeiten eingefallen sind, die sie passender fänden.« Sie war inzwischen tatsächlich ein ordentliches Mitglied des Vereins. Meli hatte sie zu einem der Treffen mitgenommen und enthusiastisch eingeführt. Britta hatte ihr Vorhaben vorgestellt und mit welcher Person sie die Porträtreihe bedeutender Persönlichkeiten aus den Marschlanden gerne beginnen würde. Zuerst hatte betretenes Schweigen geherrscht, danach war eine lange und anstrengende Debatte losgegangen: Warum denn gleich so ein schweres Thema? Warum nicht lieber etwas Schönes, etwa über den Orgelmeister, einen Plattdütschverteller oder den scheidenden Pastor? So viele andere Menschen, die den Vereinsmitgliedern einfielen.

Sie musste gar nicht weitererzählen. Ruth wusste schon Bescheid und lachte: »Das überrascht mich überhaupt nicht.«

»Und mich stachelt es an«, sagte Britta. »Ich denke seitdem: Warum diese wichtige Geschichte eigentlich in einer Vereinsbroschüre verstecken?« Sie zeigte auf Ruths Regal mit dem Archiv der unerhörten Frauen. »Und warum es nur bei dieser Geschichte belassen? Es ist ja nicht nur Abelke. Jemand muss dieser Frauen, dem, was sie geleistet haben, dessen sie beraubt worden sind, doch gedenken. Diese Geschichten sollten in den Alltag der Leute, sie sollten nicht vergessen werden.«

Die Amazonen, fallend und kämpfend zugleich; Schlacht gewonnen, Schlacht verloren. Sie hatte aufgehört herausfinden zu wollen, was von beidem auf Ruths Statuen vor der Tür zutraf. Sie hielt es für möglich, dass einem beides gleichzeitig passierte. Ruth hatte sie zur Tür gebracht und zwischen den Amazonen stehend zum Abschied die Hand gehoben, als Britta sich zu Fuß auf den Weg machte. Sie lief auf dem Deich an den Dachdreiecken vorbei, sie sahen ihr hinterher. Eine Frau Mitte vierzig, entspannte Gesichtszüge, den Kopf oben, den Blick nach vorn, darauf schauten sie jetzt.

Sie kam am *Landhaus Vogt* vorbei. Auf der Terrasse standen Tische und Bänke in der Sonne, Radfahrer saßen vor ihren Getränken, sie lachten, sie sahen freundlich aus. Und Britta staunte ein bisschen über sich selbst, dass sie einen davon vor ein paar Wochen am liebsten umgefahren hätte. Wie viel Wut schon von ihr gewichen war.

Das Grün an den Bäumen war noch so frisch, dass die Sonne

hindurchleuchtete. Sehr viel blühte bereits. Hinter den Höfen und in den Treibhäusern streckten sich Reihen von Blumen und Gemüse. Bald würden die ersten Kisten im Morgengrauen in LKWs und Transportern wieder zum Hamburger Großmarkt gefahren werden. Sie kam an Gladiators Kate vorbei, sie hielt Ausschau nach ihm, entdeckte ihn aber nirgends. Auf einem Feldviereck unweit der Kate stand das Chinaschilf bereits mannshoch. Es wuchs tatsächlich verblüffend schnell. Sie überquerte die Landscheide, dann war sie in der offenen Landschaft, wo nur noch Felder rechts und links lagen. Ab und an entdeckte sie ein Reh, sah einen Storch durch den Graben staken. Sie lauschte den Vögeln, ihrer Aufgeregtheit über den anbrechenden Sommer. Sie erkannte die Rufe der Kraniche darunter, sie waren zurück. Auf der Wiese nahe der Elbe entdeckte sie die Brandstelle vom Osterfeuer. Frisches helles Gras wuchs darauf, wie neue Haut über eine Wunde.

Sie lief noch weiter, schlug einen Weg ein, den sie inzwischen gut kannte, dann hatte sie den Abelke-Bleken-Ring erreicht. Sie musste an den Herbsttag denken, als sie zum ersten Mal wie zufällig hierhergeraten war. Damals hatte die Landschaft sich gerade erst gelichtet, wie um ihr einen Blick auf das Wesentliche zu gewähren, und nun schloss sich alles wieder, wuchs zu, sah aus wie zuvor. Ihr war, als läge dieser Herbst eine Ewigkeit zurück, als läge er in einem anderen Leben, und auf eine Art war es ja auch so. Sie dachte daran, wie sie Abelkes Namen hier das erste Mal gelesen hatte, wie er sich wie von selbst in ihrem Kopf wiederholte und sie seitdem nicht mehr losließ.

In der Nähe arbeitete eine Landmaschine auf dem Feld, wühlte den Boden auf, der Geruch von Erde wehte herüber. Britta atmete ihn tief ein. Sie hatte es immer wieder verdrängt, dieses Gefühl, das sie hier so oft hatte, wenn es in den Blättern raschelte, wenn der Wind sich benahm, als hätte er sein eigenes Wesen, und manchmal wie ein Seufzen klang. Wenn am frühen Morgen der Nebelhauch herüberwehte, wie Atem. Sie wollte das immer abtun, das Lebendige, Umherirrende, das sie darin spürte, als ob etwas nicht zur Ruhe käme. Denn der Wind war doch nur der Wind und die Erde nur Erde. Und trotzdem war sie neulich auf Abelkes Grundstück gewesen. Es war, als ob etwas sie dorthin gezogen hätte. Es war ihr egal, ob jemand sie sah. Sie war ein Stück über das Feld gelaufen, dann hatte sie sich hingekniet, hatte ihre Hand in die Erde gesteckt und etwas davon aufgehoben. Sie hatte sie befühlt und daran gerochen. Sie duftete harzig und auch etwas süß. Sie hatte gar nicht gewusst, dass Erde so riechen konnte. Und weil sie sie nicht einfach zurückwerfen wollte, hatte sie die Handvoll Erde mitgenommen. Sie war so kompakt und lehmig, dass sie sich leicht zu einem Klumpen pressen ließ.

All die Zeit hatte Britta gedacht, dass sie etwas für Abelke tat, wenn sie an sie erinnern wollte. Aber dort auf ihrem Grundstück war ihr klargeworden, dass es auch umgekehrt war. Ihr war, als hätte sie in diesem Augenblick endlich etwas zu fassen bekommen. Sie war die ganze Zeit einem aufgerollten roten Faden hinterhergegangen, hatte ihn zu einem Knäuel aufgewickelt, und nun war sie an seinem Ende angekommen. Oder vielmehr an seinem Anfang. All das Wühlen und Graben in Abelkes Geschichte, endlich hatte sie gewusst, warum sie es tat: weil es sie an den Ursprung führte. An die Quelle so vieler Dinge, die sie in ihrem Leben als Hindernis spürte. In ihrem Leben als Frau. So oft war es ihr vorgekommen, als würde sie mitten in einer Geschichte leben, die sie nie ganz begreifen konnte, solange sie ihren Anfang nicht kannte. Aber nur wenn man diese Geschichte ganz verstand, konnte man sie – vielleicht – von da an etwas anders fortführen. Die Erde in ihrer geschlossenen Hand war warm geworden, während sie sie mit sich trug.

Sie betrachtete das Schild mit Abelkes Namen, es war Ruths Verdienst, dass es dort hing. Sie hatte lange dafür gekämpft, und nur weil sie sich damit hatte durchsetzen können, war Britta überhaupt auf Abelke aufmerksam geworden, hatten ihre Leben angefangen, sich ineinanderzudrehen. Sie würde es nicht dabei belassen, sie würde das, was sie nun wusste, nicht für sich behalten. Es brauchte noch viel mehr solcher Hinweise, Gedenksteine, Erinnerungen. Ihr würde etwas einfallen, sie würde etwas tun.

Heute lief sie nicht an dem Schild vorbei, sie entschloss sich, mitten durch die Neubausiedlung zu laufen. Sie war als Schleife angelegt, verkehrsberuhigt, mehr eine Spielstraße. Britta betrachtete die Gärten. Die Leute hatten die Terrassenmöbel herausgestellt. Sie sah die Rutschen und Sandkästen, das verstreute Spielzeug überall, Laufräder und Tretroller, Feuerschalen, Wimpelfahnen, von Baum zu Baum gespannt. Es schienen viele junge Familien hier zu wohnen. Sie konnte die Hoffnung und die Träume spüren, mit denen sie eingezogen waren; das Glück, ein Heim gefunden zu haben. Sie entdeckte eine Schaukel im Baum. Es versetzte ihr einen Stich, aber nur kurz. So war es eben. Sie hatte es versucht, sie hatte gehofft und Wünsche gehabt. Manche hatten sich erfüllt, manche nicht. Andere lagen noch vor ihr.

Dann sah sie hinter einem der Fenster eine Frau, sie schien über die Spüle oder über ein Schneidebrett gebeugt zu sein. Sie sah gehetzt aus. Britta stellte sich vor, dass in einem anderen Zimmer ihr Kind lag, das sie mühsam zum Einschlafen gebracht hatte. Die

Frau war selbst müde und hätte sich gerne ausgeruht, aber sie hatte lieber schnell aufgeräumt, geputzt, die Wäsche zusammengelegt. Dann begann sie, das Essen zu kochen, sie bewegte sich vorsichtig und leise, um das Kind nicht zu wecken, und manchmal lauschte sie in die Stille hinein. Ein Gedanke kam ihr, sie wäre ihm gerne nachgegangen, aber sie hatte ihn bald verloren, denn sie sah auf die Uhr und erschrak, sie musste bald zur Kita eilen, um das andere Kind abzuholen. Britta sah, jetzt wirklich, einen Wagen in die Auffahrt des Hauses einbiegen. Die Autotür klappte zu, sie sah, wie die Frau zusammenfuhr und aufhorchte, weil sie den Schlüssel in der Tür hörte, sie sah, wie sie sich die Hände abwischte und sich umdrehte. Jemand trat ein, die Frau verschwand aus dem Blickfeld. Britta las in dem Leben dieser Frau wie in einem Buch. Sie kannte es gut. Es war eine sehr alte Geschichte.

NACHWORT

Dieses Buch ist zwar fiktional, doch Teile davon beruhen auf Tatsachen. Die Bäuerin Abelke Bleken gab es wirklich. Sie lebte in Ochsenwerder, einem ländlichen Hamburger Stadtteil im Gebiet der Vier- und Marschlande. Dort besaß sie einen rund neun Hektar großen Hof, der allein auf ihren Namen eingetragen war. Im Jahr 1583 wurde Abelke Bleken als Hexe verurteilt und auf dem Scheiterhaufen verbrannt. Sie ist die einzige Frau in Hamburg, von der eine gerichtliche Aussage – die sogenannte Urgicht – aus einem Hexenprozess existiert. 1856 wurde von einem Stadtarchivar zudem eine Sage über Abelke Bleken verfasst.

Wissenschaftler:innen sowie Ortsansässige, die sich mit Abelke Blekens Fall beschäftigt haben, konnten der Erzählung über sie zuletzt ein wichtiges Korrektiv hinzufügen: Während Abelke in der Sage deutlich abwertend als soziale Versagerin dargestellt wird, als sonderbare Einzelgängerin, die verbittert und böse das Unglück anderer Menschen herbeiwünscht – und damit einer noch heute existierenden Vorstellung einer Hexe entspricht –, zeichnen neuere Erkenntnisse ein anderes Bild von der Bäuerin. Es konnte nachgewiesen werden, dass Abelke Blekens Grundstück sowie das Grundstück weiterer Nachbar:innen im Jahre 1570 nach der vernichtenden Allerheiligenflut von einem Deichbruch betroffen war, wovon ein sogenanntes Brack in diesem Bereich bis heute zeugt.

Abelke und ihre Nachbar:innen waren nach der Katastrophe vermutlich nicht in der Lage, den gebrochenen Deich wiederherzustellen, was nach dem damaligen Deichrecht ihre Pflicht gewesen wäre. Jedoch war es nach solchen schweren Unglücken eigentlich üblich, dass die Betroffenen Hilfe, etwa in Form von zusätzlichen Arbeitskräften, bekamen. Ein gebrochener Deich stellte schließlich eine enorme Gefahr für das ganze Land dar, weshalb Anwohner:innen oft zu Gemeinschaftsarbeiten verpflichtet wurden. Abelke und Henneke Schwormstedt scheinen diese Hilfe nicht erhalten zu haben. In ihrer Notsituation waren sie gezwungen, ihre Höfe abzutreten – vermutlich auf Geheiß des damaligen Deichvogts Dirick Kleater (aus dessen Name mutmaßlich der spätere Familienname Gladiator hervorging, der in den Vier- und Marschlanden noch heute verbreitet ist). Meine Interpretation der Ereignisse folgt diesen Erkenntnissen und schließt den gravierenden Verdacht ein: Es gab Nutznießer von Abelkes Not.

Schon bald nach der Enteignung gingen Abelkes Grundstück sowie das ihres Nachbarn Henneke Schwormstedt an den einflussreichen Hamburger Ratsherrn Johann Huge, der beide zusammenlegte, um ein großes Gut für sich zu schaffen.

Auf den ersten Blick mag Abelkes Schicksal wie ein Einzelfall erscheinen, doch Wissenschaftler:innen wie etwa die politische Philosophin Silvia Federici sehen Landenteignungen und Hexenverfolgungen als miteinander in Verbindung stehende Ereignisse. Zu der Zeit, als Abelke ihr Grundstück verlor, ereilte das gleiche Schicksal Bauern und Bäuerinnen in ganz Europa. Ausgelöst wurde dieser gewaltvolle Prozess von der Feudalklasse, die am Übergang zum Frühkapitalismus in einer tiefen Krise steckte und deshalb überall auf der dringenden Suche nach Land war. Mitte des 16. Jahrhunderts kam die Enteignung und Vertreibung von Bauernfamilien von ihren Grundstücken massenhaft vor und zog eine gravierende Neuordnung sozialer und wirtschaftlicher

Verhältnisse nach sich. Bauern und Bäuerinnen wurden von ihrem Grund und Boden – ihrer Lebensgrundlage – losgerissen und gehörten nun zu einer neuen Bevölkerungsschicht von Umherziehenden, Tagelöhnern oder Bettlern. Am Schicksal davon betroffener Bauern beschrieb Karl Marx seine Theorie über den Ausgangspunkt kapitalistischer Anhäufung von Privateigentum, die er als *ursprüngliche Akkumulation* bezeichnete. In Deutschland war diese Art von Enteignungen unter dem Begriff des *Bauernlegens* bekannt und verbreitet und verfolgte auch hier den Zweck, größere und profitablere Höfe zu schaffen. Alleinstehende Frauen wie Abelke Bleken gehörten sicherlich zu den leichtesten Opfern dieser Praktik.

Während sich Grundherren dabei in der Regel auf ihre Besitzrechte berufen konnten, lag die Sache in den Marschlanden anders: Bauern in der Marsch hatten eine besondere Stellung, denn ihre Grundstücke waren nicht gepachtet, sie gehörten ihnen. Für Fremde war es nicht einfach, einen solchen Hof zu erwerben, es ist also gut vorstellbar, dass es einer besonderen List oder Seilschaft bedurfte, um Abelke Bleken ihren Hof zu entziehen.

Die Marschländer Bäuerin wollte sich vermutlich nicht klaglos mit diesem Schicksal abfinden. Und auch damit war sie nicht allein. Es ist ein Phänomen jener Zeit, dass die Vertriebenen ihre Nachfolger mit unerwünschten Besuchen belästigten, sie bedrohten, ihnen Vorwürfe machten oder Flüche aussprachen. Persönliche Rache zu üben, zu drohen, Streit anzuzetteln, Dinge kaputt zu machen – das war vermutlich alles, was vielen Menschen in ihrer Verzweiflung über erlittenes Unrecht noch blieb. Die ihnen vorgeworfenen Straftaten weisen sogar deutlich darauf hin: Sehr oft ging es bei der Anklage wegen Hexerei um die angebliche Verzauberung von Schweinen, Kühen oder Pferden oder das Verursachen von Vergiftungen, Krankheiten oder Unglücken. Die

Präsenz von Frauen, die über ihr Elend erzürnt waren, von Tür zu Tür wanderten, bettelten oder Racheworte ausstießen, war vermutlich hoch und für andere durchaus ein Grund, sich vor ihnen zu fürchten.

So auch in Abelke Blekens Fall: Nachdem auf Huges Hof Vieh gestorben war und aus Kleaters Familie Angehörige erkrankt und seine Ehefrau gestorben war, machte man Abelke verantwortlich. Sie habe sich aufgrund persönlicher Not rächen wollen und deshalb Schadenszauber angewendet, so die Anklage. Für Huge und Kleater mag das eine einfache Möglichkeit gewesen sein, die unbequeme Frau loszuwerden.

Den Hexereivorwurf zu benutzen, um einen sozialen Konflikt zu lösen, war zu dieser Zeit nichts Außergewöhnliches. Im 16. Jahrhundert hatte sich das Hexenbild völlig von seinem Ursprung abgekoppelt. Diente der Hexenbegriff im frühen Mittelalter vor allem dazu, jemanden des Abfalls von Gott zu bezichtigen, war er in der frühen Neuzeit nun beinahe universell anwendbar geworden: um diverse Sitten- und Moralverstöße zu beschreiben – oder ganz allgemein eine schlechte Lebensführung. Jede Abweichung im Verhalten konnte reichen, um in den schrecklichen und folgenreichen Verdacht zu geraten. Unter den Leuten wurde der Hexereivorwurf bei Streitigkeiten erhoben, aus Missgunst, Eifersucht, bei Auseinandersetzungen mit der Nachbarschaft oder aus Rache. Herrschenden diente er oft als Macht- und Demonstrationsmittel sowie zur Durchsetzung von Territorialansprüchen. Herrschaftsdiener nutzten Hexenanklagen nicht selten für einen Karrieresprung oder zur persönlichen Bereicherung. Zeiten der Not – bedingt etwa durch Krankheitsepidemien, Inflation oder witterungsbedingte Ernteausfälle – verstärkten diese Tendenzen oft zusätzlich und festigten den Glauben an »schädigende Mächte«.

Als im Jahr 1532 im gesamten Reich mit der *Constitutio Criminalis Carolina* eine einheitliche Gesetzesordnung eingeführt wurde, galten für Hexereivorwürfe besonders strenge Regeln: Schon ein anonymer Hinweis reichte, um ein Ausnahmeverfahren einzuleiten, den sogenannten *Processus Extraordinarius*, in dem Zeugenaussagen als Beweismittel behandelt wurden. Anders als vielfach verbreitet wurden derartige Prozesse in der frühen Neuzeit fast ausschließlich vor weltlichen Gerichten verhandelt und folgten einer festgelegten Ordnung und standardisierten Verhörkatalogen, an deren Ende zwingend ein Geständnis stehen musste. In der Regel kam dieses durch brutale Folter zustande. Diese Prozesse waren das Werk von Richtern und nicht (wie immer noch oft behauptet wird) von entfesselten Kirchenvertretern – wenngleich die Kirche oft das notwendige ideologische Fundament lieferte. Einer, der besonders scharf und hartnäckig gegen vermeintliche Hexen zu Felde zog, war der Reformator Martin Luther. »Zauberinnen sollst du nicht leben lassen«, ist nur ein Zitat aus vielen seiner *Hexenpredigten*. In Hamburg fanden fast alle Hexenprozesse nach der Reformation statt. Im Haus von Johannes Bugenhagen – der die neue Kirchenordnung für die Hansestadt geschrieben hatte – geriet wie im Buch beschrieben eine Köchin unter Verdacht des Schadenszaubers nach Anschuldigungen durch Bugenhagens Frau.

Durch die Anwendung der Folter wurde die Hexenverfolgung regional oft endemisch, weil man lange Listen von Mittäter:innen erpressen konnte, aber dabei blieb es nicht: Diese Praktik zog außerdem eine furchtbare Schneise der Entsolidarisierung nach sich, führte zu gegenseitigen Beschuldigungen und Denunziationen. Sie vertiefte die Spaltung zwischen Männern und Frauen auf dramatische Weise. Aufkeimende Widerstandsbewegungen der Bauern und Bäuerinnen gegen die neue Herrscherklasse oder individuelles Unrecht wurden im Keim erstickt. Die Spaltung vollzog sich innerhalb von Menschen, die zusammen hätten kämpfen können – und sie vollzog sich vor allem innerhalb des Zusammenhaltes und der Freundschaften von Frauen.

Auch Abelke Bleken wurden unter Folter Namen vermeintlicher Mittäter:innen erpresst. Wenige Monate nach ihrem Tod wurden fünf weitere Menschen aufgrund des Hexereiverdachts hingerichtet, nachweislich war Peter Wenten darunter. Die Namen der anderen Personen sind nicht bekannt, aber es ist davon auszugehen, dass auch Aneke Wenten zu den Verurteilten gehörte sowie Geseke Schwormstedt, deren Namen in Abelkes Urgicht auftauchen. Eine Mittäterschaft von Leneke Reymers bestritt Abelke jedoch selbst unter Folter ausdrücklich, was bemerkenswert ist. Ob sie damit das Leben dieser Frau retten konnte, ist nicht bekannt.

Dass in den Marschlanden nach den Hinrichtungen all dieser Menschen Ruhe einkehrte, muss bezweifelt werden. Die Trierer Historikerin Rita Voltmer kommt nach vielen Jahren der Hexenforschung zu dem Schluss, dass das gegenseitige Anklagen in keinem der Fälle etwas besser machte. Die Verfolgungen, Festnahmen, Hinrichtungen stellten nie die ersehnte Ordnung her. Ganz im Gegenteil: Die Denunziationen und Anklagen zogen eigentlich immer einen Zusammenbruch der Solidarität nach sich – innerhalb von Dorfgemeinschaften und auch innerhalb von Familien. Es entstand ein Klima der Angst und der Verunsicherung. Alles war hinterher viel schlimmer als zuvor, so Voltmer.

Silvia Federici ist überzeugt, dass die neuen sozialen und ökonomischen Bedingungen vor allem das Verhältnis von Frauen neu ordneten. Im feudalen mittelalterlichen Dorf waren Frauen ständig von anderen Frauen umgeben, und sie kooperierten miteinander. Sie wuschen zusammen die Wäsche, bestellten gemeinsam Felder und Gärten, sie hatten ihre sozialen Netzwerke und Räume, in denen sie sich gegen männliche Autorität behaupten konnten und die ihnen Macht und Schutz verliehen. Das soll frühere Zustände keinesfalls schönreden. Frauen hatten schon damals Mehrbelastungen zu tragen: Sie leisteten Feldarbeit zusätzlich zu Kindererziehung, zum Kochen, Waschen und Spinnen sowie zur Pflege des Gartens. Doch der wesentliche Unterschied zur Neuzeit und zu heute war: Ihre häuslichen Tätigkeiten wurden nicht abgewertet. Jede Arbeit trug zum Lebensunterhalt der Familien bei. Erst seit dem Aufstieg des Kapitalismus gibt es Arbeit, die vermeintlich nichts wert ist, und Arbeit, die entlohnt wird.

Auch in den Städten herrschte ein anderes Bild, als wir es uns häufig machen: Selbständige Handwerkerinnen, Händlerinnen, Ärztinnen waren in den Städten des Mittelalters keine Seltenheit. Das Handwerk des Bierbrauens etwa war einst fest in Frauenhand. Wenn sich heutzutage jemand einen spitzen schwarzen Hut aufsetzt, um sich als Hexe zu verkleiden, dann schmückt er sich eigentlich mit dem Symbol der Bier brauenden Frauen in England, den sogenannten Alewives. Seinerzeit war dieser Hut ihr Erkennungszeichen auf den Märkten, damit Kund:innen leicht und schnell erkennen konnten, wo es selbstgebrautes Bier gab.

Doch Schritt für Schritt wurde Frauen im Laufe der Zeit das Recht entzogen, Meisterbetriebe zu führen. Aus den Heilberufen wurden sie nach und nach verdrängt, was nicht nur mit der Dämonisierung der Heilpraxis zu tun hatte. Die Kulturwissenschaftlerin Evke Rulffes bezeichnet diesen Prozess in ihrem Buch *Die Erfindung der Hausfrau* als Dequalifizierung: In dem Moment, in dem sich ein Beruf professionalisierte und als lukrativ erwies, wurde er für Frauen eingeschränkt.

Frauen erlitten im Zuge des Übergangs vom Feudalismus zum Kapitalismus einen einzigartigen Prozess sozialer Degradierung, der für das Funktionieren des Kapitalismus bis heute grundlegend ist. Sie wurden zunehmend auf Reproduktionsarbeit – also auf Kindererziehung, Kochen, Haushaltsführung – festgelegt. Und das geschah parallel zu einer vollständigen Abwertung dieser Tätigkeiten.

Wenn also heute eine Mutter, erschöpft von der Doppelbelastung durch einen Job – den sie wahrscheinlich maximal in Teilzeit ausüben kann und für den sie schlechter als ein Mann bezahlt wird – sowie von der Hauptlast für Kinder, Haushalt und der daran hängenden Mental Load, sich am Ende des Tages fragt: »Wie bin ich hier eigentlich hineingeraten?«, dann ist die Antwort tatsächlich in genau jener Zeit zu suchen, als eine neue kapitalistische Ordnung die Frauen auf ihre Plätze zwang, während Anklagen und Scheiterhaufen diesem Prozess als Durchsetzungsinstrumente dienten. Aus der Folter und den Hinrichtungen, die die Opfer der Hexenprozesse erleiden mussten, lernten andere Frauen, dass sie fügsam und still zu sein hatten, um gesellschaftlich akzeptiert zu werden.

Ernstzunehmende Schätzungen gehen allein in Deutschland zwischen dem 16. und 17. Jahrhundert von 50 000 bis 60 000 ermordeten Menschen aus, die meisten waren Frauen. In Anbetracht von so viel Leid und Tod ist es schwer nachzuvollziehen, warum unsere Vorstellung von vermeintlichen Hexen noch immer so oft trivialisiert – neuerdings wieder idealisiert – und derart mit Stereotypen aufgeladen wird. Manche Schauplätze der Verfolgungen werden als Touristenattraktionen vermarktet oder dienen der Unterhaltung: Walpurgisnacht-Partys, der massenhafte Verkauf runzliger, höckernäsiger Figuren auf Besen und unterhaltsame Führungen zu Richtplätzen erscheinen nicht nur unangebracht, sie bagatellisieren Folter und Mord. Außerdem tragen sie zur Verbreitung von Stereotypen über die betroffenen Frauen als vermeintlich »alte und hässliche« Frauen bei, ganz dem männlichen kapitalistischen Blick folgend. So werden die Opfer noch immer abgewertet und diskreditiert.

Zum Glück gibt es aber auch Gegentendenzen; Bemühungen, die Geschichten dieser Opfer richtigzustellen. Immer mehr Städte und Regionen setzen sich für Zeichen der Rehabilitierung ein, neue, würdevolle Gedenkorte werden geschaffen. In Abelkes Fall stehen für diesen Prozess insbesondere Dr. Roswitha Rogge, Simone Vollstädt sowie Dr. Rita Bake. Sie alle haben in den vergangenen Jahren zu Abelke Bleken geforscht, publiziert und sie auf unterschiedliche Arten ins Gedächtnis geholt.

In ihrem Buch *Die Erfindung der Leistung* hat die Historikerin Nina Verheyen geschrieben, dass hinter dem, was vermeintlich eine Person leistet, immer viele andere stehen, die dieser Person geholfen haben. Und so ist dieses Buch auch aufgrund der Leistungen und der Hilfe der eben genannten Frauen entstanden, wofür ich dankbar bin. Rita Bakes Engagement ist es außerdem zu verdanken, dass in Hamburg immer mehr Frauen, ihre Verdienste und Schicksale, sichtbar werden – sei es durch die Benennung von Straßen, ihre Bücher oder den Garten der Frauen, einen bewegenden Ort des Gedenkens an bedeutende Hamburgerinnen auf dem Ohlsdorfer Friedhof. Angeregt von Roswitha Rogge steht dort seit einigen Jahren auch für Abelke Bleken ein Erinnerungsstein. Er ist aus schwarzem Basalt gefertigt, in seinem Inneren brennt ein ewiges Licht.

MEIN DANK GEHÖRT:

Daniel und Henri Gruber. Grete, Klara und Lucie Pries. Judith Mohr, Christian Lauenstein, Katrin und Georg Schmitt sowie Jana Korbel und Wolfgang Höttermann.

Prof. Dr. Daniela Hunold für den umfassenden und spannenden Einblick in die Welt der Geographie. Kathrin Wessels für das aufschlussreiche und nahegehende Gespräch über Familienrecht. Dr. Rita Bake für ihr Engagement für Hamburger Frauen, das eine große Inspiration für dieses Buch war. Simone Vollstädt für die wertvollen Korrekturen sowie Annette Sandig für ihre Hilfe mit dem Marschländer Platt.

Den Mitarbeiter:innen des S. Fischer Verlags, insbesondere Julia Heinen für das große Engagement sowie für ihr scharfsinniges wie umsichtiges Lektorat.

Und von Herzen danke ich Vanessa Gutenkunst sowie allen anderen bei der Literaturagentur Copywrite – es ist eine Freude und ein Glück, euch an der Seite zu haben.